ENTRE IRMÃOS

ELIZABETH STROUT

Tradução de Antonio Vilela

Companhia
Editora Nacional

© 2013, Elizabeth Strout
© 2016, Companhia Editora Nacional
Todos os direitos reservados.
1ª edição – São Paulo – 2016

Esta tradução foi publicada em acordo com a Random House, uma divisão da Random House LLC.

Este livro é uma obra de ficção. Nomes, personagens, lugares ou situações são fictícios ou fruto da imaginação da autora. Qualquer semelhança com a realidade será mera coincidência.

Diretor superintendente: Jorge Yunes
Diretora adjunta editorial: Soraia Reis
Editoras: Anita Deak e Luciana Bastos Figueiredo
Assistência editorial: Audrya de Oliveira
Preparação: Adriane Gozzo
Revisão: Valéria Sanalios e Dan Duplat
Coordenação de arte: Márcia Matos
Assistência em arte: Aline Hessel dos Santos
Diagramação: Luciana Di Iorio
Ilustração de capa: Carolina Ribeiro - Revoada Estúdio

CIP-BRASIL. CATALOGAÇÃO NA PUBLICAÇÃO
SINDICATO NACIONAL DOS EDITORES DE LIVROS, RJ

S916e
Strout, Elizabeth
Entre irmãos / Elizabeth Strout ; tradução Antonio Vilela. - 1. ed. - São Paulo : Companhia Editora Nacional, 2016.
424 p. : il. ; 23 cm.
Tradução de: The burgess boys

ISBN 978-85-04-01984-1

1. Romance americano. I. Vilela, Antonio. II. Título.
16-37029
CDD: 813
CDU: 821.111(73)-3

Rua Funchal, 263 – bloco 2 – Vila Olímpia
São Paulo – SP – 04551-060 – Brasil – Tel.: (11) 2799-7799
www.editoranacional.com.br – editoras@editoranacional.com.br

Ao meu marido,
Jim Tierney

Prólogo

Eu e minha mãe conversávamos bastante sobre a família Burgess. "Os garotos Burgess", como ela os chamava. Conversávamos acerca deles principalmente por telefone, porque eu morava em Nova York, e ela, no Maine. Mas também falávamos sobre eles quando eu a visitava e ficava em um hotel próximo. Minha mãe não conhecia muitos hotéis, e aquilo se tornou um de nossos passatempos favoritos: ficar sentadas em um quarto — as paredes verdes decoradas com uma faixa de rosas — e falar do passado, de quem saiu de Shirley Falls, de quem ficou.

— Estive pensado nos garotos Burgess — disse ela enquanto puxava a cortina e olhava para as bétulas.

Os garotos Burgess a fascinavam, creio que pelo fato de os três terem sofrido diante de todos, bem como por minha mãe ter sido professora deles no quarto ano da escola dominical. Ela os protegia. A Jim porque ele já sentia raiva nessa época e tentava controlá-la, era o que minha mãe acreditava, e a Bob porque o coração dele era grande. Ela não gostava muito de Susan.

— Ninguém gostava, pelo que sei — disse ela.

— Susan era bonita quando pequena — lembrei. — Tinha cachos e olhos grandes.

— E depois teve aquele filho maluco.

— Foi triste — falei.

— Muitas coisas são tristes — disse minha mãe. Ela e eu estávamos viúvas nessa época, e o silêncio se fez depois que ela disse isso. Então, uma de nós acrescentou que estávamos felizes por Bob Burgess ter encontrado, no fim, uma boa mulher. A esposa, a segunda de Bob e, esperávamos, a última, era ministra unitária. Minha mãe não gostava dos unitários; achava que eram ateus que não queriam ser deixados de fora das festividades do Natal, mas Margaret Estaver era do Maine e isso bastava.

— Bob podia ter se casado com alguém de Nova York, após morar tantos anos lá. Veja o que aconteceu com Jim, que se casou com aquela esnobe de Connecticut — dizia minha mãe.

Falávamos muito sobre Jim, é óbvio: como ele saíra do Maine após trabalhar no escritório do procurador-geral, como tivemos esperança de que ele concorresse ao cargo de governador, o mistério de ele repentinamente não ter concorrido, e aí, é claro, falamos dele no ano do julgamento de Wally Packer, quando Jim aparecia no noticiário todas as noites. Esse caso aconteceu quando a transmissão de julgamentos pela TV começou a ser permitida, e um ano depois O. J. Simpson ofuscaria o caso Packer na memória de muita gente; mas até então havia os devotos de Jim Burgess, em todo o país, que presenciaram, espantados, quando ele conseguiu a absolvição de Wally Packer, cantor de *soul* com rosto meigo, cuja voz sentimental (*Tire esse fardo de mim, o fardo do meu amor*) conduzira a maior parte de nossa geração à maioridade. Wally Packer, que teria pago alguém para matar a namorada branca. Jim manteve o julgamento em Hartford, onde raça era um fator relevante, e sua seleção de jurados, dizem, foi brilhante. Assim, com eloquência e inexorável paciência, ele descreveu como podia ser enganosa a trama que enredava — ou, nesse caso, não enredava — os ingredientes essenciais do comportamento criminoso: intenção e ação. Fotografias apareciam em revistas de circulação nacional. Uma delas mostrava uma mulher olhando para sua sala bagunçada, com a legenda que dizia: "Se minha intenção é limpar esta sala, quando ela ficará limpa?". Pesquisas indicavam que a maioria das pessoas acreditava, assim como eu e minha mãe, que Wally Packer era culpado. Mas Jim fez um trabalho esplêndido e, como resultado, ficou famoso. Algumas revistas o elegeram um dos Homens Mais Sensuais de 1993; nem minha mãe, que odiava qualquer referência a sexo, implicou com ele por causa disso. Foi dito que O. J. Simpson queria Jim em seu "Time dos Sonhos"; houve uma conversa a esse respeito nos canais de TV, mas, como o escritório de Jim Burgess não comentou o assunto, chegou-se à conclusão de que ele estava "dormindo sobre os louros". O julgamento Packer dera, a mim e a minha mãe, algo para conversarmos numa época em que não estávamos bem uma com a outra. Todavia, isso era passado. Naquele momento, ao sair do Maine, beijei minha mãe e disse-lhe que a amava, e ela me disse o mesmo.

De volta a Nova York, quando telefonei do meu apartamento no vigésimo sexto andar, uma noite, enquanto observava pela janela a escuridão tocar a cidade e as luzes surgirem como vaga-lumes no campo de edifícios que se estendia diante de mim, eu disse:

— Você se lembra de quando a mãe do Bob o mandou para um terapeuta? As crianças falavam no parquinho: "Bobby Burgess está indo num médico de malucos".

— Crianças são terríveis — disse minha mãe. — Só Deus sabe quanto.

— Isso foi há muito tempo — argumentei. — Ninguém ia ao psiquiatra.

— Isso mudou — disse minha mãe. — As pessoas com quem danço mandam os filhos ao psiquiatra, e todos parecem tomar algum tipo de remédio. E tenho que dizer que ninguém faz segredo disso.

— Você se lembra do pai dos Burgess? — eu perguntara isso antes. Fazíamos esse tipo de coisa: repetir perguntas cuja resposta já sabíamos.

— Claro. Um homem alto, eu me lembro. Trabalhava no moinho. Era chefe, eu acho. E depois ela ficou sozinha.

— E nunca mais se casou.

— Nunca mais se casou — disse minha mãe. — Não sei se ela tinha alguma chance, na época. Três filhos pequenos. Jim, Bob e Sue.

A casa dos Burgess ficava a um quilômetro e meio do centro da cidade. Uma casa pequena, mas a maioria das casas naquela região de Shirley Falls era pequena ou não grande. A casa era amarela e ficava sobre uma colina, ao lado de um campo que ficava tão verde na primavera que me lembro de desejar ser uma vaca para poder passar o dia comendo aquela grama úmida, que parecia deliciosa. O campo ao lado da casa não tinha vacas nem horta. Apenas dava uma ideia de fazenda perto da cidade. No verão, às vezes a Sra. Burgess ficava no jardim da frente e arrastava uma mangueira em volta do arbusto; mas, como a casa ficava na colina, ela sempre parecia solitária e pequena e não respondia ao aceno do meu pai quando passávamos de carro. Imagino que ela não o via.

As pessoas pensam que as cidades pequenas fervilham com fofocas, mas quando eu era criança raramente ouvia os adultos falando das outras famílias, e a situação dos Burgess foi absorvida da mesma forma que outras tragédias, como a da pobre Bunny Fogg, que caiu da escada do porão e foi encontrada apenas três dias depois, ou a da Sra. Hammond, que descobriu um tumor no cérebro bem quando os filhos foram para a faculdade, ou a da louca Annie Day, que levantava o vestido na frente dos garotos, embora tivesse quase vinte anos e continuasse no ensino médio. Eram as crianças — principalmente as mais novas — as fofoqueiras e cruéis. Os adultos eram severos e nos mantinham na linha, de modo que, se ouvissem uma criança no parquinho dizendo que Bobby Burgess "era quem tinha matado o pai" ou "tinha que ir a um médico para loucos", o fofoqueiro era mandado para a sala do diretor, os pais eram chamados e ficava sem lanche no recreio. Isso não acontecia com frequência.

Jim Burgess era dez anos mais velho que eu, o que o tornava distante como as pessoas famosas — e ele meio que era uma delas, mesmo naquela época: jogava futebol e era presidente da classe, além de ser de fato bonito, com seu cabelo escuro. Mas Jim também era sério. Lembro-me dele como alguém cujos olhos nunca sorriam. Bobby e Susan eram mais novos que Jim, e em momentos diferentes cuidaram de mim e de minhas irmãs. Susan não prestava muita atenção na gente, embora um dia tenha concluído que estávamos rindo dela e tirado de nós os biscoitos em formato de animais que nossa mãe sempre nos deixava quando ela e meu pai saíam. Como protesto, uma das minhas irmãs se trancou no banheiro, e Susan gritou que ia chamar a polícia e minha mãe ficou surpresa ao ver que os biscoitos ainda estavam lá quando voltou para casa. Bobby cuidou poucas vezes de nós e nos carregava nas costas. Dava para saber que estávamos penduradas em uma pessoa boa e gentil, pela maneira como falava, virando parcialmente a cabeça:

— Você está bem? Tudo certo com você?

Uma vez, quando uma das minhas irmãs corria pela entrada da garagem e tropeçou e esfolou o joelho, deu para ver que Bobby se sentiu péssimo. Com sua mãozona, ele lavou o machucado.

— Ah, você é uma garota corajosa. Vai ficar bem.

Adultas, minhas irmãs se mudaram para Massachusetts. Mas fui para Nova York, e meus pais não ficaram contentes: era traição a uma linhagem da Nova Inglaterra que vinha desde o século XVII. Meus antepassados eram batalhadores e passaram poucas e boas, dizia meu pai, porém nunca puseram o pé no esgoto que era Nova York. Eu me casei com um nova-iorquino, um judeu gregário e rico, o que exacerbou as coisas. Meus pais não me visitavam com frequência. Acho que a cidade os assustava. Creio que meu marido parecia estrangeiro, e isso os intimidava, e acho que meus filhos os atemorizavam; eles deviam parecer ousados e mimados com seus quartos bagunçados e brinquedos de plástico, e mais tarde com *piercing* no nariz e cabelo roxo e azul. Sim, houve anos de relações estremecidas entre nós. Todavia, quando meu marido morreu, no mesmo ano em que meu filho mais novo foi para a faculdade, minha mãe, tendo ela mesma enviuvado no ano anterior, veio para Nova York, passou a mão na minha testa como fazia quando eu era pequena e ficava doente e disse que sentia muito que eu tivesse perdido pai e marido em tão pouco tempo.

— O que posso fazer por você? — perguntou ela.

Eu estava deitada no sofá.

— Conte uma história para mim.

Ela aproximou sua poltrona da janela.

— Bem, vamos ver. O marido de Susan Burgess a deixou e foi para a Suécia. Acho que seus antepassados o estavam chamando, quem sabe. Ele veio do norte, daquela cidadezinha chamada Nova Suécia, lembra? Antes ele havia ido para a universidade. Susan ainda mora em Shirley Falls com seu único filho.

— Ela ainda é bonita? — perguntei.

— Nem um pouco.

E foi assim que começou. Como uma cama de gato ligando minha mãe a mim, e eu a Shirley Falls, fragmentos de fofocas e de notícias e lembranças da vida dos garotos Burgess nos sustentaram. Contávamos e repetíamos. Contei novamente para minha mãe a vez em que topei com Helen Burgess, esposa do Jim, quando eles moravam, como eu, em Park Slope, no Brooklyn: os Burgess mudaram-se de Hartford para lá depois do julgamento Packer, quando Jim arrumou emprego em um escritório grande em Manhattan.

Certa noite, meu marido e eu estávamos jantando perto de Helen e uma amiga em um restaurante de Park Slope, e paramos junto à mesa de Helen ao sair. Eu havia tomado um pouco de vinho — acho que foi por isso que parei — e disse a ela que era da mesma cidade em que Jim crescera. Algo aconteceu no rosto de Helen, de que me lembro até hoje. Uma expressão rápida de temor passou por ali. Ela perguntou meu nome e respondi, mas ela disse que Jim nunca falara sobre mim. Não, eu era mais nova, falei. Então ela arrumou o guardanapo com um gesto brusco e disse:

— Faz anos que não vou até lá. Foi bom encontrar vocês. Tchau!

Minha mãe achava que Helen poderia ter sido mais simpática naquela noite.

— A família dela tem dinheiro, lembra? Ela devia se achar superior a uma pessoa do Maine. — Era esse tipo de comentário que eu aprendera a deixar passar; já não me importava com a atitude defensiva da minha mãe e de seu Maine. No entanto, depois que o filho de Susan Burgess fez o que fez — depois que a história dele apareceu nos jornais, até no *The New York Times*, e na televisão também —, eu disse por telefone à minha mãe:

— Acho que vou escrever a história dos garotos Burgess.

— É uma boa história — concordou ela.

— As pessoas vão dizer que não é de bom-tom escrever sobre pessoas que conheço.

Minha mãe estava cansada naquela noite. Ela bocejou.

— Bem, você não os conhece — disse ela. — Ninguém conhece ninguém.

Livro Um

Em uma tarde de ventania em outubro, no bairro de Park Slope, no Brooklyn, Nova York, Helen Farber Burgess arrumava a mala para as férias. Uma grande mala azul jazia aberta sobre a cama, e as roupas que o marido escolhera na noite anterior estavam dobradas e empilhadas na poltrona próxima. A luz do sol esguichava no quarto, vinda por entre as nuvens que se movimentavam lá fora, e fazia os detalhes de latão da cama brilhar e a mala ficar muito azul. Helen andava entre o *closet* — com seus espelhos enormes e papel de parede branco de crina, com madeira escura emoldurando a janela comprida — e o dormitório, que tinha uma porta-balcão que, naquele momento, estava fechada, mas que no calor se abria para uma varanda que dava para o jardim. Experimentava um tipo de paralisia mental que ocorria quando ela fazia as malas para viajar, então o toque abrupto do telefone lhe trouxe alívio. Quando viu a palavra PARTICULAR, soube que devia ser a esposa de um dos advogados colegas de seu marido — era um escritório de advogados famosos — ou então o cunhado, Bob, que havia anos tinha um número não identificado, mas que não era, e nunca seria, famoso.

— Estou feliz que seja você — disse ela pegando um lenço colorido na gaveta da cômoda, deixando-o sobre a cama.

— Está? — A voz de Bob demonstrou surpresa.

— Tive receio de que fosse a Dorothy. — Andando até a janela, Helen espiou o jardim. A ameixeira dobrava-se ao vento, e folhas amarelas de dulçamara rodopiavam pelo chão.

— Por que não queria que fosse a Dorothy?

— Ela anda me cansando — disse Helen.

— Você está para viajar com eles por uma semana.

— Dez dias. Eu sei.

Uma pausa curta, e então Bob disse:

— É — a voz demonstrando uma compreensão rápida e completa. Esse era seu ponto forte, pensou Helen. Sua estranha habilidade de entrar por inteiro no recôndito mundo da outra pessoa por alguns segundos. Isso deveria ter feito dele um bom marido, mas aparentemente não fez: a esposa de Bob o abandonara anos antes.

— Já viajamos com eles — Helen lembrou-lhe. — Vai ser bom. Alan é um sujeito terrivelmente gentil. Um tédio.

— E é sócio do escritório — disse Bob.

— Isso também — Helen cantou as palavras alegremente. — Seria um pouco difícil dizer: "Ah, preferimos ir só nós nesta viagem". Jim disse que a filha mais velha deles anda aprontando. Está no ensino médio, e o terapeuta da família sugeriu que Dorothy e Alan se afastassem. Não sei por que você "se afasta" se sua filha está aprontando, mas é isso.

— Também não sei por quê — disse Bob com sinceridade. Então: — Helen, acabou de acontecer uma coisa.

Ela ouvia enquanto dobrava as calças de linho.

— Venha até aqui — interrompeu ela. — Iremos jantar do outro lado da rua quando Jim chegar.

Depois disso, ela conseguiu arrumar a mala com decisão. O lenço colorido foi incluído com três blusas brancas de linho e sapatilhas pretas e o colar de coral que Jim lhe comprara no ano anterior. Tomando um uísque *sour* com Dorothy no terraço, enquanto esperavam os maridos tomar banho após o golfe, Helen diria:

— Bob é um sujeito interessante. — Ela poderia até mencionar o acidente: como foi Bob, aos quatro anos de idade, que ao brincar com as marchas fez o carro rolar por cima do pai e matá-lo; o homem descera a elevação da entrada da garagem para arrumar alguma coisa na caixa de correio, deixando as três crianças no veículo. Uma coisa perfeitamente terrível. E nunca mencionada. Jim contara-lhe só uma vez em trinta anos. Mas Bob era um homem ansioso; Helen gostava de cuidar dele.

— Você é uma santa — poderia dizer Dorothy, recostando-se, os olhos bloqueados por óculos de sol enormes.

Helen balançaria a cabeça.

— Só uma pessoa que necessita ser necessária. E com as crianças crescidas... — Não, ela não mencionaria as crianças. Não se a filha dos Anglin estava sendo reprovada em várias matérias, permanecendo fora de casa até o amanhecer. Como passariam dez dias juntos e não falariam dos filhos? Ela perguntaria a Jim.

Helen desceu a escadaria e entrou na cozinha.

— Ana — disse para a empregada, que esfregava batatas com uma escova de vegetais. — Ana, vamos comer fora esta noite. Você pode ir para casa.

As nuvens de outono, magníficas em sua escuridão variada, eram espalhadas pelo vento, e grandes faixas de sol banhavam os edifícios da Sétima Avenida. É aí que ficam os restaurantes chineses, as lojas de departamentos, as joalherias, as mercearias com frutas e vegetais e as fileiras de flores. Bob Burgess passou por tudo isso, caminhando pela rua em direção à casa do irmão.

Bob era um homem alto, com cinquenta anos. Na verdade era um sujeito simpático. Ao estar com Bob, as pessoas se sentiam como se estivessem num círculo íntimo. Se Bob soubesse isso a respeito de si mesmo, sua vida poderia ter sido diferente. Mas ele não sabia, e seu coração era sempre tocado por um medo indefinido. Além disso, ele não era consistente. Os amigos diziam ser possível passar ótimos momentos com ele e depois, quando o vissem de novo, ele estaria distante. Essa parte Bob sabia, porque sua ex-mulher havia lhe dito. Pam disse que ele devaneava.

— Jim também divaga — falou Bob.

— Não estamos falando do Jim.

Esperando no meio-fio o semáforo fechar, Bob sentiu uma onda de gratidão pela cunhada, que dissera: "Iremos jantar do outro lado da rua quando Jim chegar". Era Jim que ele queria ver. O que Bob observara antes, sentado à janela de seu apartamento no quarto andar, o que ele ouvira no apartamento de baixo, aquilo o tinha abalado, e ao cruzar a rua naquele momento, passando por uma cafeteria em que jovens se sentavam em sofás em uma escuridão cavernosa, com a face hipnotizada por telas de *notebooks*, Bob sentiu-se removido da familiaridade de tudo aquilo por onde caminhara. Como se não tivesse vivido metade da vida em Nova York e não a amasse como uma pessoa; como se nunca tivesse deixado as vastas extensões de capim selvagem nem conhecido ou desejado nada além do céu sem vida da Nova Inglaterra.

— Sua irmã acabou de ligar — disse Helen enquanto deixava Bob entrar pela varanda do sobrado. — Queria falar com Jim e soou um pouco sombria. — Helen pendurou o casaco de Bob no armário e se virou, acrescentando: — Eu sei. É só o modo como ela fala. Mas ainda digo que Susan sorriu para mim uma vez. — Helen sentou-se no sofá, comprimindo as pernas nas meias pretas. — Eu estava tentando imitar o sotaque do Maine.

Bob sentou-se na cadeira de balanço. Os joelhos subiam e desciam.

— Ninguém deveria tentar imitar o sotaque do Maine para um nativo — continuou Helen. — Não sei por que os sulistas são muito mais simpáticos nesse sentido, mas o fato é que são. Se você disser "Tarde, meu povo", a um sulista, não sentirá que estão olhando torto para você. Bobby, você está agitado. — Ela se inclinou para a frente, dando tapinhas no ar. — Está tudo bem. Você pode ficar agitado desde que esteja bem. Você está bem? Ao longo de toda a vida, a bondade enfraquecera Bob, e ele sentia agora a expressão física disso, um tipo de fluidez movendo-se pelo peito.

— Na verdade, não — admitiu ele. — Mas você está certa quanto à questão do sotaque. Dói quando as pessoas dizem: "Ei, você é do Maine" e começam a tentar imitar seu jeito de falar. Dói muito.

— Eu sei — disse Helen. — Conte-me o que aconteceu.

— Adriana e o mauricinho estavam brigando de novo.

— Um minuto — disse Helen. — Ah, é claro. O casal de baixo. Eles têm aquele cachorrinho idiota que late o tempo todo.

— Isso mesmo.

— Continue — disse Helen, feliz por ter se lembrado disso. — Um segundo, Bob. Tenho que lhe contar o que vi no noticiário na noite passada. Uma reportagem chamada "Homens de Verdade

Gostam de Cachorros Pequenos". Eles entrevistaram esses caras diferentes, meio com jeito de... perdoe-me, bicha, que seguravam uns cachorrinhos pequenos que vestiam capas de chuva xadrez e botinhas de borracha, e pensei: Isso é notícia? Estamos em meio a uma guerra no Iraque há quase quatro anos, e é isso que chamam de notícia? É porque eles não têm filhos. Pessoas que vestem seus cachorros assim. Bob, desculpe-me. Continue a sua história.

Helen pegou uma almofada e a apertou. Seu rosto ficou vermelho, e Bob pensou que ela estava tendo uma onda de calor, então olhou para as próprias mãos para dar privacidade à cunhada, sem perceber que Helen enrubescera porque falara de pessoas que não têm filhos, como Bob.

— Eles brigam — disse Bob. — E, quando brigam, o mauricinho, o marido, eles se casaram, berra a mesma coisa sem parar. "Adriana, você está me deixando louco, porra!". Sem parar.

— Imagine viver assim — Helen balançou a cabeça. — Você quer uma bebida? — Ela se levantou e foi até o armário de mogno, onde serviu uísque em um copo de cristal. Era uma mulher baixa, ainda em forma, de saia preta e suéter bege.

Bob bebeu metade do uísque em um gole.

— Sabe como é — continuou ele, e viu uma pequena careta no rosto de Helen. Ela odiava a forma como ele dizia "sabe como é", embora Bob sempre se esquecesse disso, como se esquecera naquele momento, sentindo apenas o presságio do fracasso. Ele não seria capaz de transmitir a tristeza do que vira. — Ela entra em casa — disse Bob —, eles começam a brigar. Ele começa com a gritaria. Aí sai com o cachorro. Mas desta vez ele estava fora, e ela chamou a polícia. Ela nunca fez isso antes. Ele foi preso na volta. Ouvi os policiais dizendo a ele que a mulher reclamou que ele bateu nela. E jogou as roupas dela pela janela. Então o prenderam. E ele ficou *atônito*.

O rosto de Helen indicava que ela não sabia o que dizer.

— Ele é um cara de boa aparência, muito descolado, e ficou lá chorando. "Querida, nunca bati em você. Querida, estamos casados há sete anos, o que está fazendo? Querida, por favooooor!", mas eles o algemaram e atravessaram a rua com ele à luz do dia até a viatura, e ele vai passar a noite na cadeia. — Bob levantou-se da cadeira de balanço, foi até o armário de mogno e se serviu de mais uísque.

— Essa é uma história muito triste — disse Helen, que estava desapontada. Ela esperava que a história fosse mais dramática. — Mas ele devia ter pensado nisso antes de bater nela.

— Não acho que ele tenha batido nela — Bob voltou para a cadeira de balanço.

— Eu me pergunto se eles vão continuar casados — disse Helen, pensativa.

— Acho que não, — Bob estava cansado.

— O que mais incomodou você, Bobby? — perguntou Helen. — O casamento desmoronando ou a prisão? — Ela levou para o lado pessoal o fato de Bob não demonstrar alívio.

Bob balançou o corpo algumas vezes.

— Tudo. — Ele estalou os dedos. — Aconteceu assim... Quero dizer, era um dia comum, Helen.

Helen afofou a almofada no encosto do sofá.

— Não sei o que há de comum no dia em que você manda prender seu marido.

Virando a cabeça, Bob viu através da janela gradeada o irmão aproximando-se pela calçada, e uma pequena onda de ansiedade o atingiu ao ver isso: o passo rápido do irmão mais velho, o sobretudo, a pasta grossa de couro. Ouviu-se a chave na fechadura.

— Oi, querido — disse Helen. — Seu irmão está aqui.

— Estou vendo — Jim livrou-se do sobretudo e o pendurou no armário da entrada. Bob nunca aprendera a pendurar seu casaco. "O que há com você?", sua mulher, Pam, costumava perguntar. O que há, o que há, o que há? E o que havia? Ele não sabia dizer. Mas sempre que passava por uma porta, a menos que alguém pegasse o casaco por ele, o ato de pendurá-lo parecia desnecessário e... bem, difícil demais.

— Vou embora — disse Bob. — Tenho que trabalhar em um depoimento. — Bob trabalhava na divisão de apelações da defensoria pública lendo autos de casos que tivessem ido a julgamento. Havia sempre uma apelação que precisava de um depoimento; sempre um depoimento que precisava ser trabalhado.

— Não seja bobo — disse Helen. — Eu disse que vamos jantar do outro lado da rua.

— Fora da minha cadeira, cabeção! — Jim acenou a mão na direção de Bob. — Estou feliz por vê-lo. Faz quatro dias?

— Pare com isso, Jim. Seu irmão viu aquele vizinho de baixo ser levado de algemas esta tarde.

— Problemas no dormitório da faculdade?

— Jim, pare.

— Ele só está sendo meu irmão — disse Bob seguindo para o sofá, e Jim se sentou na cadeira de balanço.

— Vamos ouvir — Jim cruzou os braços. Era um homem grande e musculoso, de modo que ao cruzar os braços, o que fazia com frequência, parecia se tornar mais sólido, agressivo. Ele escutou sem se mexer. Então se abaixou para desamarrar os sapatos.

— Ele jogou as roupas dela pela janela? — perguntou.

— Não vi nada — disse Bob.

— Famílias — disse Jim. — O direito criminal perderia metade dos clientes sem elas. Você sabia, Helen, que poderia chamar a polícia agora mesmo e me acusar de bater em você que eles me levariam para passar a noite na cadeia?

— Não vou chamar a polícia para prender você — Helen disse isso despreocupadamente. Levantou-se e endireitou a cintura da saia. — Mas, se quer mudar de roupa, vá. Estou com fome.

Bob inclinou-se para a frente.

— Jimmy, isso meio que me abalou. Vê-lo sendo preso. Não sei por quê, mas me abalou.

— Cresça — disse Jim. — Nossa! O que quer que eu faça? — Ele tirou um sapato, massageou o pé. E acrescentou: — Se quiser, ligo para lá esta noite para ver se ele está bem. Garoto branco bonito na cadeia.

Na sala ao lado, o telefone tocou exatamente quando Bob dizia:

— Você faria isso, Jim?

— Deve ser sua irmã — disse Helen. — Ela ligou antes.

— Diga que não estou em casa, Hellie. — Jim jogou a meia no chão de tacos. — Quando foi a última vez que falou com Susan? — ele perguntou a Bob, tirando o outro sapato.

— Meses atrás — disse Bob. — Eu disse a você. Discutimos por causa dos somalis.

— Por que tem gente da Somália no Maine, afinal? — perguntou Helen enquanto se dirigia para a sala ao lado. E falando por sobre o ombro: — Por que *qualquer um* iria para Shirley Falls a não ser acorrentado?

Bob sempre ficava surpreso quando Helen falava assim, como se seu desgosto pelo local de origem dos Burgess não precisasse de discrição. Mas Jim lhe respondeu:

— Eles estão acorrentados. A pobreza é uma corrente. — Ele jogou a segunda meia na direção da primeira; ela aterrissou na mesa de café, ficando pendurada no canto.

— Susan me falou que os somalis estavam invadindo a cidade — continuou Bob. — Chegando em multidões. Ela disse que há três anos eram apenas algumas famílias e que agora são dois mil; que toda vez que olhava havia um ônibus desembarcando mais quarenta. Eu disse que ela estava sendo histérica, e ela disse que as mulheres são sempre acusadas de ser histéricas e que, quanto aos somalis, eu não sabia do que estava falando, uma vez que não vou até lá faz séculos.

— Jim — Helen voltou à sala de estar —, ela realmente quer falar com você. Está toda agitada. Não pude mentir. Disse que você acabou de chegar. Desculpe, querido.

Jim tocou o ombro de Helen ao passar.

— Está tudo bem.

Helen abaixou-se para pegar as meias de Jim, e isso fez Bob imaginar se, caso ele pendurasse o sobretudo como Jim fazia, Pam não teria ficado tão irritada com suas meias.

Após longo silêncio, eles ouviram Jim fazendo perguntas em voz baixa. Não conseguiram entender as palavras. Houve mais silêncio, mais perguntas abafadas, observações. Mas não conseguiram entender as palavras.

Helen tocou seu brinco pequeno e suspirou.

— Tome outro drinque. Parece que vamos ficar aqui por um tempo. — Mas eles não conseguiram relaxar. Bob recostou-se no sofá e espiou pela janela as pessoas voltando para casa do trabalho. Ele morava a apenas seis quarteirões dali, do outro lado da Sétima Avenida, porém ninguém brincaria chamando de dormitório de faculdade as residências desse quarteirão. Nesse quarteirão as pessoas eram adultas. Nesse quarteirão elas eram banqueiros, médicos e jornalistas, e carregavam pastas e uma variedade espantosa de bolsas pretas, principalmente as mulheres. Nesse quarteirão as calçadas eram limpas, e os arbustos, plantados nos pequenos jardins.

Helen e Bob viraram a cabeça quando Jim desligou.

Jim apareceu na passagem da porta, a gravata vermelha afrouxada. Ele disse:

— Não podemos sair. — Helen inclinou-se para a frente. Jim tirou a gravata com um puxão furioso e disse a Bob: — Nosso sobrinho está para ser preso. — O rosto de Jim estava pálido, os olhos ficaram pequenos. Ele se sentou no sofá e levou as mãos à cabeça.

— Ah, cara, isso vai acabar em todos os jornais. O sobrinho de Jim Burgess acusado...

— Ele matou alguém? — perguntou Bob.

— Qual é o seu problema? — perguntou Jim erguendo a cabeça no mesmo instante em que Helen perguntava cautelosamente:

— Tipo uma prostituta?

Jim balançou a cabeça com força, como se tivesse água no ouvido. Ele olhou para Bob e disse:

— Não, ele não matou ninguém. — Aí olhou para Helen e disse: — Não, a pessoa que ele não matou não era uma prostituta. — Então olhou para o teto, fechou os olhos e disse: — Nosso sobrinho, Zachary Olson, jogou uma cabeça de porco congelada dentro de uma mesquita. Durante as orações. Durante o ramadã. Susan disse que Zach nem sabe o que é o ramadã, o que é perfeitamente crível; Susan não sabia o que era até ler a respeito no jornal. A cabeça do porco estava ensanguentada, começou a derreter, manchou o tapete, e eles não têm dinheiro para comprar um novo. Terão que lavá-lo sete vezes por causa da lei sagrada. *Essa* é a história.

Helen olhou para Bob. A perplexidade assomou em seu rosto.

— Por que isso acabaria em todos os jornais, Jim? — perguntou ela, suavemente.

— Você não entende? — perguntou Jim, também com suavidade, voltando-se para ela. — É um crime de ódio, Helen. É como se você fosse até Borough Park, encontrasse uma sinagoga de judeus ortodoxos e forçasse todos lá a tomar sorvete e depois a comer toicinho para que pudessem sair.

— Está certo — disse Helen. — Eu só não sabia. Não sabia disso a respeito dos muçulmanos.

— Estão tratando isso como crime de ódio? — perguntou Bob.

— Estão falando em processá-lo de todas as formas que puderem. O FBI já está envolvido. O escritório do procurador-geral pode ir atrás de violação de direitos civis. Susan diz que a notícia está em rede nacional, mas ela está tão enlouquecida neste momento que é difícil saber se é verdade. Aparentemente, alguns jornalistas da CNN estavam na cidade por acaso, viram o noticiário local, adoraram a história e a colocaram em rede nacional. Que tipo de pessoa está em Shirley Falls *por acaso*? — Jim pegou o controle remoto da TV, apontou para ela, depois o deixou cair no sofá, ao seu lado. — Não preciso disso agora. Ah, cara, não quero isso. — Ele passou as duas mãos pelo rosto, pelo cabelo.

— Ele está sob custódia? — perguntou Bob.

— Ele não foi preso. Não sabem que Zach é o responsável. Estão procurando algum arruaceiro, que é o idiotinha de dezenove anos do Zach, filho da Susan.

— Quando isso aconteceu? — perguntou Bob.

— Duas noites atrás. Segundo Zach, o que significa segundo Susan, ele fez isso sozinho, como uma "piada".

— Uma piada?

— Uma piada. Não, desculpe, uma "piada boba". Só estou contando o que ouvi, Bob. Ele sai, ninguém o vê.

Ostensivamente. Então ouve o caso no noticiário de hoje, fica com medo e conta a história a Susan quando ela volta do trabalho. Ela enlouqueceu, claro. Falei para ela levá-lo agora mesmo. Ele não tem que depor, mas ela está muito assustada. Está com medo de que ele passe a noite preso. Ela disse que não vai fazer nada até eu chegar lá. — Jim afundou no sofá, depois se endireitou de novo. — Ah, cara. Ah, *merda*! — Ele se levantou rapidamente e andou de um lado para outro na frente da janela gradeada. — O chefe de polícia é Gerry O'Hare. Nunca ouvi falar nele. Susan disse que o namorou no ensino médio.

— Ele deu o fora nela após dois encontros — disse Bob.

— Ótimo. Talvez seja legal com ela. Susan disse que pode telefonar a ele de manhã e dizer que Zach vai se apresentar assim que eu chegar lá. — Jim esticou-se para socar o braço do sofá ao passar por ele. Depois se sentou na cadeira de balanço.

— Ela arrumou um advogado para ele? — perguntou Bob.

— Preciso encontrar um.

— Você não conhece alguém do escritório do procurador-geral? — perguntou Helen, retirando um cisco das meias pretas. — Acredito que o pessoal não muda muito lá.

— Conheço o próprio procurador-geral — disse Jim em voz alta, balançando-se para a frente e para trás, segurando firme os braços da cadeira. — Anos atrás, trabalhamos juntos como promotores. Você o viu uma vez, Helen, em uma festa de Natal. Dick Hartley. Você achou que ele era uma besta e tinha razão. E não, não vou falar com ele, meu Deus! Ele está metendo o nariz no caso. Isso é um conflito. E, estrategicamente, um suicídio. Jim Burgess não pode simplesmente pedir um favor, meu bom Deus. — Helen e Bob entreolharam-se. Após um instante, Jim parou de se balançar e olhou para Bob. — Se ele matou uma prostituta? De onde veio *isso*?

Bob levantou a mão num gesto de desculpa.

— Zach é um pouco misterioso, foi tudo o que quis dizer. Um rapaz quieto.

— Zach é um idiota. — Jim olhou para Helen. — Querida, sinto muito.

— Fui eu que disse "prostituta" — Helen lembrou a ele. — Então, não fique bravo com Bob, que tem razão. Você sabe, Zach sempre foi diferente, e, com franqueza, esse é o tipo de coisa que acontece no Maine: um sujeito quieto que mora com a mãe e mata prostitutas e as enterra em algum batatal. E, como ele não fez isso, não sei por que temos que desistir das férias. Realmente não sei. — Helen cruzou as pernas e apertou as mãos sobre os joelhos. — Nem sei por que ele tem que se entregar. Arrume um advogado do Maine para ele e deixe que *ele* pense no que fazer.

— Hellie, você está nervosa, e eu entendo — disse Jim pacientemente. — Mas Susan está um caco. E vou arrumar um advogado do Maine para ele. Mas Zach tem que se entregar porque... — Aqui Jim fez uma pausa e passou os olhos pela sala. — Porque ele fez isso. Essa é a primeira razão. A outra primeira razão é que, se ele se entregar de imediato e disser: "Ah, como sou burro", provavelmente as autoridades pegarão leve. E os Burgess não são fugitivos. Isso é o que não somos. Não nos escondemos.

— Tudo bem — disse Helen. — Está certo.

— Fiquei dizendo a Susan: eles vão fazer a acusação, estabelecer a fiança, e ele volta para casa. O fato é considerado uma contravenção. Mas ela tem que levá-lo até lá. A polícia está pressionada por causa da repercussão do assunto. — Jim abriu as mãos como se segurasse uma bola de basquete diante de si. — A primeira coisa é *conter* isso.

— Eu vou conter — disse Bob.

— Você? — disse Jim. — O Sr. Medo-de-Voar?

— Vou com seu carro. Saio de manhã cedo. Vocês vão para onde se programaram. Aonde vão?

— São Cristóvão, no Caribe — disse Helen. — Jim, por que não deixa o Bob ir?

— Porque... — Jim fechou os olhos e inclinou a cabeça.

— Porque não sou capaz? — perguntou Bob. — É verdade que ela gosta mais de você, mas deixe comigo, Jimmy, eu vou. Eu quero ir. — Bob teve uma sensação súbita de embriaguez, como se o uísque tomado antes acabasse de fazer efeito.

Jim manteve os olhos fechados.

— Jim — disse Helen. — Você precisa dessas férias. Tem trabalhado demais. — A urgência na voz dela fez o coração de Bob doer com uma nova solidão: a aliança de Helen com Jim era forte e não deveria ser assaltada pelas necessidades de uma cunhada que Helen, após todos esses anos, mal conhecia.

— Está bem — disse Jim. Ele ergueu a cabeça, olhou para Bob. — Você vai, está bem.

— Somos uma família complicada, não somos, Jimmy? — Bob, sentado ao lado do irmão, pôs o braço sobre o ombro de Jim.

— Pare com isso! — disse Jim. — Você pode parar? Jesus Cristo Todo-Poderoso!

Bob voltou para casa pelas ruas escurecidas. Quando chegou mais perto de seu prédio, viu da rua que a TV do apartamento embaixo do seu estava ligada. Ele conseguia distinguir a forma de Adriana sentada sozinha, olhando para a televisão. Ela não tinha ninguém que pudesse passar a noite com ela? Ele poderia bater à porta, perguntar se ela estava bem. Mas ele se imaginou: o homem grande, de cabelo grisalho, que morava em cima dela, parado ali à sua porta, e pensou que ela não iria querer isso. Subiu a escada até seu apartamento, jogou o casaco no chão e pegou o telefone.

※

Eles eram gêmeos.

Jim teve o próprio nome desde o início, mas Susie e Bob eram Os Gêmeos. Vá encontrar os gêmeos. Diga aos gêmeos que venham jantar. Os gêmeos estão com catapora, os gêmeos não conseguem dormir. Mas gêmeos têm ligação especial. São como dedos cruzados, assim.

— Mate-o — dizia Susan, agora, ao telefone. — Pendure-o pelas unhas do pé.

— Susan, vá com calma, ele é seu filho. — Bob acendera a luminária da escrivaninha e ficou de pé olhando para a rua.

— Estou falando do rabino. E daquela lésbica ministra da igreja unitária. Eles fizeram declarações. Não só a *cidade* foi prejudicada, mas o estado inteiro. Não, desculpe. O país inteiro.

Bob coçou a nuca.

— Então, Susan, por que Zach fez isso?

— Por que ele fez isso? Quando foi a última vez que criou um filho, Bob? Ah, sei que deveria demonstrar sensibilidade em relação a isso; nunca mencionar seu esperma deficiente ou inexistente, ou seja lá o que for, e nunca mencionei. Jamais disse uma palavra sobre o motivo pelo qual Pam pode tê-lo deixado, para que ela pudesse ter filhos com alguém... Não acredito que está me fazendo dizer tudo isso, quando sou eu que tenho um problema.

Bob afastou-se da janela.

— Susan, você não tem um remédio para tomar?

— Como um comprimido de cianureto?

— Diazepam. — Bob sentiu uma tristeza indizível passar por ele e voltou para o quarto com o telefone.

— Nunca tomo diazepam.

— Bem, está na hora de começar. Seu médico pode receitá-lo por telefone. Assim conseguirá dormir esta noite.

Susan não respondeu, e Bob percebeu que sua tristeza era um anseio por Jim. Porque a verdade (e Jimmy sabia disso) era que Bob não sabia o que fazer.

— O garoto ficará bem — disse Bob. — Ninguém irá machucá-lo. Ou a você. — Bob sentou-se na cama, então se levantou novamente. De fato, não tinha ideia do que fazer. Não conseguiria dormir naquela noite; nem mesmo diazepam, que tinha aos montes, o faria dormir. Não com o sobrinho em dificuldades, aquela pobre mulher abaixo dele assistindo à televisão e o mauricinho na cadeia. E Jimmy a caminho de alguma ilha. Bob voltou para a frente do apartamento e desligou a luminária da escrivaninha.

— Deixe-me lhe perguntar uma coisa — disse a irmã.

No escuro, um ônibus parou do outro lado da rua. Uma senhora negra de idade, sentada no interior do veículo, olhava pela janela, o rosto implacável; um homem nos fundos balançava a cabeça, talvez ouvindo música com fones de ouvido. Pareciam primorosamente inocentes e distantes...

— Você acha que isto é um filme? — a irmã perguntou. — Como se esta fosse uma cidade de caipiras em que os fazendeiros vão até a delegacia pedir a cabeça dele?

— Do que está falando?

— Graças a Deus mamãe já morreu. Ela morreria de novo. Ah, morreria. — Susan estava chorando.

— Isso vai passar — disse Bob.

— Meu Deus, como pode dizer isso? Está em todos os canais...

— Não assista — falou Bob.
— Acha que estou louca? — perguntou ela.
— Um pouco. Neste momento.
— Isso ajuda muito, obrigada. Jimmy lhe contou que um garotinho desmaiou na mesquita, porque a cabeça de porco o assustou demais? Tinha começado a descongelar e estava ensanguentada. Sei o que está pensando. Que garoto guarda uma cabeça de porco na geladeira da mãe sem ela saber e faz algo desse tipo? Não pode negar que está pensando isso, Bob. E isso me deixa louca. E foi disso que você me chamou há pouco.
— Susan, você...
— Dá para esperar certas coisas dos filhos, você sabe. Bom, não sabe. Mas acidentes de carro. Namoradas erradas. Notas ruins, esse tipo de coisa. Você não espera nada que tenha a ver com aquelas malditas mesquitas, pelo amor de Deus!
— Amanhã pegarei o carro e irei até aí, Susan. — Bob disse isso a ela assim que ligou. — Acompanharei você e ele à delegacia, ajudarei a conter isso. Não se preocupe.
— Ah, não vou me preocupar — disse ela. — Boa noite.

Como se odiavam! Bob entreabriu a janela, sacudiu o cigarro, serviu um pouco de vinho em um copo de suco e sentou-se na cadeira dobrável de metal junto à janela. Do outro lado da rua, as luzes estavam acesas em diferentes apartamentos. Ali ocorria um espetáculo particular: a jovem que podia ser vista no quarto andando de calcinha e sem blusa. Por causa da disposição do dormitório, ele nunca vira os seios da moça, apenas as costas nuas, mas sentia prazer em ver como ela parecia livre. Então havia isso — como um campo de centáureas em junho.

Duas janelas acima havia o casal que passava boa parte do tempo na cozinha branca, e o homem pegava algo no armário naquele momento; parecia que era ele quem cozinhava.

Bob não gostava de cozinhar. Gostava de comer, mas, como Pam observara, apreciava coisas que as crianças comem, coisas sem cor, como purê de batatas ou macarrão com queijo. Em Nova York, as pessoas gostam de comida. Comida era algo muito importante. Comida era igual a arte. Ser *chef* em Nova York é o mesmo que ser astro do rock.

Bob serviu mais vinho e acomodou-se junto à janela de novo. *Tanto faz*, como dizem as pessoas atualmente.

Ser *chef*, ser mendigo, ser divorciado um zilhão de vezes, ninguém nesta cidade se importa. Fume até a morte perto da janela. Assuste sua mulher e vá para a cadeia. Era o paraíso morar ali. Susie nunca entendeu isso. Pobre Susie.

Bob estava ficando bêbado. Ouviu a porta ser aberta no apartamento de baixo e passos descendo a escada. Espiou pela janela. Adriana estava sob um poste de luz segurando uma guia, os ombros curvados e tremendo, e o cachorrinho também estava lá, tremendo.

— Ah, pobrezinhos — disse Bob. Ninguém, pareceu-lhe em sua expansividade embriagada, ninguém, em lugar algum, sabia de nada.

A seis quarteirões de distância, Helen estava deitada ao lado do marido e o ouvia roncar. Através da janela, no céu noturno preto, via os aviões a caminho do Aeroporto La Guardia, a cada três segundos se você contasse, como faziam os filhos quando eram pequenos, como estrelas que continuavam chegando, chegando e chegando. Naquela noite, a casa parecia ainda mais vazia, e ela pensou em como os filhos costumavam dormir nos quartos e em como aquilo era seguro, o delicado balanço da noite. Pensou em Zachary, no Maine, mas não o via fazia anos e conseguia imaginar apenas um garoto magrelo e pálido, uma criança que parecia não ter mãe. E não queria pensar nele, ou numa cabeça de porco congelada, ou na cunhada assustadora, porque vira como o incidente era motivo de desgaste para a trama delicada de sua família, e sentiu naquele momento as pequenas pontadas de ansiedade que precedem a insônia.

Ela apertou o ombro de Jim.

— Você está roncando — disse.

— Desculpe. — Ele conseguia dizer isso enquanto dormia. Jim virou-se de lado.

Completamente acordada, Helen desejou que suas plantas não morressem enquanto ela e Jim estivessem fora. Ana não era muito boa com as plantas. É um dom que você tem ou não. Uma vez, anos antes de Ana, a família Burgess saíra de férias, e as vizinhas lésbicas deixaram morrer as petúnias que enchiam as floreiras das janelas. Helen cuidara daquelas plantas todos os dias, cortando os brotos mortos, regando-as, alimentando-as; eram como doces gêiseres que jorravam das janelas frontais da casa, e as pessoas falavam delas quando passavam em frente. Helen contou às mulheres quanta atenção necessitava qualquer planta florescente no verão, e estas disseram que sim, que sabiam. Mas aí voltar de férias e encontrá-las ressequidas na floreira! Helen chorou. As mulheres se mudaram logo depois, e Helen ficou contente. Nunca conseguira ser simpática com elas, não mesmo, depois que mataram suas petúnias. Duas lésbicas chamadas Linda e Laura. Linda Gorda e Laura da Linda era como falavam delas na residência dos Burgess.

Os Burgess moravam na última casa de uma fila de sobrados geminados. À esquerda ficava um edifício alto, o único prédio de apartamentos do quarteirão. Linda e Laura moravam na unidade térrea, que depois venderam a uma bancária, Deborah-que-Sabe (diminutivo de Deborah-que-Sabe-Tudo e para diferenciá-la da Debra, no mesmo prédio, que não sabia nada), e ao marido, William, que era tão nervoso que se apresentou como sendo "Billiam". As crianças às vezes o chamavam assim, mas Helen pediu-lhes que fossem gentis, porque Billiam, havia muitos anos, lutara na Guerra do Vietnã e também porque a mulher, Deborah-que-Sabe, era um estorvo tão grande que Helen imaginava ser horrível ter que morar com ela. Não se conseguia sair no quintal sem que Deborah-que-Sabe saísse no dela, e em dois minutos ela estava falando que os amores-perfeitos de que a gente cuidava não iriam durar naquele lado do jardim, que os lírios precisavam de mais luz, que o arbusto de lilás plantado por Helen morreria (e morreu) porque havia pouco adubo no solo.

Debra-que-não-Sabe, por outro lado, era uma mulher agradável, alta e ansiosa, uma psiquiatra um pouco amalucada. Mas era triste: o marido a estava traindo. Fora Helen que descobrira isso. Sozinha em casa durante o dia, ouvira pela parede os mais terríveis sons sexuais. Quando espiara pela janela frontal, vira o marido de Debra aparecer nos degraus da frente com uma mulher de cabelo cacheado. Depois tinha visto os dois em um bar do bairro. E uma vez ouvira Debra-que-não-Sabe dizer ao marido: "Por que está me provocando esta noite?". Então Debra-que-não-Sabe-de-Tudo não sabia de tudo. Por isso Helen nem sempre gostava de morar na cidade. Jim gritava feito um maluco durante a temporada de basquete. "Cuzão, filho da puta!", gritava ele para a TV, e Helen se preocupava com que os vizinhos pensassem que estivesse gritando com ela. Pensou em tocar no assunto com eles de forma divertida, mas decidiu que, em questões de veracidade, quanto menos é dito, melhor. Não que ela estivesse mentindo.

Ainda assim...

A cabeça dela estava a mil. O que se esquecera de colocar na mala? Não queria pensar em estar se arrumando uma noite para jantar com os Anglin e descobrir que não levara os sapatos certos — a roupa arruinada dessa forma. Ajeitando a colcha ao redor, Helen percebeu que o telefonema de Susan continuava na casa, escuro, sem forma e mau. Sentou-se na cama. É isso que acontece quando você não consegue dormir e tem em mente a imagem de uma cabeça congelada de porco. Helen foi ao banheiro e encontrou um comprimido para dormir; o cômodo estava limpo e era familiar. De volta à cama, aproximou-se do marido e em poucos minutos sentiu a suave atração do sono, e ficou contente porque não era Deborah-que-Sabe, nem Debra-que-não-Sabe; contente por ser Helen Farber Burgess; contente por ter filhos; contente por estar contente com a vida.

✧

Mas tanta urgência pela manhã!

Era um dia em que Park Slope abriu com sua prodigalidade de sábado: crianças a caminho do parque com bolas de futebol em sacolas de rede, pais observando os semáforos e apressando os filhos, casais jovens que chegavam aos cafés com o cabelo ainda molhado do chuveiro pós-amor matinal, pessoas que, tendo jantares para preparar naquela noite, já estavam perto do Grand Army Plaza, na extremidade do parque, para vasculhar a feira livre em busca dos melhores pães, maçãs e flores, os braços carregando cestas e hastes de girassóis embrulhadas. Em meio a tudo isso havia, é claro, os aborrecimentos típicos encontrados em qualquer parte do país, mesmo naquele bairro em que as pessoas, na maioria, exalavam uma sensação de estar exatamente onde queriam estar: havia a mãe cuja filha implorava por uma boneca Barbie para seu aniversário, e a mãe dizia não, bonecas Barbie são o motivo de as garotas serem magras e doentes. Na Rua Oito, havia um padrasto austero que tentava ensinar um garoto recalcitrante a andar de bicicleta, segurando-a pelo banco enquanto o menino, pálido de medo, cambaleava e olhava para ele à espera de um elogio — a mulher desse homem estava terminando a quimioterapia para câncer de mama, não havia escapatória possível. Na Rua Três, um casal discutia a respeito do filho adolescente, se deviam permitir que ele ficasse no quarto naquele dia ensolarado de outono. Então havia esses descontentamentos, e os Burgess tinham os próprios problemas.

O carro solicitado para levar Helen e Jim ao aeroporto não aparecia. As malas estavam na calçada, e Helen foi orientada a ficar com elas enquanto Jim entrava e saía da casa falando ao celular com a empresa do carro. Deborah-que-Sabe saiu do prédio e perguntou aonde eles iam naquele belo dia de sol, deve ser uma maravilha tirar tantas férias. Helen teve que dizer: "Desculpe, por favor, preciso fazer uma ligação" e tirar o telefone da bolsa para fingir que ligava para o filho que (no Arizona) ainda estaria dormindo profundamente. Mas Deborah-que-Sabe estava esperando por Billiam, e Helen teve que fingir uma conversa ao telefone porque Deborah continuava sorrindo para ela. Billiam finalmente apareceu, e eles partiram pela rua de mãos dadas, o que Helen pensou ser exibicionismo.

Enquanto isso, Jim, andando de um lado para outro no vestíbulo, reparou que as duas chaves do carro estavam penduradas nos ganchos ao lado da porta. Bob não levara a chave na noite passada! Como dirigiria o carro até o Maine sem a maldita chave? Jim gritou essa pergunta a Helen enquanto ia ao encontro dela na rua, e Helen disse em voz baixa que, se ele continuasse gritando assim, ela se mudaria para Manhattan. Jim balançou a chave em frente ao rosto dela.

— Como ele vai *chegar* lá? — sussurrou bravo.

— Se desse uma chave da nossa casa ao seu irmão, isso não seria problema.

Aproximando-se pela esquina, devagar, vinha o radiotáxi. Jim balançou o braço sobre a cabeça, em um tipo de movimento de natação ao contrário. E finalmente Helen foi enfiada no assento traseiro, onde alisou o cabelo, enquanto Jim, com o celular, ligava para Bob.

— Atenda ao telefone, Bob. — Então: — O que aconteceu com você? Acabou de acordar? Deveria estar a caminho do Maine. O que quer dizer com ficou acordado a noite toda? — Jim inclinou-se para a frente e disse ao motorista: — Faça uma parada na esquina da Seis com a Nove. — Depois recostou-se. — Bom, adivinhe o que eu tenho na mão? Adivinhe, cabeção. A chave do meu carro. Escute. Você está escutando? Charlie Tibbetts. Advogado para o Zach. Ele o encontrará na segunda-feira de manhã. Você *pode* ficar até segunda-feira, não finja que não pode. A defensoria pública está cagando e andando. Charlie passará o fim de semana fora da cidade, mas pensei nele a noite passada e falei com ele. Deve ser o nosso cara. É um cara bom. Tudo o que tem a fazer nos próximos dois dias é *conter* isso, compreende? Agora desça até a rua, que estamos indo para o aeroporto.

Helen apertou o botão de baixar o vidro e colocou o rosto no ar fresco. Jim recostou-se e segurou a mão dela.

— Vamos nos divertir muito, querida. Igualzinho aos casais babões nos folhetos. Será ótimo.

Bob estava em frente ao prédio vestindo calça de moletom, camiseta e meias esportivas encardidas.

— Ei, folgado — chamou Jim. Jogou a chave do carro pela janela aberta, e Bob a pegou com uma mão.

— Divirtam-se. — Bob acenou.

Helen ficou impressionada com a facilidade com que Bob pegou a chave.

— Boa sorte lá — gritou ela.

O carro dobrou a esquina, sumiu de vista, e Bob virou o rosto para seu prédio. Quando jovem, correu para o bosque para não ver o carro que levou Jim para a faculdade, e naquele momento quis fazer o mesmo. Em vez disso, ficou de pé sobre o cimento quebrado perto das latas de lixo, e fragmentos de luz do sol atingiram seus olhos enquanto mexia na chave.

Anos atrás, quando Bob era novo na cidade, ia a uma terapeuta chamada Elaine. Era uma mulher grande, com membros flexíveis, com a idade que ele tem hoje, o que, é claro, na época a fazia parecer muito velha. Ele se sentou diante da benevolente presença dela, encontrou um furo no braço do sofá de couro e olhou ansiosamente para a figueira no canto (uma planta que parecia falsa, a não ser pela acentuada e triste inclinação na direção da minúscula réstia de luz que entrava pela janela e pela capacidade de produzir, em seis anos, uma folha nova). Se Elaine estivesse naquela calçada nesse instante, teria dito a ele: "Bob, permaneça no presente". Porque Bob estava vagamente ciente do que estava lhe acontecendo enquanto o carro com o irmão dobrava a esquina, *deixava-o*, vagamente, ele sabia, mas — ah, pobre Elaine, morta em consequência de alguma doença terrível, e ela tentara tanto com ele, fora tão gentil — não adiantou. A luz do sol o despedaçou.

Bob, que tinha quatro anos quando o pai morreu, lembra-se apenas do sol no capô do carro naquele dia, e de que o pai foi coberto com uma manta, e também — sempre — da voz de menininha de Susan acusando-o: "É tudo culpa sua, seu retardado".

Agora, de pé naquela calçada do Brooklyn, Nova York, Bob viu o irmão jogando-lhe a chave do carro, observou o táxi desaparecer, pensou na tarefa que tinha à frente e dentro dele surgiu o grito *Jimmy, não vá!*

Adriana saiu pela porta.

Susan Olson morava em uma casa estreita de três andares, não longe do centro da cidade. Desde o divórcio, sete anos antes, alugava o andar de cima para uma idosa, a Sra. Drinkwater, que atualmente entrava e saía com menos frequência, nunca reclamava da música que vinha do quarto de Zach e sempre pagava o aluguel em dia. Na noite anterior ao dia em que Zach se entregaria, Susan precisou subir a escada, bater à porta da idosa e explicar-lhe o que acontecera. A Sra. Drinkwater estava surpreendentemente corada.

— Entre, querida — disse ela, sentando-se na cadeira ao lado da escrivaninha. Vestia um penhoar rosa de raiom e tinha as meias enroladas até logo acima dos joelhos; o cabelo grisalho estava preso num coque, mas boa parte dele caía solta. Era assim sua aparência quando não estava vestida para sair, que era a maior parte do tempo. Também era magra feito um graveto.

— A senhora precisa saber — disse Susan, sentando-se na cama —, porque depois de amanhã algum repórter pode lhe perguntar como ele é.

A mulher balançou lentamente a cabeça.

— Bom, ele é quieto. — Ela olhou para Susan. Os óculos eram trifocais imensos, e não se conseguia olhá-la diretamente nos olhos, porque estes oscilavam. — Nunca foi mal-educado comigo — acrescentou ela.

— Não posso lhe dizer o que falar.

— Que bom que seu irmão está vindo. É o famoso?

— Não. O famoso saiu de férias com a esposa.

Um silêncio extenso se seguiu.

— O pai de Zachary sabe? — perguntou a Sra. Drinkwater.

— Enviei um e-mail para ele.

— Ele continua morando na... Suécia?

Susan confirmou com a cabeça.

A Sra. Drinkwater olhou para a escrivaninha, depois para a parede acima dela.

— Como será morar na Suécia?

— Espero que a senhora consiga dormir — disse Susan. — Sinto muito por isso.

— Espero que *você* consiga dormir, querida. Tem um comprimido?

— Não tomo essas coisas.

— Entendo.

Susan levantou-se, passou a mão pelo cabelo curto, olhou em volta como se devesse fazer algo, mas não se lembrasse de quê.

— Boa noite, querida — disse a Sra. Drinkwater.

Susan desceu um lance de escadas e bateu de leve na porta de Zach, que estava deitado na cama com grandes fones de ouvido sobre as orelhas. O notebook jazia na cama a seu lado.

— Está com medo? — ela perguntou.

Ele fez que sim com a cabeça.

O quarto estava quase escuro. Apenas uma luzinha

estava ligada sobre uma estante que suportava pilhas de revistas. Alguns livros estavam espalhados embaixo. As persianas estavam baixadas, e as paredes, pintadas de preto alguns anos antes — Susan voltara do trabalho para casa um dia e as encontrara assim —, não sustentavam pôsteres ou fotografias.

— Teve notícias do seu pai?
— Não. — A voz de Zach estava rouca e grave.
— Pedi a ele que lhe escrevesse.
— Não quero que peça.
— Ele é seu pai.
— Ele não deveria me escrever só porque você mandou.

Após longo momento, ela disse:
— Tente dormir um pouco.

Na hora do almoço, no dia seguinte, ela fez sopa de tomate em lata para Zach e um sanduíche de queijo quente. Ele baixou a cabeça até perto da tigela e comeu meio sanduíche com os dedos magros, então empurrou o prato. Quando a fitou com os olhos escuros, por um instante ela o viu como a criança que um dia ele fora, antes que sua falta de traquejo social fosse completamente exposta, antes que sua incapacidade de praticar qualquer esporte o prejudicasse irremediavelmente, antes que seu nariz se tornasse adulto e anguloso e as sobrancelhas uma linha escura quando ele assumia a aparência de garotinho tímido e muito obediente. Exigente com o que comia, sempre.

— Vá tomar um banho — disse ela. — E ponha uma roupa bonita.

— O que é uma roupa bonita? — perguntou ele.

— Uma camisa com colarinho. E nada de jeans.

— Nada de jeans? — Isso não foi um desafio, mas uma preocupação.

— Tudo bem. Jeans sem furos.

Susan pegou o telefone e ligou para a delegacia de polícia. O chefe O'Hare estava lá. Precisou falar seu nome três vezes antes que a deixassem conversar com ele. Escrevera o que iria dizer. A boca estava tão seca que os lábios grudavam um no outro, e ela teve que movimentá-los mais para que as palavras saíssem.

— A qualquer momento, a partir de agora — concluiu, tirando os olhos da folha de caderno em que escrevera. — Só estou esperando por Bob. — Conseguia visualizar a manzorra de Gerry segurando o telefone, o rosto inexpressivo. Ele ganhara bastante peso ao longo dos anos. Às vezes, não sempre, entrava na óptica do shopping em que Susan trabalhava do outro lado do rio e esperava enquanto os óculos da esposa eram consertados. Acenava para ela. Não era para ser agradável nem desagradável; era como ela esperava que ele agisse.

— Humm. Susan. Vejo que temos um problema aqui. — Sua voz ao telefone era cansada, profissional. — Uma vez que sei quem é o autor, seria errado não mandar alguém pegá-lo. Esse caso ganhou muita publicidade.

— Gerry — disse ela. — Pelo amor de Deus. Por favor, não mande um carro de polícia. Por favor, não faça isso.

— Penso assim: acho que não tivemos esta conversa. Velhos amigos. É o que somos. Tenho certeza de que a verei em breve. Antes do dia terminar. É isso.

— Obrigada — disparou ela.

Bob dirigia sem problemas o carro do irmão, sentindo sua estabilidade. Pelo para-brisa, via as placas de *outlets* ou os lagos, mas principalmente via as árvores de Connecticut aproximando-se, zunindo, enfim desaparecendo atrás. O tráfego movia-se com rapidez e com sensação de comunidade, como se todos os motoristas fossem inquilinos naquelas formas que avançavam rapidamente. A imagem de Adriana surgiu-lhe na mente. Estou com medo, ela disse a ele, parada à porta em um agasalho marrom, o cabelo com mechas loiras movendo-se na brisa. Tinha uma voz gutural que ele não ouvira antes — ela nunca falara com ele. Sem maquiagem, parecia muito mais nova; as maçãs do rosto estavam pálidas, os olhos verdes tinham aros vermelhos e eram grandes e inquisidores. Mas as unhas estavam roídas, e isso partiu o coração de Bob. Pensou: Quase podia ser minha filha. Havia anos vivia com a sombra dos não filhos aparecendo diante de si. Mais cedo na vida, podia ser uma criança em um parquinho por onde passava, loira (como Bob fora um dia), brincando de amarelinha. Mais tarde, adolescentes — menino ou menina, aconteceu com ambos — rindo com os amigos na rua. Ou, hoje mesmo, um aluno de direito que fazia estágio em seu escritório podia revelar uma expressão repentina que levava Bob a pensar: Este podia ser meu filho.

Ele perguntou se Adriana tinha família por perto.

Os pais em Bensonhurst administravam edifícios de apartamentos. Balançou a cabeça, ela tinha pouco contato com eles. Mas trabalhava em Manhattan como assistente de advocacia. Mas de que maneira trabalharia sentindo-se tão… e fez um movimento circular perto da orelha. Os lábios estavam muito pálidos. O trabalho vai ajudar, disse ele. Você ficará surpresa. Não me sentirei assim para sempre?, perguntou ela.

Ah, não. Não. (Mas ele sabia: o fim de um casamento era uma maluquice.) Você ficará bem, disse-lhe. Disse-lhe isso tantas vezes quantas o cachorro com calafrios cheirou o chão; ela fez a mesma pergunta a mesma quantidade de vezes. Disse que poderia perder o emprego; uma mulher estava voltando da licença-maternidade e o escritório era muito pequeno. Ele lhe deu o nome do escritório de Jim; o lugar era enorme, estavam sempre contratando, ela não deveria se preocupar. A vida daria um jeito de seguir adiante, disse. Mas acha isso mesmo?, ela perguntou, e ele disse que sim.

Os edifícios rosáceos de Hartford passaram, e Bob precisou diminuir a velocidade para se concentrar. O tráfego estava aumentando. Ultrapassou um caminhão; um caminhão o ultrapassou. E, quando por fim entrou em Massachusetts, seus pensamentos, como se estivessem esperando, voltaram-se para Pam. Pam, sua muito amada ex-mulher, cuja inteligência e cuja curiosidade eram igualadas apenas pela própria convicção de que não as possuía. Pam, que conhecera caminhando pelo *campus* da Universidade do Maine havia mais de trinta anos. Ela era de Massachusetts, filha única de pais velhos que, quando Bob os cumprimentou pela primeira vez na formatura, pareciam esgotados pela filha caótica (a mãe continuava viva, acamada, em uma casa de repouso não muito distante daquela rodovia, sem saber quem era Pam, nem Bob, se quisesse visitá-la, o que fizera no passado). Pam, cheinha quando jovem, intensa, desnorteada, sempre pronta para rir, sempre repleta de entusiasmo pelo próximo. Quem poderia dizer qual ansiedade a conduzia? Ele se lembrou dela, uma noite, agachada para urinar entre dois carros estacionados no West Village, bêbada e rindo, depois que se mudaram para Nova York. Ao movimento feminino, um punho erguido no ar. Direitos de mijar de modo igual! Pam, que sabia xingar feito um marinheiro. Sua muito amada Pam.

Então, vendo uma placa para Sturbridge, à cabeça de Bob veio a avó, que costumava contar histórias dos ancestrais ingleses que chegaram dez gerações antes. Bob, sentado à cadeira infantil: "Conte a parte sobre os índios". Ah, aconteceram escalpelamentos, e uma garotinha sequestrada, levada para o Canadá, e seu irmão, embora tenha demorado anos com suas roupas esfarrapadas, foi e a resgatou, trouxe-a de volta à cidade costeira. Nessa época, disse a avó, as mulheres faziam sabão com cinzas. Usavam raiz de margarida para dor de ouvido. Um dia, a avó contou como os ladrões eram obrigados a andar pela cidade. Disse que, se um homem roubasse um peixe, tinha que andar pela cidade segurando o peixe e gritando: "Roubei este peixe e estou arrependido!". E o pregoeiro da cidade o seguia batendo um tambor.

O interesse de Bob pelos ancestrais acabou com essa história. Forçado a andar pela cidade gritando: "Roubei este peixe e estou arrependido!"?

Não. Fim.

E o começo de New Hampshire, com a loja de bebidas que pertence ao governo bem ao lado da rodovia, nuvens outonais baixas no céu. New Hampshire, com a legislatura arcaica criada por umas centenas de pessoas e ainda aquela placa de carro VIVER LIVRE OU MORRER. O tráfego estava ruim; pessoas entravam no anel viário para chegar à folhagem das montanhas Brancas. Ele parou para tomar café e telefonar à irmã.

— Onde você está? — perguntou ela. — Estou ficando maluca. Não consigo acreditar que está tão atrasado, só que consigo.

— *Oy*, Susan. Chego logo.

O sol já começava o percurso descendente. De volta ao carro, ele deixou para trás Portsmouth, que havia anos vinha sendo renovada, assim como muitas dessas cidades costeiras; toda essa renovação urbana começou no fim dos anos setenta, quando ruas de paralelepípedos foram recuperadas, com suas casas antigas consertadas, postes de iluminação obsoletos e muitas lojas de velas. Todavia, Bob lembrou-se de quando Portsmouth ainda era uma cidade naval entediante, e um tremor profundo de nostalgia passou por ele enquanto se recordava das ruas despretensiosas, esburacadas; das vitrines grandes de uma loja de departamentos, havia muito fechada, onde os expositores pareciam mudar apenas do verão para o inverno, os manequins acenavam eternamente com uma bolsa pendurada em um pulso quebrado, uma mulher sem olhos parada perto de um homem alegre sem olhos, uma mangueira de jardim aos pés — sorriam, esses manequins. De tudo isso Bob se lembrava, pois ele e Pam pararam ali a caminho de Boston no ônibus da Greyhound, Pam arrebatada na saia traspassada.

Um milhão de anos atrás.

— Permaneça no presente — diria Elaine, e agora ele se dirigia ao encontro da desagradável Susan. Família é família, e ele sentia falta de Jimmy. A antiga "Bobicidade" interna de Bob voltara.

※

Eles se sentaram no banco de cimento no saguão da delegacia de polícia de Shirley Falls. Gerry O'Hare meneou a cabeça para Bob como se o tivesse visto no dia anterior — embora de fato tivessem se passado anos — e levou Zach por uma porta, até a sala de interrogatório. Um policial trouxe café em copos descartáveis para Bob e Susan; ambos agradeceram e seguraram os copos, hesitantes.

— Zach tem amigos? — perguntou Bob, em voz baixa, quando estavam a sós. Fazia mais de cinco anos que Bob estivera em Shirley Falls, e ver o sobrinho — alto, magro, com o rosto inexpressivo receoso — o assustou. Assim como ver a irmã. Ela estava magra; o cabelo curto, ondulado, quase todo grisalho; era notavelmente não feminina. O rosto de feições comuns parecia tão mais velho do que esperava que Bob não conseguia acreditar que tivessem a mesma idade. (Gêmeos!)

— Não sei — respondeu Susan. — Ele é repositor de prateleiras no Walmart. Às vezes... raramente, vai de carro até West Annett para ver um cara com quem trabalha. Mas ninguém vem visitá-lo. — E acrescentou: — Achei que o deixariam entrar com ele.

— Não tenho registro para advogar aqui, Susan. Já falamos sobre isso. — Bob olhou por cima do ombro. — Quando foi que construíram este lugar? — A antiga delegacia de polícia de Shirley Falls ficava no prédio da prefeitura, um edifício grande nos fundos do parque, e Bob lembrava que era aberta: você entrava lá e encontrava os policiais atrás das mesas. Ali não era assim. Tinha esse saguão pequeno diante de dois vidros escuros, e eles precisavam tocar uma espécie de campainha para que alguém viesse lhes falar. Bob sentia-se culpado só de estar ali.

— Cinco anos atrás, talvez — disse Susan vagamente. — Não sei.

— Por que precisam de uma delegacia nova? O estado está perdendo população, ficando cada dia mais pobre, e tudo o que faz é construir escolas novas e edifícios públicos.

— Bob. Não me importo. Francamente. Com suas observações sobre o Maine. Além disso, a população desta cidade está crescendo... — a voz de Susan diminuiu para um sussurro — por causa *deles*.

Bob bebeu o café. Era um café ruim, mas não dava tanta importância ao café que tomava, ou ao vinho, como muitas pessoas fazem nos dias de hoje.

— Diga que achou que era uma piada boba e que seu advogado virá na segunda-feira. Vão querer que você fale mais que isso, mas não diga mais nada — disse Bob a Zachary. Zachary, tão mais alto que na última vez que Bob o vira, tão magro, tão assustado, ficou apenas olhando para ele.

— Alguma ideia do porquê de ele ter feito isso? — Bob tentou fazer a pergunta com delicadeza.

— Nenhuma. — Após um instante, Susan disse: — Pensei que poderia perguntar isso a ele.

Isso alarmou Bob. Ele não sabia o que fazer com garotos. Alguns dos amigos tinham filhos que ele adorava, e os de Jim ele adorava muito, mas não ter nenhum o tornava diferente. Ele não sabia como explicar isso a Susan. Perguntou:

— Zach mantém contato com o pai?

— Trocam e-mails. Às vezes, Zach parece... bem, não feliz, mas menos *in*feliz, e acho que é por causa de alguma coisa que Steve escreve a ele, mas Zach não fala comigo a respeito. Steve e eu não conversamos desde que ele foi embora. — As faces de Susan ficaram rosadas. — Outras vezes, Zach fica muito triste, e acho que isso também está relacionado a Steve, mas não *sei*, Bob, tudo bem? — Ela apertou o nariz e fungou alto.

— Ei, não entre em pânico. — Bob olhou em volta à procura de um lenço de papel, mas não achou nada. — Você sabe o que Jimmy diria, não sabe? Diria que não se chora no beisebol.

— Que merda é essa, Bobby? — perguntou Susan.

— É aquele filme que fizeram sobre beisebol com mulheres. É uma ótima frase.

Susan inclinou-se para a frente a fim de colocar o copo de café no chão, debaixo do banco.

— Se estiver jogando beisebol. Meu filho está sendo preso.

Uma porta de metal foi aberta e fechada com força. Um policial, baixo, com manchas escuras no rosto jovem, saiu para o saguão.

— Tudo pronto, pessoal. Vão transportá-lo para a cadeia. Vocês podem nos acompanhar. Vão fichá-lo e chamar o comissário de fiança, então poderão levá-lo para casa.

— Obrigado — disseram os gêmeos em uníssono.

A luz do fim de tarde estava diminuindo, e a cidade parecia cinza-crepúsculo e sombria. Seguindo a viatura, eles conseguiam ver a cabeça de Zach no assento traseiro. Atravessaram a ponte que os levaria até a cadeia municipal.

— Onde estão todos? — perguntou Bob. — É sábado à tarde e a cidade está morta.

— Está morta há anos — Susan inclinou-se para a frente enquanto dirigia.

Olhando para uma rua transversal, Bob viu um homem de pele escura andando devagar, as mãos nos bolsos do casaco aberto que parecia grande demais para ele. Sob o casaco, vestia um roupão branco que ia até os pés. Na cabeça, tinha um chapéu quadrado de tecido.

— Ei — disse Bob.

— O quê? — Susan olhou irritada para ele.

— Esse aí é um deles?

— Um deles? Você é retardado, Bob. Vivendo em Nova York todos esses anos e nunca viu um *crioulo*?

— Susan, calma.

— Calma. Não tinha pensado nisso. Obrigada. — Susan parou em uma vaga próxima ao carro de polícia, que entrara em um grande estacionamento atrás da cadeia. Viram brevemente Zach de algemas. Ele pareceu cair sobre a viatura quando saiu, então o policial o conduziu na direção do prédio.

— Bem atrás de você, amigo — falou Bob, abrindo a porta do carro. — Estamos com você!

— Bob, pare — disse Susan.

— Estamos com você — ele disse outra vez.

Novamente, sentaram-se em um saguão pequeno. Apenas uma vez um homem vestindo roupa azul-escura saiu para lhes dizer que estavam fichando Zach, colhendo as impressões digitais, e que já haviam chamado o comissário de fiança. Pode demorar um pouco para ele aparecer, disse o homem. Quanto tempo? Não soube dizer. Aí irmão e irmã sentaram-se. Havia um caixa eletrônico e uma máquina de lanches. E, de novo, vidros escuros.

— Estamos sendo observados? — sussurrou Susan.

— Provavelmente. Ficaram sentados com os casacos, olhando direto em frente. Por fim, Bob fez uma pergunta:

— O que mais Zach faz além de repor prateleiras?

— Quer saber se anda por aí roubando as pessoas? Se é viciado em pornografia infantil? Não, Bob. Ele é apenas... o Zach.

Bob remexeu-se no casaco.

— Acha que ele tem alguma relação com algum grupo de skinheads? Ou de supremacia branca, algo assim?

Susan olhou para ele, surpresa, então apertou os olhos.

— Não. — Acrescentou em tom mais ameno: — Não creio que tenha alguma relação de verdade com alguém. Ele não é assim, Bob.

— Só para ter certeza. Vai ficar tudo bem. Ele pode ter que prestar serviço comunitário. Ter aulas de diversidade.

— Acha que ele continua de algemas? Aquilo foi terrível.

— Eu sei — disse Bob, e pensou em como a cena do vizinho mauricinho sendo levado pela rua parecia ter acontecido anos atrás. Até a conversa daquela manhã com Adriana parecia incrível, estava muito distante.

— Zach não está de algemas agora. É apenas o procedimento. Para trazê-lo até aqui.

— Parte do clero local quer fazer uma manifestação — disse Susan, cansada.

— Uma manifestação? Por causa disso? — Bob esfregou as mãos nas coxas. — *Oy* — disse.

— Você poderia não falar *Oy*? — perguntou Susan, brava. — Por que *diz* isso?

— Porque faz vinte anos que trabalho na defensoria pública, Susan, e muitos judeus que trabalham lá dizem *Oy* e agora digo *Oy*.

— Bem, isso soa afetado. Você não é judeu, Bob. Mais branco impossível.

— Sei disso — concordou Bob. Ambos ficaram em silêncio.

— Quando será essa manifestação? — perguntou Bob, afinal.

— Não faço ideia.

Bob baixou a cabeça e fechou os olhos. Após alguns minutos, Susan perguntou:

— Está rezando ou morreu?

Bob abriu os olhos.

— Lembra-se de quando levamos Zach e os filhos do Jim para a Vila de Sturbridge, quando eram pequenos? O convencimento daquela mulher que foi nossa guia no local usando um daqueles chapéus idiotas que cobrem a cabeça? Sou um puritano que se odeia.

— Você é um esquisito que se odeia — respondeu Susan. Estava agitada, esticando o pescoço para espiar através do vidro escuro da entrada. — Por que está demorando tanto?

E demorou. Ficaram sentados ali por quase três horas. Bob saiu do prédio uma vez para fumar. O céu escurecera. Quando o comissário de fiança apareceu, o cansaço de Bob estava estampado em seu rosto. Susan pagou duzentos dólares em notas de vinte, e Zach saiu pela porta, o rosto branco feito papel.

Quando se preparavam para sair, um homem de uniforme disse:

— Há um fotógrafo lá fora.

— Como é possível? — perguntou Susan, a preocupação saltando na voz.

— Não se assuste. Vamos lá, garoto. — Bob conduziu Zach na direção da porta. — Seu tio Jim adora fotógrafos. Ficará com inveja se você se tornar o astro da família.

E Zach, talvez por ter achado aquilo engraçado, talvez porque a tensão daquele dia estava chegando ao fim, sorriu para Bob enquanto saía pela porta. Um repentino clarão recebeu-os no ar frio.

Aquele primeiro golpe suave de brisa tropical tocou Helen assim que a porta do avião se abriu. Esperando que a bagagem fosse colocada no carro, Helen sentiu-se banhada pelo ar. Eles passaram por casas com flores caindo das janelas, campos de golfe verdes e rastelados, e na frente do hotel havia uma fonte, a água delicada jorrando ao céu. No quarto deles, uma tigela com limões jazia sobre a mesa.

— Jimmy — disse Helen —, sinto-me uma noiva.

— Que legal. — Ele estava distraído.

Ela cruzou os braços, as mãos tocando os ombros opostos (a linguagem de sinais particular por muitos anos), então o marido adiantou-se.

Durante a noite, ela teve pesadelos. Eram vívidos, aterrorizantes, e ela lutou para se manter desperta enquanto o sol entrava pela abertura das longas cortinas. Jim estava saindo para jogar golfe.

— Volte a dormir — disse ele, beijando-a.

Quando acordou novamente, a felicidade voltara, brilhante como o sol que agora cortava o quarto. Ela ficou deitada, repleta de felicidade, alisando o lençol frio com a perna, pensando nos filhos, todos três já na faculdade. Escreveria um e-mail: Amados Anjos, seu pai está jogando golfe e sua velha mãe vai tomar um pouco de sol nos tornozelos de veias azuis. Dorothy está carrancuda como receei que estaria. Papai diz que a garota mais velha, Jessie (Emily, você nunca gostou dela, lembra?), está realmente lhes dando trabalho. Mas ninguém falou disso na noite passada durante o jantar, então fui educada e não me gabei dos *meus* queridos. Em vez disso, falamos do seu primo Zach. Depois conto *isso* melhor! Estou com saudade de você, você e você...

Dorothy estava lendo perto da piscina, as pernas longas esticadas em uma espreguiçadeira.

— Bom dia — disse ela sem erguer os olhos.

Helen arrumou uma cadeira para pegar o melhor do sol.

— Dormiu bem, Dorothy? — Sentou-se e pegou protetor solar e um livro na bolsa de palha. — Tive pesadelos.

Passaram-se momentos antes que Dorothy erguesse os olhos da revista.

— Que chato.

Helen passou protetor nas pernas, ajeitou o livro.

— Só para você saber, não se sinta mal em sair do clube do livro.

— Não me sinto. — Dorothy descansou a revista e admirou o azul brilhante da piscina. Disse, meditativa: — Muitas mulheres em Nova York não são estúpidas até que se reúnam, então ficam estúpidas. Realmente odeio aquilo. — Olhou para Helen. — Desculpe.

— Não precisa — disse Helen. — Você pode dizer o que quiser.

Dorothy mordeu o lábio, voltando a olhar para a água azul.

— Isso é legal da sua parte, Helen — disse ela, por

fim. — Mas por experiência própria sei que as pessoas não querem que os outros digam o que quiserem.

Helen esperou.

— Os terapeutas não querem — disse Dorothy, ainda olhando para a frente. — Contei ao nosso terapeuta familiar que eu tinha pena do namorado da Jessie, e tenho (ela é cem por cento controladora), e o terapeuta olhou para mim como se eu fosse a pior mãe do mundo. Pensei: Jesus, se você não puder falar a verdade no consultório do terapeuta, onde vai falar? Em Nova York, criar filhos é um esporte terrivelmente competitivo. Feroz e sangrento. — Dorothy tomou um grande gole do copo de plástico de água e disse: — O que elas estão fazendo você ler este mês?

Helen passou a mão pelo livro.

— É sobre uma mulher que era faxineira e agora escreveu um livro sobre tudo o que descobriu quando xeretava. — Com o calor, Helen ficou corada. A escritora descobrira algemas, chicotes, prendedores de mamilos e coisas que Helen não sabia que existiam.

— Não leia essa bobagem — disse Dorothy. — É disso que estou falando... mulheres mandando outras mulheres ler livros idiotas quando há um mundo inteiro lá fora. Aqui, leia este artigo. Diz respeito à crise da sua cunhada, de que Jim estava falando na noite passada. — Ela estendeu o braço longo e pegou um caderno do jornal que descansava na mesa de plástico ao seu lado, entregando-o a Helen e acrescentando: — Apesar de que, você sabe como é o Jim, ele acha que qualquer crise é toda dele.

Helen vasculhou a bolsa de palha.

— Bem, a coisa é assim. — Ela ergueu o olhar da bolsa e levantou um dedo. — Jim saiu do Maine. — Ergueu mais um dedo. — Bob saiu do Maine. — Três dedos. — O marido de

Susan saiu do Maine e da vida dela. — Helen voltou à bolsa e encontrou o protetor labial. — Então Jim se sente responsável. Jim tem senso aguçado de responsabilidade. — Helen tocou os lábios com o protetor.

— Ou de culpa.

Helen pensou a respeito.

— Não — disse. — Responsabilidade.

Dorothy virou a página da revista e não respondeu. Então Helen — que teria gostado de conversar, ela sentiu o borbulhar do bate-papo na outra — sentiu-se obrigada a pegar o jornal e ler o artigo que lhe fora indicado. O sol ficou mais quente, e a transpiração formava uma linha sobre o lábio superior, não importando quantas vezes Helen passasse o dedo sobre ele.

— Meu Deus, Dorothy! — disse ela por fim, porque o artigo era realmente perturbador. E ainda assim ela sentiu que se largasse o jornal Dorothy a veria como uma mulher superficial (e idiota) que não tinha preocupações no mundo além das próprias. Continuou lendo.

O artigo era sobre campos de refugiados no Quênia. Quem estava naqueles campos? Somalis. E quem sabia disso? Não a Helen. Bem, agora ela sabia. Agora sabia que algumas daquelas pessoas que moravam em Shirley Falls, no Maine, tinham vivido durante anos em condições medonhas, difíceis de acreditar. Helen, apertando os olhos, leu como as mulheres, para conseguir lenha, tinham que se afastar do campo, então bandidos podiam estuprá-las; algumas dessas mulheres foram estupradas diversas vezes. Muitos dos filhos morreram de fome em seus braços. As crianças que sobreviviam não iam à escola. Não havia escolas. Os homens ficavam sentados mascando folhas — *khat* — que os mantinham drogados, e as mulheres (eles podiam ter até quatro) tentavam manter a família viva com um pouquinho de arroz e gotas de óleo de cozinha que recebiam das autoridades a cada seis semanas. Havia fotografias, claro. Mulheres africanas magras e altas equilibrando madeira e grandes vasilhames de água sobre a cabeça, tendas rasgadas e barracos de taipa, uma criança doente com moscas perto do rosto.

— Isso é terrível — disse ela. Dorothy, assentindo, continuou a ler a revista.

E era terrível, e Helen sabia que devia se sentir péssima. Mas não entendia por que essas pessoas, que caminhavam quatro dias para fugir de seu país violento, deviam ir para o Quênia e ficar nesse sofrimento infernal. Por que alguém não fazia algo?, Helen perguntou-se. Mas de modo geral não queria ler aquilo, e isso a fez se sentir uma pessoa má, e lá estava ela desfrutando de suas lindas (e caras) férias, e não queria se sentir uma pessoa má.

Fatuma caminha três horas para conseguir lenha. Sempre vai com outras mulheres, mas sabem que não é seguro. Segurança é uma palavra que não conhecem.

Então Helen, com o calor tomando conta dela, a luz do sol a se espalhar pela brilhante piscina azul, teve um repentino e inesperado sentimento de grande indiferença. Essa perda, pois era uma perda não se importar com o calor, as primaveras, deixar aquela manhã se dissolver em uma simples espera por Jim voltar do golfe, a perda era suficiente para sentir, em outro momento, algo parecido com angústia, que então se tornava outra coisa: indiferença. Mas isso tinha feito estragos. Helen remexeu-se na espreguiçadeira e cruzou os tornozelos, pois naquele momento de quase angústia os próprios filhos pareceram perdidos para ela; um breve espasmo de sua mente fez com que se visse em uma casa de repouso, os filhos crescidos visitando-a com uma solicitude fria enquanto ela dizia "Tudo passa tão rápido" — significando a vida, claro — e via a expressão de simpatia no rosto deles enquanto esperavam passar tempo suficiente para que pudessem ir embora, com a própria e urgente vida os chamando. Eles não querem ficar comigo, pensou enquanto esse momento-de-sensação-bem-real ricocheteava em sua mente. Ela nunca pensara nisso. Helen observou as frondes de uma palmeira oscilando delicadamente.

Isso é conto da carochinha, lhe haviam dito as mulheres do clube do livro, quando ela se mostrou aflita pelo fato de o filho mais novo ir para a faculdade no Arizona. O ninho vazio é liberdade, disseram-lhe. Ninho vazio revigora a mulher. São os homens que começam a desabar. Homens na casa dos cinquenta sofrem.

Helen fechou os olhos contra o sol e viu os filhos caindo na piscina no quintal da casa em West Hartford, a pele úmida dos pequenos membros enquanto entravam e saíam; viu-os adolescentes andando pelas calçadas de Park Slope com os amigos; sentiu-os aconchegados junto a ela no sofá, nas noites em que a família se reunia para assistir às séries de TV favoritas. Abriu os olhos.

— Dorothy.

Dorothy virou o rosto para Helen, os óculos de sol pretos voltados para ela.

— Sinto falta dos meus filhos.

Dorothy voltou-se para a revista e disse:

— Você não está ensinando o pai-nosso ao vigário, espero.

A cachorra esperava na porta, abanando o rabo ansiosamente, uma pastora-alemã com pelo branco no queixo.

— Ei, Tita — Bob acariciou a cabeça da cadela e entrou na casa, que estava muito fria. Zach, que não dissera nada no caminho entre a cadeia e a casa, subiu de imediato a escada. — Zach — chamou Bob. — Venha falar com seu tio.

— Deixe-o em paz — disse Susan em seguida, seguindo o filho. Alguns minutos depois, desceu a escada usando um suéter com um cervo na frente. — Ele não quer comer. Colocaram-no em uma cela, e está quase morto de medo.

— Deixe-me falar com ele — Bob disse, e acrescentou, em voz mais baixa: — Pensei que quisesse que falasse com ele.

— Depois. Agora deixe-o quieto. Ele não gosta de falar. Passou por muita coisa. — Susan abriu a porta da cozinha e a cachorra entrou com cara de culpada. Despejou ração na tigela de metal, foi para a sala de estar e sentou-se no sofá. Bob a seguiu. Susan pegou uma sacola de tricô.

Lá estavam eles.

Bob não tinha ideia do que fazer. Jim saberia o que fazer. Jim tinha filhos; Bob, não. Jim assumia o controle; Bob, não. Ele se sentou ainda de casaco e olhou em volta. Havia pelo de cachorro pelos rodapés.

— Você tem algo para beber, Susan?

— Moxie[1].

— Só isso?

— Só isso.

Então estavam em guerra como sempre estiveram. Ele estava preso em seu casaco naquele frio de congelar e não tinha nada para beber. Ela sabia disso e o manteve dessa forma. Susan nunca bebia, assim como a mãe. Susan provavelmente achava que Bob era alcoólatra, e Bob achava que era quase alcoólatra, mas não de verdade, e concluiu que havia grande diferença entre as duas coisas.

Ela perguntou se ele queria comer. Disse que achava que tinha pizza congelada. Ou uma lata de feijões. Cachorro-quente.

— Não. — Ele não iria comer sua pizza congelada ou seus feijões enlatados. Queria dizer a ela que nem de longe era assim que as pessoas viviam, que era por isso que não aparecera lá nos últimos cinco anos, porque não conseguia aguentar. Queria dizer a ela que as pessoas voltavam para casa depois de um dia tenso, bebiam um drinque, preparavam a comida. Aumentavam o termostato, conversavam umas com as outras, telefonavam aos amigos. Os filhos de Jim estavam sempre correndo escada acima e abaixo: Mãe, você viu minha malha verde? Mande a Emily me dar o secador de cabelo. Até Larry,

---

[1] Moxie é um refrigerante feito de raiz amarga, criado no Maine e designado "refrigerante oficial" desse estado. (N. do T.)

o mais quieto, ria: Tio Bob, lembra-se da piada da tenda que você me contou quando eu era bem pequeno? (Na Vila de Sturbridge, enfiando-se em troncos e pelourinhos: Tire uma foto, tire uma foto! Zachary, tão magro que as duas pernas cabiam em um buraco, quieto feito um rato.)

— Ele vai para a prisão, Bobby? — Susan parou de tricotar e olhou para ele com o rosto que pareceu repentinamente jovem.

— Ah, Susie — Bob tirou as mãos dos bolsos e inclinou-se para a frente. — Duvido. É uma simples contravenção.

— Ele estava com muito *medo* naquela cela. Nunca o vi com tanto medo. Acho que morreria se tivesse que ficar preso.

— Jim disse que Charlie Tibbetts é ótimo. Vai ficar tudo bem, Susie.

A cachorra entrou na sala parecendo culpada novamente, como se comer a ração fosse algo que a fizesse merecer apanhar. Deitou-se e pôs a cabeça no pé de Susan. Bob não se lembrava de ter visto um cachorro tão triste. Pensou no cãozinho que não parava de latir e morava debaixo dele em Nova York. Tentou pensar em seu apartamento, em seus amigos, em seu trabalho em Nova York — nada disso parecia real. Ficou olhando enquanto a irmã voltava a tricotar, então disse:

— Que tal seu emprego? — Susan era optometrista havia anos, e ele percebeu que não tinha ideia de como aquilo era para ela.

Susan puxou lentamente a lã.

— Nós, *baby boomers*, estamos envelhecendo, sempre há trabalho. Atendi alguns somalianos — acrescentou ela. — Não muitos, só uns poucos.

— Como eles são? — perguntou Bob após um instante.

Ela olhou para Bob como se aquela pudesse ser uma pergunta capciosa.

— Um pouco reservados, na minha opinião. Não marcam consultas. Cautelosos. Não sabem o que é um ceratômetro. Uma mulher agiu como se eu estivesse rogando uma praga para ela.

— Não sei o que é um ceratômetro.

— Ninguém sabe, Bob. Mas as pessoas não agem como se eu as estivesse amaldiçoando. — As agulhas de Susan começaram a tricotar rapidamente. — Podem tentar negociar o preço, o que me assustou da primeira vez que aconteceu. Então soube que é o que fazem: pechinchar. Nada de cartão de crédito. Não acreditam em crédito. Desculpe. Não acreditam em *juros*. Então pagam em dinheiro. Não sei onde o conseguem. — Susan balançou a cabeça para Bob. — Continuavam chegando e chegando e quase não havia dinheiro suficiente; bem, não havia dinheiro suficiente, então a cidade teve que conseguir mais com o governo federal, e, sério, Shirley Falls, se você considerar como estava despreparada, tem sido ótima para eles. Isso dá a todos os liberais uma grande causa, o que eles precisam, é claro, como você bem sabe, sendo um liberal, sempre precisam de uma causa. — Ela parou de tricotar. O rosto, quando o ergueu, tinha uma leve camada de espanto infantil, e assim mais uma vez pareceu jovem. — Posso dizer uma coisa? — perguntou.

Ele ergueu as sobrancelhas.

— O que eu quero dizer, o que reparei, e isso me intriga, são as pessoas da cidade que ficam muito *felizes* em poder contar a todo o mundo que estão ajudando os somalianos. Como os Prescott. Tinham uma sapataria em South Market, talvez a tenham fechado agora, não sei. Mas Carolyn Prescott e a nora estão sempre levando as mulheres somalianas às compras e adquirem geladeiras, máquinas de lavar e conjuntos completos de panelas para elas. Penso: há algo errado comigo porque não quero comprar uma geladeira para uma somaliana? Não que eu tenha dinheiro, mas se tivesse... — Susan desviou o olhar para o espaço, então recomeçou a tricotar. — No entanto, não tenho vontade de arrastar essas mulheres por aí, comprar coisas para elas e então contar a todo o mundo o que fiz. Isso me deixa cética, só isso. — Susan cruzou os tornozelos. Continuou: — Tenho uma amiga, Charlene Bergeron, que teve câncer de mama, e as pessoas se ofereceram para ajudá-la com os filhos e levá-la às sessões de tratamento. Mas então o marido se divorciou dela alguns anos depois. E nada. Zero. Ninguém se dispôs a ajudá-la. E isso machuca, Bob. Foi assim comigo, quando Steve foi embora. Fiquei morta de medo. Não sabia se conseguiria manter esta casa. Ninguém se ofereceu para me comprar uma geladeira. Ninguém se ofereceu para me pagar uma *refeição*. E eu estava morrendo, sinceramente. Estava mais sozinha que as somalianas, aposto. Elas têm família por todo canto.

— Ah, Susie, sinto muito — disse Bob.

— As pessoas são engraçadas, só isso. — Susan esfregou o nariz com o dorso da mão. — Alguns dizem que não é diferente de quando a cidade estava cheia de franco-canadenses trabalhando nas fábricas e falando francês. Mas *é* diferente, porque o que ninguém fala é que eles não querem estar aqui. Estão esperando para ir para casa. Não querem fazer parte do nosso país. Só estão dando um tempo, mas enquanto isso pensam que nosso modo de vida é desprezível, ostentador e sujo. Isso me magoa, honestamente. E são cem por cento fechados.

— Bem, Susie. Durante anos os franco-canadenses também foram fechados.

— É diferente, Bob. — Ela deu um puxão no novelo. — E não são mais chamados franco-canadenses. Franco-americanos, por favor. Os somalianos não gostam de ser comparados a eles. Dizem que são completamente diferentes. São *incomparáveis*.

— São muçulmanos.

— Reparei — disse ela.

Quando Bob voltou para dentro depois de fumar, Susan estava tirando salsichas do congelador.

— Acreditam em clitoridectomia. — Ela colocou água em uma panela.

— *Oy*, Susan.

— *Oy*, você também. Santo Deus! Quer uma dessa?

Ele se sentou à mesa da cozinha, ainda de casaco.

— Isso é ilegal aqui — disse Bob. — É ilegal há anos. E eles são somalis, não somalianos.

Susan se virou, segurando o garfo junto ao peito.

— Veja, Bob, é por isso que vocês liberais são umas bestas. Desculpe-me. Mas você é. As garotinhas deles sangram feito loucas, são levadas ao hospital porque estão sangrando muito na escola. Ou a família economiza dinheiro para enviá-las de volta à África e fazer isso lá.

— Você acha que devemos perguntar ao Zach se ele está com fome? — Bob esfregou a nuca.

— Vou levar estas para ele no quarto.

— Não se diz mais "crioulo", também. Susan, você deveria saber. Nem "retardado". São coisas que deveria saber.

— Ah, pelo amor de Deus, Bob! Eu estava debochando de você. Esticando o pescoço do jeito que você fez. — Susan verificou a panela no fogão e após um instante disse: — Sinto falta do Jim. Sem ofensa.

— Também preferiria que ele estivesse aqui.

Ela se virou, o rosto rosado pelo vapor da água fervente.

— Uma vez — disse ela —, logo depois do julgamento do caso Packer, estava no shopping e ouvi um casal falando do Jim. Diziam que ele deixou de ser promotor para virar advogado de defesa porque queria pegar um caso famoso e ganhar dinheiro. Aquilo acabou comigo.

— Ah, são idiotas, Susie — Bob fez um gesto com a mão. — Advogados mudam de lado o tempo todo. E ele já estava atuando como defensor no escritório de Hartford. Tudo é trabalho de defesa. Defenda o Estado ou defenda o acusado. Esse caso caiu no colo dele, e ele fez um trabalho ótimo. Quer as pessoas acreditem ou não que Wally era culpado.

Susan disse com sinceridade:

— Mas acho que a maioria das pessoas que se lembram de Jim ainda o amam. Adoram quando ele aparece na TV. Ele nunca parece um Sr. Sabe-Tudo, é o que dizem. E é verdade.

— É verdade. A propósito, ele odeia aparecer na TV. Faz isso porque o escritório manda. Acho que adorou a publicidade durante o caso Packer, mas creio que não é mais assim. A Helen gosta. Sempre avisa todo o mundo quando ele vai aparecer na TV.

— Bem, Helen. Claro.

Aquilo unia os dois, o amor por Jim. Bob aproveitou para se levantar e dizer que iria sair para arrumar uma comida diferente.

— O restaurante italiano ainda está aberto? — perguntou.

— Está.

As ruas estavam escuras. Ele sempre ficava surpreso de ver como a noite era escura fora da cidade. Dirigiu até um mercadinho e comprou duas garrafas de vinho, o que era possível fazer em um mercado no Maine. Comprou daqueles com tampa de rosca. Enquanto dirigia, sem reconhecer as coisas como pensou que reconheceria, teve cuidado para não ir na direção da casa de sua infância. Desde a morte da mãe (anos atrás, ele perdera a conta dos anos) não passava pela casa. Parou diante de uma placa "pare", virou à direita e viu o velho cemitério.

À esquerda, havia prédios de apartamento de quatro andares. Aproximava-se do centro da cidade. Dirigiu por trás do que já fora a principal loja de departamentos, a Peck's, antes de o shopping ser construído do outro lado do rio. Quando Bob era pequeno, suas roupas eram compradas na seção infantil. A lembrança era de vergonha e constrangimento lancinante: o vendedor ajeitando o fundilho de suas calças, levando a fita métrica pela perna até a virilha; e ele comprando camisas vermelhas de gola rulê, também em azul-marinho, a mãe aprovando com a cabeça. O prédio estava vazio agora, as janelas com tábuas. Passou por onde ficava a rodoviária, onde havia cafés, revistarias e padarias. E de repente apareceu um negro andando sob a luz de um poste. Era alto e elegante, com a camisa folgada, e talvez tivesse um colete por cima. Bob não soube dizer. Enrolado nos ombros, um xale preto e branco com borlas.

— Ei, legal — disse Bob baixinho. — Mais um.

E Bob, que morava havia muitos anos em Nova York; Bob, que tivera breve carreira defendendo criminosos de várias cores e religiões (até que a tensão dos tribunais o forçou a trabalhar com apelações); Bob, que acreditava na magnificência da Constituição e nos direitos das pessoas, de todas as pessoas, à vida, à liberdade e à busca da felicidade; Bob Burgess, depois que o homem alto com o xale com borlas virou em uma rua lateral de Shirley Falls... Bob pensou, *ainda que brevemente,* mas pensou: desde que não sejam muitos. Dirigiu mais além, e lá estava o conhecido Antonio's, o restaurante de massas, enfiado atrás do posto de gasolina. Bob parou o carro no estacionamento. Na porta de vidro do Antonio's havia um cartaz com letras cor de laranja. Ele consultou o relógio no painel do carro. Nove horas de uma noite de sábado e o Antonio's estava fechado. Desenroscou a tampa da garrafa de vinho. Como poderia descrever o que sentia? O desenrolar de uma dor tão pungente que era quase erótica, um anseio, um suspiro interno silencioso, como se estivesse diante de algo indescritivelmente lindo, o desejo de pôr a cabeça no grande colo de sua cidade, Shirley Falls. Dirigiu até um mercadinho, comprou um pacote de mexilhões congelados e os levou para a casa de Susan.

※

Abdikarim Ahmed desceu da calçada e caminhou pela rua para não ficar tão perto das portas, onde uma pessoa poderia se esconder na escuridão. Aproximou-se da casa da prima e viu que a lâmpada sobre a porta estava, de novo, apagada.

— Tio — vozes o chamaram quando entrou, depois continuou pelo corredor até o seu quarto, onde as paredes estavam cobertas de tapetes persas; Haweeya os pendurara ao chegar, meses atrás. As cores dos tapetes pareciam se mover enquanto Abdikarim pressionava os dedos na testa. Era ruim o bastante que o homem preso hoje fosse desconhecido no local. (Supunham que fosse um dos homens que viviam por perto, um daqueles que bebiam cerveja pela manhã nos degraus da entrada, os braços grossos tatuados, e dirigiam caminhonetes barulhentas com adesivos nos para-choques dizendo BRANCO É PODER, O RESTO PODE IR PARA CASA!) Sim, era bem ruim que esse Zachary Olson tivesse um emprego, morasse em uma boa casa com a mãe, que também tinha emprego. Mas o que continuava a assustar Abdikarim, o que o deixava com o estômago revirado e fazia a cabeça latejar de dor, foi o que viu na noite em que aconteceu: os dois policiais, que chegaram logo depois que o imã chamou, ficaram parados na mesquita com o uniforme escuro e o cinto de armas; ficaram parados, olharam para a cabeça de porco e riram. Então disseram: "Tudo bem, pessoal". Preencheram formulários, fizeram perguntas. Ficaram sérios. Tiraram fotos. Nem todos os viram rir. Mas Abdikarim, parado perto deles, suado por baixo da roupa de oração, viu. Aquela noite os anciãos lhe pediram que descrevesse ao rabino Goldman o que vira, e ele demonstrou: os sorrisos, a conversa nos rádios portáteis, a troca de olhares entre os dois policiais, a risada silenciosa. O rabino Goldman balançou a cabeça de pesar.

Haweeya estava de pé na entrada esfregando o nariz.

— Está com fome? — perguntou ela, e Abdikarim respondeu que comera na casa de Ifo Noor.

— Mais algum problema? — perguntou ela delicadamente. As crianças correram pelo corredor até ela, que abriu os dedos longos sobre a cabeça do filho.

— Não, tudo na mesma.

Ela assentiu, os brincos balançando, e conduziu os filhos de volta à sala de estar. Haweeya os mantivera em casa a maior parte do dia, fazendo-os memorizar novamente sua ascendência: o bisavô, o tataravô e assim por diante, até o passado. Os americanos pareciam dar pouca importância aos antepassados. Os somalis sabiam recitar muitas gerações anteriores, e Haweeya não queria que os filhos perdessem isso. Mesmo assim, mantê-los em casa o dia todo foi difícil. Ninguém gosta de ficar tanto tempo sem ver o céu. Todavia, quando Omad chegou (era tradutor no hospital), disse que podiam ir ao parque. Omad e Haweeya estavam no país havia mais tempo que os outros — demoravam mais para sentir medo. Sobreviveram às partes muito ruins de Atlanta, onde as pessoas usavam drogas e roubavam os outros nas residências; Shirley Falls era segura e linda comparada a isso. Então, naquela tarde, cansada do jejum e do ar claro de outono que, não entendia por quê, fazia seu nariz pingar e os olhos coçar, Haweeya observou as crianças correndo atrás das folhas que caíam. O céu estava quase azul. Após arrumar a cozinha e lavar o chão, Haweeya voltou até Abdikarim. Sentia muita afeição por aquele homem que chegara a Shirley Falls um ano atrás, para descobrir que a mulher, Asha, enviada antes com as crianças, não o queria mais. Ela pegara as crianças e se mudara para Minneapolis. Isso era motivo de vergonha. Haweeya compreendia isso; todos compreendiam. Era a América que Abdikarim culpava por ensinar a Asha essa independência imprudente, mas Haweeya pensava que Asha, anos mais nova que o marido, nascera para fazer o que queria fazer; algumas pessoas eram assim. Uma tristeza adicional: Asha era a mãe do único filho vivo de Abdikarim. De outros filhos nascidos de outras esposas, só restavam as filhas. Ele teve perdas, assim como as tiveram muitas pessoas.

Abdikarim estava sentado na cama, os punhos pressionando o colchão. Haweeya encostou-se no batente da porta.

— Margaret Estaver telefonou de tarde. Disse-me para não me preocupar.

— Eu sei, eu sei. — Abdikarim ergueu a mão em um gesto de futilidade. — De acordo com ela, ele é Wiil Waal: "Garoto Louco".

— Ayanna disse que não deixará os filhos irem à escola na segunda-feira — sussurrou Haweeya e, em seguida, espirrou. — Omad falou para ela que na escola estarão tão seguros quanto em qualquer outro lugar, e ela disse "seguros quando são chutados e socados enquanto o professor olha para o outro lado?".

Abdikarim assentiu. Na casa de Ifo Noor falaram que a escola e os professores prometeram prestar mais atenção agora que a cabeça de porco foi jogada dentro da mesquita.

— Todos prometem — disse Abdikarim, levantando-se. — Durma em paz — acrescentou. — E arrume aquela lâmpada.

— Amanhã comprarei uma nova. Vou dar um pulo no Walmart. — Ela sorriu para ele, brincalhona. — Espero que Wiil Waal não esteja mais trabalhando lá. — Os brincos balançaram enquanto ela se afastava.

Abdikarim esfregou a testa. Na casa de Ifo Noor, nessa noite, o rabino Goldman sentou-se com os anciãos e lhes pediu que praticassem a verdadeira paz do islamismo. Aquilo era insultuoso. É claro que fariam isso. O rabino Goldman disse que muita gente na cidade apoiava o direito de eles estarem ali, e após o ramadã seria feita uma manifestação para provar isso. Os anciãos não queriam uma manifestação. Reunir pessoas em uma multidão não era bom. Mas o rabino Goldman, do coração grande, disse que seria saudável para a cidade. Saudável para a cidade! Cada palavra era um golpe com uma vara dizendo que aquele não era o lugar deles, nem sua cidade, nem seu país.

Abdikarim, de pé junto à cama, apertou os olhos de raiva, porque onde estavam os rabinos Goldman da América quando a filha mais velha saiu pela primeira vez de um avião em Nashville, com os quatro filhos, sem ninguém para recebê-los, e a escada móvel chamada *rolante* era tão assustadora que só conseguiram olhar para ela e ser empurrados de lado por estranhos que apontavam o dedo e riam? Onde estavam os rabinos Goldman da América quando uma vizinha levou um aspirador de pó a Aamuun e Aamuun não sabia o que era e nunca o usou, e a vizinha disse às pessoas da cidade que os somalis eram ingratos? Onde estavam os rabinos Goldman e as ministras Estaver quando a pequena Kalila pensou que o dispensador de ketchup no Burger King era onde devia lavar as mãos? E quando a mãe de Kalila viu a sujeira que a filha fez e a esbofeteou, e uma mulher se aproximou dela e disse: Na América não batemos em nossas crianças. Onde estava o rabino? O rabino não podia saber como era.

É claro que o rabino não podia saber, lá em sua casa segura, com sua mulher preocupada, que, quando Abdikarim se sentou pesadamente na cama, não foi medo que apareceu nele com maior proeminência, mas o desenrolar da vergonha daquela noite, quando pusera um pedaço de *mufa* na boca e sentira o prazer furtivo, feral, de seu paladar. Nos campos, tinha fome constantemente; era como uma esposa a companhia dessa necessidade exaustiva e interminável. E agora que estava ali era extraordinariamente doloroso perceber o apetite animal que ainda sentia por comida; aquilo o aviltava. A necessidade de comer, excretar, dormir — essas eram as necessidades da natureza. O luxo de sua naturalidade havia muito lhe fora tirado.

Tateando a tapeçaria que cobria a cama, murmurou "Astaghfirullah", *busco perdão*, porque a violência em sua terra natal parecia-lhe culpa de seu povo por não viver a verdadeira vida do islamismo. Ao fechar os olhos, recitou o último Alhamdulilah do dia. *Obrigado, Alá.* Todo o bem vem de Alá. O mal vem dos humanos, que permitem ao broto da maldade florescer em seu coração. Mas por que o mal não era confrontado? — Abdikarim sempre se deparava com a pergunta. Ele não sabia a resposta.

Naquela primeira noite, Bob dormiu no sofá de roupa, até o casaco; estava muito frio. Apenas quando a luz passou pelas persianas, ele conseguiu adormecer, para então acordar, ouvindo Susan gritar:

— Sim, você vai para o trabalho! Foi você que fez essa idiotice, idiotice! Vai, sim, trabalhar para ganhar os duzentos dólares que gastei para colocá-lo em liberdade! *Vá!*

Bob escutou Zach murmurar brevemente, ouviu a porta de trás se fechar, e em alguns minutos um carro se afastou.

Susan apareceu e jogou para ele um jornal, que aterrissou perto do sofá.

— Belo trabalho!

Bob olhou para baixo. Na primeira página havia uma foto grande de Zach ao sair da cadeia, sorrindo. A manchete dizia: NÃO É PIADA.

— *Oy* — disse Bob enquanto lutava para se sentar.

— Vou trabalhar — disse-lhe Susan da cozinha. Ele ouviu as portas dos armários sendo batidas. Então a porta de trás foi batida, e ele ouviu o carro dela se afastar. Bob ficou sentado com os olhos se movendo pela sala. As persianas baixadas eram da cor de ovos cozidos. O papel de parede era de cor semelhante, com uma série de aves de bico longo, magras e azuis. Havia uma estante com livros condensados do Reader's Digest na prateleira mais alta. Havia uma poltrona no canto, com os braços gastos e rasgos mostrando o estofamento. Nada na sala parecia feito para o conforto, e ele se sentia desconfortável.

Um movimento na escada fez uma onda de medo passar por ele. Viu os chinelos atoalhados rosa, depois a velha magricela apontando os óculos enormes para ele.

— Por que está sentado aí de casaco? — perguntou ela.

— Estou congelando — disse Bob.

A Sra. Drinkwater desceu o restante da escada e parou apoiada no corrimão. Olhou ao redor.

— Esta casa está sempre gélida. — Bob hesitou.

— Se a senhora tem frio, deveria falar para Susan — disse ele depois.

A senhora andou até a poltrona. Empurrou os óculos grandes com uma articulação ossuda.

— Não gostaria de reclamar. Susan não tem muito dinheiro, sabe. Não recebe aumento na ótica há anos. E o preço da gasolina... — A velha senhora rodopiou a mão sobre a cabeça. — Misericórdia.

Bob pegou o jornal no chão e o colocou no sofá ao seu lado. A foto de Zach o encarava, sorridente, e ele virou o periódico.

— Está no noticiário — disse a Sra. Drinkwater.

Bob anuiu.

— Os dois foram trabalhar — disse Bob.

— Ah, querido, eu sei. Desci para pegar o jornal. Ela o deixa para mim aos domingos.

Bob inclinou-se para a frente e entregou-lhe o jornal, e a velha senhora continuou sentada com o periódico no colo.

— Ah, escute — disse Bob —, Susan grita muito com ele?

A Sra. Drinkwater olhou ao redor, e Bob pensou que não fosse responder.

— Costumava. Logo que me mudei. — Ela cruzou as pernas e ficou balançando um pé. Os chinelos eram enormes. — É claro que o marido havia acabado de ir embora. — A Sra. Drinkwater balançou a cabeça lentamente. — Pelo que sei, o garoto nunca fez nada errado. É um menino solitário, não é?

— Sempre foi, acho. Zach sempre pareceu... bem... frágil... emocionalmente. Ou apenas imaturo. Ou algo do tipo.

— A pessoa pensa que os filhos serão iguais aos do catálogo da Sears. — A Sra. Drinkwater balançou o pé com mais força. — Mas então não são. Mas tenho que admitir: Zachary parece mais solitário que a maioria. Sabe como é, ele chora.

— Chora?

— Ouço-o em seu quarto, às vezes. Mesmo antes dessa história com a cabeça de porco. Pareço fofoqueira, mas você é tio dele. Tento cuidar da minha vida.

— Susan ouve isso?

— Não sei, querido.

A cachorra aproximou-se dele, colocando o longo focinho sobre suas pernas. Ele acariciou o pelo áspero da cabeça, depois bateu no chão para que ela se deitasse.

— Ele tem *algum* amigo?

— Nunca vi nenhum nesta casa.

— Susan disse que ele colocou a cabeça de porco lá sozinho.

— Pode ser. — A Sra. Drinkwater empurrou os grandes óculos. — Mas há muitos outros que gostariam de ter feito isso. Essas pessoas, as somalianas, não são aceitas por todos. Não tenho nada contra. Mas vestem tudo aquilo. — A Sra. Drinkwater abriu a mão à frente do rosto. — Você só vê os olhos de fora. — Olhou ao redor. — Imagino se é verdade o que dizem: que guardam galinhas vivas nos armários. Misericórdia, isso é estranho.

Bob levantou-se, sentiu o telefone celular no bolso do casaco.

— Vou sair para fumar. A senhora me dá licença?

— Claro, querido.

Debaixo de um bordo norueguês cujas folhas amarelas o cobriam, Bob acendeu um cigarro e olhou para o celular.

Jim, queimado de sol e ardido, estava de pé no quarto de hotel demonstrando a Helen por que seu jogo de golfe fora um sucesso.

— Tudo depende do pulso, veja. — Dobrou ligeiramente os joelhos, entortou os cotovelos e deu a tacada com o taco invisível de golfe. — Viu, Hellie? Viu o que fiz com o pulso?

Ela disse que sim.

— Foi ótimo. Até mesmo o doutor pentelho que estava conosco teve que concordar. É do Texas. Sujeitinho baixo e nojento. Nem sabia o que significa "chá do Texas". Então falei para ele. — Jim apontou o dedo para Helen. — Eu disse: "É o que vocês usam para matar pessoas, agora que pararam de fritá-las mais rápido que batatas fritas. Tiopentato de sódio, brometo de pancurônio e cloreto de potássio". Ele não disse nada. Pentelho. Ficou com um sorrisinho no rosto. — Jim passou a mão pela fronte, depois se ajeitou para mais uma tacada imaginária. Atrás dele a porta de vidro para a varanda estava parcialmente aberta, e Helen passou pelo marido e pela tigela de limões sobre a mesa para fechá-la. — Viu só? Demais! Eu disse àquele palhaço — continuou

Jim, enxugando o rosto com a camisa de golfe. — Se vocês acreditam na pena de morte, um indicador evidente de que a sociedade civilizada foi corrompida pela desumanidade, por que ao menos não *treinam* seus carrascos neandertais para administrar o chá do Texas da maneira correta? Em vez de meter a agulha no músculo e deixar o infeliz se acabando... você sabe que tipo de médico ele era? Dermatologista. Rugas e implantes. Vou entrar no chuveiro.

— Jim, Bob ligou.

Jim parou a caminho do banheiro e virou-se.

— Zach voltou ao trabalho. A fiança aplicada foi de duzentos dólares. E Susan também foi trabalhar. Zach só será indiciado em algumas semanas, e Bob disse que Charlie Tibbetts pode fazer isso com tranquilidade. Acho. Não entendi essa parte, desculpe-me. — Helen começou a abrir a gaveta da escrivaninha para mostrar os presentinhos que comprara para enviar aos filhos.

— É como fazem lá — disse Jim. — Uma agenda de indiciamentos. Zach tem que comparecer?

— Não sei. Acho que não.

— Como estava o Bob?

— Como o Bob.

— O que quer dizer "como o Bob"?

Pelo tom de voz do marido, Helen fechou a gaveta da escrivaninha e virou-se para olhá-lo.

— O que quer dizer com o que quer dizer? Você perguntou como ele estava. Como o Bob. Estava como o Bob.

— Querida, você está me deixando maluco. Estou tentando entender o que está acontecendo naquele buraco do inferno e dizer que ele estava como o Bob não ajuda muito. O que *quer dizer* quando diz que ele estava como o Bob? Estava animado? Sério?

— Por favor, não me interrogue. Foi você que se divertiu no campo de golfe. Fiquei empatada com a ranzinza da Dorothy, que me forçou a ler sobre campos de refugiados no Quênia, e isso *não* é divertido como jogar golfe. Então *meu* celular toca, você sabe, a Quinta de Beethoven que as crianças colocaram no meu telefone como toque do Bob, e sabia que era o Bob ligando, e tive que me sentar lá e falar com ele como se fosse sua secretária, porque ele sabe que não deve incomodá-lo.

Jim sentou-se na cama e olhou para o tapete. Helen reconheceu aquele olhar. Estavam casados havia muitos anos. Jim raramente ficava bravo com Helen, e ela admirava isso, que percebia como um sinal de respeito. No entanto, quando ele parecia estar se esforçando para ser razoável diante de seu comportamento tolo, era difícil aguentar.

Ela tentou, então, ser engraçada.

— Tudo bem, risque isso. Sem emoção. — Sua voz não pareceu bem-humorada. — Irrelevante — acrescentou.

Jim continuou olhando para o tapete. Por fim, disse:

— Ele pediu ou não que ligasse de volta?

— Não.

Jim virou o rosto para ela.

— Isso era tudo o que eu precisava saber. — Ele se levantou e caminhou para o banheiro. — Vou entrar no chuveiro e sinto muito que tenha tido que aguentar a Dorothy. Nunca gostei dela.

— Você está brincando? — disse Helen. — Por que estamos aqui com eles?

— Ela é esposa do sócio-diretor, Helen. — A porta do banheiro se fechou, e logo se ouviu o som da água correndo.

No jantar, sentaram-se do lado de fora e observaram o sol se pôr na água. Helen vestiu sua blusa branca de linho, uma calça capri preta e sapatilhas. Alan sorriu e disse:

— Vocês, garotas, estão muito bonitas esta noite. O que planejaram para amanhã? — Ficou massageando o braço de

Dorothy de onde estava sentado, ao lado dela. Sua mão tinha sardas. A cabeça, praticamente careca, também tinha sardas.

— Amanhã — disse Helen —, enquanto jogam golfe, Dorothy e eu pensamos em tomar café da manhã no Lemon Drop.

— Ótimo! — anuiu Alan.

Helen tocou o brinco e pensou: ser mulher é um saco. Então pensou: não é, não. Bebericou seu uísque *sour*.

— Quer experimentar meu uísque *sour*? — perguntou a Jim.

Jim negou com a cabeça. Olhava para a mesa e parecia distante.

— Estamos no mesmo barco, Jim? — perguntou Dorothy.

— Jim raramente bebe, pensei que soubesse — disse Helen.

— Está com medo de perder o controle? — perguntou Dorothy, e uma agulha de raiva penetrou Helen. Mas Dorothy disse: — Olhem isso — e apontou. Perto deles um beija-flor enfiou o bico comprido em uma flor. — Que amor. — Dorothy inclinou-se para a frente, apertando as mãos nos braços da cadeira. Helen sentiu Jim apertar seu joelho por baixo da mesa e então apertou os lábios só um pouco, um beijo rápido e discreto. Os quatro jantaram à vontade, os talheres tinindo delicadamente, e Helen, após o segundo uísque *sour*, até contou a história da noite em que dançou sobre a mesa de uma pista de boliche, após o julgamento de Wally Packer. Helen fez um *strike* após o outro (incrível!), tomou cerveja demais e dançou em cima da mesa.

— Ora, pena não ter visto isso — disse Dorothy.

Alan olhou para Helen com uma satisfação vaga, por um tempo que pareceu durar demais. Estendeu o braço e tocou levemente a mão de Helen.

— Jim sortudo — disse.

— Pode acreditar — respondeu Jim.

Para Bob, o dia vasto e vazio enquanto esperava Jim ligar de volta foi interminável. Outras pessoas teriam feito algo. Bob sabia disso. Outras pessoas teriam ido ao mercado e preparado uma refeição para quando Susan e Zach voltassem para casa. Ou dirigido até a praia para olhar as ondas. Ou ido até a montanha e feito uma caminhada. Mas Bob, exceto pelas idas até a varanda para fumar, ficou sentado na sala de estar da irmã e folheou os livros condensados do Reader's Digest e depois uma revista feminina. Nunca lera uma revista feminina e aquilo o entristeceu, os artigos de como apimentar a vida sexual com o marido de anos (surpreenda-o com uma lingerie sexy) e como perder peso no trabalho, os exercícios que tonificam as coxas flácidas.

Susan entrou em casa e disse:

— Não esperava encontrá-lo aqui. Depois da confusão que conseguiu fazer com o jornal da manhã.

— Bem. Vim para ajudar — Bob largou a revista.

— Como disse, não esperava encontrá-lo aqui. — Susan deixou a cachorra sair e tirou o casaco.

— Tenho que falar com Charlie Tibbetts amanhã de manhã. Você sabe disso.

— Ele me ligou — disse Susan. — Não vai chegar até a tarde. Vai se atrasar.

— Tudo bem — disse Bob. — Então vejo-o à tarde.

Quando Zach entrou pela porta, Bob se levantou.

— Vamos lá, Zachary. Converse com seu velho tio. Comece me contando como foi seu dia.

Zach parou; parecia pálido e assustado. O corte de cabelo fazia as orelhas parecer excepcionalmente vulneráveis e ainda assim a angulosidade de seu rosto era adulta.

— Hum. Mais tarde — Ele subiu para o quarto, e, de novo, Susan levou a comida a ele. Dessa vez Bob ficou na cozinha bebendo vinho em uma xícara de café, comendo pizza congelada aquecida no micro-ondas. Ele se esquecera de como algumas pessoas jantavam cedo no Maine; eram só cinco e meia. À noite, Bob e Susan assistiram à TV em silêncio, Susan segurando o controle remoto e trocando de canal sempre que alguma emissora dava notícias. O telefone não tocou. Às oito horas, Susan foi para a cama. Bob foi até a varanda de trás e fumou, então voltou para dentro e terminou a segunda garrafa de vinho. Não tinha sono. Tomou um comprimido para dormir, depois outro. De novo passou a noite no sofá vestindo o casaco e, de novo, a noite foi ruim. Acordou com o som de portas de armário batendo, e a luz da manhã estava forte por baixo das persianas. Sentiu o enjoo de acordar cedo de um sono induzido, e com isso veio o pensamento de que a irmã, na fúria de ontem, soara incrivelmente igual à mãe deles, que, quando os filhos eram pequenos, tinha surtos de fúria (nunca direcionados a Bob, mas ao cachorro, ou a um pote de manteiga de amendoim que caía do balcão e quebrava, ou, principalmente, a Susan, que não ficava reta, não passara direito uma blusa, não arrumara o quarto).

— Susan. — A língua dele estava grossa.

Ela apareceu e ficou na passagem.

— Zach já foi trabalhar e logo também irei, assim que tomar meu banho.

Bob bateu uma continência irônica, levantou-se e encontrou a chave do carro. Dirigiu com cuidado, como se estivesse doente e preso em casa havia semanas. Visto pelo para-brisa, o mundo parecia distante. Parou em um posto de gasolina que tinha uma loja de conveniência. Uma vez lá dentro, a loja jogou em seu campo de visão tanta variedade — óculos de sol empoeirados, pilhas, cadeados com chaves, guloseimas — que a confusão tomou conta e ele quase sentiu medo. Atrás do balcão estava uma jovem de pele escura e grandes olhos escuros. Na mente estupefata de Bob, ela parecia deslocada, como se tivesse vindo da Índia, mas não exatamente. Em lojas de conveniência de Shirley Falls os funcionários eram sempre brancos e quase sempre obesos; foi isso que a mente de Bob lhe disse que deveria esperar. Em vez disso, parecia inserido ali um pequeno retrato de Nova York, no qual o funcionário poderia ser qualquer um. Mas aquela jovem de olhos escuros observou Bob sem nenhum indício de acolhimento, e ele se sentiu intruso. Vagueou bobamente pelos corredores, tão ciente da cautela dela que se sentiu como se tivesse roubado algo, embora Bob nunca tivesse roubado qualquer coisa na vida.

— Ah, café? — perguntou ele, e ela apontou. Ele se serviu com um copo de isopor, encontrou um pacote de roscas e viu no chão os jornais de ontem: o sobrinho sorria para ele. Bob gemeu baixo. Passando pela geladeira, viu garrafas de vinho e parou para pegar uma, a garrafa tinindo contra as outras quando a pegou para guardar embaixo do braço. Ele não ficaria, era o que esperava, após falar com Charlie Tibbetts naquela tarde, mas só para o caso de ficar preso na casa de Susan novamente. Colocou a garrafa no balcão com o café e o pacote de rosquinhas e pediu cigarros. A jovem funcionária nem olhou para ele. Nem quando deixou os cigarros caírem no balcão, nem quando disse a Bob o valor da compra. Em silêncio, empurrou-lhe uma sacola de papel fechada, e Bob entendeu que ele mesmo deveria empacotar a compra.

Ele se sentou no carro, a boca quente com o café. Pó branco das roscas caiu no casaco e formou riscos quando tentou limpá-lo. Dando ré, o copo no porta-copos perto da alavanca de câmbio, percebeu um som, e houve um pequeno, lento intervalo de tempo até Bob compreender que o que ouvira era um grito humano. Desligou o carro, que deu um solavanco.

Ele pareceu se atrapalhar uma eternidade com a porta até conseguir sair do carro.

Uma mulher vestindo um robe vermelho longo e um lenço diáfano cobrindo a cabeça e a maior parte do rosto estava atrás do carro e gritava com ele em uma língua que ele não compreendia. Os braços dela iam para cima e para baixo, então ela golpeou o carro com a mão. Bob caminhou na direção dela, e ela agitou os dois braços. Tudo isso, para Bob, parecia acontecer em câmera lenta e em silêncio. Ele viu que atrás da mulher havia outra mulher, vestida da mesma forma, mas em tons mais escuros, e viu a boca dela se mexendo, gritando com ele, e os dentes longos e amarelos.

— Você está bem? — era o que Bob gritava. As mulheres gritavam. Bob teve a sensação repentina de que não conseguia respirar e tentou indicar isso movimentando as mãos diante do peito. E agora a funcionária da loja estava lá, pegando a mão da primeira mulher, conversando com ela em uma língua que Bob não entendia, e só então Bob percebeu que a funcionária devia ser somali. A funcionária virou-se para Bob e disse:

— Você estava tentando atropelá-la. Afaste-se de nós, homem maluco!

— Não estava — disse Bob. — Acertei ela? — Bob estava ofegante. — O hospital é... — apontou.

As mulheres falavam entre elas, sons rápidos, estrangeiros.

— Ela não vai para o hospital — disse a funcionária. — Vá embora!

— Não posso ir embora — disse Bob, desamparado. — Tenho que ir à polícia e registrar isso.

A funcionária levantou a voz.

— Por que a polícia? São seus amigos?

— Se acertei essa mulher...

— Você não a acertou. Tentou acertá-la. Vá embora.

— Mas foi um acidente. Qual o nome dela? — Ele foi até o carro procurar algo em que anotar. Quando saiu, as duas mulheres com robes compridos e lenços de cabeça longos estavam correndo pela rua.

A funcionária voltara para dentro da loja.

— Vá embora! — gritou ela através da porta de vidro.

— Não a vi. — Ele ergueu os ombros e mostrou a palma das mãos.

— Vá embora! — disse ela.

Muito lentamente, Bob dirigiu de volta à casa de Susan. Ouviu o chuveiro ligado. Quando Susan desceu a escada, estava de roupão e esfregava a toalha no cabelo. Bob disse, ainda se sentindo sem fôlego, observando Susan olhar para ele:

— Ah, escute. Temos que ligar para Jim.

Helen estava sentada na varanda do quarto no hotel, segurando uma xícara de café. Lá de baixo vinha o som da fonte borbulhando; galhos de madressilva cobriam todas as varandas que ela conseguia ver. Helen esticou os pés descalços até um pedaço ensolarado do chão e remexeu os dedos. O café da manhã no Lemon Drop fora cancelado. Alan telefonara mais cedo para dizer que Dorothy preferia passar a manhã descansando no quarto e que Helen não se ofendesse. Helen não se ofendeu. Pediu o café no quarto e comeu fruta, iogurte e pãozinho, e o motivo de sua alegria era claro. Jim só jogaria nove buracos e não demoraria. Poderiam ficar juntos; Helen sentiu a doce compressão do desejo dentro dela.

— Muito obrigada — disse ela ao homem educado que respondeu quando ela ligou para dizer que a bandeja do café podia ser retirada. Pegou a bolsa de palha e desceu até o saguão, parando na loja de presentes para comprar uma revista de fofocas, do tipo que costumava ler com suas garotas aconchegadas no sofá enquanto olhavam os vestidos das estrelas de cinema.

— Ah, gosto desse! — diria Emily, apontando, e Margot suspirava. — Mas olhe! Esse outro é muuuuito bonito! — Helen também comprou uma revista feminina porque na capa tinha o título do artigo "As alegrias do ninho vazio".

— Muito obrigada — disse à mulher atrás do balcão e saiu pelo caminho entre árvores floridas e rochas até a praia, para colocar os tornozelos ao sol.

Olhar o outro no olho, aconselhava o artigo, é importante em relacionamentos antigos. Escreva um e-mail sexy. Faça elogios. Rabugice é contagiosa. Helen fechou os olhos por trás dos óculos de sol e deixou que os pensamentos flutuassem até os dias de Wally Packer. O que nunca contara a ninguém era que aqueles meses lhe ensinaram como era se sentir a Primeira-Dama. Tinha que estar pronta para fotografias a qualquer instante. Estava o tempo todo construindo uma imagem. Helen compreendera isso. Fora excelente na função. Que alguns em seu círculo de West Hartford tivessem ficado frios com ela não a incomodava. Com toda a alma, acreditou na defesa que Jim fizera para Wally e no direito de Wally a essa defesa. Qualquer foto tirada dela — ela e Jim no restaurante, no aeroporto, saindo de um táxi — tinha, ela acreditava, atingido o tom certo em sua variedade de terninhos, vestidos de noite, calças casuais. O que poderia facilmente ter sido chamado de circo ganhou ar de seriedade graças à dignidade de Jim e Helen Burgess. Helen sentiu isso na época e acreditava nisso agora, ao se lembrar.

E a empolgação! Helen flexionou os tornozelos. As noites conversando com Jim até tarde depois que as crianças tinham ido para a cama. Repassando o que acontecera no tribunal naquele dia. Ele pedia sua opinião. Ela dava. Eram parceiros, estavam em conluio. As pessoas diziam que devia ser um estresse no casamento um julgamento como aquele, e Jim e Helen tinham que ter cuidado para não irromper em risos, para não demonstrar justamente o oposto. Ah, era justamente o oposto. Helen alongou-se, abriu os olhos. Era a escolhida e única dele. Quantas vezes ele sussurrara isso ao longo dos últimos trinta anos? Recolheu as coisas e voltou até o quarto. Além do gramado de croqué, a água caía delicadamente sobre uma pequena pilha de pedras em um riacho. Um casal — a mulher usava saia longa branca e blusa azul-pálido — jogava croqué e produzia o ruído surdo da bola correndo pela grama. Com as flores tropicais que se derramavam, o céu azul parecia sussurrar aos convidados que passavam por ali: Agora, seja feliz. Seja feliz, seja feliz. Helen pensou: Obrigada, serei.

Ela o ouviu antes de entrar no quarto.

— Você é uma porra de um doente mental, Bob! — O marido repetia isso sem parar. — Você é uma porra de um doente mental, Bob! Uma porra de um doente mental incompetente! — Ela passou a chave na porta e disse: — Jim, pare.

De pé junto à cama, ele se virou para ela com o rosto vermelho brilhante; baixou a mão como se pudesse acertá-la, caso ela estivesse mais perto.

— Você é uma porra de um doente mental, Bob! Um doente mental incompetente! — Rodelas escuras de suor manchavam desigualmente sua camisa azul de golfe, e gotas de suor lhe escorriam pelo rosto. Ele gritou de novo ao telefone.

Helen sentou-se de frente para a tigela de limões. Sua boca, simples assim, ficou seca. Viu o marido atirar o telefone na cama e continuar a gritar:

— Um doente mental! Ah, meu Deus, Bob é uma porra de um doente mental! — Um feixe de lembrança atravessou a cabeça de Helen: Bob contando do vizinho que ficava gritando a mesma coisa para a esposa. Você está me deixando louco, porra, não era isso que ele dizia? Antes de ser levado algemado. E ela se casara com um homem assim.

Uma calma estranha desceu sobre ela. Helen pensou: Há uma tigela de limões na minha frente, ainda assim a ideia de que é uma tigela de limões parece não entrar na minha cabeça. E a cabeça respondeu: O que quer que eu faça, Helen? Fique calma, ela disse a si mesma.

Jim socava a mão. Ficou rodando em círculos enquanto Helen ficou sentada sem se mexer. Por fim, ele disse:

— Quer saber o que aconteceu?

— Quero que nunca mais grite desse jeito — disse Helen. — Isso é o que quero. E, se gritar, vou sair daqui e pegar um avião de volta a Nova York.

Ele se sentou na cama e enxugou o rosto com a barra da camisa. Em voz contida, precisa, contou-lhe que Bob quase atropelara uma somali. Que Bob fizera o rosto sorridente de Zach aparecer na primeira página do jornal. Que Bob nem mesmo *conversara* com Zach. Que Bob se recusava a entrar no carro novamente; que pegaria um avião de volta a Nova York e deixaria o carro no Maine. Quando Jim perguntou: Como o carro vai voltar?, Bob respondeu: Não sei, mas não vou dirigi-lo, não ficarei atrás de um volante de novo e voltarei para casa de avião esta noite. Esse Charlie Tibbetts terá que fazer o trabalho dele sem mim.

— Bob é — disse Jim com muita calma — uma porra de um doente mental.

— Ele é — disse Helen — alguém que sofreu um trauma com quatro anos. Estou muito surpresa, e até mesmo desconcertada, por você não conseguir entender por que ele não quer ficar atrás do volante de um carro neste momento.

— E acrescentou: — Mas foi realmente idiota da parte dele atropelar uma somaliana.

— Somali.

— Quê?

— Somali. Não somaliana.

Helen inclinou-se para a frente.

— Você está me corrigindo no meio disso?

— Ah, querida — Jim fechou brevemente os olhos e os abriu; parecia um gesto de desdém. — Bob ferrou tudo, e, se tivermos que ir até lá para ajudar, é melhor que saiba como são chamados.

— Não vou até lá.

— Quero que vá comigo.

Helen sentiu uma imensa, súbita inveja do casal jogando croqué, da saia longa e branca da mulher esvoaçando na brisa. Lembrou-se de si mesma naquele quarto algumas horas antes esperando por Jim, esperando pela forma como ele olharia para ela...

Ele não olhou para ela. Olhou para a janela e em seu perfil ela viu a luz atingir o azul de seu olho. Uma indolência invadiu o rosto dele.

— Sabe o que Bob me disse quando consegui a absolvição de Wally? — Ele se virou para Helen, então voltou a olhar pela janela. — Disse: "Jim, isso foi ótimo. Você fez um ótimo trabalho. Mas tirou do cara o destino dele".

A luz do sol penetrava languidamente no quarto. Helen olhou para a tigela de limões, para as revistas que a camareira arrumara sobre a mesa. Olhou para o marido, que se inclinava para a frente na beirada da cama, e viu a umidade amarrotada de sua camisa de golfe. Estava para dizer, esticando o braço na direção dele: Ah, querido, vamos tentar relaxar, vamos tentar nos divertir enquanto estamos aqui. Mas, quando ele se virou para ela, com o rosto engripado por contorsões, ela pensou que, se passasse por esse homem na calçada, poderia não saber que era Jim. Deixou cair o braço.

Jim levantou-se.

— Ele me disse isso, Helen. — Seu rosto, o aspecto anormal e suplicante, fitou-a. Jim cruzou os braços, as mãos tocando os ombros opostos, a linguagem particular de sinais dos dois havia muitos anos. E Helen podia não conseguir ou não querer (ela nunca sabia o quê), mas não resistiu e foi até ele.

Era absolutamente verdadeiro: Bob era inútil. Estava sentado no sofá de Susan sem se mexer.

— Você sempre foi inútil! — Susan gritou antes de sair com o carro. A pobre cachorra veio e enfiou o longo focinho debaixo do joelho de Bob.

— Está tudo bem — murmurou ele, e a cadela deitou-se aos seus pés. O relógio dizia que a manhã estava na metade. Andou cuidadosamente até a varanda dos fundos, onde se sentou nos degraus e fumou. As pernas não paravam de tremer. Uma rajada de vento jogou as folhas amarelas do bordo norueguês no chão e na direção da varanda. Bob apagou o cigarro nas folhas que se moviam, amassou-as com o pé enquanto a perna tremia, então acendeu outro cigarro. Um carro aproximou-se pela entrada e parou.

O carro pequeno não era novo e era baixo. A mulher atrás do volante parecia alta e, quando abriu a porta, teve que se puxar para sair. Tinha a idade de Bob, e os óculos escorregavam pelo nariz. O cabelo, em diferentes tons de louro-escuro, estava puxado descuidadamente para trás com um grampo, e o casaco era comprido e de um tipo de *tweed* preto e branco. Tinha o ar de familiaridade que Bob às vezes sentia ao ver gente do Maine.

— Oi — disse ela empurrando os óculos nariz acima enquanto caminhava em sua direção. — Sou Margaret Estaver. Você é tio do Zachary? Não, não, não se levante. — Para surpresa dele, ela se sentou ao seu lado no degrau.

Ele apagou o cigarro e estendeu-lhe a mão. Ela a apertou, embora de modo desajeitado, uma vez que estavam sentados um ao lado do outro.

— Você é amiga de Susan? — perguntou ele.

— Gostaria de ser. Sou a ministra unitária. Margaret Estaver — disse mais uma vez.

— Susan está no trabalho.

Margaret Estaver assentiu como se pensasse que aquilo podia ser verdade.

— Bem, imagino que ela não quer me ver, de qualquer modo, mas pensei... pensei em vir até aqui. Provavelmente está transtornada.

— É. Está. — Bob estava pegando outro cigarro. — Você se importa... me desculpe...

Ela fez um gesto com a mão.

— Eu fumava.

Ele acendeu o cigarro, recolheu os joelhos e apoiou os cotovelos neles, para que ela não visse que suas pernas tremiam. Soprou a fumaça para longe dela.

— Ocorreu-me muito claramente esta manhã — disse Margaret Estaver — que deveria estender a mão a Zachary e à mãe dele. Bob olhou para ela, apertando os olhos. Seu rosto tinha muita vivacidade.

— Bem, piorei ainda mais as coisas — confessou ele. — Uma mulher somali acha que tentei atropelá-la.

— Ouvi dizer.

— Ouviu? Já? — O medo passou de novo por ele. — Eu não queria — disse. — Realmente não queria.

— É claro que não queria.

— Liguei para a polícia para registrar o fato. Falei com um policial com quem cursei o ensino médio, não Gerry O'Hare, embora tenha ido para a escola com ele também, mas Tom Levesque. Estava de plantão na delegacia quando liguei. Disse para eu não me preocupar — (Na verdade, Tom Levesque disse que os somalis eram malucos. "Esqueça", disse Tom. "Eles são nervosos demais. Esqueça.").

Margaret Estaver esticou os pés, cruzando-os no tornozelo. Usava tamancos abertos, azul-escuros, as meias eram verde-escuras. A imagem ajustou-se calmamente ao olho de Bob enquanto ele a escutava.

— A mulher disse que você não a atropelou, só que tentou. Não vai prestar queixa, então isso acaba aí. Muita gente da comunidade somali não confia nas autoridades, como você pode imaginar. E é claro que todos estão muito sensíveis agora.

As pernas de Bob continuavam tremendo. Até a mão tremia quando pôs o cigarro na boca.

A voz de Margaret continuou:

— Ouvi que Susan está criando Zachary sozinha há alguns anos. Minha mãe me criou sozinha, e não é legal, sei disso. — Ela acrescentou: — Muitas das mulheres somalis também estão criando os filhos sem os pais. Mas tendem a ter muito mais que um filho e têm irmãs ou tias. Susan parece muito sozinha.

— Ela é.

Margaret anuiu.

— Ela disse que vão fazer uma manifestação.

Margaret anuiu novamente.

— Em algumas semanas, após o ramadá. Uma manifestação de apoio à tolerância. No parque. Somos o estado mais branco do país, imagino que saiba disso. — Margaret soltou um breve suspiro e recolheu os joelhos, inclinando-se para abraçá-los; o gesto foi jovem e natural, e de certa forma surpreendeu Bob. Virou a cabeça para encará-lo. — Como pode imaginar, estamos um pouco atrasados em questão de diversidade. — A voz dela tinha um leve sotaque do Maine, certa amargura que ele reconheceu.

— Bem — disse Bob —, Zachary não é um monstro, mas é um garoto triste. Rapaz, não há dúvida quanto a isso. Você tem filhos?

— Não.

Ela é gay. Mulheres ministras. Essa foi a voz de Jim na cabeça dele.

— Nem eu. — Bob apagou o cigarro. — Mas queria.

— Eu também. Sempre. Esperava ter.

Estranho. A voz sarcástica de Jim.

Margaret disse, a energia subindo na voz:

— Não quero que Susan pense que a manifestação é contra ela ou Zachary. Estou um pouco preocupada que parte do clero aqui esteja confundindo isso, a coisa do "contra". Contra a violência, contra a intolerância às diferenças religiosas. Mas a lei existe para condenar. O ministério deveria encorajar. Pronunciar-se, claro. Mas encorajar. Não é muito piegas?

Piegas.

— Não acho que seja piegas — disse Bob.

Margaret Estaver levantou-se, e Bob pensou na palavra *exuberância* quando notou o cabelo bagunçado e o casaco grande. Também se levantou. Ela era alta, mas ele era mais, e viu as raízes grisalhas do cabelo loiro mechado dela quando ela se inclinou para pegar algo no bolso. Entregou-lhe um cartão.

— Estou falando sério — disse ela. — Pode me ligar a hora que quiser.

Bob ficou parado um bom tempo nos degraus do fundo. Então entrou e sentou-se na sala de estar fria. Pensou na Sra. Drinkwater dizendo que Zach chorava. Pensou em Susan gritando. E pensou que não devia ir embora. Mas a escuridão passou por ele. *Seu doente mental incompetente.*

Quando o homem ao telefone lhe disse quanto custaria um táxi para ir de Shirley Falls ao aeroporto de Portland, Bob disse que não se importava.

— Assim que puder — disse Bob. — Na porta dos fundos. Estarei de pé bem ali.

Livro Dois

As cores do Central Park eram discretamente outonais: a grama verde desbotada e os carvalhos vermelhos bronzeados, as tílias mudavam para um amarelo delicado, os bordos-açucareiros perdiam as folhas cor de laranja, uma flutuando aqui, outra caindo ali, mas o céu estava muito azul, e o ar, quente o bastante para que as janelas do Boathouse continuassem abertas àquela hora da tarde, os toldos listrados estendidos sobre a água. Pam Carlson, sentada no bar, contemplava os poucos barcos que eram remados, tudo numa espécie de câmera lenta, até os *barmen* que trabalhavam com uma constância sem pressa, lavando copos, agitando martínis, passando as mãos molhadas nos aventais pretos.

Então, simples assim, o lugar ficou cheio. Pela porta eles chegaram: homens de negócios tirando os paletós, mulheres jogando o cabelo para trás, turistas andando com expressão ligeiramente aturdida, os homens segurando mochilas que carregavam garrafas de água em bolsos de rede nas laterais, como se tivessem escalado montanhas o dia todo, as esposas segurando mapa, câmera, conferindo sua confusão.

— Não, meu marido está sentado aqui — disse Pam quando um casal alemão começou a mexer no banco ao seu lado. Ela colocou a bolsa no banco. — Desculpe — acrescentou. Anos de vida em Nova York ensinaram a ela muitas coisas: como estacionar em fila dupla, por exemplo, ou intimidar um motorista de táxi que afirmava estar de folga; como devolver mercadorias supostamente sem devolução ou dizer sem medo "A fila é aqui", quando alguém tentava passar na frente na agência do correio. Na verdade, viver em Nova York, pensou Pam tateando a bolsa para encontrar o celular e verificar as horas, era um exemplo perfeito do que os grandes generais tinham compreendido por toda a história: quem se empenha mais vence.

— Um Jack Daniels com gelo e limão — disse ela ao *barman*, batendo no balcão ao lado do copo de vinho intocado. — Para o meu marido. Obrigada.

Bob estava sempre atrasado.

Seu marido de verdade demoraria horas para chegar em casa, e os garotos estavam no treino de futebol. Nenhum deles se importava que ela se encontrasse com Bob. "Tio Bob", as crianças o chamavam.

Pam viera direto do hospital onde trabalhava duas vezes por semana como analista de admissão e gostaria de ir lavar as mãos, mas se levantasse os alemães pegariam seu assento. Sua amiga, Janice Bernstein — que desistira da faculdade de Medicina anos atrás —, disse que Pam deveria lavar as mãos no instante que saía do trabalho; hospitais eram culturas de bactérias, e Pam concordou totalmente. Apesar do uso frequente de álcool em gel (que secava a pele), pensar nessa imensa quantidade de micróbios à espreita deixava Pam muito ansiosa. Janice disse que Pam ficava ansiosa com coisas demais, que deveria tentar controlar isso, não apenas para se sentir melhor, mas porque sua ansiedade fazia com que parecesse socialmente impaciente, o que não era descolado. Pam respondeu que era velha demais para se preocupar em parecer descolada, mas na verdade preocupava-se com isso, e essa era uma razão pela qual era sempre bom ver Bobby, que era tão o oposto de descolado que morava — na cabeça de Pam — no próprio condomínio dos descolados.

Uma cabeça de porco. Jesus.

Pam remexeu-se na cadeira e bebericou o vinho.

— Pode fazer um duplo? — perguntou após estudar o copo de uísque. Bob parecera desanimado ao telefone. O *barman* pegou o uísque e aumentou a dose. — Abra uma comanda, por favor — disse Pam.

Anos atrás, quando era casada com Bob, Pam trabalhara como assistente de pesquisa de um parasitologista cuja especialidade eram doenças tropicais. Passava os dias em um laboratório olhando através de um microscópio eletrônico as células do esquistossomo, e, por que amava os fatos da mesma forma que um artista ama a cor, e, por que sentia uma emoção calada com a precisão que era o objetivo da ciência, amara os dias passados naquele laboratório. Quando ouviu na televisão sobre o incidente em Shirley Falls, e viu o imã afastando-se da frente da mesquita em uma rua do centro que parecia terrivelmente deserta, todos os tipos de sentimento a invadiram, como uma nostalgia quase extracorpórea por uma cidade que já lhe fora familiar, mas também, e quase imediatamente, uma preocupação com os somalis. Investigou o assunto na mesma hora: sim, aqueles refugiados que vinham da região sul da Somália tinham ovos de *Schistosoma haematobium* na urina, mas o maior problema era — nenhuma surpresa para Pam — a malária. Antes que lhes fosse permitido entrar nos Estados Unidos, receberam uma dose única de sulfadoxina-pirimetamina para malária e também albendazol para parasitas intestinais. O que mais preocupou Pam, contudo, foi saber que os somalis bantos — um grupo de pele mais escura, aparentemente discriminado na Somália, tendo chegado lá como escravos vindos da Tanzânia e de Moçambique duzentos anos antes — apresentavam uma taxa muito mais elevada de esquistossomose e, de acordo com o que Pam lera na Organização Internacional para Migração, também problemas mentais sérios de trauma e depressão. Os somalis bantos, dizia a organização, tinham certas superstições: podiam queimar a pele de áreas afetadas pela doença ou arrancar os dentes de leite de crianças pequenas com diarreia.

Parte do que Pam sentira ao ler aquilo sentiu novamente ao lembrar: *Estou vivendo a vida errada*. Era um pensamento que não fazia sentido. Era verdade que sentia falta dos aromas de um laboratório: acetona, parafina, álcool, formaldeído. Sentia falta do ruído de um bico de Bunsen, das lâminas de vidro e das pipetas, da concentração especial e profunda dos que trabalhavam ao seu redor. Mas agora tinha dois garotos gêmeos — com pele branca, dentes perfeitos, sem marcas de queimadura em nenhum lugar —, e o trabalho no laboratório era passado. Ainda assim, a variedade de problemas, parasitológicos e psicológicos, dessa população refugiada fez Pam sentir saudade da vida que não estava tendo, uma vida que não pareceria tão estranhamente errada. Sua vida atual era a casa na cidade, os filhos e a escola particular, o marido Ted, que chefiava a filial de Nova Jersey de uma grande companhia farmacêutica e que tinha, assim, que ir para o escritório no contrafluxo, o trabalho em tempo parcial no hospital e uma vida social que exigia entregas aparentemente sem fim da lavanderia. Mas Pam sentia saudade com frequência. De quê? Não sabia dizer, e isso a envergonhava. Bebeu mais vinho, olhou para trás e lá, marchando pela entrada do bar Boathouse, estava o querido Bob, como um grande cão são-bernardo. Ele bem poderia estar usando um barril de uísque no pescoço, pronto para escavar as folhas de outono e resgatar alguém. Ah, Bobby!

— Era de pensar — cochichou ela indicando os alemães, que só agora tinham parado de cobiçar o banco — que depois de começarem duas guerras mundiais não seriam tão agressivos.

— Essa é a maior bobagem — disse Bob, agradavelmente. Olhava para o uísque enquanto o mexia. — Começamos muitas guerras e continuamos agressivos.

— Exato. Então você voltou a noite passada? Conte-me como foi. — Com a cabeça inclinada em direção à dele, ela escutou cuidadosamente, sendo transportada de volta à cidade de Shirley Falls, aonde não ia havia muitos anos. — Ah, Bobby — disse ela com tristeza, mais uma vez, enquanto escutava. Por fim, endireitou-se.

— Santo Deus! — Ela chamou o *barman* e indicou outra rodada. — Tudo bem. Em primeiro lugar, posso fazer uma pergunta idiota? *Por que* ele fez isso?

— Pergunta muito boa — anuiu Bob. — Não sei o que está por trás disso. Ele parece muito assustado com o fato de a coisa estar se tornando séria. Honestamente, não sei.

Pam enfiou o cabelo atrás da orelha.

— Muito bem. Em segundo lugar, ele precisa tomar remédio. Fica chorando sozinho no quarto? É um problema clínico e precisa de atenção. E, em terceiro, foda-se o Jim. — O marido de Pam, Ted, não gostava de ouvi-la dizendo palavrões, e a palavra lhe pareceu uma bola de tênis bem golpeada quando lhe saiu da boca. — Foda-se o Jim. Foda-se ele. Eu poderia dizer que o julgamento do Wally Packer o estragou, mas acho que Jim já era um cuzão antes disso.

— Você tem razão. — Bob não permitiria que ninguém falasse aquilo de Jim. Mas Pam tinha base. Era da família, sua amiga mais antiga. — Você simplesmente *estalou* os dedos ao *barman*?

— Mexi os dedos. Relaxe. Então vai voltar lá para a manifestação?

— Não sei ainda. Zach me preocupa. Susan disse que ele estava assustado demais naquela cela, e ela nem sabe como é uma cela. Acho que *eu morreria* em uma cela. Basta olhar para Zach para perceber que não está nada preparado para isso. — Bob jogou a cabeça para trás enquanto bebia o uísque.

Pam bateu o dedo no balcão.

— Espere um pouco. Então ele pode ser preso por isso?

— Não sei. — Bob abriu a palma da mão para cima. — O problema pode ser a mulher dos direitos civis no escritório do procurador-geral do estado. Fiz uma pequena pesquisa hoje. O nome dela é Diane Dodge. Entrou para a promotoria há alguns anos, após trabalhar com direitos civis nos lugares certos, e provavelmente é dedicada. Se decidir seguir adiante com uma violação de direitos civis e Zach for considerado culpado, dependendo das condições, *então* ele poderia ir para a cadeia por até um ano. Não é impossível, é o que estou dizendo. E quem sabe o que os federais vão fazer? Quero dizer, é loucura.

— Será que Jim não conhece a mulher no escritório do procurador-geral? Deve conhecer alguém lá.

— Bem, ele conhece o procurador-geral, Dick Hartley. Essa Diane Dodge parece nova demais para ter trabalhado lá com ele. Vou descobrir quando ele voltar para casa.

— Mas Jim era bem relacionado naquele escritório.

— Estava indo para as cabeças. — Bob sacudiu o copo, e os cubos de gelo tiniram. — Então nossa mãe morreu, e ele foi embora do estado o mais rápido que conseguiu.

— Eu me lembro. Foi estranho. — Pam empurrou o copo de vinho para a frente e o *barman* o encheu.

— Jim não pode se meter — disse Bob. — Mexer os pauzinhos com Dick Hartley. Não dá para fazer isso.

Pam estava remexendo o interior da bolsa.

— Certo. De qualquer modo, se alguém sabe mexer pauzinhos, esse é Jim. Eles nem vão saber que os pauzinhos estão sendo mexidos.

Bob terminou o uísque e empurrou o copo para o *barman*, que colocou um novo diante dele.

— Como estão os filhos?

Pam ergueu o rosto, os olhos amolecidos.

— Estão ótimos, Bob. Acho que em mais um ano irão me odiar e ficar com espinhas. Mas nesse momento são os garotos mais doces e engraçados que existem.

Ele sabia que ela estava escondendo alguma coisa. Ele e Pam tinham se desgastado tentando ter filhos, evitando ir ao médico por anos (como se soubessem que isso seria o fim deles), concordando em conversas vagas que a gravidez deveria acontecer naturalmente, e aconteceria, até Pam, a ansiedade crescendo mês a mês, de repente dizer que esse pensamento era provinciano.

— Existe um *motivo* pelo qual ela não está acontecendo! — exclamara ela. E acrescentara: — E provavelmente sou eu. — Não tendo a inclinação da mulher para a ciência, Bob concordou calado, apenas porque esse aspecto das mulheres lhe parecia mais complicado que os problemas dos homens, e, na imaginação imprecisa de Bob, ele visualizou Pam indo para uma revisão, limpando as trompas e o restante, como se ovários pudessem ser polidos.

Mas esse era Bob.

Imediatamente isso fez, e ainda fazia, sentido para ele. Quando pequeno, ouviu a mãe dizer: "Se um casal não consegue ter filhos, Deus sabe o que está fazendo. Veja a louca da Annie Day, adotada por gente bem-intencionada", ela erguia as sobrancelhas, "mas eles não tinham a paternidade dentro deles". Ah, isso é ridículo!, Pam gritara isso muitas vezes durante os meses em que tentavam se acostumar com a ideia: Bob não era capaz de se reproduzir. Sua mãe era inteligente, Bob, mas não era instruída, e isso é ilusão, é *ridículo*, a louca da Annie Day era louca desde sempre.

Então, isso cobrou um preço. Cobrou, sim.

Quando Pam recusou a adoção — "Vamos acabar com nossa própria Annie Day louca" —, ele ficou preocupado. Quando recusou a inseminação com o uso de um doador, ficou ainda mais preocupado. A inexorabilidade da situação pareceu por fim afrouxar a trama de seu tecido matrimonial. E, quando ele finalmente conheceu Ted, dois anos depois de Pam o deixar (dois anos durante os quais ela ligava com frequência para ele, em lágrimas, para reclamar de encontros *idiotas* com homens *idiotas*), viu que Pam, com seu espírito decidido e suas ansiedades fragmentadoras, falara sério: "Só quero recomeçar".

Pam enrolava um fio de cabelo no dedo.

— Então, o que aconteceu com Sarah? Você ainda a vê? Ou *acabaram*? Ou só estão dando um tempo?

— Acabamos. — Bob bebeu o uísque, olhou em volta. — Acho que está bem, não tenho notícias dela.

— Ela nunca gostou de mim.

Bob encolheu levemente os ombros para indicar que Pam não devia se preocupar com isso. Na verdade, Sarah, que no início achou tão agradável e civilizado que Bob e Pam (e Ted e os meninos) mantivessem contato, já que o próprio ex-marido era mau, passou a se ressentir tremendamente de Pam. Mesmo quando se passavam semanas sem que Bob e Pam se falassem, Sarah dizia:

— Ela pega o telefone quando quer ser *realmente*

compreendida. Rejeitou você, Bob, por uma vida toda nova. Mas ainda depende de você, porque acha que a conhece bem.

— De fato a conheço bem. E ela me conhece.

O ultimato foi por fim apresentado. Nada de casamento com Sarah, a menos que Pam ficasse completamente de fora. As discussões, as conversas, a angústia interminável — mas Bob, afinal, não podia fazer aquilo. Helen até disse:

— Bob, você está louco? Se ama Sarah, pare de falar com Pam. Jim, diga-lhe que ele é louco de agir assim.

Surpreendentemente, Jim não lhe disse isso. Disse:

— Pam é a família do Bob, Helen.

No presente, Pam o cutucou com o cotovelo.

— O que foi? O que aconteceu?

— Estridente — disse Bob, os olhos percorrendo as pessoas que se apertavam contra o bar. — Sarah tornou-se estridente. Acabou, só isso.

— Falei de você para minha amiga Toni, e ela adoraria jantar contigo. — Pam retirou um cartão de visita da bolsa.

Bob apertou os olhos, colocou os óculos.

— É sério que ela pingou o *i* com uma carinha sorridente? Acho que não. — Ele devolveu o cartão para Pam.

— É justo. — Ela deixou o cartão cair dentro da bolsa.

— Meus amigos estão sempre tentando me arrumar um encontro, não se preocupe.

— Esses encontros são um horror — disse Pam, e Bob deu de ombros e disse que eram mesmo.

Estava uma escuridão glacial quando saíram. Pam tropeçou uma ou duas vezes quando cruzaram o parque até a Quinta Avenida; tomara três copos de vinho. Os sapatos tinham salto baixo e ponta fina, ele reparou. Estava mais magra que na última vez em que a vira.

— Fui a um jantar em que cheguei muito cedo — dizia ela equilibrando-se no braço dele enquanto tirava algo do sapato. — As pessoas começaram a falar de um casal que ainda não tinha chegado, dizendo que tinha mau gosto. Em relação à arte. Acho. Não tenho certeza. Aquilo me deixou nervosa de verdade, Bobby. As pessoas podem dizer que sou socialmente impaciente e que tenho mau gosto.

Ele não conseguiu evitar, soltou uma gargalhada.

— Pam. E daí?

Ela olhou para ele e de repente começou a rir de verdade, uma risada que lhe era familiar havia muito tempo.

— Verdade. Quem caralhos liga para essa porra? — disse ela.

— Talvez as pessoas digam que Pam Carlson é realmente inteligente e trabalhava com um grande parasitologista.

— Bobby, ninguém nem sabe o que é um parasitologista. Você devia ver. Um o quê? Ah, *isso*. Minha mãe foi para a Índia, pegou um parasita e ficou doente durante dois anos, é o que dizem. Foda-se. — Ela parou de andar e olhou para ele. — Você já reparou como os orientais simplesmente vão em frente e trombam em você, como não parecem ter nenhuma noção de espaço? Cara, isso me deixa puta!

Ele segurou o cotovelo dela.

— Fale disso no próximo jantar. Vou chamar um táxi para você.

— Vou acompanhá-lo até o metrô, ah, tudo bem. — Ele já chamara um. Abriu a porta e a ajudou a entrar. — Tchau, Bobby, foi divertido.

— Diga oi aos garotos. — Ele ficou parado na rua e acenou quando o táxi acelerou, a correria das luzes de neon a sua volta. Ela se virou, acenou pela janela de trás e ficou acenando até o táxi sumir de vista.

Quando voltou do Maine, Bob encontrou o apartamento de baixo com a porta aberta e parou para olhar o lugar em que Adriana e o mauricinho viveram seu casamento. O proprietário estava consertando uma torneira e acenou para Bob, mas o que Bob viu — um espaço sem cortinas, sofás, tapetes, aquilo em torno do qual as pessoas fazem uma vida — abalou-o com seu vazio. Bolas de poeira haviam sido varridas para o meio da sala de estar, e o crepúsculo que aparecia através das janelas era indiferente, rígido. As paredes vazias pareciam dizer, fatigadas, a Bob: Desculpe. Você pensou que isto era um lar. Mas era apenas isto, o tempo todo.

Esta noite, enquanto Bob subia a escada, viu que a porta do apartamento estava de novo entreaberta, como se o vazio não merecesse ser ocult o ou protegido. O proprietário não estava lá, e Bob fechou a porta discretamente, depois continuou a subir a escada. A secretária eletrônica estava piscando. A voz de Susan disse "Ligue para mim, *por favor*".

Bob serviu vinho em um copo de suco e se acomodou no sofá.

Gerry O'Hare surpreendeu todo mundo — com certeza surpreendera Susan, que se sentiu pessoalmente traída —, dando uma entrevista coletiva naquela manhã, na Câmara Municipal de Shirley Falls. Um agente do FBI ficou ao lado dele.

— Aquela coisa gorda e velha — disse Susan a Bob, ao telefone —, de pé, ali, toda estufada, adorando a importância que parece ter como chefe de polícia. — Ela não pretendia falar outra vez com Bob; deixara isso claro no início da conversa, mas não conseguiu descobrir como chamar o celular de Jim no exterior, não tinha o nome do hotel...

Bob informou-lhe as duas coisas.

— Queria desligar a TV — ela continuou —, mas não consegui; era como se estivesse congelada. E agora estará nos jornais da manhã. Você *sabe* que Gerry não dá a mínima para os somalianos, mas ficou lá matraqueando: "Isso é muito sério. Isso não será tolerado". Espera que sua resposta mostre que a comunidade somaliana pode se sentir segura e confiante. Ah, por favor. Então uma repórter disse que tem havido incidentes de vandalismo contra pneus e janelas dos somalianos, e o que ele tinha a dizer a respeito, e Gerry ficou todo pomposo e disse que a polícia não pode fazer nada se os somalianos não apresentarem queixa. Então você pode ver que ele aparentemente não os tolera; está fazendo isso porque a maldita coisa toda saiu de controle...

— Susan. Faça com que Zach dê permissão a Charlie Tibbetts para falar comigo. Telefono amanhã. — Ele a imaginou preocupada na casa fria. Aquilo o entristeceu, porém parecia muito distante. Mas ele sabia que muito em breve não pareceria tão distante; a escuridão de Susan e Zachary e Shirley Falls se infiltraria em seu apartamento da mesma forma que o vazio abaixo esperava para lhe lembrar que os vizinhos não estavam mais lá, que nada dura para sempre, que não se pode contar com nada. — Vai ficar tudo bem — disse Bob a Susan antes de desligar.

Mais tarde, sentado à janela, ele viu a garota do outro lado da rua andando em seu apartamento aconchegante somente de lingerie e perto dela o casal na cozinha branca lavando louça junto. Pensou em todas as pessoas do mundo que sentiam ter sido salvas por uma cidade. Ele era uma delas. Não importava que a escuridão conseguisse se esgueirar, sempre havia luzes em diferentes janelas, cada luz um toque delicado no seu ombro dizendo: aconteça o que acontecer, Bob Burgess, você nunca estará sozinho.

F oi a risada. A risada despreocupada dos policiais quando viram a cabeça de porco no tapete. Abdikarim não conseguia deixar de ouvi-la, de vê-la. Acordava à noite vendo os dois homens de uniforme, principalmente o mais baixo, com os olhos pequenos e o rosto estúpido, o som de alegria que produzira pouco antes de se endireitar e perguntar, olhando ao redor: "Quem fala inglês? É melhor alguém falar inglês". Como se tivessem feito algo errado. Esse pensamento passava repetidamente pela cabeça de Abdikarim: Mas não fizemos nada errado! Era isso que ele murmurava sentado em uma cadeira de seu café na esquina da Rua Gratham. Que as mulheres o encarassem quando passavam; que as crianças puxassem a mão do pai, virando a cabecinha para olhá-lo a uma distância segura; que homens de braços grossos tatuados freassem ao passar com as caminhonetes diante do café; ou que colegiais sussurrassem e rissem e atravessassem a rua para gritar um nome — nenhuma dessas coisas incomodava tanto Abdikarim como a lembrança da risada dos policiais. Na mesquita, a dois quarteirões de distância — que era apenas um salão escuro, manchado de chuva e feio (mas deles e sagrado) —, ele e os outros foram tratados como colegiais reclamando de um valentão.

Abdikarim caminhou até o café naquela manhã pela luz cinzenta do crepúsculo, após sua oração matinal. A mesquita continha a presença do medo; o cheiro da espuma de limpeza usada muitas vezes nos últimos dias parecia ser o próprio cheiro do medo. Não foi fácil orar, e alguns homens se apressaram na oração para ficar de vigia junto à porta. O *adano* voltou a trabalhar no Walmart como se nada tivesse acontecido. A entrevista coletiva do chefe de polícia também foi desconcertante. Um repórter apareceu no café ontem.

— Por que não havia somalis na coletiva?

Porque ninguém lhes dissera que haveria uma.

Abdikarim limpou o balcão, varreu o chão. O sol nasceu amarelo entre os prédios do outro lado da rua. Com o jejum, apenas Ahmed Hussein apareceria mais tarde para comer. Trabalhava na fábrica de jornal ali perto e tinha permissão para beber chá e comer pedaços de carne de bode cozida por causa do diabetes. Nos fundos do café, atrás de uma cortina de contas, havia uma sala pequena em que lenços e brincos, e temperos e chás, e nozes e figos e tâmaras eram vendidos. Por todo o dia, mulheres vinham juntas e compravam o que necessitariam para o Magrib à noite, e Abdikarim foi e passou um espanador sobre os pacotes de arroz basmati. Arrumou os pacotes para que o balcão não parecesse tão árido, então voltou para a frente do café e sentou-se na cadeira perto da janela. O telefone em seu bolso vibrou.

— De novo? — perguntou, era a irmã ligando da Somália.

— Sim, de novo — disse ela. — Por que continua aí, Abdi? Você corre mais perigo que aqui! Ninguém joga cabeças de porco aqui.

— Não posso carregar a loja nas costas e ir embora — disse com afeto.

— O homem saiu da cadeia. Zachary Olson. Deixaram-no sair! Como você sabe que ele não está indo agora mesmo ao seu café?

As perguntas dela o deixaram alarmado.

— As notícias chegam rápido — disse ele com delicadeza. — Vou pensar a respeito.

Durante uma hora ficou sentado à janela observando a Rua Gratham. Dois homens bantos, a pele mais negra que o céu noturno de inverno, passaram pela vitrine e não olharam para dentro. Abdikarim levantou-se e andou pela loja tocando os lenços, os poucos pacotes de roupa de cama, umas toalhas. A noite passada houve outro encontro dos anciãos, e a voz deles ribombava pela cabeça de Abdikarim enquanto voltava à frente do café.

— Ele não está na cadeia. Onde está? De volta ao trabalho. Em casa com a mãe.

— E o pai.

— Ele não tem pai.

— Um homem estava com ele quando saiu da cadeia. Um homem grande. O homem que tentou atropelar Ayanna depois de comprar uma garrafa de vinho para o café da manhã.

— Ouvi mulheres conversando na biblioteca. Acham que a reação é desproposital. Disseram: "É falta de educação jogar uma cabeça de porco, claro, mas é só isso".

— Deixe-as para lá. Elas não correram por Mogadíscio sob a mira de metralhadoras.

— Mogadíscio! Que tal Atlanta? As pessoas de lá nos matavam por um dólar.

— A ministra Estaver disse que Zachary Olson não é assim. Disse que é um menino solitário...

— Sabemos o que ela disse.

Uma dor de cabeça atingiu Abdikarim. Ele foi até a porta e ficou ali olhando para a calçada e os prédios do outro lado da rua. Não sabia como conseguiria se acostumar a viver ali. Havia pouca cor, a não ser nas árvores do parque durante o outono. As ruas eram cinza e sem graça, e muitas lojas estavam vazias, com as grandes vitrines desocupadas. Pensou nas cores da feira livre de Al Barakaat, no brilho das sedas e nos pitorescos robes *guntiino*, nos aromas de gengibre, alho e cominho.

A ideia de voltar a Mogadíscio era como um espeto que o cutucava a cada batida do coração. Era possível que a paz tivesse chegado; mais cedo naquele ano havia muita esperança. Havia o Governo Federal de Transição, instável, mas na Somália. Em Mogadíscio havia o Conselho Supremo das cortes islâmicas, e era possível que governasse em paz. No entanto, havia boatos. E quem sabia em que acreditar? Boatos de que os Estados Unidos estimulavam a Etiópia a invadir a Somália para se livrar das cortes islâmicas. Não parecia ser verdade, porém também parecia poder ser verdade. Apenas duas semanas atrás chegaram relatos de que tropas etíopes capturaram Bur-Acaba. E então outros relatos: Não, foram tropas do governo que chegaram à cidade. Tudo isso, e tudo o que acontecera antes disso, provocou um peso em Abdikarim. Era um peso que crescia a cada mês que passava, de modo que voltar ou ficar... ele não conseguia tomar essa decisão. Via como alguns dos jovens se portavam: riam, brincavam, conversavam com entusiasmo. A filha mais velha chegara quase morrendo de fome, sem saber inglês, e quando ligou de Nashville havia poucos dias Abdikarim percebeu o entusiasmo na voz dela. Ele se sentia muito velho para que o impulso do entusiasmo voltasse.

E se sentia muito velho para aprender inglês. Sem isso, vivia na incompreensão constante. Na agência do correio, o mês passado, gesticulou e apontou para uma caixa branca, e a mulher de camisa azul repetiu e repetiu, e ele não entendeu, e todo o mundo na agência entendeu, até que por fim um homem se aproximou dele e cruzou rapidamente os braços em direção ao chão dizendo "Fini!". E Abdikarim pensou que o correio estivesse cansado dele, e que precisava ir embora, e foi. Depois descobriu que tinham acabado as caixas que estavam em exposição na prateleira com etiquetas de preço. Por que as mostravam se não as tinham para vender? De novo, a incompreensão. Ele compreendeu que isso tinha um perigo totalmente diferente dos perigos no campo. Viver em um mundo em que com frequência se encontrava a incompreensão — eles não compreendiam, ele não compreendia — dava um ar de incerteza, e isso parecia desgastar algo nele; Abdikarim sempre se sentia inseguro em relação ao que queria, ao que pensava, até mesmo ao que sentia. O telefone vibrou, assustando-o.

— Alô? — era Nahadin Ahmed, irmão de Ayanna.

— Você ouviu? Um grupo de supremacia branca em Montana ouviu falar da manifestação. Escreveram a respeito no site.

— O que o imã disse?

— Foi à polícia e pediu que não deixassem acontecer a manifestação. A polícia o ignorou; a demonstração a entusiasma.

Abdikarim desligou o aquecedor, fechou o café, trancou a porta e correu pelas ruas de volta ao apartamento em que vivia. Não havia ninguém ali. As crianças estavam na escola; Haweeya, no trabalho, ajudando um grupo de assistência social; Omad, no hospital, em seu emprego de tradutor. Abdikarim ficou a manhã toda no quarto, perdendo as orações na mesquita, mantendo as persianas fechadas como sempre. Deitou-se na cama, e havia escuridão dentro dele e no quarto.

Susan dirigia para o trabalho usando óculos de sol mesmo quando as manhãs estavam nubladas. Logo depois que a fotografia de Zachary apareceu no jornal, ela parou em um semáforo perto da passagem que a levaria até o shopping, quando uma mulher conhecida parou na faixa a seu lado e — Susan tinha certeza — fingiu não a ter visto e ficou mexendo no rádio até o semáforo abrir. Susan tinha a sensação física de água escorrendo por ela. Não era diferente da sensação que tivera quando Steve chegou em casa e lhe disse que ia embora.

Agora, parada na interseção, olhando para a frente pelos óculos de sol, pensando no sonho matutino de dormir no quintal da casa de Charlie Tibbetts, Susan lembrou-se de repente disto: que nas semanas após o nascimento de Zach ela, secreta e brevemente, se apaixonara pelo ginecologista. O médico morava no bairro de Oyster Point, em uma casa grande, com os quatro filhos e a mulher que não trabalhava. Não eram do Maine, Susan lembrava-se disso, e pareciam — ocupando um banco da igreja a cada missa de Natal — tão diferentes quanto uma revoada de pássaros exóticos. Com Zachary preso na cadeirinha de bebê, Susan passava devagar, de carro, pela casa deles — era assim profundo o sentimento que tinha pelo homem que fizera o parto do filho.

Ao se lembrar disso, Susan não sentiu constrangimento. Parecia ter acontecido havia muito tempo — e aconteceu; o médico deveria estar velho agora — e como se aquele comportamento fosse de uma pessoa diferente dela mesma. Talvez, se ainda fosse jovem, estivesse passando de carro pela casa de Charlie Tibbetts, mas não tinha mais seiva em si. O fluido vital doce e viscoso sumira. Ainda assim, em sonho, estava acampando no gramado dos fundos da casa de Charlie Tibbetts, e isso fazia sentido para ela: o desejo de estar perto dele. Ele lutava pelo filho dela, o que significava que estava lutando por ela. Para Susan, esse era um sentimento completamente novo, e isso aumentava seu respeito por Jim. Wally Packer, pareceu a Susan, deve ter quase se apaixonado por ele. Ela não fazia ideia se os dois mantiveram contato ao longo de todos esses anos.

— Não — disse Bob quando Susan ligou para ele do trabalho. Não havia clientes na loja.

— Mas você acha que Jim sente saudade dele?

— Acho que não é assim — disse Bob. Susan sentiu ondas de humilhação passar por ela. Não queria pensar que ela e Zach eram apenas um trabalho.

— Jim não me ligou — disse ela.

— Ah, Susie, ele está ocupado jogando golfe. Você deveria vê-lo nesses lugares. Uma vez eu e Pam fomos com eles para Aruba. Nossa! A pobre Helen fica sentada lá, absorvendo melanomas, enquanto Jim fica andando por aí com óculos de sol espelhados, junto à piscina, como se fosse o Sr. Descolado. Está ocupado, é o que estou dizendo. Não se preocupe, Charlie Tibbetts é ótimo. Conversei com ele ontem. Está pedindo segredo de justiça e mudança nos termos da fiança...

— Eu sei. Ele me contou. — Mas ela sentiu uma pontada ridícula de inveja. — Antes de mudar para as apelações, Bobby, quando era advogado de defesa nos tribunais, você gostava de seus clientes?

— Se gostava deles? Claro, de alguns. Muitos eram uns vermes. E é claro que todos eram culpados, mas...

— O que quer dizer com todos eram culpados?

— Bem, eram culpados de alguma coisa, Susie. Depois que passaram pelo sistema. Nem sempre a primeira acusação, então fazia o possível para minimizar os danos. Você sabe.

— Defendeu algum estuprador?

Bob não respondeu de imediato, e Susan percebeu que ele provavelmente ouvira essa pergunta muitas vezes. Ela o imaginou em coquetéis em Nova York (não sabia como era um coquetel em Nova York, então a imagem que formou na cabeça era vaga e cinematográfica), com uma bela mulher magra fazendo-lhe, de forma desafiadora, essa mesma pergunta. Ao telefone, Bob disse:

— Defendi.

— Ele era culpado?

— Nunca perguntei. Mas foi condenado e não senti pena.

— Não teve pena? — Susan sentiu lágrimas inexplicáveis a encher-lhe os olhos. Sentiu o mesmo que sentira durante anos, quando estava para menstruar. Loucura.

— Ele teve um julgamento justo. — Bob parecia paciente e cansado, e era assim que Steve costumava falar com ela.

Susan vasculhou a loja com os olhos, em um tipo de pânico. Zach era culpado. Poderia ter um julgamento justo e ficar preso por um ano. E isso custaria muito dinheiro até acabar. E ninguém — talvez Bobby, um pouco — se *importaria*.

— É necessário ter nervos de aço para trabalhar no tribunal — dizia Bob. — Nós que trabalhamos nas apelações... Bem, vamos apenas dizer que Jim tem entranhas de aço.

— Bobby, preciso desligar.

Um grupo de mulheres somalis entrou na loja. Vestindo longos mantos drapeados, tudo coberto, menos o rosto, pareceram momentaneamente, para Susan, ser uma única entidade, uma grande invasão estrangeira apresentando-se diante dela, um arranjo borrado de véus vermelho-escuros, azuis e verdes, uma mancha viva cor de pêssego; sem braços ou até mesmo mãos para serem vistos. Houve murmúrios e sons de diferentes vozes, então a subsequente separação de uma senhora de idade, baixa e manca, que se sentou na cadeira do canto, e isso esclareceu aos olhos de Susan qual era a situação: a mulher mais nova, alta e de rosto brilhante (para Susan), surpreendentemente bonita de forma que parecia quase americana, com os olhos escuros e as maçãs do rosto altas, mostrava um par de óculos com a dobradiça quebrada e pedia, em mau inglês, que fosse consertado.

Ao lado da jovem alta estava uma mulher de rosto mais escuro, grande e pesada no traje, o rosto imóvel, atento, ilegível. Segurava sacolas plásticas nas quais Susan conseguia ver produtos de limpeza. Susan pegou os óculos.

— Você os comprou aqui? — dirigiu a pergunta à jovem, cuja beleza parecia agressiva para Susan. A garota alta virou-se para a mulher pesada; conversaram rapidamente.

— Ei? — perguntou a garota, cujo véu cor de pêssego parecia flamejante, extraordinário.

— Você os comprou aqui? — repetiu Susan. Ela sabia que não; eram óculos de drogaria que a mulher tinha na mão.

— Tudo bem — disse Susan. As mãos não estavam firmes enquanto lidava com o parafuso minúsculo. — Um minuto — disse ela, levando os óculos para a sala dos fundos, embora fosse norma da loja não deixar a frente sem atendimento. Quando voltou, as mulheres estavam na posição em que as deixara; apenas a jovem parecia ter a energia da juventude, tocando as armações arrumadas em um expositor perto do caixa. Susan pôs os óculos no balcão e os empurrou para a frente. A agitação da mulher pesada fez Susan olhar para ela, e ela ficou espantada de ver um pé de criança exposto quando a mulher puxou o braço para trás, para pegar algo sob o vestido. A mulher dobrou-se para pôr no chão, depois pegar as sacolas com produtos de limpeza, e outra saliência apareceu do outro lado dela; estava de pé ali com duas crianças amarradas nela. Crianças silenciosas. Silenciosas como à mãe.

— Quer experimentar algum deles? — perguntou Susan. A garota alta continuou tocando as armações sem retirá-las do expositor. Nenhuma das mulheres olhava para Susan. Estavam na loja, mas longe.

— Este está consertado — a voz de Susan pareceu alta demais para ela —, sem custo.

A garota levou a mão para debaixo do robe, e Susan — como se todo o seu medo tivesse esperado esse momento — teve o pensamento repentino de que a garota sacaria uma arma. Era uma bolsinha.

— Não — disse Susan, balançando a cabeça. — De graça.

— Tudo bem? — perguntou a garota, os olhos grandes passando rapidamente pelo rosto de Susan.

— Tudo bem — Susan levantou as duas mãos.

A garota guardou os óculos consertados na bolsa.

— Tudo bem. Tudo bem. Obrigada.

Houve mais agitação enquanto conversavam em seu idioma, de modo duro e alegre ao ouvido de Susan. Os bebês se mexeram sob o robe da mãe, e a velha senhora levantou-se devagar. Enquanto andavam em direção à porta, Susan percebeu que a velha senhora não era velha. Como percebera isso não sabia dizer, mas o rosto da mulher tinha uma fadiga tão profunda que parecia ter lhe retirado o que havia de vivo no rosto; sua face, enquanto caminhava lentamente sem olhar para Susan, tinha apenas uma profunda e assombrosa apatia.

Da entrada da loja, Susan as observou caminhar pelo shopping. Não debochem delas, pensou alarmada, porque vira duas adolescentes olhando fixamente para o grupo que passava. Ao mesmo tempo, a absoluta estranheza daquelas mulheres drapeadas provocou em Susan um suspiro interno que a estremeceu. Desejou que elas nunca tivessem ouvido falar de Shirley Falls e a amedrontava pensar que talvez nunca fossem embora.

Uma coisa maravilhosa de Nova York — se tiver condições — é que, se não há vontade de cozinhar, encontrar um garfo, lavar o prato, com certeza você não precisa. E se morar sozinho e não quiser ficar sozinho, também não precisa. Bob andava com frequência até o Bar and Grille da Rua Nove, onde se sentava num banco, bebia cerveja, comia um cheesebúrguer e conversava com o barman ou com o homem ruivo que perdera a mulher em um acidente de bicicleta um ano atrás, e vez ou outra esse homem conversava com Bob com lágrimas nos olhos, ou então podiam rir de algo, ou o homem podia fazer um aceno com a mão e Bob entenderia que ele queria ficar sozinho. Uma osmose de compreensão abrangia os clientes regulares; as pessoas revelavam apenas o que queriam, e não era muito. As conversas eram sobre escândalos políticos, ou sobre esportes, ou às vezes — de maneira fugaz — sobre coisas profundamente pessoais: Bob conhecia os detalhes do horrível acidente de bicicleta da mulher, mas não sabia o nome do viúvo ruivo. O fato de Sarah não acompanhar Bob ao bar havia meses nunca foi mencionado. O lugar era o que queria ser: seguro.

Naquela noite o bar estava quase cheio, mas o *barman* indicou um banco vazio, e Bob espremeu-se entre dois outros clientes. O homem ruivo estava longe e o cumprimentou com um aceno de cabeça pelo imenso espelho diante deles. Uma grande tela de TV no canto mostrava silenciosamente as notícias, e Bob, enquanto esperava pela cerveja, ergueu os olhos e estremeceu ao ver o rosto largo e sem expressão de Gerry O'Hare ao lado da foto sorridente tirada de Zachary. As palavras na televisão passavam rápido demais para que Bob as pudesse ler, mas ele pegou "esperamos", "incidente isolado" e então "investigando", "grupo de supremacia branca".

— Mundo maluco — disse um homem mais velho sentado ao lado de Bob, o rosto também virado para o aparelho de TV. — Todo o mundo endoidou.

— Ei, cabeção — chamou uma voz, e Bob virou-se e viu o irmão e Helen. Ambos tinham acabado de entrar, e Helen se sentava em uma das mesinhas perto da janela. Mesmo no bar escuro, Bob podia ver o bronzeado dos dois. Saiu do banco e foi até eles.

— Vocês viram o que estava passando na TV? — apontou. — Como estão? Quando voltaram? Conseguiram se divertir?

— Nós nos divertimos muito, Bobby — Helen olhava para o cardápio. — O que tem de bom aqui?

— Tudo é bom aqui.

— Você confia no peixe?

— Confio, sim.

— Ficarei com um hambúrguer — Helen fechou o cardápio, estremeceu e esfregou uma mão na outra. — Estou congelando desde que voltamos.

Bob puxou uma cadeira e se sentou.

— Não vou ficar, não se preocupem.

— Ótimo — disse Jim. — Estou tentando jantar com minha mulher.

Bob achou que o bronzeado era estranho, assim fora de temporada.

— Zach acabou de aparecer na TV — disse Bob.

— É, merda. — Jim deu de ombros. — Mas esse Charlie Tibbetts é ótimo, Bob. Viu o que ele fez? — Jim abriu o cardápio, examinou-o por alguns instantes e então o fechou. — Charlie entrou logo depois daquela entrevista coletiva ridícula feita pelo O'Hare, exigiu segredo de justiça e mudança nos termos da fiança. Primeiro, disse que seu cliente está sendo processado de modo agressivo e injusto, que nenhuma outra contravenção jamais foi motivo de entrevista coletiva, mas a melhor dele, porque os termos da fiança dizem que Zach tem que ficar longe de qualquer somali, a melhor dele foi Charlie dizer ao juiz, como foi, Helen? Ele disse: "O comissário de fiança fez a suposição infeliz e ingênua de que todos os somalis são parecidos, vestem-se e agem da mesma forma". Fabuloso. Como está planejando pegar nosso carro?

— Jim, por que não deixa seu irmão aproveitar a noite, e nós também aproveitamos, e depois pensam nisso? — Helen voltou-se para o garçom. — O *pinot noir*, por favor.

— Como está Zach? — perguntou Bob. — Susan me ligou algumas vezes, mas é sempre muito vaga em relação ao estado do Zach.

— Vai saber... Ele não tem que comparecer à denúncia, que só acontecerá em 3 de novembro. Charlie declarou Zach inocente, transferiu a coisa toda para uma instância superior e pediu um julgamento com júri. Ele é bom.

— Eu sei. Conversei com ele. — Bob fez uma pausa, mas então disse: — Zach chora sozinho no quarto.

— Ah, Deus — disse Helen.

— Como você sabe? — Jim olhou para o irmão.

— Aquela senhora que mora no andar de cima me contou. A inquilina da Susan. Disse que ouviu Zach chorando no quarto dele.

O rosto de Jim se alterou, os olhos ficaram menores.

— Ela pode estar enganada — disse Bob. — Parece meio maluca.

— É claro que pode estar enganada — disse Helen. — Jim, o que vai comer?

— Vou pegar o carro — disse Bob. — Vou voar até lá e volto dirigindo. Quando precisa dele?

— Assim que tiver tempo, o que é sempre. É bom ver como o sindicato da defensoria pública é forte. Cinco semanas de férias, e o trabalho lá nem é dos mais difíceis.

— Isso não é verdade, Jim. Tem gente muito boa trabalhando lá — falou Bob calmamente.

— O *barman* o está chamando. Vá beber sua cerveja. — A voz de Jim era de desdém.

Bob voltou ao balcão e percebeu que sua noite fora estragada. Era um cabeção, até Helen estava brava com ele. Fora até o Maine e não fizera nada a não ser reagir como um idiota, entrar em pânico e deixar o carro deles lá. Pensou na graciosa Elaine, de ossos grandes, sentada no consultório com a figueira, explicando pacientemente a replicação da resposta a eventos traumáticos, a tendência masoquista que Bob tinha porque sentia que precisava ser punido por um ato inocente da infância. No espelho, viu o homem ruivo o observando, e quando os olhares se encontraram o homem acenou para ele. O que Bob compreendeu naquele breve olhar foi o reconhecimento mudo de outra pessoa culpada — o homem ruivo comprara a bicicleta para a mulher e sugerira o passeio naquela manhã. Bob acenou de volta e bebeu a cerveja.

Pam estava em seu salão preferido do Upper East Side olhando a cabeça da mulher coreana debruçada sobre seus pés, preocupada como sempre se os utensílios tinham sido devidamente esterilizados, porque, depois que pega um fungo na unha, você nunca mais consegue se livrar dele, e a garota, Mia, preferida de Pam, não estava naquele dia; a nova, que esfregava os dedos de Pam com delicadeza, não falava inglês. Houve a tentativa de mímica, e Pam perguntou, alto demais: "Limpou? Sim?", apontando para a caixa de metal, antes de finalmente relaxar e voltar a pensar, como estava fazendo havia dias, em seu passado com a família Burgess.

A princípio, ela não gostou de Susan. Mas isso foi porque eram jovens — crianças, da mesma idade que os filhos de Pam que acabaram de ir para a faculdade — e porque Pam levou para o lado pessoal o incansável desdém de Susan por Bob. Isso aconteceu em uma época da vida em que Pam queria que todo o mundo gostasse de todo o mundo. Queria principalmente que todo o mundo gostasse dela. Também foi em uma época em que as pessoas no campus Orono da Universidade do Maine cumprimentavam umas às outras quando se cruzavam nas calçadas que envolviam os prédios, sob as árvores, mesmo que não se conhecessem. Entretanto, diversos alunos conheciam Bob, porque ele era muito amistoso, mas também porque alguns conheciam Jim, que já saíra da faculdade, mas fora presidente do corpo discente e era um dos poucos formados naquela universidade que entrara na Escola de Direito de Harvard — e ainda recebera bolsa integral para estudar lá —, o que aumentava seu prestígio. Os garotos Burgess era tão conhecidos quanto os carvalhos e bordos sob os quais os alunos andavam segurando os livros. Restavam alguns olmos, também, mas estavam doentes, com as folhas mais altas perdendo o vigor. Estar com Bob e sua tranquilidade fazia Pam se sentir mais segura que nunca, e o entusiasmo pela vida universitária — pela vida, ponto — abria e se desdobrava nela. Essa exuberância era insultada todas as vezes que Susan fingia não vê-los, quando os evitava andando até outra porta, caso se dirigissem ao centro acadêmico ao mesmo tempo. Magra e bonita, Susan virava o rosto para outro lado. Ou, na Biblioteca Fogler, Susan era capaz de passar por Bob sem nem olhar para ele.

— Ei, Susie — dizia Bob. Nada. Nada! Pam ficava estarrecida. Aquilo parecia não incomodar Bob. — Ela sempre foi assim. Todavia, após fins de semana e feriados passados na casa dos Burgess em Shirley Falls, onde a futura sogra de Pam, Barbara, a cumprimentava no que Pam entendia ser uma maneira receptiva (transmitida principalmente por piadas irônicas à custa dos outros enquanto olhava para Pam com uma cumplicidade no rosto de granito), Pam começou a sentir pena de Susan. Isso era surpreendente para Pam, talvez seu primeiro entendimento da qualidade prismática da observação de pessoas. Ela sentiu que estivera vendo apenas a fachada de Susan, totalmente ignorante da grande luz branca da desaprovação materna que brilhava atrás dela. Era Susan o alvo mais frequente das assim chamadas piadas da mãe; era Susan que arrumava a mesa em silêncio enquanto a mãe dizia a Bob, que entrara para a lista de honra da faculdade, coisa que Susan não conseguira: "Ah, Bobby, é claro que você conseguiu; sempre soube que era inteligente". Era Susan que usava o cabelo comprido dividido no meio "feito uma hippie boboca"; era Susan, com a cintura fina e os quadris retos, que ouvia que um dia, como todas as mulheres, viraria margarina: sessenta por cento gordura.

A mãe de Pam nunca desdenhara dela, mas parecia indecisa quanto a seus deveres de mãe e os cumpria a distância, como se Pam — uma garota que passara horas da juventude lendo na biblioteca do bairro e analisando anúncios em revistas para tentar entender como era a vida *lá fora* — ainda assim tivesse exigido demais dela. O pai de Pam, quieto e distante, parecia ainda menos qualificado para acompanhar a filha pelas dificuldades comuns do crescimento. Era para escapar dessa atmosfera árida que Pam passava a maior parte dos feriados na casa dos Burgess, aquela casinha amarela em uma colina não muito longe do centro da cidade. A casa era menor que aquela em que Pam crescera, embora não muito menor. Mas os tapetes estavam gastos, e os pratos, lascados, e faltavam azulejos no banheiro; essas coisas a incomodavam. Mais uma vez, a sensação de descoberta: seu namorado era pobre, bem como a família dele. O pai de Pam tinha a própria empresa de materiais de escritório, e a mãe dava aulas de piano. Sua casa no oeste de Massachusetts tinha sempre aparência de nova e, perto da zona rural, era segura e aberta; Pam nunca pensou nisso. Quando viu a casa dos Burgess, com o chão de linóleo desbotado, os cantos se levantando, as esquadrias das janelas tão velhas e tortas que no inverno eram preenchidas com jornal, o único banheiro cujo vaso tinha uma mancha permanente de ferrugem e a cortina do chuveiro tão desbotada que ela não sabia se um dia fora rosa ou vermelha, pensou na família de sua cidade que era a única família realmente *pobre* que conhecera: eles tinham carros enferrujados por todo o gramado, as crianças apareciam sujas na escola, e Pam ficou surpresa: quem era esse garoto Burgess por quem se apaixonara? Ele era *assim*? No campus em Orono ele não parecera diferente dos outros, usando o mesmo jeans todos os dias — mas muitos rapazes na época usavam o mesmo jeans todos os dias —, o quarto no dormitório bagunçado e o lado dele escasso — mas muitos quartos de dormitórios eram bagunçados e escassos. Só que Bob era mais *presente* que outros garotos, de convivência mais fácil; ela não sabia que ele e a irmã desagradável vinham dali.

Não durou muito aquela reação. Bob levava consigo para todos os cômodos aquilo que o tornava Bob. E assim a casa se tornou, rapidamente, um local de bem-estar. À noite ela podia ouvir a voz tranquila dele falando delicadamente com a mãe, pois ficavam acordados até tarde, mãe e filho, conversando. Ela os ouvia muitas vezes dizer a palavra "Jim", como se a presença dele permanecesse na casa do mesmo modo que permanecia no campus de Orono.

"Jim-isso, Jim-aquilo" era o que Pam pretendia dizer quando por fim o conheceu. Estava sentado à mesa da cozinha em uma tarde de sexta-feira de novembro, quando já estava escuro lá fora, e pareceu grande demais para aquela casa, jogado na cadeira, os braços cruzados. Pam disse apenas "Oi". Ele se levantou e apertou sua mão, e com a mão livre empurrou o peito de Bob.

— Cachorrão, como está? — disse ele, e Bob disse:

— Homem de Harvard, você está em casa!

A primeira reação de Pam foi de alívio por não se sentir atraída pelo irmão mais velho do namorado, porque ela viu que muitas garotas provavelmente se sentiam assim. A beleza dele era convencional demais para ela: o cabelo escuro, a mandíbula perfeita; mas também era duro. Pam viu isso, o que a assustou. Ninguém mais parecia ver isso. Quando Jim provocou Bob (com a mesma agudeza com que Barbara provocava Susan), Bob riu, aceitando.

— Quando éramos garotos — Jim contou a Pam naquela primeira noite —, esse cara — indicou Bob com a cabeça — me deixava maluco. Maluco. Diabo, você ainda me deixa maluco!

Bob deu de ombros, alegre.

— Mas o que ele fazia?

— Sempre que eu comia, ele queria comer a mesma coisa. "Sopa de tomate", respondia quando nossa mãe perguntava o que ele queria de almoço. Então me via tomando sopa de vegetais e dizia: "Não, quero isso". Tudo o que eu vestia ele queria vestir igual. Aonde quer que fosse ele queria ir junto.

— Uau! Que horror. — Pam foi sarcástica, mas aquilo foi uma pedrinha jogada contra um para-brisa laminado; Jim era impermeável.

Nos anos em que Jim estava na faculdade de Direito, voltava com frequência para visitar a mãe. Todos os três filhos, Pam percebeu, eram leais à mãe. Tanto Susan quanto Bob trabalhavam no refeitório da faculdade, mas trocavam de turnos com colegas e pegavam carona com qualquer um que pegasse a estrada para Shirley Falls. Pam achava aquilo tocante e sentia-se culpada pelas longas ausências da própria casa, mas era para a casa dos Burgess que ela ia sempre que Bob e Susan decidiam ir para lá. Susan ainda não conhecera Steve, nem Jim conhecera Helen, então Pam, olhando para trás, sentiu que não apenas estivera apaixonada por Bob, mas também que era quase sua irmã, pois foi nessa época que eles se tornaram sua família. A acidez de Susan diminuiu. Com frequência, todos jogavam *Scrabble* na mesa da cozinha ou apenas conversavam apertados na sala de estar. Às vezes os quatro iam jogar boliche e voltavam para contar a Barbara que Bob quase derrotara Jim. "Mas não derrotou", dizia Jim. "Nunca me derrotou e nunca vai me derrotar." Um domingo gelado, Pam e Susan passaram cuidadosamente os cabelos a ferro, colocando-os sobre a tábua de passar na varanda fechada, e Barbara gritou com as duas que elas podiam ter tocado fogo na casa. Embora os Burgess parecessem não ter conhecimentos de, ou interesse em culinária (algumas refeições eram carne moída refogada coberta com uma fatia não derretida de queijo cor de laranja, ou caçarola de atum feita com sopa enlatada, ou frango assado sem tempero, nem mesmo sal), Pam descobriu que eles adoravam assados e fez pão de banana e biscoitos doces, e às vezes Susan ficava naquela cozinha pequena e a ajudava, e o que fosse assado era comido avidamente, e isso também emocionava Pam — como se aqueles garotos tivessem passado a vida com fome de doçura. Barbara não era doce, mas Pam admirava a decência fundamental dela que todos os três filhos, com suas diferenças, pareciam ter.

Jim falava das aulas de Direito enquanto Bobby se inclinava para a frente e fazia perguntas. Jim sentia-se atraído por Direito Penal desde o início, e ele e Bob conversavam sobre as regras de evidências, as exceções de boatos, os procedimentos do julgamento de um caso, o papel da punição na sociedade. Pam já estabelecera o próprio interesse em Ciências e via a sociedade como um grande organismo trabalhando com milhões, bilhões de células para se manter vivo. Criminalidade era uma mutação que interessava a Pam, e ela tentava participar dessas discussões. Jim nunca era condescendente com ela, como podia ser com Bob ou Susan; a forma como a poupava sempre a surpreendeu. Havia uma estranha combinação de arrogância e sinceridade nele que costumava surpreendê-la. Anos mais tarde, durante o julgamento de Wally Packer, quando Pam leu um artigo a respeito de Jim que citava um colega de Harvard dizendo que Jim Burgess "se mantivera distante, sempre pareceu indecifrável", ela compreendeu que não havia compreendido plenamente aqueles anos passados — que Jim deve ter se sentido um estranho em Harvard e voltava a Shirley Falls porque algo o obrigava, não só a presença da mãe, com quem era atencioso e carinhoso, mas talvez uma familiaridade de sotaques e pratos lascados e portas de quartos empenadas demais para fechar. Não mencionou nenhuma namorada durante os anos na faculdade de Direito. Contudo, um dia, porque suas notas eram perfeitas e sua capacidade já aguçada, falou de conseguir um emprego no escritório da Promotoria de Manhattan. Obteria experiência em julgamentos e a levaria ao Maine.

— Ai — disse Pam. A mulher coreana, massageando a panturrilha de Pam, olhou para ela pedindo desculpas, falou uma palavra que Pam não entendeu. — Desculpe — disse Pam abanando a mão rapidamente. — Mas está muito forte. — Um estremecimento de nostalgia passou por ela, e ela teve que fechar os olhos contra a folha pálida do que só podia ser tédio que se aproximava. Seriam apenas a juventude e o novo amor que faziam Shirley Falls parecer um lugar de milagre a Pam? Será que ela nunca mais sentiria aquele anseio e aquela empolgação? Idade e experiência simplesmente *silenciam* você?

Porque foi em Shirley Falls que Pam sentiu as primeiras emoções de adulta. Se a vida universitária a trouxera para o mundo de muitas pessoas, muitos pensamentos e fatos — que ela amava, já que amava fatos —, era Shirley Falls que detinha a magia de uma cidade estrangeira, e Pam, em suas visitas, sentia-se vertiginosa e extaticamente catapultada à condição de adulta. Isso aparecia no ato despreocupado de ir sozinha (enquanto Bob ajudava a limpar as calhas da mãe) a uma padaria familiar na Avenida Annett e tomar café em uma mesa, as mulheres roliças servindo-a com uma indiferença maravilhosa, as janelas guarnecidas com cortinas pregueadas, o ar doce com aroma de canela, e homens de terno passando pela calçada a caminho do tribunal ou de algum escritório, mulheres de vestido indo sabe-se lá aonde, mas parecendo muito sérias enquanto iam. Pam bem poderia estar em um dos anúncios de revista da biblioteca de sua infância, uma jovem sorridente tomando café bem no meio da vida.

Às vezes, enquanto Bob estudava ou jogava basquete com Jim no estacionamento da antiga escola, Pam subia a colina que se erguia nos limites da cidadezinha e olhava para o pináculo da catedral, o rio margeado pelas olarias, a ponte que cruzava as águas espumantes e, às vezes, quando descia a colina, passava pelas lojas na Rua Gratham. A Peck estava fechada nessa época, mas havia outras duas lojas de departamentos na cidade, e Pam sentia uma empolgação contida quando andava dentro delas tocando os vestidos, afastando os cabides nas araras de metal. Borrifava-se perfume nos balcões de maquiagem e, quando Barbara comentava: "Você está com cheiro de francesa", Pam dizia: "Ah, Barbara, acabei de passear pela loja de departamentos!".

— Parece que sim.

A aliança com Barbara era fácil. Pam sabia que possuía uma vantagem que Susan não podia ter, que era não compartilhar do mesmo sangue daquela mulher, e isso permitia a Pam fazer coisas que Susan não podia, como ir ao Blue Goose, onde um copo de chope custava trinta centavos e o som era tão alto que as mesas vibravam com os acordes profundos de Wally Packer e de sua banda cantando *Tire esse fardo de mim, o fardo do meu amor...* Pam balançando ao lado de Bob, com a mão no joelho dele.

Para comemorar o término dos exames finais, ou um aniversário, ou Pam e Bob estarem na lista de honra, eles iam — todos eles — ao Antonio's, o restaurante italiano perto da Avenida Annett que servia pratos enormes de espaguete, sendo que os pedidos eram tirados pelo dono do lugar, cujo nome era Pingo e que era obeso. Quando ele morreu após uma cirurgia bariátrica, Pam sentiu-se péssima; todos se sentiram.

Durante o verão, Barbara deixou Pam morar na casa. Pam arrumou emprego de garçonete enquanto Bob trabalhava na fábrica de papel e Susan no hospital como assistente administrativa. Pam e Susan dividiam o quarto que Jim e Bob dividiram ao crescer, e Bob ficava no quarto de Susan. Jim dormia no sofá quando ia para casa. "É bom ter a casa cheia", dizia Barbara, e para Pam, que não tinha irmãos, aquelas semanas e aqueles fins de semana na casa dos Burgess tornaram-se algo que ela mais tarde compreenderia que tivera importância indescritivelmente profunda e talvez pode ter enfraquecido seu casamento com Bob nos anos que viriam. Porque ela nunca pôde parar de sentir que Bob era seu irmão. Pegara o passado dele — seu segredo terrível, que nunca era mencionado por ninguém — e se beneficiara do fato de que Bob era o favorito da mãe, e, sendo ela a garota que ele decidira amar, Barbara a amava também. Pam imaginava se Barbara, para se poupar do ódio que deve ter sentido de Bob após o acidente que a deixara viúva, decidira assim amar mais Bob. De qualquer modo, Bob e seu passado e seu presente tornaram-se o passado e o presente de Pam, e ela amava tudo o que a rodeava, até Susan, que ainda parecia não conseguir tolerar Bob, mas era bastante amistosa com Pam.

Os Burgess — principalmente os garotos Burgess — tinham seus rituais anuais na cidade, e Pam os acompanhava aos desfiles do Dia Moxie, com aquela multidão de pessoas vestindo laranja vivo para comemorar a bebida que dava identidade ao Maine. A Igreja de São José fez um cartaz: Jesus é nosso salvador, Moxie é nosso sabor, uma bebida tão amarga que Pam não conseguia tolerar — nenhum Burgess conseguia, exceto Barbara; eles aplaudiam os pequenos balões que passavam, o carro que transportava a garota da cidade coroada "Miss Moxie". Anos mais tarde, essas garotas com frequência apareciam no jornal envolvidas em algo ruim, surradas pelo marido ou roubadas por um drogado, ou presas por algum crime menor. Mas no dia em que desfilavam pelas ruas de Shirley Falls, acenando enquanto a faixa ondulava na brisa, eram saudadas pelos garotos Burgess; até Jim as levava a sério, aplaudindo, e Susan dava de ombros, porque havia muito tempo a mãe a proibira de competir pelo título.

Em julho havia o Festival Franco-Americano, o favorito de Bob e Pam: quatro noites de concertos no parque, com todo mundo dançando e as vovós e os maridos exauridos pelas fábricas remexendo-se à música alta da banda C'est Si Bon. Barbara nunca os acompanhou; tinha pouca empatia com os franco-canadenses que trabalhavam nas fábricas nas quais o marido fora chefe e não tinha interesse, tampouco, em música ou dança, ou folias. Mas os garotos Burgess iam, e Jim se sentia atraído pela conversa de greves, sindicatos organizados, e nas noites do festival andava e conversava com muita gente; Pam ainda conseguia vê-lo ouvindo com a cabeça inclinada, uma mão batendo brevemente num ombro, um cumprimento já demonstrando os sinais do político que ele dizia um dia querer ser.

A cor que Pam escolhera para as unhas do pé estava errada. Podia ver isso agora, ao observá-las. Era outono; por que escolhera uma coisa cor de melão? A mulher coreana olhou para ela segurando uma escovinha sobre um dedo.

— Está ótimo — disse Pam. — Obrigada.

Barbara Burgess estava morta havia vinte anos, Pam se deu conta enquanto observava os dedos ficarem de uma cor "francesa" pavorosa. Não vivera para ver Jim ficar famoso, para ver Bob divorciado e sem filhos, para ver Susan divorciada e o filho endoidar. Ou para ver Pam sentada e tendo as unhas do pé pintadas de laranja em uma cidade que visitara apenas uma vez, quando Jim trabalhava para a Promotoria de Manhattan. Como Barbara odiou Nova York! Os lábios de Pam se mexeram enquanto ela lembrava; ela e Bobby já estavam morando ali nessa época, e a pobre Barbara mal conseguia sair do apartamento. Pam tentou diverti-la caçoando de Helen, que se casara havia pouco com Jim e fazia o melhor para agradar a nova sogra, oferecendo-se para levá-la ao Museu Metropolitan ou a uma matinê na Broadway, ou a um café especial no Village.

— O que ele *viu* nela? — perguntou Barbara deitada na cama com os olhos fixos no ventilador de teto.

— Normalidade — Pam estava deitada ao lado dela, também olhando para cima.

— Ela é normal?

— Normal ao estilo Connecticut, acho.

— Usar mocassins brancos é normal ao estilo Connecticut?

— Os mocassins dela são bege.

No ano seguinte, Jim mudou-se para o Maine com Helen, e Barbara teve que se acostumar com ela; moravam a uma hora de distância, em Portland, de modo que não era tão ruim. Jim era promotor-assistente responsável pela divisão criminal e logo ganhou reputação de tenacidade e decência, e sempre lidou bem com a imprensa. Para a família, era franco quanto às intenções de entrar para a política. Concorreria ao legislativo estadual, viraria promotor-geral e acabaria no governo do estado. Todo mundo acreditava que ele conseguiria.

Três anos depois, Barbara ficou doente. A doença a enterneceu, e ela disse a Susan: "Você sempre foi uma boa garota. Todos vocês foram bons". Susan chorou em silêncio por semanas. Jim entrou no hospital e saiu sem levantar a cabeça. Bob ficou estarrecido, e seu rosto quase sempre tinha a expressão de uma criança muito nova. Lembrando disso, Pam teve que assoar o nariz. O mais estranho de tudo foi que, um mês após a morte de Barbara, Jim e Helen e seu bebê se mudaram para uma casa chique em West Hartford. Jim disse a Bob que nunca mais queria ver o Maine.

— Ah, obrigada — disse Pam. A mulher coreana estava lhe oferecendo um lenço de papel, o rosto mostrando expectativa. — Muito obrigada. — A mulher anuiu rapidamente, então envolveu os dedos de Pam com uma tira de algodão.

❈

As ruas arborizadas de Park Slope tinham folhas o bastante esvoaçando pelas calçadas para que as crianças brincassem em montes farfalhantes, segurando braçadas delas e soltando-as para que voassem, enquanto as mães, pacientes, as observavam. Mas Helen Burgess ficava irritada com gente que parava ou se movia de modo errante e, assim, atrapalhava o ritmo da sua caminhada. Pegava-se suspirando nas longas filas do banco, dizendo à pessoa da frente: "Sério, por que não colocam mais gente trabalhando nos caixas?". No supermercado, ficava na fila do caixa rápido contando os itens do cliente à frente e tinha que se segurar para não dizer: "Você tem catorze itens e a placa diz dez". Helen não gostava de ser assim, não era dessa forma que se imaginava, então voltou mentalmente no tempo e percebeu o seguinte: um dia depois de voltarem de São Cristóvão, Helen estava sozinha, desfazendo as malas, quando repentinamente jogou uma sapatilha preta pelo quarto. "Malditos sejam!", disse. Pegou uma blusa de linho branco e teve vontade de rasgá-la ao meio. Então se sentou na cama e chorou porque não queria ser o tipo de pessoa que joga sapatos ou xinga pessoas que não estão por perto. Helen considerava a raiva inconveniente e ensinara os filhos a nunca ficar de mal e a não ir dormir brigado com ninguém. O fato de Jim estar bravo com frequência não afetava Helen, em parte porque a raiva dele raramente era direcionada a ela e também porque era função dela acalmá-lo, e ela desempenhava bem essa função. Mas a raiva dele no quarto de hotel a afligira. Era Susan que ela xingara enquanto desfazia as malas, ela percebeu, e o filho doido, Zach. E Bobby também. Eles a roubaram das férias. Roubaram-na de um momento íntimo com o marido. Aquele momento em que considerou o marido tão *desinteressante* não se desvaneceu como deveria, e isso a perturbou, ao mesmo tempo em que a fez se preocupar — acreditar — que ele também a achava desinteressante. As duas coisas a fizeram se sentir terrível. Velha, ela se sentiu. E ranzinza. O que era injusto, porque ela não era assim. Intimamente, Helen sabia que um casamento feliz tinha uma vida sexual feliz (era como se os dois tivessem um segredo especial) e, embora nunca conversasse sobre algo assim, o que lera sobre a faxineira descobrindo prendedores de mamilos e outras coisas infiltrara-se em suas preocupações. Ela e Jim nunca precisaram de nada a não ser um do outro. Isso era o que Helen pensava. Mas como sabia o que as outras pessoas faziam? Anos atrás, em West Hartford, havia um homem que levava as filhas à mesma escolinha a que iam as filhas de Helen, e o homem às vezes a olhava com uma gravidade sombria. Ela nunca falou com ele. À época, sentiu que ele via nela o que ela sentia existir em si mesma, que era um pantanal de sexualidade selvagem. O pantanal ficava longe, e, sendo Helen, nunca chegara perto dele. Ocorria-lhe agora, às vezes, que era tarde demais para descobrir qualquer coisa assim. E tudo isso era bobagem, porque não trocaria sua vida por qualquer outra. Mas a incomodava — realmente incomodava — como em São Cristóvão Jim se afastara jogando golfe por horas, indo à academia. E agora lá estava ela, de volta ao ninho vazio com o qual ninguém, a não ser ela, se preocupava. O surpreendente sobre esse sentimento era que ele não ia embora. Conforme os dias se passavam e ela despachava os presentes aos filhos — uma camiseta e um boné para o filho no Arizona, com o pedido de por favor use o boné, ele não estava acostumado com tanto sol; um suéter para Emily em Chicago; um par de brincos para Margot no Michigan —; à medida que pagava as contas que se acumulavam, arrumava as roupas de inverno que estiveram guardadas, a raiva em relação aos Burgess florescia novamente. Vocês tiraram algo de mim, pensava. Tiraram.

— Isso é ridículo — disse certa noite a Jim. Ele acabara de lhe dizer que talvez lhe pedissem que discursasse na manifestação por tolerância no Maine. — O que isso pode trazer de bom?

— O que quer dizer com o que isso pode trazer de bom? A questão é se eu *quero* fazer o discurso, pois se quisesse a presunção deveria ser que traria algo de bom. — Jim comeu sua toranja sem colocar o guardanapo de pano no colo, e Helen percebeu que estava magoado.

— Obrigada, Ana — disse ela quando as costeletas de cordeiro foram colocadas sobre a mesa. — Estamos bem agora. Pode diminuir a luz ao sair? — Ana, baixa, de rosto amável, anuiu, tocou o painel de luz e saiu da sala. Helen disse: — É a primeira vez que ouço essa ideia maluca. De quem é e por que não me contou?

— Só soube hoje. Não sei de quem é. A ideia apareceu do nada.

— Ideias não aparecem do nada.

— Aparecem, sim. Charlie disse que meu nome é sempre lembrado em Shirley Falls, de modo positivo, e que os organizadores da manifestação pensaram que poderia ajudar as pessoas a se sentirem bem se eu aparecesse, sem mencionar Zach, é claro, e dissesse como me orgulho de Shirley Falls.

— Você odeia Shirley Falls.

— Você odeia Shirley Falls — Jim a imitou de modo desagradável. Como Helen não reagiu, acrescentou: — Meu sobrinho está em dificuldades.

— Ele se colocou em dificuldades.

Jim pegou uma costeleta de cordeiro com as duas mãos, como se fosse uma espiga de milho; observou-a como comida. Helen desviou o olhar e viu o reflexo dele na janela; nessa época, já ficava escuro na hora do jantar.

— Bem, sinto muito — continuou Helen. — Mas ele é o responsável. Você e Bob agem como se houvesse uma conspiração do governo contra ele, e o que não entendo é por que não se espera que seja responsabilizado.

Jim colocou a costeleta no prato e repetiu:

— Ele é meu sobrinho.

— Isso quer dizer que você vai?

— Vamos discutir isso depois.

— Vamos discutir isso agora.

— Escute, Helen. — Jim limpou a boca com o guardanapo de pano. — A promotoria está pensando em abrir um processo de violação de direitos civis contra Zach.

— Sei disso, Jim. Acha que sou surda? Acha que não o escuto? Acha que não escuto Bob? Parece que só se fala disso atualmente. Toda noite o telefone toca: Socorro! A mudança nas condições da fiança foi indeferida. Socorro! A petição de segredo de justiça foi indeferida. São procedimentos normais, não se preocupe, sim, Zach vai ter que comparecer, arrume um paletó para ele, blá-blá-blá.

— Hellie — Jim pôs a mão sobre a dela por um instante —, concordo com você, querida. Concordo mesmo.

Zach deveria ser responsabilizado. Mas também é um garoto de dezenove anos que parece ter poucos amigos, se é que tem algum, e chora à noite. E tem uma mãe muito tensa. Então, se houver algo que eu possa fazer para ajudar a acabar com isso...

— Dorothy disse que você está se sentindo culpado.

— Dorothy. — Jim pegou a segunda costeleta de cordeiro e a comeu ruidosamente. Helen, que muito tempo atrás percebia nisso um sinal de falta de cuidado na criação de Jim (o que detestava), também aprendeu que Jim tinha maior tendência a comer ruidosamente quando estava tenso. Jim disse: — Dorothy é uma mulher muito magra, muito rica e muito infeliz.

— Ela é — concordou Helen, acrescentando: — Você não acha que existe uma grande diferença entre se sentir culpado e se sentir responsável?

— Acho.

— Está falando da boca para fora. Não quer saber se existe diferença.

— Quero saber é de vê-la feliz — disse Jim. — Acho que minha irmã idiota e meu irmão ridículo conseguiram estragar nossas belas férias. Queria que isso não tivesse acontecido. Mas a razão, se realmente me pedirem para discursar, pela qual eu iria, se *realmente* for, é porque Charlie acredita que é uma promotora-assistente, Diane alguma coisa, responsável pela divisão de direitos civis, que quer prosseguir com o caso. Mas o idiota do Dick Hartley teria que apoiá-la, já que é chefe dela, e é claro que também vai discursar na manifestação. Então isso me dá uma chance de socializar com ele, lembrar-lhe o nosso bom velho tempo, quem sabe? Se tudo transcorrer bem e alegremente, ele pode chamar a princesa Diana em seu escritório na segunda-feira e dizer: Desista do caso. Se isso acontecer, há uma chance maior de o procurador dos Estados Unidos dizer: Tudo bem, que se foda. Deixe estar como uma simples contravenção. Tchau.

— Por que não pegamos um filme este fim de semana? — perguntou Helen.

— Podemos pegar — disse Jim.

Pareceu começar assim: a coisa de Helen odiar o som da própria voz, a corrente de aborrecimentos e as tentativas de recuperar o que acreditava ser seu. A cada vez, como naquela noite, ela esperava que fosse apenas um incidente, sem relação com nada mais.

Um dia antes de Zach ter que comparecer ao tribunal — onde Charlie pediria novamente mudança nas condições da fiança e também segredo de justiça —, Susan estava no carro, nos limites do grande estacionamento do shopping. Era horário de almoço, e o sanduíche de atum que fizera de manhã estava em seu colo, em um saco. O telefone celular estava no assento ao lado, e ela olhou para ele muitas vezes antes de pegá-lo e digitar os números.

— Qual é o assunto? — perguntou a voz feminina que Susan não reconheceu.

— Posso só falar com ele, por favor? — Susan abriu uma fresta na janela do carro. — Conheço-o desde sempre.

— Precisarei puxar sua ficha, Sra. Olson. Quando foi a última vez que veio?

— Ah, pelo amor de Deus! — disse Susan. — Não quero marcar uma consulta.

— É emergência? — perguntou a recepcionista.

— Preciso de algo para me ajudar a dormir — disse Susan apertando os olhos e pressionando a mão contra a testa, porque para ela aquilo era o mesmo que pegar um megafone e anunciar a toda a comunidade que a mãe de Zachary Olson estava pedindo remédio para dormir. Talvez fosse viciada havia muito tempo, diriam as pessoas. Não é de admirar que não soubesse o que o filho fazia.

— A senhora pode discutir isso com o médico quando o vir. Que tal na manhã de quinta-feira?

Susan ligou para o escritório de Bob, e Bob disse:

— Ah, Susie, isso não é um horror? Ligue para um médico diferente e diga que está morrendo de dor de garganta e febre e irão atendê-la imediatamente. Diga que a febre está alta. Não se espera que adultos tenham febre alta. Então, quando estiver com o médico, conte por que está lá.

— Quer que eu simplesmente *minta*?

— Seja pragmática, é o que estou sugerindo.

No fim do dia Susan tinha um frasco de tranquilizantes e outro de comprimidos para dormir. Atravessou duas cidades para comprá-los em uma farmácia em que ninguém a conhecesse. Todavia, quando chegou a hora de tomar o medicamento, a escuridão do sono em que ela imaginava mergulhar pareceu-lhe a morte, e ela ligou de novo para Bobby. Ele escutou.

— Tome agora, enquanto está ao telefone — sugeriu ele.
— Continuarei conversando até você ficar com sono. Onde está Zach?

— No quarto dele. Já dissemos boa-noite.

— Tudo bem. Você vai ficar bem. Zach não precisa dizer nada amanhã, a não ser o que Charlie o instruir a dizer. Deve demorar no máximo cinco minutos, e vocês poderão ir embora. Agora relaxe; vou falar até você dormir. Falei com Jim e sabe o quê? Ele vai comigo à manifestação por tolerância. Vai discursar. Fará aquela coisa política de encontrar Jesus. Estou brincando, ele não falará nada sobre Jesus, claro, céus, dá para imaginar? O discurso dele será depois do Dick Hartley, que fará todo mundo dormir. Você podia comprar um frasco disso, Susie, e Jim dirá Dickie, você é fantástico, fazendo o cara se sentir bem, então tentará não ser melhor que ele no palco, o que não conseguirá fazer. Jim discursará melhor que o governador; você sabia que o governador estará presente? Jim pode falar melhor que qualquer um. Depois vamos garantir que Zach esteja bem e voltaremos de carro para Nova York. Você tomou o comprimido? Tome meio copo de água; é bom que ele desça até o fim. É, pelo menos meio copo.

"Acontece", continuou Bob, "que a Prefeitura de Shirley Falls está cansada da divulgação que essa coisa está tendo. De acordo com Jim, de acordo com Charlie, brigas internas estão surgindo. Entre a polícia, o legislativo e o clero. Sabe como é, você não deve se preocupar com isso, Susie, é o que digo. Como você mesma disse, isso dá a todo liberal uma causa, o que é bom para eles, principalmente aí no Maine. É como fazer ginástica: inspirar, expirar; somos os corretos, os justos, justíssimos corretos. Como está se sentindo, Susie, algum sono?"

— Não.

— Tudo bem. Não se preocupe. Quer que cante para você?

— Não. Você está bêbado?

— Não que eu saiba. Quer que lhe conte uma história?

E Susan adormeceu ouvindo sobre a vez em que Jim fora demitido do cargo de monitor de travessia no quarto ano por jogar uma bola de neve, e os outros monitores de travessia entraram em greve, e o diretor teve que devolver o cargo a Jim, e essa foi a primeira vez que Jim entendeu a força dos sindicatos...

Helen, recolhendo as folhas do quintal, alguns dias depois, disse:
— Ela age como se um comprimido para dormir fosse heroína. É doida.
— É puritana. — Bob se remexeu no banco de ferro fundido.
— É doida. — Helen parou de recolher as folhas e jogou o ancinho sobre a pilha que se formara.

Bob olhou para Jim, parado junto à porta dos fundos, os braços cruzados. Ao lado de Jim estava a grande churrasqueira, agora fechada dentro da capa preta de lona. A churrasqueira, que era nova naquele verão, e para Bob pareceu ser do tamanho de um barco pequeno, também era protegida pelo deque de madeira acima, cujos degraus que desciam até o jardim estavam cobertos por folhas. Uma tesoura de jardinagem jazia sobre o último degrau. De onde Bob estava sentado, a calçada de tijolos e a área circular ao redor da fonte para os pássaros pareciam alguém com um novo corte de cabelo, mas o restante do jardim ainda tinha folhas da ameixeira cobrindo o chão, e havia uma pilha onde estava o ancinho com os dentes para cima. Vozes de crianças foram ouvidas em outro quintal; havia o som de uma bola batendo. Era tarde de sábado.

— Bem, pode parecer doida — disse Bob finalmente. — Mas vem de nossos ancestrais puritanos. Que eram meio doidos, se pensar bem. Doidos demais para continuar na Inglaterra. Os puritanos têm muita vergonha — acrescentou. — Você precisa entender.

— Não os meus ancestrais — disse Helen examinando a pilha de folhas. — Sou um quarto alemã, dois quartos inglesa, não puritana, e um quarto austríaca.

Bob assentiu.

— Mozart, Beethoven, só coisa boa, Helen. Mas nós puritanos não acreditamos em música ou em teatro porque isso excita nossos sentidos. Lembra-se, Jimmy? A tia Alma costumava nos dizer isso. Vovó também. Elas adoravam nossa história. Não adoro nossa história. Vamos dizer que sinto profundo desinteresse por nossa história.

— Quando você voltará para seu dormitório de faculdade? — Jim pôs a mão na maçaneta da porta dos fundos.

— Jim, pare — disse Helen.

— Assim que terminar o uísque que sua mulher teve a hospitalidade de me servir. — Bob esvaziou o copo com um gole. Aquilo queimou a garganta, o peito. — Acredito que estávamos comemorando Zach ter sobrevivido ao comparecimento ao tribunal e o sucesso de Charlie em conseguir condições melhores de fiança e o segredo de justiça.

— Você cantou para Susan dormir? — Jim cruzou os braços novamente. — Vocês se odeiam.

— Falei até Susan dormir. E eu sei. É o que torna isso mais legal. É muito legal quando coisas boas acontecem com pessoas más. Ou boas. Qualquer pessoa. — Ele se levantou e jogou o casaco sobre os ombros.

— Obrigado por vir — disse Jim. — Apareça no escritório na semana que vem para planejarmos a coisa da manifestação. Eles não param de adiar, mas parece que acontecerá em breve. Além do mais, palhaço, preciso do meu carro.

— Já me desculpei mil vezes — disse Bob. — E consegui informações para ajudá-lo com seu belo discurso.

— Eu não vou — disse Helen. — Jim quer que eu vá, mas não vou.

Bob olhou para ela. Helen tirava as luvas de jardinagem. Jogou-as sobre a pilha de folhas e puxou para trás o cabelo, que tinha uma folha presa. A jaqueta acolchoada dela estava desabotoada, e quando ela pôs as mãos na cintura a jaqueta abriu nas duas laterais.

— Ela acha que a presença dela não é necessária — disse Jim.

— Isso mesmo — disse Helen, passando pelos dois para entrar na casa. — Acho melhor deixar essa para os garotos Burgess.

O chefe de polícia, Gerry O'Hare, também tomou um comprimido para dormir. Abriu o frasco ao lado da cama, jogou um na boca e engoliu. A falta de sono não vinha de ansiedade, mas da sensação de estar energizado. Naquela tarde, tivera uma reunião na prefeitura com o prefeito, a garota do escritório da promotoria, membros do legislativo, o clero e o imã, que fizera questão de convidar, pois os somalis estavam irritados por não terem sido convidados para a entrevista coletiva logo após o incidente. Gerry contava isso à esposa, que já estava na cama. Falou a todas aquelas pessoas reunidas que sabia fazer seu trabalho e que este era manter a comunidade em segurança. Disse (roubando um pouco a cena, ele acreditava, acenando a cabeça para a esposa, dos liberais inflamados presentes, como Rick Huddleston e Diane Dodge) que estudos mostravam que a violência racial diminuía quando a comunidade reagia contra ela. Incidentes ignorados estimulam os cidadãos predispostos a cometer crimes raciais. Seus patrulheiros, acrescentou, receberam fotografias de Zachary Olson para que pudessem identificá-lo caso se aproximasse a menos de três quilômetros da mesquita na Rua Gratham.

A reunião durou quase três horas, e muita tensão passou por aquela sala. Rick Huddleston (que só tinha o cargo de chefe da Agência Antidifamação Racial por ser rico o bastante para criar esse órgão) tinha que valorizar, é claro, cada incidente não comunicado. "Não estou interessado em incidentes não comunicados." Eu disse "incidentes ignorados", interrompeu Gerry, e Rick continuou, irrefreável, imperturbável, sobre o vandalismo contra vitrines de lojas somalis, pneus cortados nessas vizinhanças, injúrias raciais contra mulheres em estacionamentos, relatos escolares de provocações e violência física cometidas por garotos. "Não vou ficar aqui e fingir, como alguns de vocês estão fazendo", disse Gerry, "que não existem divisões reais na própria comunidade somali. Sabemos que algumas dessas injúrias foram instigadas por somalis étnicos contra os somalis bantos, ou contra pessoas de um clã diferente." E então Rick Huddleston explodiu. O fresco do Rick Huddleston que estudou em Yale, que, Gerry contou à esposa, levava tanta fúria à perseguição dos crimes de ódio, porque ele, apesar da muito bonita Sra. Huddleston e das três filhinhas frescas, era provavelmente uma bicha enrustida. Rick explodiu e acusou Gerry de não fornecer proteção ampla à comunidade somali no passado, e era por isso que, Rick disse com o rosto rosa, pondo o copo com tanta força na mesa que espalhou água por tudo, *por isso que* aquele incidente obtivera tanta divulgação local, nacional e até (como se Gerry fosse um imbecil que não lesse um jornal ou assistisse aos noticiários) internacional.

Um vereador fez uma careta. Diane Dodge, com cara de paisagem, anuiu com o que acabara de ser dito. E então Rick não conseguiu se segurar: tirou o lenço do bolso e enxugou cuidadosamente a água que espirrara na mesa de reuniões, para que esta mantivesse o brilho, muito embora (Gerry piscou para a esposa) aquela mesa fosse tão velha quanto o caixão de seu avô e feita de compensado. Dan Bergeron, vereador, jogou a ideia de que toda aquela divulgação era culpa do Conselho de Assuntos Islâmicos, de Washington, que agarrava seus quinze minutos de fama sempre que aparecia uma oportunidade.

Durante tudo isso o imã ficou sentado passivamente.

— Você não tem medo de violência durante a manifestação? E essa coisa de supremacia branca? — perguntou da cama a mulher de Gerry, onde esfregava um creme de odor pungente nos joanetes.

— Isso é boato. Ninguém virá lá de Montana grasnar na nossa cidade. Se quisessem fazê-lo, iriam até Minneapolis, onde há quarenta mil desses caras. — Gerry desabotoava a camisa, que fedia a odor corporal. Entrou no banheiro e enfiou a camisa no cesto.

— É verdade que os garotos Burgess vão comparecer? — perguntou a mulher.

De volta ao quarto, Gerry disse, colocando o pijama:

— É. Jimmy vai discursar. Tudo bem, acho, desde que não fique se achando.

— Ora, isso será interessante de ver — suspirou a esposa, pegando o livro e ajeitando-se nos travesseiros.

O escritório de Jim ficava em um edifício no meio de Manhattan. O segurança exigiu que Bob entregasse a carteira de motorista no saguão, onde esperou pacientemente enquanto lhe providenciavam um crachá. Demorou um pouco, porque o escritório de Jim tinha que ser notificado, e a autorização tinha que ser dada, para que Bob entrasse. Bob entregou o crachá a um homem uniformizado ao lado de uma fileira de catracas, e este segurou o crachá diante de um dispositivo, e luzes vermelhas ficaram verdes. No décimo quarto andar, painéis grandes de vidro se abriram quando um jovem, sem sorrir, apertou um botão lá dentro. Uma jovem apareceu para acompanhar Bob até o escritório de Jim.

— Isso tudo meio que tira a graça de dar uma passada — disse Bob depois que a jovem se afastou e o deixou diante de duas fotografias de Helen com os filhos.

— Essa é a ideia, palhaço. — Jim deixou um papel que estava lendo e tirou os óculos. — Como foi no dentista? Parece que está babando.

— Pedi mais novocaína. Fiz isso porque não podíamos usá-la quando éramos crianças, acho. — Bob sentou-se na beirada da cadeira junto à mesa de Jim, com a mochila volumosa às costas. — Hoje o motorzinho estava me causando arrepios, então pensei: Espere um instante, sou adulto. Então pedi mais.

— Fantástico! — Jim ajeitou a gravata, esticou o pescoço.

— Seria fantástico se estivesse no meu lugar.

— E eu não estava, graças a Deus. Tudo bem, é daqui a duas semanas, vamos planejar. Estou ocupado.

— Susan quer saber se vamos ficar na casa dela.

Jim abriu uma gaveta.

— Não durmo em sofás. E principalmente não durmo em sofás com pelo de cachorro em casas onde o termostato fica ajustado em cinco graus e uma senhora maluca mora no sótão e usa camisola o dia todo. Mas fique à vontade. Você e Susan andam muito unidos atualmente. Tenho certeza de que ela tem bastante bebida em casa. Você vai se sentir à vontade. — Jim fechou a gaveta, pegou a folha de papel que estava lendo. Recolocou os óculos.

Bob, passando os olhos pela sala, disse:

— Sei que você sabe que sarcasmo é a arma dos fracos. — Jim manteve os olhos no papel, depois se virou para o irmão.

— Bobby Burgess — disse Jim lentamente. Havia um sorriso fraco em sua boca. — Rei da profundidade.

Bob deixou a mochila escorregar das costas.

— Você está pior que de costume ou tem sido um babaca esse tempo todo? Fala sério! — Ele se levantou e foi se sentar no sofá baixo que tinha a extensão da parede do escritório. — Está pior. Helen notou? Acho que notou.

Jim largou a caneta. Segurou os braços da cadeira e se recostou, olhando pela janela. Seu rosto perdeu a dureza.

— Helen — disse. Ele suspirou e se inclinou para a frente, apoiando os cotovelos na mesa. — Helen acha que estou louco de ir até lá. De me envolver nisso. Mas pensei muito a respeito e há um pouco de lógica. — Jim olhou para Bob e disse, repentinamente sincero: — Olhe, ainda sou conhecido lá, um pouco. Ainda gostam de mim lá, um pouco. Faz tempo que não tenho nenhuma relação com o estado. E agora vou voltar. E vou voltar para dizer: Ei, vocês, este é um estado cuja população está ficando mais velha, mais pobre, e a indústria está indo embora, foi embora, na maioria. Vou dizer que a pujança da sociedade depende da novidade, e que trabalho fantástico Shirley Falls tem feito ao receber essa novidade; vamos continuar assim.

"A verdade, Bob, é que eles *precisam* desses imigrantes. O Maine está perdendo seus jovens (você e eu somos ótimos exemplos). E a verdade também é: isso é triste. Antes mesmo de Zach arrumar essa confusão, estava lendo o *Diário de Shirley Falls* todos os dias, e o Maine está morrendo. Está respirando com aparelhos. É terrível. Os jovens saem para fazer faculdade e nunca mais voltam. E por que voltariam? Não há nada para eles lá. Para aqueles que ficam, também não há nada. Quem é que vai cuidar de toda aquela gente branca e velha? De onde virão as novas empresas?"

Bob recostou-se no sofá baixo. Ouviu a sirene de um caminhão de bombeiros e o buzinaço distante na rua lá embaixo.

— Não tinha ideia de que você ainda gostava do Maine — disse ele.

— Odeio o Maine.

A sirene do caminhão de bombeiros ficou mais alta, até que começou a sumir. Bob examinou o escritório: uma planta com frondes finas que se projetavam para cima como uma pequena fonte, a pintura a óleo com meneios de tinta azul e verde. Olhou para Jim.

— Tem lido o *Diário de Shirley Falls* todos os dias? Há quanto tempo?

— Há muito tempo. Acho o obituário emocionante.

— Meu Deus, você não fala sério!

— Totalmente. E, para responder à sua pergunta, ficarei no hotel novo, perto do rio. Se não vai ficar com Susan, arrume o próprio quarto. Não vou dividir meu espaço com um insone.

Bob olhou para um edifício próximo, onde havia árvores com as folhas ainda douradas, mas alguns galhos nus.

— Devíamos trazer Zach para cá — disse Bob. — Imagino se ele já viu árvores crescendo no alto de edifícios.

— Faça o que quiser com o garoto. Não sabia que tinha conseguido conversar com ele.

— Espere até vê-lo — disse Bob. — Ele é meio, tipo, não sei... desaparecido em combate.

— Estou ansioso para vê-lo — disse Jim. — E isso é sarcasmo.

Bob assentiu e entrelaçou os dedos pacientemente sobre as pernas.

Jim recostou-se na cadeira.

— A maior comunidade somali no país fica em Minneapolis — disse. — Parece que na faculdade comunitária acontece uma confusão nos banheiros porque os muçulmanos lavam os pés antes da oração. Então, novas pias estão sendo instaladas para lavar os pés. Alguns dos louros estão enfurecidos, claro, mas no geral, falando sério, o povo de Minnesota é ótimo. E é por isso, imagino, que haja tantos somalis lá. Acho muito interessante.

— É interessante — concordou Bob. — Conversei com Margaret Estaver por telefone algumas vezes. Ela está por dentro.

— Falou com ela? — Jim pareceu surpreso.

— Gosto dela. É reconfortante, de certo modo. Sabe como é, parece...

— Quer parar de falar "sabe como é"? — Jim inclinou-se para a frente e acenou com a mão — Você se rebaixa desse jeito. Faz com que pareça um caipira.

Bob sentiu as bochechas esquentarem. Esperou muito tempo antes de falar.

— De qualquer modo — falou baixo, olhando para as mãos —, parece que o maior problema lá é que a maioria dos somalis na cidade não fala inglês. Os poucos que falam acabam sendo a ligação entre a cidade e a própria população, e eles não são necessariamente os mais velhos, que na cultura deles são os caras que tomam as decisões. Além disso, há uma grande diferença entre os somalis étnicos, que dão muita importância ao clã a que você pertence, e os bantos, que só agora começaram a aparecer em Shirley Falls e na Somália eram desprezados pelos outros. Então, não é que sejam todos amiguinhos lá.

— Veja só — disse Jim.

— E concordo — continuou Bob — que o Maine precisa deles. Mas esses imigrantes (imigrantes secundários, a propósito, nesse caso, pois vieram do primeiro local de entrada, então já perderam o apoio federal inicial) não querem empregos que lidem com comida, porque têm que ficar longe de álcool e porco e qualquer coisa com gelatina. Provavelmente, tabaco também. A mulher que me vendeu cigarro e uma garrafa de vinho perto da casa de Susan era somali, percebi isso depois (não tinha lenço na cabeça), e empurrou a sacola para que eu mesmo empacotasse os produtos, como se tivessem lhe pedido para mexer em merda. Não têm como conseguir a maioria dos empregos até aprender inglês. Muitos são analfabetos. Veja só: não tinham uma língua escrita até 1972, dá para acreditar? E se passaram anos em campos de refugiados, como passaram, foi difícil, se não impossível, conseguir alguma instrução nesses lugares.

— Você pode parar? — disse Jim. — Está acabando comigo. Sentado aí jogando esses fragmentos de informação. E não é que havia empregos em Shirley Falls, para começar. Em geral, uma população migrante se muda por causa dos empregos.

— Acho que se mudaram para ficar em segurança. Estou lhe contando isso para seu discurso. Passaram por coisas terríveis, terríveis, e, se isso está acabando com você, deve saber mesmo assim, já que vai discursar. Coisas terríveis na Somália, depois a espera nos campos de refugiados. Então, você sabe, tenha isso em mente.

— O que mais?

— Você acabou de me pedir para parar.

— Bem, agora estou pedindo para não parar. — Jim olhou para o teto por um instante, como se precisasse controlar uma irritação imensa. — Mas espero que suas fontes sejam precisas. Não faço mais discursos e não gosto da ideia de passar vergonha. Talvez não saiba disso a meu respeito, mas não sou o tipo de cara que passa vergonha.

Bob assentiu.

— Então deveria saber que muitos cidadãos de Shirley Falls acham que os somalis ganharam carros, o que não é verdade. E que só se aproveitam da previdência social, o que é parcialmente verdade. E para os somalis é falta de educação olhar alguém diretamente nos olhos, então as pessoas, e nossa irmã é um ótimo exemplo, acham que são arrogantes ou dissimulados. Eles barganham, e as pessoas não gostam disso. O povo da cidade quer que demonstrem gratidão, e eles não parecem muito gratos. Ocorreram incidentes nas escolas, é claro. Aulas de educação física são um problema. As garotas não querem se trocar e não devem usar shorts esportivos. Estão tentando resolver isso, você sabe. Comitês disso e daquilo.

Jim levantou as duas mãos.

— Faça-me um favor e me mande isso por escrito. Envie uma lista por e-mail. Vou pensar em algo "conciliador" para dizer. Agora vá embora. Tenho que trabalhar.

— Que tipo de trabalho? — Bob olhou ao redor antes de finalmente se levantar. — Você disse que estava ficando cansado desse trabalho. Quando foi que disse isso? Ano passado? Não me lembro. — Bob colocou a mochila no ombro. — Mas disse que não entra em um tribunal há quatro anos. Todos os casos importantes fazem acordo. Não acho que isso seja bom para você, Jimmy.

Jim olhou atentamente para a folha de papel que estava segurando.

— O que neste *mundo* o faz pensar que sabe algo sobre alguma coisa?

Bob estava caminhando até a porta, mas parou e se virou.

— Só estou repetindo o que você me disse em algum momento. Acho que tem talento para o tribunal. Acho que deveria usá-lo. Mas o que sei...

— Nada. — Jim deixou a caneta cair na mesa. — Você não sabe nada sobre morar em uma casa de adultos, e não em um dormitório de faculdade. Não sabe nada sobre mensalidades escolares, começando no jardim de infância e indo até a faculdade, *no mínimo*. Nada sobre empregadas domésticas ou jardineiros; nada sobre manter uma esposa... Simplesmente nada, seu palhaço cretino. Escute, estou trabalhando. Agora vá.

Bob hesitou, então ergueu uma mão.

— Estou indo — disse. — Assista a minha partida.

Em Shirley Falls os dias estavam curtos, o sol nunca subindo muito no céu, e, quando um cobertor de nuvens descia sobre a cidade, parecia que o crepúsculo começava assim que as pessoas terminavam de almoçar, e, quando vinha a escuridão, era completa. A maioria das pessoas morava lá a vida toda e estava acostumada à escuridão nessa época do ano, mas isso não significava que gostasse dela. Os vizinhos falavam disso quando se encontravam nos mercados, ou nos degraus da agência do correio, em geral acrescentando uma frase a respeito dos feriados que se aproximavam; alguns gostavam dos feriados, a maioria não. Os preços do combustível estavam altos, e feriados custavam dinheiro.

A respeito dos somalis, algumas pessoas da cidade não falavam de maneira nenhuma: deviam ser suportados assim como se suporta um inverno rigoroso, ou o preço da gasolina, ou uma criança que se comporta mal. Outros não eram tão silenciosos. Uma mulher escreveu uma carta que o jornal publicou: "Finalmente descobri do que não gosto nos somalis estarem aqui. A língua deles é diferente e não gosto do som dela. Adoro o sotaque do Maine. As pessoas estão acostumadas com nosso jeito de falar. Isso vai desaparecer. Fico assustada de pensar como isso está mudando nosso estado." Jim encaminhou isso a Bob em um e-mail com o assunto Vaca Branca Racista Apegada à Língua Nativa. Outros comentavam como era bom ver as roupas coloridas das mulheres somalis em uma cidade tão enfadonha e deprimida como Shirley Falls; outro dia havia uma garotinha na biblioteca usando burca, uma gracinha. Sério.

Entre os líderes da cidade havia um sentimento muito mais grandioso, que era o sentimento de pânico. Durante os últimos anos, houve uma luta constante para lidar com a situação — mulheres somalis aparecendo quase diariamente na prefeitura, sem saber inglês, incapazes de preencher formulários de habitação, assistência social ou até mesmo informar a data de nascimento dos filhos ("nascidos na estação do sol", diria um tradutor difícil de encontrar, e assim, uma após outra, essas crianças foram registradas como nascidas em 1º de janeiro de um ano estimado). Aulas de inglês para adultos foram providenciadas e a princípio tiveram baixo comparecimento, com as mulheres sentadas apáticas enquanto as crianças brincavam na sala ao lado; assistentes sociais esforçavam-se para aprender algumas palavras de somali (*subax wanaagsan:* "Bom dia"; *iska waran*: "Como vai?"). Foi uma luta aprender quem eram essas pessoas e de que precisavam, e agora, depois disso tudo, vinha a sensação de uma onda imensa que transbordava as margens do rio, enquanto notícias sobre o incidente da cabeça de porco se espalhavam por estado, país, partes do mundo. De repente, Shirley Falls era retratada como um lugar de intolerância, medo, malvadeza. E isso não era verdade.

O clero, que fora parcialmente útil — e isso incluía Margaret Estaver e o rabino Goldman, três padres católicos e um ministro congregacional —, percebeu que uma crise realmente se instalara. Eles a enfrentaram. Tentaram. Membros da prefeitura, o gerente da cidade, o prefeito e, claro, o chefe de polícia, Gerry O'Hare, que estiveram todos trabalhando à sua maneira, compreenderam que uma séria situação se apresentava. Reuniões aconteciam a todo momento enquanto a manifestação Todos pela Tolerância era planejada. Havia tensão — muita tensão. O prefeito prometeu que em duas semanas, em um sábado no começo de novembro, pessoas amantes da paz lotariam o Parque Roosevelt.

E então... o que era temido aconteceu. Um grupo de supremacia branca chamado Igreja Mundial do Povo solicitou um alvará para se reunir no mesmo dia. Susan foi comunicada disso por Charlie Tibbetts e sussurrou ao telefone: "Meu Deus, vão assassiná-lo". Ninguém assassinaria Zachary, disse Charlie (parecendo cansado), com certeza não a Igreja Mundial do Povo, que considerava Zach um herói. "Isso é pior!", exclamou Susan. Então: "Por que a cidade tem que lhes dar um alvará? Por que não pode negar?".

Porque essa é a América. As pessoas têm o direito de se reunir, e seria melhor que Shirley Falls lhes desse o alvará, pois assim poderiam controlar a situação. O alvará lhes daria permissão para se reunir no Centro Cívico, que fica na periferia da cidade e bem longe do parque. Charlie disse a Susan que isso já não tinha muito a ver com Zach. Zach fora acusado de uma contravenção, ponto, e o restante se acalmaria.

Não se acalmou. Dia após dia os jornais estampavam editoriais de liberais ultrajados do Maine e também de conservadores que escreviam sugerindo o que os somalis deveriam fazer, como qualquer outra pessoa com sorte bastante de viver ali: arrumar empregos, fazer treinamento e pagar impostos. E então era publicada uma carta dizendo que todos os somalis que trabalhavam *estavam* pagando impostos e que nosso país era baseado na liberdade de praticar qualquer religião escolhida, e assim por diante. Mas a sensação de objetivo a ser alcançado foi ampliada pela consciência de que a manifestação estaria competindo com o grupo de supremacia branca; a imprensa estava à toda.

Equipes de direitos civis foram enviadas às escolas. O objetivo da manifestação foi explicado. A Constituição dos Estados Unidos foi explicada. Tentativas foram feitas de explicar o histórico de problemas somalis. Pediu-se ajuda às congregações de todas as igrejas locais. As duas igrejas fundamentalistas não responderam, mas as outras, sim; havia uma sensação crescente de ressentimento: ninguém podia dizer ao povo do Maine como viver ou o que pensar; a ideia de que Shirley Falls, de alguma forma, fosse um lugar de fanáticos intolerantes era condenável. Faculdades e universidades se envolveram, organizações cívicas, grupos de terceira idade, todos os tipos de gente pareciam estar dizendo que os somalis podiam viver lá tão bem quanto outros grupos antes deles; os franceses do Canadá, os irlandeses antes disso.

O que estava sendo escrito na internet era outra coisa, e Gerry O'Hare suava enquanto olhava para a tela de computador e rolava por vários sites. Nunca na vida encontrara alguém dizendo que o holocausto fora uma época linda da história, que fornos deviam ser instalados em Shirley Falls e que os somalis deveriam ser levados para dentro deles. Era novo demais para ter lutado no Vietnã, embora, é claro, conhecesse homens que foram e vira os resultados; alguns viviam perto dos somalis junto ao rio, incapazes de manter um emprego, pois estavam sempre irritados. Mas não era como se Gerry O'Hare não tivesse visto coisas horríveis: crianças que passaram noites presas em uma casinha de cachorro ou que tinham cicatrizes de pais que puseram suas mãozinhas no fogão, mulheres cujo cabelo foi arrancado pelo marido violento, um sem-teto gay incendiado e jogado no rio alguns anos antes. Essas foram coisas difíceis de ver. Mas o que viu na internet era novo: declarações de superioridade em que aquelas pessoas acreditavam profundamente que qualquer um não branco, como alguém escrevera, "devia ser exterminado com a mesma facilidade com que acabamos com ratos". Gerry não contou à esposa as coisas que estava lendo. "Covardes", disse. "Você pode ficar anônimo, esse é o problema da internet." Gerry passou a tomar todas as noites um comprimido para dormir. Sabia: aquilo aconteceria sob sua vigilância. Devia segurança aos cidadãos, e isso significava prever o imprevisível. A polícia estadual foi trazida, outros departamentos de polícia do estado foram acionados, os escudos de plástico e os cassetetes foram trazidos do depósito, o treinamento em controle de multidões continuava.

E Zachary Olson entrou pela porta dos fundos de sua casa uma manhã e começou a chorar.

— Mamãe! — exclamou para Susan, que estava se preparando para ir para o trabalho. — Fui demitido! Entrei e eles disseram que eu estava demitido. Não tenho mais emprego.

E abaixou-se e abraçou a mãe como se tivesse recebido a pena de morte.

— Eles não precisam dizer por quê — disse Jim quando Susan lhe telefonou. — Nenhum empregador, se souber o que está fazendo, jamais conta ao sujeito por que o está demitindo. Eu e Bob logo estaremos aí.

Com novembro veio o vento que soprava em jorros de fúria, e o ar de Nova York ficou frio, mas não gelado. Helen trabalhava no quintal plantando bulbos de tulipa e crocus. Sua irritação com o mundo amolecera e transformara-se em uma almofada de melancolia que a acompanhava a toda parte. À tarde, varria as folhas dos degraus da frente, conversando com os vizinhos que passavam. Havia o homem gay, objetivo e agradável; o médico asiático alto e imponente; a mulher desagradável que trabalhava para a cidade, cujo cabelo era loiro demais; o casal de algumas portas adiante que esperava o primeiro filho; e, é claro, Deborah-que-Sabe e Debra-que-não-Sabe. Helen arrumava tempo para falar com todas essas pessoas. Isso a acalmava, porque essa fora a hora do dia em que os filhos vinham andando da escola e se ouvia o som da chave de Larry no portão de grade. Em um ano o imponente médico asiático morrerá de ataque do coração, o homem gay perderá um dos pais, o casal grávido terá o filho e se mudará para um bairro mais acessível, mas nada disso ainda acontecera. As mudanças que surgiriam na vida de Helen ainda não tinham acontecido (embora ela pensasse que sim, com Larry a deixando para ir para a faculdade, o que provocou a maior mudança desde que os filhos nasceram), então ela varria os degraus da frente e conversava e entrava para falar com Ana a respeito de sair mais cedo, aí a casa era dela até Jim voltar do trabalho. Ela se lembraria daqueles fins de tarde da mesma forma que se lembrava agora, quando os filhos eram pequenos, como ficava sozinha na sala de estar por alguns momentos na véspera de Natal, admirando a árvore com as luzes e os presentes, sentindo-se tão animada e tranquila que lágrimas lhe enchiam os olhos, até que os natais acabaram: os filhos já não eram pequenos, Emily talvez nem viesse para casa este ano, pois ia passar com a família do namorado — não, era assombroso que aqueles natais tivessem acabado.

Mas ali era seu lar com Jim. Helen caminhou pela casa depois que Ana foi embora, a sala íntima com as luminárias originais, a guarnição de mogno reluzente quando o sol da tarde deslizou pela sala no andar de cima, o quarto com a sacada depois da porta-balcão. A dulçamara que subia pelo balaústre tinha frutas cor de laranja que apareciam pelos invólucros enrolados e rachados, e as vinhas eram marrons e lindas onde as folhas caíram. Mais tarde se lembraria de como Jim entrava pela porta em algumas noites daquele outono e demonstrava uma porção extra de magnanimidade com ela, às vezes enlaçando-a do nada e dizendo: "Hellie, você é ótima. Amo você". Aquilo fazia a dor de seu lar silencioso ficar mais suportável. Aquilo a fazia se sentir atraente outra vez. E ainda assim, às vezes, Jim parecia ter uma carência em que ela não reparara antes. "Hellie, você nunca vai me deixar, certo?" Ou: "Você sempre vai me amar de qualquer forma, certo?".

— Não seja bobo — ela respondia. Mas acontecia um recuo visceral nela quando ele estava assim, e ela ficava intimamente assustada consigo mesma. Uma esposa amorosa era amorosa; era assim que ela sempre fora. Ele falava com frequência do julgamento de Wally Packer, repetindo a ela, como se não o tivesse presenciado, os melhores momentos.

— Acabei com aquele promotor sozinho. Passei por cima. Ele não viu o que o atingiu. — Não era o tipo de recordação divertida que tinham no passado. Mas como ela podia ter certeza? Conforme os dias ficavam mais curtos, o vazio da casa grande a desorientava.

— Preciso de um emprego — disse ela durante o café certa manhã.

— Boa ideia. — Jim não pareceu surpreso com o que ela disse, e isso a ofendeu um pouco.

— Bem, não é tão fácil — disse ela.

— Por quê?

— Porque cem anos atrás, quando eu era, por pouco tempo, é verdade, uma contadora bem-sucedida, tudo não era computadorizado. Eu me perderia nesse mundo hoje.

— Pode voltar para a escola — disse Jim.

Helen bebeu o café, largou-o. Olhou para a cozinha.

— Vamos caminhar no parque antes que saia para trabalhar. Nunca fazemos isso.

Caminhando, o coração de Helen ficou mais leve; ela segurou a mão de Jim. Com a outra mão, acenava para as pessoas da vizinhança que haviam saído cedo para andar com o cachorro. Todas acenaram de volta, algumas falando um cumprimento. Você tem um jeito amistoso, disse-lhe Jim ao longo dos anos; as pessoas sempre ficam felizes quando a encontram. E isso a fez pensar nas amigas que costumavam se reunir semanalmente na cozinha de Victoria Cummings para uma taça de vinho nas tardes de quarta-feira: Ah, Helen, você veio!, diziam-lhe; algumas batiam palmas ao vê-la.

Ei, garotas, Helen chegou! O Armário de Cozinha, assim era chamada a reunião, duas horas de fofoca e risos, e agora a pobre Victoria estava com o casamento tão bagunçado que parou de promover as reuniões, e Helen decidiu que quando chegasse em casa telefonaria a cada uma das mulheres e diria que o Armário de Cozinha passaria a ser na casa dela. Helen ficou surpresa por não ter pensado nisso antes; o mundo seria endireitado agora; amigas emitem a própria cor de raios de sol. Aquela senhora divertida da aula de ginástica também poderia ir. Você se deita no colchonete, disse ela a Helen no primeiro dia, e pede a Deus que a ajude a se levantar. Sobre a colina havia uma grande faixa de grama marrom e troncos de árvores marrons-escuros que espelhavam no lago pelo qual passavam. O topo dos edifícios, visto ao longo das bordas do parque, parecia diferente daquele ângulo, imponente e velho.

— Parece que estamos na Europa — disse Helen. — Vamos para a Europa na primavera. Sozinhos.

Jim anuiu, distraído.

— Você está preocupado com o fim de semana? — perguntou Helen, boa esposa novamente.

— Não, vai dar tudo certo.

Quando voltaram para casa, tendo Helen acabado de cumprimentar a mulher loira demais que passou com sua maleta, o telefone estava tocando. Ela ouviu Jim conversando calmamente. Depois, quando desligou, ele gritou:

— Merda, merda, merda! — Ela ficou na sala de estar e esperou. — Aquele xarope perdeu o emprego e Susan está surpresa. Por que *não o demitiriam*? Algum jornalista provavelmente foi lá xeretar e o Walmart não aguentou. Por Deus, não quero ir até lá!

— Você ainda pode dizer não — disse Helen.

— Mas não posso. É a maldita campanha do *amor*.
— E daí? Você não mora mais lá, Jimmy.
Ele não respondeu.
Helen passou por ele subindo a escada.
— Bem, deve fazer o que achar melhor. — Mas ela sentiu novamente a ansiedade de que estavam tirando algo dela. Falou do alto da escada:
— Apenas diga que me ama.
— Eu te amo — disse Jim.
— Mais uma vez, com sentimento. — Ela espiou pelo balaústre.
Ele estava sentado nos primeiros degraus da escada com as mãos na cabeça.
— Eu te amo — disse.

Os garotos Burgess viajavam pela autoestrada enquanto chegava o crepúsculo. Este chegou delicadamente, o sol permanecendo um azul suave enquanto as árvores dos dois lados da estrada escureciam. Então o sol poente lançou para cima uma paleta de lavanda e amarelo, e a linha do horizonte pareceu se abrir para mostrar o céu lá longe. Nuvens finas ficaram rosa e permaneceram assim, até que finalmente emergiu a escuridão, quase completa. Os irmãos tinham conversado pouco desde que saíram do aeroporto no carro alugado, Jim ao volante, e nos últimos muitos minutos, enquanto o sol se punha, o silêncio se manteve entre eles. Bob estava indizivelmente feliz. Não esperava esse sentimento, que se intensificou. Admirou pela janela os trechos pretos de sempre-vivas, os rochedos de granito aqui e ali. A paisagem da qual se esquecera — e da qual agora se lembrava. O mundo era um velho amigo, e a escuridão era como braços ao seu redor. Quando o irmão falou, Bob ouviu as palavras. Ainda assim disse, despreocupado:

— O que disse?

— Disse que isso é inacreditavelmente deprimente.

Bob esperou, então falou:

— Está falando da encrenca com Zachary?

— Bem, isso também — disparou Jim, em tom de desgosto. — É óbvio. Mas estou falando desse... lugar. O vazio.

Bob ficou olhando pela janela por algum tempo.

— Vai se animar quando chegar à casa de Susan — disse por fim. — Vai ver como é acolhedora.

Jim olhou para ele.

— Está brincando, certo?

— Sempre me esqueço de que você é o único da família que tem permissão para ser sarcástico. Vai achar a casa da Susan deprimente. Vai querer se enforcar antes da hora do jantar. É o que acho.

Desabar de sua felicidade de maneira tão precipitada quase lhe provocou vertigem; aquilo o afetou fisicamente. No escuro fechou os olhos, e quando os abriu Jim dirigia com apenas uma mão e olhava em silêncio para a estrada escura adiante.

Foi Zach quem abriu a porta.

— Tio Bob, você voltou — disse ele com a voz profunda. Os braços fizeram um gesto para a frente, depois retornaram à lateral. Bob puxou o sobrinho para si, sentindo a magreza do garoto, mas também o surpreendente calor corporal.

— É muito bom ver você, Zachary Olson. Deixe-me lhe apresentar seu ilustre tio Jim.

Zach não se moveu. Encarou o tio com os olhos marrons profundos.

— Aprontei de verdade — disse tranquilamente.

— Quem não apronta? Diga uma pessoa que nunca aprontou — falou Jim. — É bom ver você. — Deu um tapinha nas costas do garoto.

— Você não — disse Zach com sinceridade.

— É verdade — respondeu Jim. — Verdade mesmo. Susan, você pode aumentar o aquecimento? Apenas por uma hora.

— Essa é a primeira coisa que tem a dizer? — perguntou Susan, mas quase havia humor em sua voz, e ela e Jim se abraçaram de leve, inclinando os ombros para a frente. Para Bob ela acenou com a cabeça, e ele acenou de volta.

Então eles se sentaram, os quatro, na cozinha de Susan e comeram macarrão com queijo. Bob ficou dizendo a Susan que estava delicioso e repetiu o prato. Sentiu necessidade de um drinque e imaginou a garrafa de vinho que trouxera na mochila que ficara no carro.

— Então, Zach — disse Bob —, você ficará conosco no hotel esta noite. Ficará lá amanhã enquanto estivermos na manifestação.

Zach olhou para a mãe, que concordou.

— Nunca fiquei num hotel — disse ele.

— Ficou, sim — disse Susan. — Você só não se lembra.

— Temos quartos contíguos — disse Bob. — Você ficará no meu e podemos assistir à TV a noite toda, se quiser. Seu tio Jim precisa do soninho de beleza dele.

— Está ótimo, Susan — Jim empurrou o prato. — Excelente. — Estavam educados aqueles três irmãos que não comiam juntos desde que a mãe morrera. O ar, contudo, estava carregado com a espera.

— O tempo deve permanecer bom amanhã. Eu tinha esperança de que chovesse — disse Susan.

— Eu também — disse Jim.

— Quando fiquei num hotel? — perguntou Zachary.

— Na Vila Sturbridge. Viajamos para lá quando você era pequeno, com seus primos. — Susan bebeu seu copo de água. — Foi bom. Você se divertiu.

— Vamos nessa — disse Bob, que queria chegar ao hotel antes que o bar fechasse. Queria uísque agora, não vinho. — Pegue seu casaco, rapaz. E talvez a escova de dentes.

O medo passou pelo rosto de Zach quando parou na porta e a mãe de repente ficou na ponta dos pés para beijá-lo no rosto.

— Pode deixar conosco, Susie — disse Jim. — Ele ficará bem. Telefonaremos assim que chegarmos ao quarto.

Ficaram no hotel perto do rio, onde a recepcionista pareceu não saber, ou não se importar com quem eram. Cada quarto tinha duas camas tamanho *queen*, e nas paredes havia fotos diferentes das velhas fábricas de tijolo construídas ao longo do rio. Jim, enquanto tirava do ombro a bolsa de viagem, alcançou o controle remoto e ligou a televisão.

— Tudo bem, Zachary, vamos achar alguma porcaria. — Jim pendurou o casaco no armário e deitou-se na cama.

Zach sentou-se na ponta da outra cama, as mãos nos bolsos do casaco.

— Meu pai tem uma namorada — disse ele após alguns instantes. — É sueca.

Bob olhou para Jim.

— É mesmo? — disse Jim. Estava deitado com um braço debaixo da cabeça. Acima dele havia uma fotografia da fábrica em que o pai fora chefe de turno. Jim olhava de maneira fixa para a TV, mudando rapidamente de canal.

— Você já a conheceu? — perguntou Bob, afundando-se na poltrona junto ao telefone. Ia ligar para a recepção e ver se podiam levar alguns uísques para o quarto; que não tivessem uísques no frigobar o desanimou.

— Como eu poderia conhecer? — A voz de Zach era grave e sincera. — Ela mora na Suécia.

— Verdade — disse Bob, pegando o telefone.

— Acho que não deve fazer isso — disse Jim, ainda de olho na TV.

— Fazer o quê?

— Ligar na recepção para pedir bebida, que é o que está para fazer. Por que chamar atenção para este quarto?

Bob passou a mão pelo rosto.

— Sua mãe sabe da namorada? — perguntou ele.

— Não sei. — Zach deu de ombros. — Eu é que não vou contar a ela.

— Não — disse Bob. — Não tem por quê.

— O que essa namorada faz? — perguntou Jim, segurando o controle remoto como se fosse uma alavanca de câmbio perto dele na cama.

— É enfermeira.

Jim mudou de canal.

— Essa é uma boa profissão: enfermeira. Tire o casaco, amigão. Vamos passar a noite aqui.

Zach livrou-se do casaco e o jogou no chão entre a cama e a parede.

— Ela foi para lá — disse Zach.

— Pendure — orientou Jim, apontando com o controle para o armário. — Para lá onde?

— Somália.

— Não brinca — disse Bob. — Sério?

— Não estou inventando. — Zach pendurou o casaco, voltou e se sentou na cama, olhando para as mãos.

— Quando ela esteve na Somália? — Jim apoiou-se no cotovelo para olhar para Zach.

— Muito tempo atrás. Quando eles estavam morrendo de fome.

— Eles continuam morrendo de fome. O que ela foi fazer lá?

— Não sei. — Zach deu de ombros. Trabalhava em um hospital quando os paqui... portugueses... Qual foi o país com P?

— Paquistão.

— Isso. Bem, ela estava lá quando esses caras foram até lá para ajudar a proteger a comida e os negócios, e os salames mataram um monte de gente.

Jim sentou-se na cama.

— Pelo amor de Deus! — disse. — Você é o único, entre todo o mundo, que não pode chamá-los de "salames". Será que isso entra na sua cabeça? Precisa nos ajudar. Jesus!

— Pare com isso, Jim — disse Bob. O rosto de Zach ficou vermelho, e ele olhou fixamente para os dedos que retorcia no colo. — Escute, Zach. A verdade sobre seu tio Jim é que ninguém sabe ao certo se ele é mesmo um cuzão ou não, mas ele age assim boa parte do tempo, com todo mundo, não apenas com você. Quer descer comigo enquanto procuro algo para beber?

— Está *louco*? — perguntou Jim. — Já falamos sobre isso. Zach não vai sair deste quarto. E você deve ter trazido bebida na bagagem, então pegue logo e comece a beber.

— Ela trabalhava para alguma instituição de caridade? — perguntou Bob. — A namorada do seu pai? — Ele se sentou na cama ao lado de Zach e passou o braço pelos ombros dele. — Ela parece ser uma boa pessoa. Sua mãe também é uma boa pessoa.

Zach inclinou-se ligeiramente na direção de Bob, e Bob manteve o braço em volta do sobrinho por um momento a mais. Zach disse:

— Ela teve que ir para casa, para a Suécia. Todas as enfermeiras tiveram, porque, quando levaram os soldados para o hospital, tinham cortado as bolas deles e arrancado os olhos. E umas mulheres salam... somal... somalianas pegaram uma faca enorme e cortaram um cara em pedacinhos. A namorada do meu pai surtou. Todas as enfermeiras amigas dela surtaram. É por isso que foram para casa.

— Foi seu pai quem lhe contou isso? — Jim olhou para Bob. Zach fez que sim.

— Então você fala com ele?

— Por e-mail — disse Zach e acrescentou: — É como falar.

— É mesmo. — Bob levantou-se e mexeu nas moedas nos bolsos. — Quando ele lhe contou isso?

Zach deu de ombros.

— Um tempo atrás. Quando esses caras começaram a vir para cá. Ele mandou um e-mail dizendo que são meio malucos.

— Espere aí, Zach. — Jim desligou a televisão. Levantou-se e andou até ficar na frente de Zach. — Seu pai escreveu um e-mail a você dizendo para tomar cuidado com os somalis que estavam vindo para cá? Que eles são meio malucos?

Zach olhava para as pernas.

— Não exatamente para tomar cuidado...

— Fale mais alto.

Zach olhou rapidamente para Jim; Bob viu que o rosto de Zach estava vermelho vivo.

— Não exatamente para tomar cuidado. Só para... — Zach olhou para baixo e deu de ombros. — Sabe como é, eles podem ser meio malucos.

— Com que frequência mantém contato com seu pai? — Jim cruzou os braços.

— Não sei.

— Perguntei com que frequência mantém contato com seu pai.

— Pare com isso, Jim — disse Bob com calma. — Ele não está testemunhando, pelo amor de Deus!

— Às vezes ele me escreve bastante — disse Zach —, às vezes parece que se esquece de mim.

Jim virou-se e andou pelo quarto.

— Então — disse Jim finalmente —, imagino que pensou que seu pai poderia ficar impressionado se jogasse uma cabeça de porco na mesquita deles.

— Não sei o que eu estava pensando — disse Zach, esfregando os olhos com as mãos. — Ele não ficou impressionado.

— Ora, fico feliz em saber disso — disse Jim —, porque estava para lhe dizer que seu pai é uma besta.

— Ele não é uma besta — disse Bob. — É o pai do Zach. Pare com isso, pelo amor de Deus, Jim!

— Escute, Zachary — disse Jim —, ninguém vai cortar suas bolas. Esses caras vieram para cá para *fugir* disso. Não são bandidos. — Ele voltou a se sentar na cama e ligou de novo a televisão. — Você está seguro aqui. Tudo bem?

Bob remexeu na mochila e pegou uma garrafa de vinho.

— É verdade, Zach — disse ele.

— Vocês vão contar para minha mãe? — perguntou Zach. — O que meu pai me escreveu?

Jim disse, com a voz cansada:

— Quer dizer, por que você fez o que fez? O que ela faria?

— Vai gritar comigo.

— Não sei — disse Jim, afinal. — Ela é sua mãe. Deveria saber das coisas.

— Então não contem a ela da namorada. Não vão contar essa parte, tudo bem?

— Não, amigo — disse Bob. — Ela não precisa saber dessa parte.

— Vamos esquecer isso por enquanto — disse Jim. — Temos um grande dia amanhã. — Ele olhou para Bob, que estava abrindo o vinho. — Seu pai bebe? — perguntou Jim a Zach.

— Não sei. Não bebia.

— Bem, vamos esperar que você não tenha herdado os genes do seu tio beberrão. — Jim ficou mudando de canal.

— Viu, Zachary? Foi o que falei. Seu tio famoso. Ele é ou não... um cuzão? Só o barbeiro dele sabe com certeza. — Bob, servindo vinho em um copo do hotel, piscou para Zach.

— Espere! — Zach olhou de Bob para Jim, depois de um para o outro novamente, algumas vezes. — Você pinta o cabelo?

Jim olhou para ele.

— Não. Ele está se referindo a um anúncio que você é novo demais para ter visto.

— Ufa! — disse Zach. — Porque homem pintar o cabelo é um horror. — Ele se deitou na cama e pôs o braço sob a cabeça, do mesmo jeito que Jim.

※

Pela manhã Bob desceu e trouxe café e cereal. Jim examinava alguns papéis que Margaret Estaver enviara a Bob da Aliança Todos pela Tolerância.

— Escute só: apenas vinte e nove por cento dos americanos acreditam que o estado tem responsabilidade pelos pobres.

— Eu sei — disse Bob. — Incrível, não é?

— E trinta e dois por cento acreditam que o sucesso na vida é determinado por forças que fogem ao nosso controle.

Na Alemanha, sessenta e oito por cento das pessoas pensam assim. — Jim colocou o papel de lado. Após um instante, Zach disse em voz baixa:

— Não entendi. Isso é uma coisa boa ou ruim?

— É uma coisa americana — disse Jim. — Coma seu cereal.

— Então é uma coisa boa — disse Zach.

— Lembre-se: atenda apenas o celular e somente se reconhecer o número. — Jim levantou-se. — Pegue seu casaco, beberrão.

⚜

O sol de novembro — não muito alto no céu, mas chegando à cidade em ângulo — caía sobre as ruas, sobre os gramados ainda verdes, sobre as abóboras meio murchas deixadas sobre os degraus no Halloween; brilhou no tronco das árvores e em seus galhos nus; irradiou pelo ar limpo, fazendo partículas de mica reluzirem nas antigas calçadas. Eles estacionaram a alguns quarteirões de distância. Quando dobraram a esquina, Bob ficou surpreso ao ver as calçadas cheias de gente andando em direção ao parque.

— De onde veio toda essa gente? — disse Bob ao irmão. Jim nada respondeu; seu rosto estava tenso. Mas os rostos em torno deles não estavam tensos. Era notável a seriedade amável das pessoas ao redor. Algumas carregavam pôsteres com o logotipo da manifestação: figuras estilizadas de mãos dadas.

— Vocês não podem entrar no parque com isso — alguém disse, e a resposta foi um alegre "Eu sei".

Virando outra esquina, viram o parque à frente. Não estava lotado, mas tinha muita gente, a maioria perto do coreto. Nas ruas próximas estavam os veículos das redes de TV e mais pessoas carregando cartazes com o logotipo. Barreiras de fita cor de laranja foram presas aos postes no entorno do parque, e havia policiais a distâncias regulares. Seus olhos ficavam se movendo — observando, observando —, mas havia uma tranquilidade neles, em seus uniformes azuis. A entrada ficava na Rua Pine, onde fora montado um tipo de centro de segurança, com mesas e detectores de metais. Os garotos Burgess levantaram os braços e puderam passar.

Pessoas com colete acolchoado e jeans estavam por ali; idosos com cabelo branco e quadris largos moviam-se lentamente. Os somalis estavam reunidos perto do parquinho. Os homens somalis usavam roupas ocidentais, reparou Bob, alguns com camisa parecida com batas por baixo do casaco. Mas as mulheres somalis — muitas de rosto redondo, algumas com rosto magro — usavam robes que iam até o chão, e algumas das coberturas de cabeça lembravam Bob das freiras que caminhavam por aquele mesmo parque quando era garoto. Muitos dos lenços eram esvoaçantes e brilhantes, como se um novo tipo de folhagem tivesse chegado ao parque: laranja, roxo, amarelo.

— A mente sempre busca encontrar algo em que se agarrar, não é? — disse Bob a Jim. — Algo familiar. Então ela pode dizer: *como isso*. Mas não há nada familiar nisso aqui. Não é parecido com o Franco Festival ou o Dia Moxie...

— Cale a boca — disse Jim em voz baixa.

Uma mulher falava no coreto. A voz amplificada estava terminando, e as pessoas aplaudiram educadamente. O clima era ao mesmo tempo festivo e contido. Bob afastou-se, e Jim caminhou na direção do coreto. Falaria sem notas, como sempre fazia. A mulher que descia do coreto era Margaret Estaver, que desapareceu em meio a um grupo de gente, e os olhos de

Bob vasculharam a multidão. Ele nunca notara, até aquele dia, como as pessoas brancas se parecem. *Todas têm a mesma cara.* Pele branca, rosto franco e notavelmente singelo comparado aos somalis, que agora se misturavam mais às pessoas da cidade, com os robes longos das mulheres entremeando-se à multidão. Alguns permitiram que os filhos comparecessem, e os garotos vestiam-se como americanos, com calças e camisetas aparecendo por baixo de jaquetas muito grandes. Bob pensou outra vez em como aquilo era estranho: ver tanta gente reunida ali, mas sem a música, ou a dança, ou as barracas de comida de que ele se lembrava na juventude. E estar ali sem Pam. A encorpada e jovem Pam, com a risada encorpada e jovem. Pam, agora magricela em Nova York, criando os filhos como nova-iorquinos. Pam!

— Bob Burgess — falou Margaret Estaver, que apareceu por trás dele. — Ah, está tudo bem — disse, quando ele lhe contou que perdera a fala dela. — Será lindo. Melhor do que esperávamos. — Havia uma luminescência nela que ele não notara no dia em que ela se sentou ao seu lado nos degraus do quintal de Susan. — Só treze pessoas compareceram ao Centro Cívico para a contramanifestação. *Treze.* — Seus olhos eram cinza-azulados por trás dos óculos. — Estão calculando *quatro mil* aqui. Sente como isso é lindo?

Ele disse que sentia.

Muitas pessoas se aproximavam dela, e ela cumprimentava a todos apertando as mãos. Como uma versão simpática de Jim, pensou Bob, quando Jim pensava em ser político no Maine. Alguém chamou Margaret, e ela anuiu e disse:

— Estou indo. — Acenou para Bob e pôs a mão perto do rosto, sinalizando a ele "ligue para mim", e Bob voltou a atenção ao coreto.

Jim ainda não subira a escada. Estava de pé ao lado de um homem grande, desgrenhado, que Bob reconheceu ser o procurador-geral, Dick Hartley. Jim estava de braços cruzados, olhando para baixo e anuindo, a cabeça inclinada na direção de Dick, que falava. "Deixe as pessoas falar", Jim costumava dizer. "A maioria, se não for interrompida, vai tecer um laço ao redor do próprio pescoço com as palavras." Jim ergueu os olhos, sorriu para Dick, deu-lhe um tapinha no ombro, então reassumiu a postura de olhar para baixo, ouvindo. Várias vezes os dois pareceram rir. Mais tapinhas nos ombros, aí Dick Hartley foi apresentado e subiu a escada de forma desajeitada, como se sempre tivesse sido um homem magro e agora, com cinquenta e tantos anos, estivesse muito maior e não soubesse o que fazer com o volume extra. Ele leu o discurso, tirando a franja dos olhos constantemente, o que fez com que parecesse — estando ou não — pouco à vontade.

Bob, que pretendia escutar, estava com a mente à deriva. Lembrou-se do rosto de Margaret Estaver e, estranhamente, de Adriana, com o olhar exausto e arregalado, na manhã seguinte à noite em que chamou a polícia para levar o marido. Entretanto, falando sério, não parecia possível, naquele momento, de pé no parque da infância, acreditar que sua vida em Nova York era real, que o casal do outro lado da rua na cozinha branca realmente existisse, ou a jovem que andava pelo apartamento tão à vontade, ou que ele mesmo tivesse passado tantas noites espiando pela janela de seu apartamento. Essa imagem de si próprio pareceu-lhe triste, mas ele sabia que quando estava no Brooklyn olhando pela janela não parecia triste — era sua vida. Mas o que parecia mais real naquele momento era o parque, aquelas pessoas pálidas de aparência familiar, despretensiosas, lentas; Margaret Estaver, seu modo de ser... e imaginou como seria para os somalis se vivessem constantemente com aquela sensação de espanto que ele sentia naquele momento, imaginando qual vida seria real.

— Jimmy Burgess. — Bob ouviu uma mulher dizer em voz baixa. Tinha cabelo branco, era baixa, vestia um colete e estava ao lado de um homem que provavelmente era seu marido, também baixo, com a barriga grande e que vestia, assim como a mulher, um colete. — Simpático ele de participar disso — continuou a mulher, olhando para o coreto, mas a cabeça virando-se para o marido. — Acho que ele sentiu que tinha que participar — acrescentou ela, como se aquela ideia tivesse lhe ocorrido só naquele momento, e Bob se afastou. Sentiu necessidade de fumar quando viu Jim subir a escada do coreto e acenar para Dick Hartley, que iria apresentá-lo. Jim, mesmo a distância, parecia notavelmente natural. Bob balançou-se nos calcanhares, as mãos nos bolsos. O que era essa coisa que Jimmy tinha? A parte intangível, convincente de Jimmy?

É que ele não demonstrava medo, percebeu Bob. Nunca demonstrava. As pessoas odeiam medo. As pessoas odeiam medo mais que qualquer coisa. Era isso que Bob pensava quando o irmão começou a falar. "Bom dia". Pausa. "Estou aqui hoje como antigo cidadão desta cidade. Estou aqui como homem que se preocupa com sua família, como homem que se preocupa com seu país." Pausa. Em voz baixa: "Como homem que se preocupa com sua comunidade". Parado ali, Bob pensou, no Parque Roosevelt, com esse nome por causa do homem que garantiu à nação que medo era a única coisa de que se devia ter medo, que Jimmy tinha presença porque parecia que o medo nunca encostara nele e jamais encostaria. "Quando era criança, brincando neste parque — como as crianças que brincam agora mesmo neste parque —, às vezes subia aquela colina ali para ver os trilhos de trem e a estação ferroviária abaixo, onde centenas de pessoas chegaram a esta cidade um século antes para trabalhar, viver e praticar sua fé em segurança. Esta cidade cresceu e prosperou com a ajuda de todos os que vieram, todos os que viveram aqui."

Não dá para fingir isso. Aparece no brilho do olhar, na forma como se entra em uma sala, em como se sobem as escadas do coreto. "Sabemos que olhar com indiferença para homens e mulheres e crianças que sofrem dor e humilhação é aumentar essa dor e essa humilhação. Compreendemos a vulnerabilidade daqueles que são novos na nossa comunidade e não ficaremos passivos enquanto são feridos." Bob, assistindo ao irmão, ciente de que todas as pessoas no parque — e o parque estava *lotado* de pessoas àquela altura — o escutavam, sem se mexer, ou andar, ou sussurrar aos outros; Bob, reparando como toda aquela gente parecia envolvida por um grande manto com que Jim os puxava para si, não fazia ideia de que o que estava sentindo era inveja. Sabia apenas que estava ali se sentindo muito mal, quando antes se sentira esperançoso com a empolgação de Margaret Estaver, contente com o que ela estava fazendo e sentindo, e então aquela antiga exacerbação de melancolia chegou, o desgosto com seu eu grande, beberrão, incontinente, o oposto de Jim.

Mas, ainda assim, seu coração se abriu com amor. Olhem para ele, meu irmão mais velho! Era como assistir a um grande atleta, alguém nascido com elegância, alguém que andava cinco centímetros acima da superfície da terra e que podia dizer por quê? "Viemos a este parque hoje, milhares de nós, e viemos a este parque hoje para dizer que acreditamos no que é verdade: os Estados Unidos são um país de leis, e não de homens, e forneceremos segurança àqueles que vierem até nós em busca de segurança."

Bob sentia falta da mãe. A mãe, com o suéter vermelho grosso que usava sempre. Ele a viu sentada na cama quando era pequeno, contando-lhe uma história para fazê-lo dormir. Ela comprara uma luz noturna para ele, o que pareceu uma extravagância na época, o bulbo enfiado na tomada acima do rodapé.

— Bicha — disse Jimmy, e logo Bob falou para a mãe que não precisava mais da luz.

— Então deixarei a porta aberta — disse a mãe. *Bicha.* — Para o caso de um de vocês cair da cama ou precisar de mim.

Era Bob que caía da cama ou acordava gritando com um pesadelo. Jimmy provocava Bob quando a mãe não estava perto, e, embora Bob pudesse se defender, no coração aceitava o escárnio do irmão. Parado no Parque Roosevelt enquanto assistia ao irmão falar com eloquência, Bob ainda aceitava. Sabia o que fizera. A bondosa Elaine, em seu consultório com a figueira recalcitrante, sugerira que deixar três crianças pequenas em um carro, no alto de uma colina, não era uma boa ideia, e Bob balançara a cabeça: não, não, não. Mais insuportável que o próprio acidente era responsabilizar o pai pelo acidente. Ele era uma criança pequena. Compreendia isso. Não houve dolo. Não houve risco imprudente. A própria lei não responsabilizava a criança.

Mas ele, sim.

— Desculpe-me — disse ele à mãe enquanto jazia na cama de hospital. Várias vezes repetira isso. Ela balançava a cabeça.

— Vocês todos foram ótimos filhos — disse ela.

Bob vasculhou a multidão com os olhos. Em volta dos limites do parque, policiais aguardavam; mesmo enquanto observavam atentamente, pareciam estar ouvindo Jim. Lá no parquinho as crianças somalis dançavam, rodopiavam com as mãos para cima. A luz do sol banhava tudo isso, e além do parque havia a catedral, com as quatro torres, e além dela havia o rio, visto dali como uma faixa sinuosa, cintilante, entre as margens.

O aplauso para o irmão foi longo, contínuo, um som que percorreu o parque, continuou, diminuiu ligeiramente, voltou a aumentar, um som suave e pleno. Bob observou o irmão descer do coreto, cumprimentar as pessoas, acenar, dar outro aperto de mão em Dick Hartley, apertar a mão do governador, que falaria em seguida, tudo isso enquanto os aplausos continuavam. Mas Jim não queria ficar. Bob conseguia ver isso de longe: as respostas educadas de Jim enquanto continuava se afastando. Sempre perto da saída, Susan falara uma vez de Jim.

Bob caminhou ao encontro dele.

Enquanto caminhavam rapidamente pela rua, um jovem usando boné de beisebol aproximou-se deles, sorrindo.

— Oi — disse Jim, acenando e continuando a andar.

O jovem os acompanhou.

— São parasitas — disse ele. — Vieram para acabar conosco, talvez hoje você não perceba, mas não vamos deixar isso acontecer.

Jim continuou andando. O sujeito insistiu.

— Os judeus vão embora e os crioulos também, você vai ver. São parasitas que se alimentam do globo.

— Caia fora, vagabundo — Jim continuou andando no mesmo ritmo.

O sujeito era pouco mais que um garoto. Vinte e dois anos, no máximo, pensou Bob, e o rapaz continuou olhando ansioso para eles, como se o que acabara de dizer fosse agradar aos irmãos Burgess. Como se não tivesse ouvido Jim chamá-lo de vagabundo.

— Parasitas — disse Bob. Uma raiva profunda e repentina pulsou através dele. Ele parou de andar. — Você nem sabe o que é um parasita. Minha mulher costumava estudar parasitas, o que significa que estudava você. Você se formou no fundamental?

— Calma — disse Jim, ainda caminhando. — Vamos!

— Somos o verdadeiro povo de Deus. Não vamos parar. Você pode pensar que vamos, mas não.

— Você é — disse Bob — uma *Coccidiasina* infeccionando o intestino de Deus, é isso que você é. Assexual — acrescentou, olhando para trás, enquanto seguia Jim. — Seu lugar é no estômago de uma cabra.

— Qual é o seu *problema*? — disse Jim, bravo. — Cale a boca!

O jovem veio correndo para alcançá-los. Disse a Bob:

— Você é um gordo idiota, mas ele — apontou para Jim —, ele é perigoso. Trabalha para o diabo.

Jim parou tão rapidamente que o sujeito trombou nele. Jim agarrou o braço do jovem.

— Você chamou meu irmão de gordo, seu merdinha do caralho?

O medo estampou o rosto do garoto. Ele tentou soltar o braço, mas Jim o agarrou com mais força. Os lábios de Jim ficaram brancos, os olhos, pequenos. Era espantoso o poder de sua raiva. Até Bob, acostumado ao irmão, estava espantado. Jim aproximou aquele rosto do garoto e falou em voz baixa:

— Você chamou meu irmão de gordo?

O garoto olhou por sobre o ombro, e Jim apertou-lhe ainda mais o braço.

— Seus amiguinhos de merda não estão por perto para proteger você. Vou perguntar mais uma vez: você chamou meu irmão de gordo?

— Chamei.

— Peça desculpas.

Havia lágrimas nos olhos do jovem.

— Você vai quebrar meu braço. Sério.

— Jimmy — murmurou Bob.

— Mandei pedir desculpas. Vou quebrar seu pescoço tão rápido que você nem vai sentir. Sem dor. Seu merdinha sortudo. Vai morrer sem sofrimento.

— Me desculpe.

Jim o soltou imediatamente, e os Burgess andaram até o carro, entraram e foram embora. Pela janela, Bob viu o sujeito esfregando o braço enquanto andava de volta para o parque.

— Não se preocupe, não foi nada — disse Jim. — Acabou. Mas pare de chamar as pessoas de parasitas. Jesus!

Veio som de vivas do parque. O que quer que o governador tenha dito no coreto, as pessoas gostaram. O dia estava quase terminado; o trabalho de Jim estava feito.

— Belo discurso — disse Bob enquanto passavam pelo rio.

Jim olhou pelo espelho retrovisor enquanto pegava o celular no bolso.

— Hellie? Acabou. Foi, foi bom. Conto mais quando chegarmos ao hotel. Você também, querida. — Jim desligou o telefone e o guardou novamente no bolso. — Você viu que aquele verme tinha um boné com o número "88"? — disse para Bob. — Isso significa "Heil Hitler". Ou "HH". A letra H é a oitava do alfabeto.

— Como sabe tudo isso? — perguntou Bob.

— Como você não sabe? — devolveu Jim.

A noite chegou com a sensação de que aquele dia entraria para a história de Shirley Falls, o dia em que quatro mil pessoas caminharam pacificamente até o parque para apoiar o direito da população de pele negra de morar na cidade. Os escudos de plástico foram guardados. Havia um sentimento sério de solidariedade, mas sem vaidade, porque os nortistas da Nova Inglaterra são assim. Mas aquilo fora grande e bom, e não podia ser ignorado. Abdikarim, que comparecera só porque um dos filhos de Haweeya veio correndo pegá-lo, dizendo que os pais insistiam em que ele fosse ao parque, ficou intrigado com o que viu: tantas pessoas sorrindo para ele. Aquele olhar franco e sorridente parecia, para Abdikarim, demonstrar uma intimidade com a qual ele não se sentia à vontade. Ele estava ali havia tempo suficiente para saber que os americanos são assim, como crianças grandes, e as crianças grandes no parque foram muito simpáticas. Muito tempo depois que foi embora, continuou vendo as imagens das pessoas sorrindo para ele.

Naquela noite, os homens se reuniram em seu café. Na maioria não tinham certeza do que significara aquela manifestação. Parecia importante e fora surpreendente, porque como poderiam saber que tantas pessoas comuns se arriscariam por eles naquele dia? O tempo diria o que aquilo significava. "Mas foi espantoso", comentou Abdikarim. Ifo Noor deu de ombros e repetiu que somente o tempo diria. Então os homens falaram da terra natal (era disso que sempre queriam falar) e dos rumores de que os Estados Unidos estariam apoiando chefes militares na Somália que tentavam derrubar as cortes islâmicas. Estradas bloqueadas por bandidos, tumultos iniciados com barricadas em chamas. Abdikarim ouvia com o coração apertado. Que as pessoas no parque tivessem rostos simpáticos era um fato totalmente à parte da lamentação interna em que vivia todos os dias: queria voltar para casa. Mas as pessoas lá haviam enlouquecido, e ele não podia voltar. Um congressista em Washington referira-se publicamente à Somália como um "Estado fracassado". Os homens no café de Abdikarim mencionaram isso com amargura. Para Abdikarim eram muitos sentimentos para um só coração guardar. A humilhação das palavras do congressista, a raiva contra aqueles, na Somália, que atiravam, saqueavam e provocavam desordem, as pessoas sorrindo para eles no parque hoje — e ainda assim os Estados Unidos eram mentirosos, um país de líderes que mentem. A Aliança para Restauração da Paz era uma farsa, diziam os homens.

Abdikarim ficou e varreu o café depois que os homens foram embora. O telefone celular vibrou, e seu rosto abriu-se de alegria com o som da voz animada da filha que ligava de Nashville. Foi bom, muito bom, ela disse, tendo visto na televisão a reunião no Parque Roosevelt. Contou dos filhos jogando futebol, como falavam inglês quase perfeito, e o coração de Abdikarim parecia um motor que acelerava e emperrava. Inglês perfeito significava que poderiam desaparecer como americanos completos, mas aquilo também lhes conferia certa solidez.

— Eles não se metem em encrenca? — perguntou, e ela disse que não. O garoto mais velho começara o ensino médio, e as notas eram excelentes. Os professores estavam surpresos.

— Enviarei uma cópia do boletim dele — disse a filha. — E amanhã mando fotografias para o seu telefone. São muito bonitos os meus filhos, você sentirá orgulho.

Depois, Abdikarim ficou sentado por longo tempo. Em seguida, caminhou até a casa no escuro e quando se deitou viu o rosto das pessoas no parque, com casacos de inverno, coletes, sorrindo franca e agradavelmente para ele. Quando acordou, no meio da noite, sentiu-se confuso. Uma lembrança tentava aflorar-lhe a mente, algo familiar de havia muito tempo. Quando acordou de novo, percebeu que sonhara com o filho primogênito, Baashi, que fora uma criança séria. Poucas vezes na vida curta do garoto Abdikarim precisara bater nele para lhe ensinar respeito. No sonho, Baashi olhara perplexo para o pai.

Bob e Jim suportaram mais uma noite na casa de Susan. Ela descongelou lasanha no micro-ondas enquanto Zach comia salsichas com um garfo como se fossem picolés, e a cachorra dormia sem se mexer em sua caminha cheia de pelos. Jim balançara negativamente a cabeça para Bob indicando que não contariam a Susan, naquele momento, o que tinham descoberto sobre Zach e seu pai; Jim recebeu uma ligação de Charlie Tibbetts na sala e sentou-se quando voltou à cozinha.

— Muito bem. Estão dizendo que as pessoas gostaram de mim, que eu ter falado provocou bons sentimentos, essa coisa toda. — Pegou o garfo e movimentou a comida no prato. — Todos estão felizes. Livrar-se do sentimento de culpa dos brancos deixa todo mundo feliz. — Inclinou a cabeça para Zach: — Seu comportamento impensado vai voltar a ser exatamente o que é, uma contravenção Classe E, e até Charlie levar o caso ao tribunal meses terão se passado; ele pode conseguir todo tipo de adiamento, e isso é bom. As pessoas não vão querer mexer com isso. O momento é *feliz* e vão querer mantê-lo assim.

Susan soltou um suspiro.

— Vamos esperar que sim.

— Estou pensando se essa imbecil da Diane Dodge do escritório do procurador-geral vai parar de tentar um indiciamento por violação de direitos civis, e, mesmo que não pare, Dick Hartley tem que concordar com ela, o que não vai fazer. Vi isso hoje. Ele é uma coisa velha e burra, e as pessoas estavam felizes de me ver, ele não vai mexer com isso. O que parece pretensioso da minha parte, eu sei.

— Um pouco — disse Bob, servindo vinho em um copo de café.

— Não quero ir para a cadeia — Zach balbuciou.

— Você não vai. — Jim empurrou o prato. — Pegue seu casaco se vai ficar conosco esta noite. Bob e eu temos uma viagem longa de manhã.

De volta ao quarto de hotel, Jim perguntou a Zach:

— O que aconteceu na cela enquanto você esperava pelo comissário de fiança?

Zach, que parecia mais normal para Bob conforme o fim de semana passava, olhou um pouco perplexo para Jim.

— O que aconteceu foi que... eu, você sabe, fiquei sentado.

— Conte-me — disse Jim.

— A cela não era muito maior que um armário, toda branca e de metal. Até onde me sentei era de metal, e os guardas ficavam perto e olhando para mim. Perguntei uma vez: "Onde está minha mãe?", e eles disseram: "Lá fora, esperando". Depois disso não falaram mais comigo. Quero dizer, não tentei.

— Mas ficou com medo?

Zach assentiu. Parecia amedrontado novamente.

— Fizeram alguma maldade? Ameaçaram você?

Zach deu de ombros.

— Eu só estava com medo. Estava com medo de verdade. Nem sabia que existia um lugar como aquele.

— Chama-se cadeia. Elas existem em toda parte. Havia alguém mais com você na cela?

— Ouvi um homem gritando palavrões feito louco, mas não pude vê-lo. E os guardas gritavam com ele: "Fecha a porra dessa boca".

— Bateram nele?

— Não sei. Não dava para ver.

— Bateram em você?

— Não.

— Tem certeza? — A voz de Jim tinha o mesmo timbre feroz de proteção que Bob ouvira enquanto se afastavam da manifestação e aquele rapaz o chamara de gordo idiota. Viu a surpresa no rosto de Zach, o contido e instintivo movimento de ternura enquanto se dava conta de que aquele homem mataria por ele. Jim, Bob percebeu, era o pai que todo mundo queria.

Bob levantou-se e andou pelo quarto. O que sentia parecia insuportável, e não sabia o que sentia. Após alguns instantes, parou de andar e disse a Zach:

— Seu tio Jim tomará conta de você. É isso que ele faz bem.

Zach olhou de um tio para o outro.

— Mas você também toma conta de mim, tio Bob — disse por fim.

— Ah, Zach, você é um *mensch*. De verdade. — Bob foi até ele e afagou a cabeça do sobrinho. — Tudo o que fiz foi vir até aqui e deixar sua mãe brava comigo.

— As mães sempre ficam bravas, não é pessoal. Sabe como é, quando me deixaram sair da cela e vi você lá com minha mãe, fiquei, tipo, totalmente feliz. O que é *mensch*?

— Um cara bom.

— Você ficou tão feliz de ver o Bob — disse Jim — que seu rosto sorridente foi estampado em todos os jornais.

— Jesus, Jim. Acabou.

— Podemos ver TV? — pediu Zach.

Jim jogou o controle remoto para Zach.

— Precisa arrumar um emprego. Então quero que pense no que vai ser. Aí fará algum curso, estudará bastante e entrará na Faculdade Comunitária do Maine Central, aqui. Trabalhar com um objetivo. É assim que se faz. Você pertence à sociedade; colabora com a sociedade.

Zach olhou para baixo, e Bob disse:

— Há tempo para arrumar um emprego, se aprumar. Agora fique à vontade. Você está em um hotel, então finja que está de férias. Finja que há uma praia lá fora, não esse rio fedorento que está aí.

— O rio não fede mais, seu retardado. — Jim estava pendurando o casaco. — Eles o trataram. Não percebeu? Você é tão anos setenta. Jesus!

— Se fosse tão atualizado — respondeu Bob —, saberia que a palavra "retardado" não é mais usada. Susan também a usou na primeira vez em que estive aqui. Cara, sinto como se fosse o único de nós que saiu do primário e chegou ao século vinte e um.

— Até parece — disse Jim.

Zach pegou no sono assistindo à TV, e o som suave de seu ronco seguiu pela porta aberta até o outro quarto, onde Jim e Bob estavam sentados cada qual em sua cama.

— Deixe Susan curtir a sensação de que acabou. Depois contamos a ela o que o filho dela estava fazendo. Contei a Charlie Tibbetts, e ele disse que não importa, que sua defesa é que Zach não cometeu nenhum crime — disse Jim. — A lei diz que ele teria que saber que aquele salão era uma mesquita e que o porco é ofensivo para os muçulmanos.

— Não sei se isso vai colar. Se Zach não sabia que era ofensivo para os muçulmanos, por que não atirou uma cabeça de galinha?

— É por isso que você não é o advogado de defesa dele. Ou de nenhuma outra pessoa. — Jim levantou-se e colocou as chaves e o telefone na mesa. — Porque, quando foi visitar o amigo que trabalha no matadouro, ele só tinha cabeças de porcos. Não tinha outras cabeças. Quer deixar isso com Charlie? Meu Deus, Bob! Você me cansa. Não é de admirar que se borrasse toda vez que ia ao tribunal. É claro que foi parar nas apelações. Assim pode digerir sua comidinha de bebê.

Bob recostou-se e olhou para a garrafa de vinho.

— Qual é o seu problema? — perguntou calmamente. — Você fez um trabalho muito bom hoje. — Restava um pouco de vinho, que ele serviu em um copo.

— Meu problema é você. Você é meu problema. Por que não deixa Charlie Tibbetts se preocupar com isso? — disse Jim. — Fui eu que consegui que ele estivesse conosco. Não você. Então, deixe quieto.

— Ninguém disse que ele não é bom. Só estava tentando entender a defesa. — Um silêncio caiu sobre o quarto, tão presente e pulsante que Bob não ousou perturbá-lo erguendo o copo.

— Não quero voltar aqui outra vez — disse Jim finalmente. Recostou-se na cama e olhou para o tapete.

— Então não volte. — Bob bebeu e depois acrescentou: — Sabe, uma hora atrás você era o cara mais incrível do mundo. Mas, cara, você é difícil. Estive com Pam há pouco tempo e ela queria saber se foi o julgamento do Wally Packer que o transformou em um babaca ou se sempre foi assim.

— Pam quis saber isso? — Jim ergueu os olhos. Sua boca abriu um sorriso contido. — Pamela. Inquieta e rica. — De repente, ele sorriu para Bob, os cotovelos descansando nos joelhos, as mãos penduradas. — É engraçado como as pessoas se revelam, não é? Eu não tinha previsto que Pam seria alguém sempre atrás do que não tem. No entanto, quando a gente pensa nisso, percebe que foi sempre assim. Dizem que as pessoas estão sempre mostrando quem são. E acho que ela estava. Pam não gostava da infância que tinha, então pegou a sua. Foi para Nova York, olhou em volta, viu gente com filhos, achou melhor arrumar alguns para ela e ao mesmo tempo percebeu que podia conseguir algum dinheiro, porque Nova York tem muito disso também.

Bob balançou a cabeça lentamente.

— Não sei do que está falando. Pam sempre quis filhos. Sempre quisemos filhos. Pensei que você gostasse dela.

— Gosto da Pam. Achava engraçado como ela adorava observar parasitas no microscópio, então um dia percebi que ela própria é um tipo de parasita. Não de um jeito ruim.

— Não de um jeito ruim?

Jim fez um gesto de pouco-caso com a mão.

— Se pensar bem. É, não de um jeito ruim. Mas ela começou a praticamente morar conosco quando vocês ainda eram praticamente crianças. Precisava de um lar e se alimentou do nosso. Precisava de um marido bom e se alimentou de você. Então precisou de um papai com quem ter alguns filhos e agora está lá, na Avenida Park, alimentando-se disso. Ela consegue o que precisa, é o que estou dizendo. Nem todo mundo consegue.

— Jim. Meu Deus! Do que está falando? Você mesmo se casou com uma mulher rica.

Jim ignorou o comentário.

— Ela contou a você do breve encontro comigo depois que vocês se separaram?

— Pare com isso, Jim.

Jim deu de ombros.

— Há muita coisa que sei da Pam que, aposto, você não sabe.

— Eu disse para parar.

— Ela estava bêbada. Bebe demais. Vocês dois bebem. Mas não aconteceu nada, não se preocupe. Topei com ela na cidade, depois do trabalho, há muitos anos, e fomos tomar um drinque no Harvard Club. Pensei: bem, ela está na família há tantos anos, acho que lhe devo isso. Após alguns drinques, durante os quais Pam tomou decisões bem ruins quanto às escolhas confessionais, ela mencionou que sempre me achou atraente. Meio que dando em cima de mim, o que não achei muito elegante.

— Ah, *cale a boca!* — Ao tentar se levantar, Bob sentiu a cadeira cair para trás com seu corpanzil sobre ela. O som da queda pareceu muito alto, e ele sentiu o vinho se derramar em seu pescoço, e foi essa sensação que foi estranhamente clara para ele: líquido escorrendo pelo lado do pescoço enquanto agitava uma perna no ar. Uma luz se acendeu.

A voz de Zach veio da porta entre os quartos.

— Ei, o que está acontecendo?

— Nada, garoto. — O coração de Bob batia forte.

— Estávamos nos provocando, como quando éramos garotos. — Jim estendeu a mão e ajudou Bob a se levantar. — Só estava brincando com meu irmão. Não existe nada como um irmão.

— Ouvi alguém gritar — disse Zach.

— Você estava sonhando — respondeu Jim pondo a mão no ombro de Zach e conduzindo-o ao outro quarto. — Isso acontece em quartos de hotel, as pessoas têm sonhos ruins.

⚜

Na manhã seguinte, Jim estava falante ao se afastarem de Shirley Falls.

— Está vendo? — perguntou. Estavam para pegar a autoestrada. Bob olhou para onde Jim apontava e viu um prédio pré-fabricado e um grande estacionamento com ônibus amarelos. — As igrejas católicas estão esvaziando faz anos, e essas igrejas pré-fabricadas estão com tudo. Saem por aí com esses ônibus e recolhem os velhos que não conseguem ir à igreja. Amam seu Jesus; amam, sim.

 Bob não respondeu. Tentava estimar quão bêbado estava na noite anterior. Não se sentia bêbado, o que não quer dizer que não estava. Talvez o que pensasse ter ouvido não fosse o que ouviu. Além disso, ficava relembrando a imagem de Susan naquela manhã, de pé, na varanda, acenando para eles enquanto se afastavam, mas Zach baixou a cabeça e entrou na casa, o que Bob também ficava relembrando.

 — Você provavelmente está se perguntando como sei disso — Jim continuou, entrando na rodovia. — A gente aprende todo tipo de coisa lendo o *Diário de Shirley Falls* na internet. Tudo bem, não responda. — Acrescentou: — Contei a Susan esta manhã, quando saiu de casa com o cachorro, que Zach pode ter feito isso para impressionar o pai. Não falei da namorada. Só que Steve enviou por e-mail alguns comentários vagamente negativos sobre os somalis. E você sabe o que ela disse? Ela disse "Ahn".

 — Foi o que disse? — Bob olhou pela janela. Após um tempo, falou: — Bem, estou preocupado com Zach. Susan me disse que ele se borrou na cela aquele dia. Foi provavelmente por isso que não desceu para jantar quando eu estava lá. Sentiu-se humilhado. Nem mesmo lhe contou ontem, quando você estava perguntando o que havia acontecido com ele lá.

 — Quando ela contou isso a você? Ela não contou isso a *mim*.

 — Esta manhã, na cozinha. Quando você estava ao telefone e Zach foi levar as coisas dele para cima.

 — Fiz tudo o que podia — disse Jim finalmente. — Tudo nesta família me deprime demais. Tudo o que eu quero é voltar para Nova York.

— Você vai voltar para Nova York. É como falou da Pam: algumas pessoas conseguem o que precisam.

— Fui nojento. Deixe para lá.

— Não dá para deixar para lá. Jimmy, ela realmente deu em cima de você?

Jim suspirou entre dentes.

—Ah, meu Deus, quem é que sabe? A Pam é meio louca.

— Quem é que sabe? Você. Foi você que falou isso.

— Acabei de dizer, fui nojento. — Jim fez uma pausa. — Estava exagerando, tudo bem? Ambos ficaram em silêncio depois disso. Viajavam sob um céu cinzento de novembro. As árvores nuas e magrelas enquanto passavam. Os pinheiros também pareciam magrelos, apologéticos, cansados. Passaram por caminhões, passaram por carros velhos com passageiros fumando cigarros. Passaram por campos que estavam marrom-acinzentados. Passaram por baixo de viadutos com placas das estradas que passavam por cima: Anglewood, Three Rod, Saco Pass. Passaram pela ponte que leva a New Hampshire e chegaram a Massachusetts. Até o tráfego parar, fora de Worcester, Jim falou:

— Que merda é essa? Cara, o que está acontecendo?

— Isso — disse Bob, indicando com a cabeça uma ambulância que vinha em direção contrária. Passou mais uma ambulância, em seguida dois carros de polícia, então Jim não disse nada. Nenhum dos irmãos virou a cabeça depois que passaram pelo acidente. Sua ligação era assim, sempre fora dessa forma. As esposas aprenderam isso silenciosamente, e os filhos de Jim também. Era um lance de respeito, Bob contara a Elaine no consultório dela, que aquiesceu, compreendendo.

Quando estavam quase do outro lado de Worcester, Jim disse:

— Fui um merda a noite passada.

— Foi. — Bob pôde ver no retrovisor do seu lado as grandes fábricas de tijolos diminuindo.

— Mexe com minha cabeça vir até aqui. Não mexe tanto com a sua porque você era o favorito da mamãe. Não estou choramingando por causa disso, é apenas a verdade.

Bob pensou um pouco.

— Não é como se ela não gostasse de você — disse.

— É, ela gostava de mim.

— Ela o amava.

— É, ela me amava.

— Jimmy, você era como um herói ou algo assim. Era bom em tudo. Nunca causou nela um instante de tristeza. É claro que ela o amava. Susie... mamãe não gostava tanto dela. Ela a amava, mas não gostava dela.

— Eu sei. — Jim deixou escapar um grande suspiro. — Pobre Susie. Eu também não gostava dela. — Olhou no espelho lateral e saiu para ultrapassar um carro. — Ainda não gosto.

Bob visualizou a casa fria da irmã, a cachorra ansiosa, o rosto inexpressivo de Susan.

— *Oy* — disse ele.

— Sei que precisa de um cigarro — disse Jim. — Se conseguir aguentar até pararmos para comer, será ótimo. O cheiro vai incomodar Helen por meses. Mas, se não aguentar, abra a janela.

— Aguento. — Essa inesperada bondade que Jim demonstrou deixou Bob falante. — Quando estive lá antes, Susan ficou brava comigo porque eu disse *Oy*. Ela falou que eu não era judeu. Não me preocupei em lhe explicar que os judeus entendem de sofrimento. Entendem de tudo. E têm palavras ótimas para tudo. *Tsuris*. Temos *tsuris*, Jimmy. Eu, pelo menos, tenho.

— Susie era bonita — disse Jim —, lembra-se? Meu Deus, se você é mulher e fica no Maine, está correndo perigo.

Helen diz que são os produtos. Creme para pele. Diz que as mulheres do Maine acham que esses produtos são supérfluos, então quando têm quarenta anos ficam com rosto de homem. É uma teoria razoável, acho.

— Mamãe nunca *deixou* Susan se sentir bonita. Olhe, não sou pai, mas você é. O que faz uma mãe não gostar da própria filha? No mínimo dizer: "Ah, você está bonita" de vez em quando.

Jim abanou a mão.

— Tem algo a ver com Susie ser menina. Ela se ferrou porque era menina.

— Helen adora suas meninas.

— É claro que adora. Ela é a Helen. E nossa geração é diferente. Você não reparou... não, acho que não. Mas em nossa geração somos como *amigos* dos nossos filhos. Talvez isso seja bom, talvez não, quem sabe. É como se tivéssemos decidido, bem, não vamos tratar nossos filhos *assim*, seremos *amigos* deles. Sinceramente, Helen é ótima. Mas mamãe e Susan... era assim que funcionava na época. Na próxima saída vamos parar para comer.

Quando chegaram a Connecticut, a sensação era de que estavam em um subúrbio de Nova York e Shirley Falls ficara havia muito para trás.

— Vamos ligar para Zach? — perguntou Bob pegando o celular.

— Pode ligar — disse Jim com indiferença.

Bob recolocou o telefone no bolso. Fazer a ligação exigia um esforço que ele não conseguiu empreender. Perguntou a Jim se queria que ele dirigisse um pouco, e Jim balançou a cabeça e disse que não, ele se sentia bem. Bob sabia que ele responderia desse jeito. Jim nunca o deixava dirigir. Quando eram jovens e Jim tirou a habilitação, fazia Bob ir no banco de trás. Bob pensou nisso, mas não tocou no assunto; tudo relacionado a Shirley Falls parecia distante, inalcançável, e era melhor deixar assim.

Estava escuro à hora em que se aproximavam de Manhattan, as luzes da cidade espalhadas ao seu lado, as pontes cintilando com esplendor sobre o Rio East, o imenso luminoso vermelho da Pepsi piscando em Long Island. Conforme diminuíram a velocidade para pegar o acesso à Ponte do Brooklyn, Bob viu a torre do Edifício Municipal e também os prédios de apartamentos ao lado do Drive, altos e abarrotados de gente, com luzes em praticamente todas as janelas, e sentiu saudade de casa, embora o apartamento não fosse mais seu, mas apenas um lugar em que vivera num passado distante. Do outro lado da ponte, na Avenida Atlantic, sentiu como se penetrasse em um país ao mesmo familiar e estrangeiro, e a simultaneidade dessas impressões o abalou; era uma criança, cansada e ranzinza, e queria ir para casa com Jim.

— Tudo bem, cabeção — disse o irmão ao parar em frente ao prédio de Bob. Jim manteve as mãos no volante, apenas levantando quatro dedos em um gesto de despedida, e Bob pegou a mala atrás e saiu. Na frente do prédio, viu papelões cortados de caixas usadas em mudança perto da lixeira de reciclagem. Ao subir a escada, viu a réstia de luz sob a porta do que até recentemente era o apartamento vazio dos antigos vizinhos. Naquela noite, ouviu a voz cadenciada de um casal jovem e o choro de um bebê.

Livro Três

Durante a maior parte dos dezenove anos da vida de Zachary, Susan fez o que os pais fazem quando os filhos se revelam diferentes do esperado, que é fingir e fingir, com a desgraça da esperança de que ele ficaria bem. Zach cresceria e apareceria. Faria amigos e teria uma vida. Cresceria e assumiria seu lugar; cresceria e deixaria os problemas para trás... variações passavam pela cabeça de Susan nas noites insones. Mas sua cabeça também entretinha a sombra de uma angústia escura e inexorável: ele não tinha amigos, era calado, hesitava em tudo o que fazia, o desempenho na escola era medíocre. Os testes mostravam QI acima da média, nenhum distúrbio de aprendizado discernível — ainda assim o pacote de "Zachidade" não parecia completo. E às vezes a melodia de fracasso de Susan crescia com a certeza insuportável: era culpa dela.

Como poderia não ser?

Na universidade, Susan sentiu-se atraída pelas aulas de desenvolvimento infantil. Teoria do apego, principalmente. Apego à mãe parecia ser mais importante que apego ao pai, embora isso também fosse importante. Mas a mãe é o espelho em que a criança é refletida, e Susan queria uma menina. Queria três garotas e depois um filho, que seria como Jim. A mãe dela preferira os garotos; Susan sabia disso com tanta clareza quanto distinguia a cor vermelha. *Suas* filhas seriam amadas sem restrições. A casa seria inundada por conversas; elas poderiam usar maquiagem, o que foi proibido a Susan; poderiam telefonar para garotos, fazer festas do pijama e comprar roupas em lojas.

Ela teve um aborto.

— Você não deveria ter contado às pessoas — disse a mãe. Mas a barriga estava aparecendo, e no segundo trimestre como ela não contaria? "Uma garota", disse o médico, porque ela perguntou. Na primeira noite Steve a abraçou: "Espero que o próximo seja um menino", disse.

Eles não eram brinquedos em uma prateleira de loja; um cai e quebra, o outro chega em casa inteiro. Não, ela perdera a filha! E aprendeu — de forma contundente — a privacidade da tristeza. Era como se fosse conduzida por uma porta para um clube grande e privado que não sabia que existia. Mulheres que abortaram. A sociedade não ligava muito para elas. Não ligava mesmo. As mulheres no clube passavam umas pelas outras em silêncio. As pessoas de fora do clube diziam: "Você terá outro".

A enfermeira que lhe entregou Zachary deve ter suposto que Susan chorava de alegria, mas Susan chorava pelo que via: o garoto magro, molhado, manchado, de olhos fechados. Ele não era sua garotinha. Ela entrou em pânico ao pensar que talvez nunca o perdoasse por isso. Ele ficou deitado em seu peito, sem interesse em mamar. No terceiro dia, uma enfermeira pôs uma fralda fria no rosto dele para ver se isso o animava, mas ele apenas abriu os olhos e pareceu assustado, depois o rostinho enrugou-se de sofrimento. "Ah, por favor", Susan implorou à enfermeira, "não faça isso de novo". Seus seios endureceram com o leite, ficaram infeccionados com o inchaço. Ela precisou tomar banhos quentes de fazer bolhas enquanto apertava os seios para o leite sair. Seu bebezinho magricela, enrugado, continuou indiferente e perdeu peso. "Por que ele não mama?", gemia Susan, e ninguém parecia saber a resposta. Apareceu uma mamadeira de fórmula e Zachary a mamou.

— Ele tem uma aparência estranha — disse Steve. Zach quase não chorava, e quando Susan ia vê-lo à noite frequentemente ficava surpresa ao pegá-lo de olhos abertos. "Em que está pensando?", sussurrava, afagando a cabeça dele. Com seis semanas ele a fitou e deu o sorriso de alguém paciente, gentil e entediado.

— Você acha que ele é normal? — ela perguntou à mãe um dia.

— Não, acho que não. — Barbara estava segurando a mãozinha de Zach. Com treze meses, ele acabara de aprender a andar e estava se deslocando entre o sofá e a mesinha de café. — Não sei o que ele é — disse Barbara observando-o. E acrescentou: — Mas é querido.

E ele realmente era: nada exigente, sossegado, com os olhos na mãe. Não que Susan se esquecesse da garotinha que perdera — ela nunca esqueceu —, mas o amor que sentira pela menina parecia se fundir com o amor que sentia por Zach. Quando foi para a pré-escola, Zach de repente começou a chorar sem parar.

— Não posso deixá-lo lá — disse Susan. — Ele nunca chora. Tem algo errado com aquele lugar.

— Você vai transformar o garoto em um covarde — disse Steve. — Ele tem que se acostumar.

Um mês depois a escola pediu que Zachary saísse, pois seu choro estava atrapalhando. Susan encontrou outra escola, em um bairro do outro lado da ponte, e Zach não chorava ali, mas não brincava com ninguém. Susan ficou na porta e observou a professora pegá-lo pela mão e levá-lo até outro garotinho, e viu quando o outro garoto empurrou seu filho, que, de tão magro, caiu feito um graveto.

No ensino fundamental ele era provocado impiedosamente. No fundamental 2, começou a apanhar. Quando chegou ao ensino médio, o pai foi embora. Antes de Steve partir, aconteceram discussões exaltadas que Zach deve ter ouvido.

— Ele não anda de bicicleta. Ele não sabe nadar. Ele é um banana, e você é a culpada! — Com o rosto vermelho, Steve foi duro. Susan acreditou no marido e pensou que, se Zach fosse outro, talvez o pai tivesse ficado. Assim, aquilo também era culpa dela. Aqueles fracassos a isolaram. Somente Zach esteve presente durante sua quarentena; mãe e filho unidos por um sentimento tácito de perplexidade e culpa mútua. Às vezes ela gritava com ele (com maior frequência do que se dava conta) e depois ficava, sempre, doente de arrependimento e tristeza.

— Ótimo — disse ele quando ela lhe perguntou como fora no hotel com os tios. — Ah, com certeza — quando perguntado se os tios foram legais com ele. — Conversamos e assistimos à TV — quando perguntado o que tinham feito. — Várias coisas — disse ele, dando de ombros com satisfação, quando perguntado sobre o que tinham conversado. Mas quando os irmãos foram embora Susan sentiu que o ânimo de Zach despencou. — Vamos ligar para seus tios e ver se chegaram bem a Nova York — sugeriu ela, e Zach não respondeu.

Ela ligou para Jim, que pareceu cansado. Ele não pediu para falar com Zach.

Ela ligou para Bob, que pareceu cansado, mas pediu para falar com Zach. Susan foi para a sala de estar, para deixar Zach à vontade.

— Está ótimo — ela ouviu o filho falar. Silêncio grande. — Não sei. Tudo bem. Você também.

Ela não conseguiu se segurar.

— O que ele falou?

— Para eu me manter ocupado.

— Bem, ele tem razão.

Que Jim lhe dissera que Zach pode ter usado a cabeça de porco para impressionar o pai não era algo que Susan queria mencionar naquele momento. A vulnerabilidade momentânea de Zach fazia com que ela não ficasse brava com ele, e, embora estivesse brava com Steve (como quase sempre esteve), também não mencionaria isso. Ela disse a Zach que daria uns telefonemas para ver onde ele poderia atuar como voluntário; tio Bob estava certo quanto a se manter ocupado.

Ela tentou: a biblioteca. Não, disse Charlie Tibbetts, há muitos somalis ali, o tempo todo. Servir refeições para idosos. Eles já tinham voluntários demais. Distribuir cestas básicas. Não, os somalis também frequentavam aquele lugar. Assim, todas as noites, quando Susan voltava para casa, perguntava a Zach o que ele fizera durante o dia, e a resposta era que não fizera nada. Ela disse que ele deveria fazer aulas de culinária e preparar o jantar todas as noites.

— Sério? — O receio no rosto dele a fez dizer:

— Não, nossa, estava brincando.

— Tio Jim disse que eu deveria fazer cursos. Não estava falando de culinária.

— Ele falou para você fazer cursos? — Ela pegou um catálogo da faculdade comunitária. — Você gosta de computadores, veja isso. — Mas Charlie Tibbetts disse que eles podiam ter alguns somalis nessas aulas, espere um semestre até o caso ser resolvido, aí Zach estaria livre para seguir a vida. Então a vida dele tornou-se esperar. No Dia de Ação de Graças, Susan assou um peru, e a Sra. Drinkwater comeu com eles. A senhora tinha duas filhas que moravam na Califórnia; Susan nunca as vira. Uma semana antes do Natal, Susan comprou uma árvore no posto de gasolina. Zach a ajudou a colocá-la na sala de estar, e a Sra. Drinkwater desceu trazendo o anjo para colocar no topo. Susan permitia isso desde que a senhora chegara, mas não gostava do anjo que a Sra. Drinkwater dizia ter pertencido a sua mãe e que tinha lágrimas azuis bordadas no rosto esfarrapado, inchado com o enchimento de algodão.

— É gentil de sua parte, querida — disse a Sra. Drinkwater —, colocá-lo na árvore. Meu marido não gostava dele, então nunca o usamos. — Ela estava sentada na poltrona e vestia um cardigã masculino sobre o robe rosa de raiom e estava com os chinelos atoalhados, as meias enroladas até o joelho. A Sra. Drinkwater ainda falou: — Nesta véspera de Natal, gostaria de ir à Missa do Galo na Igreja de São Pedro. Mas estou com medo de ir tão tarde àquela parte da cidade, uma senhora de idade sozinha.

Susan, que não estava prestando atenção, teve que repassar as palavras para encontrar alguma coisa da qual pudesse se lembrar.

— A senhora quer ir à Missa do Galo? Na catedral?
— Isso mesmo, querida.
— Nunca fui — disse Susan finalmente.
— Nunca? Minha nossa.
— Não sou católica — disse Susan. — Costumava frequentar a igreja congregacional do outro lado do rio. Foi lá que me casei. Mas faz tempo que não vou lá. — Ela queria dizer que não ia lá desde que o marido fora embora, e a Sra. Drinkwater balançou a cabeça.

— Também me casei lá — disse a velha senhora. — É uma bela igrejinha.

Susan hesitou.

— Então por que quer ir à missa na de São Pedro? Se não se incomoda que eu pergunte.

A Sra. Drinkwater olhou para a árvore e apertou os óculos com o dorso da mão.

— É a igreja da minha infância, querida. Ia lá toda semana com meus irmãos e minhas irmãs. Fui crismada lá. — Ela olhou para Susan, que não conseguia encontrar os olhos da velha senhora por trás dos óculos enormes. — Meu nome de solteira é Jeannette Paradis. E me tornei Jean Drinkwater porque me apaixonei por Carl. A mãe dele não me aceitaria a menos que eu abandonasse completamente a Igreja Católica. Então abandonei. Não me importei. Eu amava Carl. Meus pais não foram ao meu casamento. Entrei na igreja sozinha. Não estava terminada ainda. Quem entrou com você, querida?

— Meu irmão. Jim.

A Sra. Drinkwater assentiu.

— Por todos esses anos não tive nem um pouco de saudade da São Pedro. Mas agora me pego pensando nela. Dizem que isso acontece quando se envelhece. A gente pensa nas coisas da juventude.

Susan estava tirando um enfeite vermelho de um galho baixo da árvore, pendurando-o mais alto.

— Eu a levo à Missa do Galo se a senhora quiser ir.

Entretanto, na véspera de Natal, a Sra. Drinkwater dormia profundamente já às dez horas. O Natal passou devagar, intermináveis os dias entre ele e o Ano-Novo. E então acabou. Os dias, curtos e frios, deram lugar ao degelo de janeiro. O sol brilhava na neve que derretia, os troncos de árvore cintilavam com a umidade.

E, mesmo quando o mundo voltou a congelar, dava para ver que os dias estavam ficando mais longos. Charlie Tibbetts telefonou para dizer que as coisas caminhavam bem, que os atrasos no gabinete do promotor indicavam que, quando o caso fosse a julgamento, seria irrelevante. Não o surpreenderia se acabassem fazendo um acordo, com Zach prometendo que se comportaria, algo simples assim. O escritório do procurador-geral estava quieto havia semanas, os federais não tinham se mexido. O caso é nosso, disse Charlie. Era só esperar que o tempo passasse.

— Você está preocupado com o caso? — Susan perguntou a Zach naquela noite enquanto assistiam à TV.

Ele fez que sim com a cabeça.

— Não fique.

Mas duas semanas depois o escritório do procurador-geral do Maine iniciou um processo de violação de direitos civis contra Zachary Olson.

A luz do dia sumia mais rapidamente da sala íntima de Jim e Helen do que do restante da casa; ela ficava no primeiro andar, e o parapeito das janelas ficava no nível da rua. Entre a janela e a calçada havia o pequeno jardim com seus arbustos e o delicado bordo japonês, com os galhos finos roçando as janelas. No inverno, Helen fechava as venezianas cedo nessa sala. As venezianas eram de mogno, muito antigas, e saíam de reentrâncias construídas na parede. Era um ritual que ela apreciava havia anos, como se estivesse cobrindo a casa para dormir. Mas nessa tarde a tarefa não lhe deu prazer. A cabeça de Helen tinha uma pequena preocupação em relação à noite: eles iriam à ópera com Dorothy e Alan, mas não os tinham visto durante os feriados. Ela não se importara até aquele momento; sua casa estivera cheia com os filhos no Dia de Ação de Graças e no Natal (Emily não fora para a casa do namorado, afinal), e assim aquelas semanas estiveram ocupadas com preparativos, depois com pessoas. Botas jogadas, e lenços, migalhas de pão, amigos de escola, roupa lavada para dobrar, manicure com as garotas e filmes à noite com a família reunida de novo naquela mesma sala. *Alegria*. Por baixo borbulhava um pânico silencioso: eles nunca mais morariam todos naquela casa. Então eles se foram. A casa silenciosa. Assustadoramente. Um arrepio de mudança pairava nos quartos.

Fechando a última veneziana, Helen olhou para baixo e viu que o grande diamante do anel de noivado sumira. A princípio sua mente teve dificuldade em acreditar nisso, ela ficou olhando para as hastes de platina projetadas no ar, que não seguravam nada. O calor subiu-lhe ao rosto, ela olhou para os parapeitos, abriu as venezianas e as fechou novamente, vasculhou o chão perto dela, verificou os bolsos de tudo o que vestira. Telefonou para Jim. Ele estava em uma reunião. Telefonou para Bob, que estava trabalhando em casa, porque precisava se concentrar em um documento complexo que precisava entregar no dia seguinte. Ainda assim, ele concordou em ir até lá.

— Uau — disse ele pegando-lhe a mão e apertando os olhos. — É meio assustador. É como olhar no espelho e ver que um dos seus dentes está faltando.

— Ah, Bobby, você é terrivelmente bom — porque era.

Bob estava puxando almofadas de sofá quando Jim entrou em casa tão furioso que tanto Helen quanto Bob tiveram que interromper a busca.

— Aquele Dick Hartley fodido, aquela Diane Dodge idiota! Idiotas nojentos, aquele estado idiota, odeio aquele estado! — Dessa forma Bob e Helen souberam do processo de violação de direitos civis que fora aberto naquele dia.

— Até Charlie ficou surpreso. — A voz de Susan era de pânico quando emergiu no viva-voz do escritório de Jim, ao lado do quarto do casal. — Não sei por que estão fazendo isso agora. Já faz três meses. Por que esperaram tanto?

— Porque são incompetentes! — disse Jim, quase gritando. Sentou-se agarrando com as duas mãos os braços da poltrona, enquanto Bob e Helen se sentaram perto. — Porque Dick Hartley é um imbecil e demorou todo esse tempo para deixar sua assistente estúpida, Lady Diane, ir adiante.

— Mas não entendo por que estão *fazendo* isso. — A voz de Susan tremulou.

— Para ganhar visibilidade! É por isso. — Jim inclinou-se para a frente tão rápido que a poltrona estalou. — Porque Diane Dodge provavelmente quer ser procuradora-geral um dia, ou concorrer a governadora, ou concorrer ao Congresso, e é melhor ela ter no currículo liberal que lutou por uma boa causa. — Ele fechou os olhos. — Vagabunda — acrescentou.

— Jim, pare. Que grosseria — disse Helen, inclinando-se para a frente, a mão cobrindo o anel de noivado. — Susan? Susan? Charlie Tibbetts vai cuidar disso. — Ela se recostou, inclinou-se para a frente de novo e acrescentou: — Sou eu, Helen.

Seu rosto estava corado e úmido. Bob pensou nunca ter visto Helen assim; até o cabelo dela pareceu achatado pela angústia, quando o puxou para trás, afastando-o dos olhos.

— Você não vai se atrasar — Bob falou, porque sabia que ela estava preocupada para o encontro com os Anglin na ópera. Helen falara a respeito enquanto os dois reviravam as almofadas à procura do diamante que caíra do anel. — Ainda tem muito tempo.

— Mas agora Susan ligou dando essa notícia terrível — respondeu Helen em voz baixa. — Jim ficará irritado a noite toda e... ah, fico doente de ver isso. — Ela virou o anel no dedo.

— Vocês dois, parem — Jim agitou a mão para trás. — Susan, conte-me o que está acontecendo com os federais.

Com a voz trêmula, Susan disse que os federais sugeriram a Charlie que a investigação deles continuava aberta, e Charlie ouvira que a comunidade somali estava pressionando os federais, principalmente agora que o estado decidira continuar. Ou algo assim, porque honestamente ela não conseguiu entender tudo. Eles deveriam comparecer ao tribunal em uma semana, a partir de terça-feira. Charlie disse que Zach deveria aparecer vestindo terno, mas Zach não tinha um, e ela não sabia o que fazer.

— Susan, ouça — Jim falou devagar. — O que *deve* fazer é levar seu filho à Sears e comprar um terno a ele. O que *deve* fazer é agir como adulta e lidar com essa merda. — Jim inclinou-se e desligou o viva-voz, pegando o aparelho. — Tudo bem, tudo bem, me desculpe. Desligue, Susan. Preciso dar uns telefonemas. — Ele puxou o punho da camisa, consultou o relógio. — Talvez ainda possa encontrar as pessoas no escritório.

— Jim, o que vai fazer? — Helen se levantou.

— Querida. Não se preocupe com o anel. Vamos consertá-lo. — Ele olhou para ela. — E temos bastante tempo para ir à ópera.

— Mas era o diamante original. — Lágrimas nadaram nos olhos de Helen.

Jim apertava os números do telefone de mesa, e após alguns instantes disse:

— Jim Burgess. Ficaria muito grato se ela atendesse a esta ligação. — E então: — Oi, Diane. Jim Burgess. Acho que ainda não nos conhecemos. Como está? Ouvi dizer que está nevando aí. Tem razão. Não estou ligando por causa da neve. É. É por isso que estou ligando.

— Não aguento isso — murmurou Helen. — Vou entrar no banho.

— Entendo — disse Jim. — Realmente entendo. Também entendo que foi uma piada boba feita por um garoto. E é excessivo... — Ele mostrou o dedo médio para o telefone. — Disse excessivo, sim. Sim, sei que um garotinho desmaiou na mesquita. E Zachary também sabe disso, e é terrível. Sei que o Sr. Tibbetts é quem o representa. Estou pagando o Sr. Tibbetts. Não estou ligando para você como advogado de Zachary, estou ligando como tio dele. Escute, Diane. Isso é uma contravenção. Da última vez que verifiquei, isso é algo de que a vara *criminal* cuida e deve ser julgado em um tribunal criminal. Não é para isso que o estatuto de direitos civis serve e... — Ele se virou para Bob e articulou com os lábios: "Babaca do caralho". — A senhora planeja uma carreira política, Sra. Dodge? Isso parece muito político para mim. Não, é claro que não estou tentando intimidá-la, *isso* é muito claro. Questionando sua integridade? Estou tentando conversar. Se um garoto somali tivesse jogado aquela cabeça de porco, a senhora estaria fazendo isso tudo? Bem, é o que estou tentando dizer. Se Zachary fosse transexual, a senhora também não estaria fazendo isso. Ele está sendo zelosamente atacado pelo estado porque é um garoto branco pobre. E a senhora sabe disso. Três meses passam rápido? A senhora está querendo torturá-lo? Tudo bem, tudo bem.

Jim desligou e ficou batendo furiosamente o lápis na mesa. Então pegou o lápis com as duas mãos e o quebrou ao meio.

— Alguém terá que ir para lá. — Jim rodou a cadeira para encarar Bob. — E não serei eu. — Podia-se ouvir o som do chuveiro no corredor. — O que está fazendo aqui, afinal? — perguntou Jim.

— Helen ligou para ver se eu podia ajudá-la a procurar o diamante.

Jim passou os olhos pelo quarto, pelas prateleiras de livros, pelos retratos dos filhos em idades diferentes. Balançou a cabeça devagar e voltou a olhar para Bob.

— É só um *anel* — sussurrou.

— Bem, é o anel dela e ela está chateada.

Jim levantou-se.

— Puxei o saco do Dick Hartley — disse. — Ele aprovou isso. Estão perseguindo meu sobrinho, e a única razão pela qual fui até lá foi para garantir que esse *fascismo* liberal imbecil não acontecesse.

— Você foi até lá para apoiar Zach e fazer o seu melhor, e não deu certo. Só isso.

Jim voltou a se sentar, inclinando-se para a frente com os cotovelos apoiados nos joelhos.

— Se pudesse expressar — disse em voz baixa —, se pudesse colocar em palavras, se pudesse encontrar um meio de transmitir… quanto odeio aquele estado.

— Você conseguiu transmitir. Esqueça. Vou até lá para a audiência. Tenho muitos dias de férias para descontar. Quanto a você, leve sua esposa à ópera e compre um anel novo a ela. — Bob esfregou a nuca. Dois terços da família não escaparam, foi o que Bob pensou. Ele e Susan — o que incluía o filho dela — foram condenados no dia em que o pai morreu. Tentaram, e a mãe deles tentou por eles. Mas apenas Jim conseguiu.

Quando passava por Jim, este segurou seu punho. Bob parou com o gesto inesperado.

— O que foi? — perguntou Bob. Jim olhava pela janela.

— Nada — disse ele, tirando a mão devagar.

No corredor, o som do chuveiro parara. A porta do banheiro se abriu, e a voz de Helen:

— Jimmy? Você ficará mal-humorado assim a noite toda? Porque é *Romeu e Julieta*, e não quero assistir à peça com um marido rabugento de um lado e uma Dorothy rabugenta do outro. — Bob percebeu que ela estava tentando parecer alegre.

— Querida — gritou Jim —, vou me comportar. — Para Bob, disse em voz baixa: — *Romeu e Julieta*? Cristo! Isso é tortura.

Bob deu de ombros lentamente.

— Considerando o que nosso presidente está fazendo nas prisões fora do país, não sei se ir ao Metropolitan Opera com a mulher pode ser chamado de tortura. Mas as coisas são relativas. Sei disso. — Bob arrependeu-se de dizer isso e se preparou para a resposta de Jim.

Mas Jim se levantou e disse:

— Tem razão. Quero dizer, você tem toda razão. País idiota. Estado idiota. Vejo você depois. Obrigado por ajudá-la a procurar o anel.

Enquanto voltava para o apartamento, após deixar a casa do irmão, passando por cães que cheiravam a calçada enquanto os donos puxavam, indiferentes, as guias, a cabeça de Bob voou longe, para o tempo em que era advogado criminalista. Ele costumava se imaginar entregando ao júri uma bolha de dúvida, uma embolia, para obstruir o fluxo constante de lógica de um caso. E agora a bolha de dúvida pulsava através dele, a dúvida crescia desde que Jim a colocara nele em Shirley Falls, de modo que até aquele momento, com o relato do novo perigo que Zachary corria, Bob passava pelas pessoas pensando apenas na ex-mulher. Na viagem de volta para Nova York, Bob não se sentiu reconfortado pela indiferença de Jim e não o pressionou para que se explicasse melhor. Achava que chamar Pam de parasita era absurdo. Dizer que ela era carente e que conseguia o que precisava não era absurdo. Mas se ela se insinuou para Jim e fez "escolhas confessionais ruins" ao falar com ele, o que isso queria dizer?

Bob se desviou de um cachorro, e o dono deste o puxou. Aterrorizante como o fim de seu casamento o desmontou. O silêncio — onde antes houve durante tanto tempo o som da voz de Pam, sua conversa, seu riso, suas opiniões contundentes, sua súbita explosão de lágrimas —, a ausência disso tudo, o silêncio do chuveiro fechado, das gavetas que não se abriam e fechavam, até o silêncio da voz do próprio Bob, pois ele não falava ao chegar em casa, não contava a ninguém seu dia —, o silêncio quase o matou. Mas o fim real continuava um borrão, e quaisquer detalhes que chegavam eram evitados rapidamente pela cabeça de Bob. Era uma coisa ruim o fim de um casamento. Era ruim, não importava como acontecera. Pobre Adriana do andar de baixo, onde quer que estivesse.

Ele pensou em como Sarah, o ano passado, falara que "Ninguém abandona um casamento longo sem o envolvimento de um terceiro. Ela o estava traindo, Bob", e Bob dissera calmamente que não era o caso. E se fosse, o que isso importava agora? Mas o que Jim dissera sobre o comportamento de Pam o perturbara. Ele não foi à festa de Natal de Pam naquele ano dizendo que estava ocupado e foi ao Bar & Grille da Rua Nove. No passado, levava presentes de Natal aos filhos dela e pensava que ainda deveria fazer isso, mas não o fez. Também pensou que estava sendo ridículo e conjurou a imagem de sua antiga e sempre querida terapeuta Elaine: o que mais o está preocupando a respeito disso, Bob? O fato de que ela não é quem eu pensava que era. E quem pensa que ela é?

Ele não sabia. Virou e entrou no Bar & Grille da Rua Nove, onde alguns dos clientes habituais já estavam sentados em seu banco junto ao bar. O homem ruivo acenou para ele no momento em que o celular de Bob tocou.

— Susie — disse Bob —, um instante. — Pediu um uísque puro e voltou a falar ao telefone. — Sei que é difícil.

Eu sei. Estarei aí na audiência. Isso, deixe Charlie ensaiar com ele, é assim que se faz. Não, não se trata de mentir. Vai ficar tudo bem. — Ele ouviu, olhos fechados. Repetiu: — Eu sei, Susie. Vai ficar tudo bem.

⁂

Que Helen achasse Dorothy crítica e enfadonha não alterou o desconforto que sentiu a caminho do Lincoln Center, quando se deu conta de que Dorothy pouco telefonara desde a viagem a São Cristóvão, e podia ser, concluiu Helen, que os Anglin estivessem cansados deles. Jim disse que não era o caso, que os Anglin estavam passando por dificuldades com a filha, que a família estava fazendo terapia, o que Alan considerava caro e que não dava resultado, e Dorothy chorava em todas as sessões.

Helen tentou se lembrar disso ao cumprimentar Dorothy e se acomodar em seu assento no camarote que mantinham havia anos com ingressos para a temporada. Abaixo deles, a orquestra começava com os agradáveis sons desarmoniosos de afinação enquanto as pessoas continuavam a encher a sala. A cena era exuberante: os imensos lustres que em breve seriam levantados, a cortina pesada e tão grandiosamente amassada, onde a borda aveludada apoiava-se no palco, os painéis que alcançavam alturas para absorver e devolver ruídos — tudo isso era familiar a Helen e sempre apreciado. Mas naquela noite ocorreu-lhe o pensamento de que estava trancada em um caixão de veludo, que óperas demoravam demais e que eles nunca sairiam antes do fim, porque a própria Helen jamais permitira, pois sair antes faz você parecer superficial.

Ela se voltou para Dorothy, que não parecia estar passando por sessões semanais de choro. Os olhos dela estavam perfeitamente claros e maquiados, o cabelo preto puxado para trás, como sempre, em um rabo de cavalo baixo. Ela inclinou ligeiramente a cabeça quando Helen disse: "Perdi hoje o diamante do meu anel de noivado, isso me deixou doente". No intervalo, Dorothy perguntou se Larry gostara da Universidade do Arizona, e Helen respondeu que ele adorou, que tinha uma namorada chamada Ariel, que parecia simpática, mas — ela considerava que ainda não conhecera a moça — ela não tinha *certeza* de que fosse a mulher certa para Larry.

O olhar fixo de Dorothy — sem sorriso, sem acenos — enquanto Helen falava isso parecia dizer a Helen: Que ele se case com um canguru, quem liga, *eu* não ligo, e isso, quando a música voltou, magoou Helen, porque amigos fingem uns para os outros o tempo todo, é como a sociedade funciona. Mas Dorothy voltou os olhos para o palco e não se mexeu, e Helen cruzou as pernas, sentindo que a meia-calça preta se torcera na coxa, sem dúvida por tê-la puxado rapidamente no banheiro, quando o sinal marcou o reinício. O que as feministas tinham conseguido, pensou, se as mulheres ainda tinham que esperar o dobro dos homens nas filas dos banheiros femininos?

— Ela é boa — dizia Jim para Alan. — Ela é ótima, na verdade.

— Julieta? — perguntou Helen. — Você a acha ótima? Não acho que seja ótima.

— A nova assistente do escritório.

— Ah — disse Helen, desligada —, é, você mencionou isso.

E as cortinas subiram de novo, e subiram e subiram. Ah, demoraria uma *eternidade* para Romeu e Julieta morrerem. Romeu era um homem rechonchudo de meia-calça azul; não dava para acreditar que atraísse a atenção desta Julieta, que tinha pelo menos trinta e cinco anos e cantava colocando o coração para fora. Pelo amor de Deus, pensou Helen, remexendo-se no assento, enfie logo essa faca cenográfica no peito e morra. À medida que os aplausos finais minguavam, Alan inclinou-se na frente de Jim.

— Helen, você está linda como sempre esta noite. Senti falta de encontrá-los. Passamos por maus bocados, talvez Jim tenha lhe contado.

— Sinto muito por isso — disse Helen. — Também senti falta de encontrá-los.

Quando Alan esticou o braço e apertou-lhe a mão, Helen ficou chocada de sentir em si uma resposta levemente sensual na gratidão.

A audiência foi no novo anexo do Tribunal Superior. Bob estava acostumado aos antigos tribunais que tinham ar de grandiosidade e achou que havia uma sensação pré-fabricada nos painéis brilhantes de madeira daquela sala, como se todos tivessem sido reunidos na garagem reformada de alguém. Pelas janelas podiam ser vistas as nuvens cinzentas baixas que pairavam sobre o rio, e, enquanto as pessoas entravam na sala, uma mulher jovem, com óculos oblongos, colocou silenciosamente uma pilha de pastas na mesa do queixoso, depois andou até a janela e olhou para fora. Um casaco verde cobria a parte de cima do vestido bege, os sapatos eram de couro bege e salto baixo, e por um instante Bob — sabendo pelas fotografias de jornal que aquela era a promotora-assistente, Diane Dodge —, sentiu-se tocado pela tentativa dela de um estilo sem acessórios. Ninguém em Nova York se vestiria daquela forma, não no inverno, provavelmente nunca, mas ela não morava em Nova York. Ela se voltou, de lábios apertados, e caminhou de volta até sua mesa.

Susan colocara naquela manhã um vestido azul-marinho, mas não tirara o casaco. Permitiram a entrada de dois jornalistas e dois fotógrafos; eles se sentaram com suas câmeras e seus casacos pesados na fileira da frente. Zach, usando o terno que Susan lhe comprou na Sears, o cabelo recém-cortado e muito curto, o rosto pálido feito macarrão sem molho, ficou de pé — assim como todo o mundo — para a entrada do juiz de ombros arredondados, que se sentou em seu lugar e com voz grave leu que Zachary Olson fora acusado de violar a Primeira Emenda, o direito à liberdade de expressão...

E assim começou.

Diane Dodge levantou-se e entrelaçou as mãos às costas. A voz era surpreendentemente juvenil quando trouxe o testemunho dos policiais chamados à cena naquela noite. Andando para a frente e para trás, parecia uma aluna de ensino médio atuando em uma peça e elogiada com tanta frequência que a pessoa que carregava no corpo magro parecia infundida de confiança inatacável. Os policiais responderam monotonamente; não estavam impressionados.

Abdikarim Ahmed testemunhou em seguida. Vestia calça cargo, camisa azul com colarinho e tênis, e Bob pensou que ele não parecia tanto africano, mas mediterrâneo. Mas ele parecia cem por cento estrangeiro, e quando falou seu sotaque era pesado e estranho, e seu inglês era tão ruim que um intérprete foi necessário. Abdikarim Ahmed contou como a cabeça de porco entrou de repente pela porta, um garotinho desmaiou, o tapete teve que ser limpo sete vezes, conforme exige a lei islâmica, que eles não tinham dinheiro para trocá-lo. Falou com pouca emoção, cautelosa e enfadonhamente. Mas olhou para Zach, e ele olhou para Bob, e ele olhou para Charlie. Seus olhos eram grandes e escuros, e seus dentes, desiguais e manchados.

Mohamed Hussein testemunhou a mesma coisa, e seu inglês era melhor. Falou com mais energia que correu até a porta da mesquita, mas não viu ninguém.

E o senhor ficou com medo, Sr. Hussein? Diane Dodge colocou a mão abaixo da garganta.

— Com muito medo.

O senhor se sentiu ameaçado?

— Sim. Muito. Ainda não nos sentimos seguros. Isso foi muito doloroso. A senhora não faz ideia.

Contra a objeção de Charlie, o juiz permitiu que o Sr. Hussein falasse dos campos de Dadaab, os *shifta*, bandidos que vinham à noite para roubar e estuprar, e às vezes matar. A visão da cabeça de porco em sua mesquita os deixara com muito medo, com tanto medo quanto tinham no Quênia, com tanto medo quanto tinham na Somália, onde qualquer tarefa diária poderia trazer um ataque surpresa e morte.

Bob queria levar as duas mãos ao rosto. Queria dizer Isso é horrível, mas *olhem* para este garoto. Ele nunca ouviu falar de campo de refugiados. Foi provocado demais quando criança, apanhou no parquinho de Shirley Falls, sem bandidos por perto. Mas para ele os *bullies* eram como bandidos e... não dá para ver que ele é só um garoto perdido?

Mas os somalis também estavam perdidos. Principalmente o primeiro cara. Após testemunhar, sentou-se na plateia e não olhou em volta, mantendo a cabeça baixa, e Bob viu exaustão em seu perfil. Margaret Estaver contou a Bob que muitos desses homens queriam trabalhar, mas estavam muito traumatizados para isso, que moravam em seções da cidade em que traficantes e drogados moravam, que tinham sido, ali mesmo em Shirley Falls, ameaçados, atacados, roubados, e as mulheres amedrontadas por *pit bulls*. Ela contou isso a Bob e também falou que gostaria de poder fazer algo por Susan e Zach. Bob ergueu a cabeça e a encontrou nos fundos da plateia do tribunal. O aceno de cabeça entre eles foi quase imperceptível, do jeito que se faz quando se conhece a pessoa há muito tempo.

Zachary foi chamado a depor.

Diane Dodge ficou escrevendo sem parar enquanto Charlie conduziu Zach pela história em que foi ao matadouro em West Annett na esperança de ficar amigo do filho do dono, que trabalhara no Walmart com ele. Não, eles não eram amigos a essa altura, não, mas na época o rapaz falou que ele podia ir visitar. Não, ele nunca ouvira falar nas regras a respeito da doença da vaca louca; não fazia ideia de que qualquer coisa com uma espinha tinha que ser morta de modo especial e a cabeça levada para servir de isca para coiote ou urso; não sabia o que era morto no matadouro quando foi. Pegou a cabeça de porco porque estava lá; não sabia exatamente por quê; não, ele não a comprou; o rapaz deixou que a pegasse, mas ele a levou para casa e colocou no congelador da mãe e meio que pensou que poderia servir para o Halloween ou algo assim, e depois a levou para a mesquita para fazer piada; não sabia que era uma mesquita, só que alguns somalis entravam e saíam dali, e ela escorregou de sua mão, e ele sentia muito.

Zach parecia arrependido. Parecia jovem e patético ao contar isso a Charlie, tudo o que tinham ensaiado. Charlie disse "Tudo bem" e se sentou.

Diane Dodge se levantou. Um brilho de suor cintilou em sua testa, e ela empurrou os óculos nariz acima. Com a voz aguda, começou. Então um dia, Sr. Olson, o senhor decidiu que iria encontrar uma cabeça de porco. O senhor foi para um matadouro, e lá havia uma cabeça de porco, e o senhor decidiu levá-la consigo, e agora está sentado neste tribunal sob juramento e está dizendo para nós que não sabe por que fez o que fez.

Zachary parecia aterrorizado. Ficou lambendo os lábios enquanto respondia:

— Ela apenas estava lá.

O juiz perguntou se Zach queria um copo de água.

— Ah. Oh. Não, senhor.

Tem certeza?

— Hum. Tudo bem, senhor. Excelência. Obrigado.

Um copo de água foi trazido para ele, que depois de levá-lo aos lábios não sabia onde colocá-lo, ainda que houvesse lugar para ele na bancada. Com o canto do olho, Bob observou Susan. Ela estava sentada, observando o filho.

Você foi ao matadouro de um amigo, que não é mais amigo, com a intenção de obter a cabeça de porco.

— Não, senhor. Senhora. Não, senhora. — Sua mão tremeu e a água derramou, o que pareceu preocupar Zach, que imediatamente olhou para sua calça. Charlie Tibbetts se levantou, pegou o copo de Zachary, colocou-o no suporte à direita e voltou para seu lugar. O juiz anuiu levemente, apenas para indicar que podiam prosseguir.

Você não levou a cabeça de uma ovelha, ou de um cordeiro, ou de uma vaca, ou de uma cabra, não é? Levou a cabeça de porco. Certo?

— Não havia outras cabeças lá. Por causa da doença da vaca louca, você não pode...

Responda sim ou não. Você pegou uma cabeça de porco, certo?

— Sim.

E não sabe por quê. É nisso que devemos acreditar?

— Sim, senhora.

Sério. Devemos acreditar nisso.

Charlie se levantou: intimidação.

Diane Dodge virou-se, fazendo um círculo completo, e disse: Você guardou a cabeça no congelador da sua mãe.

— Sim, no congelador do porão.

Sua mãe sabia que a cabeça de porco estava lá?

Charlie se levantou: Objeção; especulação.

Então Zachary não teve que responder que a mãe não usava aquele congelador havia anos, não desde que o marido a abandonara para procurar suas raízes na Suécia; a abandonara sem ninguém, a não ser aquele garoto magricela para quem cozinhar; e não precisava mais de um congelador no porão, não como quando era recém-casada com seu jovem marido vindo da Nova Suécia, Maine, que atualmente não podia, aparentemente, nem telefonar para o filho, que só conseguia enviar um e-mail de vez em quando — Bob apoiou as mãos sobre o colo e abriu os dedos. A fria Susan casara-se com um homem frio, de uma paisagem tão rígida quanto a dela. E havia o pequeno Zach, com as orelhas lavadas dizendo:

— Estava descongelando na minha mão e foi por isso que escorregou. Não tinha intenção de assustá-los.

Então está me dizendo, espera que eu acredite, espera que este tribunal acredite que não tinha ideia de que a cabeça de porco iria rolar para dentro da mesquita? Você só estava andando pela Rua Gratham certa noite e, ah, tudo bem, vou levar uma cabeça de porco comigo?

Charlie se levantou: Excelência, ela está...

O juiz anuiu e ergueu a mão.

Diane Dodge disse para Zach: É isso que está me dizendo?

Zach pareceu confuso.

— Desculpe. Pode repetir a pergunta?

Você não esperava, mesmo sabendo que aquele era um lugar de reunião dos somalis, que era uma mesquita, o lugar de devoção deles, você ainda assim não esperava que a cabeça de porco fosse entrar na mesquita e provocar tumulto?

— Eu queria não ter andado até a porta. Não queria assustar ninguém. Não, senhora.

E você espera que eu acredite nisso. Espera que este juiz acredite nisso. Espera que Abdikarim Ahmed e Mohamed Hussein acreditem nisso. Ela levantou a mão para indicar as pessoas sentadas no fundo do tribunal. Seu paletó verde abriu-se ligeiramente, mostrando o vestido bege por cima do peito pequeno.

Charlie se levantou: Excelência...

Promotora, por favor, reformule a pergunta.

Você espera que acreditemos nisso?

Zach pareceu confuso e olhou para Charlie, que fez um movimento mínimo com a cabeça.

Responda à pergunta, Sr. Olson.

— Eu não queria assustar ninguém.

E você sabia, é claro que sabia, que isso aconteceu durante o ramadá, o feriado mais sagrado para quem segue a fé islâmica?

Charlie se levantou: Objeção, intimidação...

A senhora pode reformular a pergunta.

Você sabia que quando a cabeça de porco *escorregou da sua mão para dentro de uma mesquita* era o momento sagrado do ramadá? Diane Dodge empurrou os óculos nariz acima e entrelaçou os dedos das mãos às costas novamente.

— Não, senhora. Eu nem sabia o que era o ramadá.

E sua ignorância incluía o fato de que porco é impuro para os muçulmanos?

— Desculpe. Não entendi a pergunta.

E continuou assim, até ela terminar com ele e Charlie poder de novo lhe fazer perguntas. Ele fez suas perguntas diretamente, como antes. Zachary, você já tinha ouvido falar em ramadá à época desse incidente?

— Não na época, não, senhor.

Quando ouviu falar de ramadã?

— Depois, depois que li sobre isso no jornal. Não sabia o que era antes.

E como se sentiu quando descobriu?

Objeção: a pergunta não está relacionada aos fatos.

A pergunta está perfeitamente relacionada aos fatos. Se meu cliente é acusado de...

Pode responder à pergunta, Sr. Olson.

Charlie se levantou novamente: Como se sentiu quando descobriu que era ramadã?

— Me senti mal. Não queria magoar ninguém.

O juiz disse a Charlie: Adiante, advogado, já falamos disso.

Você não tinha ciência nenhuma das regras a respeito da doença da vaca louca para a preparação do abate de qualquer animal com espinha?

— Eu não sabia nada sobre isso. Não sabia que a espinha do porco não vai até a cabeça.

Objeção. Diane Dodge praticamente guinchou a palavra, e o juiz anuiu.

E o que pensou em fazer com a cabeça de porco quando a pegou?

— Pensei que seria engraçada no Halloween. No degrau da frente de casa ou algo assim.

Excelência! Estão repetindo tudo! Como se a veracidade ostensiva fosse *aumentar* com cada repetição. Diane Dodge estava com uma expressão tão ridícula de desdém que, se Bob fosse o juiz, a acusaria de desacato. Pois por certo ela estava sendo insolente.

Mas o juiz concordou com ela, e finalmente Zachary pôde deixar a bancada de depoente. Suas faces estavam vermelhas quando se sentou ao lado de Charlie.

Foi determinado recesso enquanto o juiz considerava o que fazer. Bob olhou mais uma vez para Margaret Estaver, novamente houve um ligeiro aceno. Bob foi com Zachary, Susan e Charlie Tibbets sentar-se em uma salinha ao lado do tribunal. Ficaram em silêncio absoluto até Susan perguntar a Zach se ele precisava de algo, mas Zachary olhou para o chão e balançou a cabeça. Voltaram ao tribunal quando o meirinho bateu à porta.

O juiz pediu que Zachary Olson se levantasse. Zach se levantou, as faces vermelhas como tomates maduros, o suor escorrendo em gotas pelos lados do rosto. O juiz disse que ele era culpado por violação de direitos civis, que cometera uma ameaça de violência que violava o direito à liberdade de religião garantido pela Primeira Emenda e que, se violasse a determinação que o proibia de chegar a menos de três quilômetros da mesquita, a não ser para ver seu advogado, e de ter qualquer contato com a comunidade somali, receberia multa de cinco mil dólares e pena de até um ano de prisão. A essa altura o juiz tirou os óculos, olhou desinteressadamente (portanto quase cruelmente) para Zach e disse: "Sr. Olson, neste estado, neste momento, há duzentas ordens como essa em efeito. Seis pessoas as violaram. Estão — todas — na cadeia". O juiz apontou um dedo para Zach, a cabeça projetada para a frente. "Então, da próxima vez que vier a este tribunal, meu jovem, é melhor trazer a escova de dentes. É a única coisa de que vai precisar. Encerrado."

Zach olhou para a mãe. O medo em seus olhos estremeceu Bob, que se lembraria dele para sempre.

Assim como Abdikarim.

No corredor, Margaret Estaver ficou afastada. Bob tocou no ombro de Zach.

— Vejo você em casa — disse.

Eles saíram de carro pelas ruas de Shirley Falls, e Bob finalmente falou:

— Essa decisão já estava escrita, antes que qualquer testemunho fosse ouvido. Você sabe que é verdade. Aquela Diane Dodge só queria bater nele.

— Era o que ela queria — concordou Margaret. Eles passavam ao longo do rio, as fábricas antigas e vazias à direita. O céu estava cinza-claro sobre os estacionamentos vazios.

— Ela se divertiu — disse Bob — Adorou tudo isso. — Como Margaret não respondeu, ele olhou para ela, que devolveu o olhar com o rosto preocupado. — Dá para ver como Zach é um garoto triste — acrescentou Bob. Ele mexeu os pés em volta de duas latas vazias de refrigerante e um saco amassado de papel. Antes ela se desculpara pela bagunça no carro.

— É de partir o coração. — Margaret virou o volante, e eles passaram pela faculdade comunitária. Ela disse: — Não sei se Charlie lhe contou. Sobre Jim.

— Jim? Meu irmão? O que tem ele?

— Parece que ele atrapalhou as coisas. Sei que veio até aqui querendo ajudar. Mas falou tão bem que fez Dick Hartley parecer um bobo, e pior: não ficou para socializar.

— Jim nunca socializa.

— Bem — Margaret disse a palavra com um suspiro —, no Maine você tem que socializar. — O cabelo, preso de qualquer jeito, deixava mechas que escondiam parte de seu rosto. — O governador falou depois dele — disse ela —, você se lembra, e foi considerado sinal de desrespeito (só estou falando o que ouvi) Jim ir embora quando o governador se preparava para falar. — Margaret diminuiu diante de um sinal de pare. — E é claro — acrescentou em voz mais baixa — que o governador não falou tão bem.

— Ninguém vai falar tão bem quanto Jim, esse é o talento dele.

— Percebi. Só estou dizendo que houve consequências. Conheço uma pessoa no escritório do procurador-geral, e aparentemente Dick Hartley ficou ruminando isso durante algumas semanas, então deu autorização para que Diane fosse em frente assim que sentiram poder provar a questão do preconceito. Jim também telefonou para Diane, certo? Isso só a deixou mais brava, é claro. Acho que tudo isso colaborou para o que você viu hoje.

Bob olhou pela janela, para as casinhas pelas quais passavam, com enfeites de Natal ainda pendurados em muitas portas.

— Houve alguma matéria sobre isso no *Diário de Shirley Falls*? Jim acompanha o site do jornal.

— Não, tudo isso foi interno, acho. E a realidade é... bem, você viu o testemunho daqueles homens, Mohamed e Abdikarim. Foi estressante para eles passar por isso. Sei que você sabe isso. Mas essa decisão de hoje pode impulsionar o procurador federal. Algumas pessoas da comunidade somali ainda o estão pressionando para que faça algo.

— Jesus! — Bob soltou um gemido. Então disse em voz baixa: — Desculpe.

— O quê?

— Eu dizer "Jesus".

— Ah, Deus. Está falando sério? — Margaret olhou para ele e fez uma careta. Fez mais uma curva, encaminhando-se para a cidade. — Gerry O'Hare não queria que o procurador-geral fosse em frente; não queria o que aconteceu hoje. Acredito que conhece Susan há muito tempo. O pensamento dele era: Chega. Mas... — Margaret deu de ombros. — Tem gente como Rick Huddleston, da Agência Antidifamação Racial, que não quer ver o assunto morrer. E, honestamente, se não fosse Zachary, *eu* não iria querer ver esse assunto morrer.

— Mas é o Zachary. — Ele não podia deixar de sentir que a conhecia havia muito tempo.

— É, é ele. — Após um instante, Margaret acrescentou — *Oy* — com um suspiro.

— Você falou *Oy*?

— Falei. Um dos meus maridos era judeu. Peguei algumas expressões. Ele era muito expressivo. Passaram pelo colégio, com os campos esportivos cobertos de neve. Um cartaz dizia VAMOS, HORNETS, DERROTEM OS DRAGONS.

— Você teve muitos maridos? — perguntou ele.

— Dois. O primeiro conheci na faculdade em Boston, o judeu. Ainda somos amigos, ele é ótimo. Então voltei para o Maine e me casei com um homem daqui, e esse acabou rapidamente. Dois divórcios com cinquenta anos. Imagino que isso afete minha credibilidade.

— Você acha? Não acho. Para as estrelas de cinema, dois divórcios é apenas o começo.

— Não sou uma estrela de cinema. — Ela parou na entrada da garagem de Susan. Seu sorriso era claro, alegre e um pouco triste. — Foi bom ver você, Bob Burgess. Ligue se houver algo que eu possa fazer.

Para surpresa de Bob, Susan e Zach estavam na mesa da cozinha como se esperassem por ele.

— Esperávamos que trouxesse algo para beber — disse Susan. Com o vestido azul-marinho, ela parecia no comando.

— Na minha mochila. Vocês olharam? Comprei uísque e vinho quando vim do aeroporto.

— Foi o que imaginei — disse a irmã. — Mas nesta casa não temos o costume de mexer nos pertences particulares dos outros. Aceito um pouco de vinho. Zachary disse que também aceita.

Bob serviu o vinho em copos de água.

— Tem certeza de que não quer uísque, Zach? Seu dia foi meio pesado.

— Acho que uísque pode me deixar mal — disse Zach. — Uma vez fiquei mal tomando uísque.

— Quando? — perguntou Susan. — Quando foi isso?

— No oitavo ano — respondeu Zach. — Você e papai me deixaram ir na festa dos Taft, uma noite. Todos estavam bebendo feito loucos. No parque. Achei que uísque fosse igual a cerveja, ou sei lá, e bebi de um gole. E depois vomitei.

— Ah, querido — disse Susan. Esticou o braço pela mesa e afagou a mão do filho.

Zachary olhou para seu copo.

— Cada vez que aqueles fotógrafos disparavam a câmera eu me sentia atingido. Com uma bala, quero dizer. Clique. Odiei. Foi por isso que derramei a água. — Ele olhou para Bob. — Estraguei tudo?

— Você não estragou nada — disse Bob. — Aquela mulher é uma cabeça de pudim. Acabou. Esqueça. Já era.

O sol estava baixo e lançava uma lâmina pálida de luz através da janela da cozinha que iluminou brevemente a mesa e depois o chão. Não era ruim estar ali com a irmã e o sobrinho bebendo vinho.

— Então, tio Bob, você, tipo, tem uma queda por aquela ministra ou algo assim?

— Uma queda?

— É. Porque meio que parece que tem. — Zach ergueu as sobrancelhas em uma expressão questionadora. — Não sei se os mais velhos têm quedas ou não.

— Bem, eles podem ter. Se eu tenho uma por Margaret Estaver? Não.

— Está mentindo. — Zachary sorriu de repente para ele. — Tudo bem. — Bebeu mais vinho. — Só queria vir para casa. O tempo todo que estive lá só pensava "quero ir para casa".

— Bem, agora você está em casa — disse Susan.

Havia noites de sábado, como aquela, em que Pam, com o marido simpático, saía de um elevador para o saguão de um apartamento em que globos de luz amarela e sombras fabulosas brincavam por todos os cômodos, inclinava-se para beijar o rosto de gente que mal conhecia, pegava uma taça de champanha de uma bandeja que lhe era estendida, ia mais adiante e via pinturas iluminadas em paredes verde-oliva ou vermelho profundo, uma mesa extensa arrumada com cristal, virava-se para olhar para uma avenida que se estendia, triunfante, até o horizonte, um júbilo de lanternas vermelhas que se afastavam, então se voltava para as mulheres usando colares de prata e ouro que caíam pela frente do vestido preto, de pé nos sapatos maravilhosos — Pam pensava, como pensa agora, Isso é o que eu queria.

O que ela queria dizer, exatamente, não poderia ter dito. Era simplesmente uma verdade que a apertava com um aconchego delicado, e foram embora, embora, embora aqueles pensamentos inquietantes de que estava vivendo a vida errada. Estava calma, com uma plenitude que parecia quase transcendente, aquele momento se abria diante dela com a certeza de si mesmo. Por certo, nada em seu passado — os longos passeios de bicicleta pelas estradas rurais da infância, as horas passadas na biblioteca da cidade, o dormitório com chão que rangia em Orono, a casinha da família Burgess, nem mesmo a empolgação de Shirley Falls que parecera o começo de sua vida adulta, ou o apartamento que dividira com Bob em Greenwich Village, embora ela gostasse muito daquele apartamento, o barulho nas ruas a qualquer hora, os bares de comédia e os bares de jazz a que foram —, nada indicara a ela que iria querer isso e conseguir isso, bem aqui, esse tipo especial de beleza tão graciosa e espantosamente tida como normal pelas pessoas que falavam com ela acenando a cabeça. O anfitrião dizia que ele e a mulher tinham comprado a tigela no Vietnã havia oito anos.

— Ah, e vocês gostaram? — perguntou Pam. — Gostaram do Vietnã?

— Ah, gostamos — disse a mulher, aproximando-se de Pam e incluindo os que estavam em volta ao passar o olhar por eles. — Adoramos. Adoramos demais. E, francamente, eu nem queria ir.

— Não foi, sabe, assustador? — Pam encontrara, algumas vezes, a mulher que fazia essa pergunta. Era casada com um jornalista famoso, e o sotaque sulista, Pam notara antes, aumentava quando bebia. As roupas — e esse era o caso naquela noite em que ela vestia blusa branca com botões e colarinho alto — não eram de estilista; na verdade, pareciam usadas para manter a afetação e as boas maneiras de dama sulista que foram instiladas nela anos atrás. Pam sentiu ternura por ela, pela resistência que mostrava em se afastar do passado.

— Ah, não, é lindo. É um país lindo — disse a anfitriã. — Não dá para conceber... bem, dá para conceber. Só não dá para conceber que aquelas coisas horríveis aconteceram lá.

Indo para a sala de jantar, acompanhada até seu assento — longe do marido, porque as regras exigem que as pessoas se misturassem (ela acenou com os dedos para ele, que estava do outro lado da mesa) —, Pam de repente se lembrou de que Jim Burgess lhe dissera, anos atrás, quando ela e Bobby falaram de se mudar para lá, que "Nova York vai matar você, Pam". Ela nunca perdoaria Jim por isso. Ele não conseguira ver seu apetite, sua capacidade de adaptação, seu desejo — perpétuo — de mudança. Nova York era muito diferente na época, claro, e é claro que ela e Bob não tinham muito dinheiro. Mas a determinação de Pam era quase sempre mais forte que suas decepções, e mesmo quando aquele primeiro apartamento, tão pequeno que tinham que lavar a louça na banheira, perdeu seu charme inicial, e, quando o metrô era realmente assustador, Pam ainda assim andava em seus trens: o guincho que produziam ao frear nas estações ela levava na esportiva.

O homem a seu lado disse que seu nome era Dick. "Dick", disse Pam e imediatamente pensou que soara como se tivesse sugerido algo[2]. "Prazer em conhecê-lo", disse ela. Ele inclinou a cabeça com cortesia exagerada e perguntou como ela estava. Pam estava — na verdade — ficando bêbada. Não comera como de costume, porque estava ficando velha, o que afetava o metabolismo, ela não podia mais beber como um dia bebera. Seu desejo de explicar isso a Dick a fez compreender que estava ficando bêbada, talvez já estivesse, então apenas sorriu para ele. Ele lhe perguntou, educadamente, e dessa vez sem a camuflagem do exagero, se ela trabalhava fora, e ela lhe explicou seu trabalho em meio período, e que antes trabalhara em laboratório, e que talvez não parecesse uma cientista, as pessoas

---

[2] (N. T.) *Dick* é apelido para Richard, mas também é gíria vulgar para pênis.

lhe disseram isso, que ela não parecia uma cientista, o que quer que isso significasse, e ela pensou que se não se parecia com uma cientista era porque *não* era uma cientista, mas assistente de um cientista, um parasitologista...

Dick era psiquiatra. Ergueu alegremente as sobrancelhas e colocou o guardanapo no colo.

— Ei, fique à vontade — disse Pam. — Manda ver. Pode me analisar quanto quiser. Não me incomoda nem um pouco.

Ela acenou novamente para o marido, que estava sentado perto da extremidade da mesa longa, ao lado daquela mulher qual-o-nome-dela do sul com a blusa de botões, enquanto Dick dizia que não analisava as pessoas em si, mas seus desejos. Ele era consultor de empresas de marketing. "Sério?", perguntou Pam. Em outra noite, isso poderia ter feito Pam balançar na direção daquele pensamento terrível: estou vivendo a vida errada. Em outra noite, poderia ter perguntado a Dick se ele fizera o Juramento de Hipócrates; poderia ter perguntado mordazmente se ele usava suas habilidades de médico para ajudar as pessoas a *consumir*, mas aquela noite estava ótima, e ela pensou que certos aspectos podiam ficar longe, como se suas células só pudessem se ultrajar um certo número de vezes e aquela ocasião não seria uma delas; ela não se importava, percebeu, nem um pouco com a carreira de Dick, e quando se virou para falar com a pessoa do outro lado Pam passou os olhos pela mesa e imaginou a vida sexual (ou a falta dela) de algumas daquelas pessoas. Pensou ter capturado o olhar sub-reptício de um homem queixudo para uma mulher de cintura grossa que lhe devolveu um olhar especial, e ela achou emocionante que, não importava como eram, as pessoas ainda tinham o desejo de despir e agarrar os outros — a atração da biologia que havia muito perdera o uso, pois essas mulheres já tinham ultrapassado o período fértil... Sim, Pam, tendo comido metade de sua salada, já bebera demais.

— Espere, o quê? — perguntou ela, descansando o garfo, porque alguém do outro lado da mesa comentara algo sobre uma cabeça de porco entrando em uma mesquita de uma cidadezinha no Maine.

A pessoa, um homem que Pam ainda não conhecia, repetiu a ela.

— É, ouvi falar — disse Pam. Ela pegou o garfo; não reconheceria Zachary. Mas sua nuca inflamou-se como se estivesse em perigo.

— Uma coisa bem agressiva de fazer — disse o homem. — Tiveram uma audiência de direitos civis, li no jornal.

— Acampei no Maine — disse Dick, e sua voz pareceu próxima demais, como se estivesse falando perto da orelha de Pam.

— Tiveram uma audiência de direitos civis? — perguntou Pam. — Ele foi considerado culpado?

— Foi, sim.

— O que isso quer dizer? — perguntou Pam. — Ele vai para a cadeia? — Ela se lembrou de como Bob disse que Zach chorava sozinho no quarto. A ansiedade pipocou nela: Bob não fora à festa de Natal. — Em que mês estamos? — ela perguntou. A anfitriã riu.

— Isso também acontece comigo, Pamela — disse a mulher. — Às vezes não me lembro do *ano*. Estamos em fevereiro.

— Ele só irá para a cadeia se violar as sanções — disse o homem. — Em essência, as sanções são ficar longe da mesquita e não perturbar a comunidade somali. Para mim, parece que o estado estava querendo dar um recado.

— O Maine é um lugar engraçado — alguém ruminou. — Nunca se sabe para que lado irá.

— Escutem — disse a mulher de cintura grossa que olhara fixamente para o homem queixudo. A mulher limpou a boca com cuidado, com o grande guardanapo branco, enquanto as pessoas esperavam de forma educada para ouvir o que ela tinha a falar. Ela disse: — Concordo que foi um ato agressivo por parte desse jovem. Mas o país está com medo. — Ela pôs os dois punhos discretamente sobre a mesa, então olhou para um lado, depois para o outro. — Esta manhã mesmo eu estava andando ao lado do rio, perto da Gracie Mansion, e havia helicópteros de Nova York e barcos de patrulha circulando, e pensei, Santo Deus, acho que a qualquer instante vamos ser atacados de novo.

— É só questão de tempo — alguém disse.

— Claro que sim. O melhor a fazer é esquecer isso e viver a vida — disse com tom de desgosto um homem sentado ao lado da sulista qual-o-nome-dela.

— Como as pessoas reagem a uma crise sempre me fascinou — disse Dick.

Pam estava removida do tolo esplendor da noite; a presença sombria de Zachary — ah, Zachary, tão magro, com olhos tão escuros, que criança triste e doce ele fora! —, sua presença entrara naquela sala, sentida somente por ela, é claro; ela era sua *tia*. E ficou sentada ali, negando-o. O marido não diria nada, ela sabia disso; um olhar em sua direção mostrou-o conversando com o vizinho de assento. Ela estava sozinha em meio àquelas pessoas, e a família Burgess se expandiu diante dela. "Oh", ela quase exclamou alto ao se lembrar de visitar Zach, quando era recém-nascido, o bebê mais estranho que já vira. Pobre Susan, um desastre silencioso — ele não mamava, ou algo assim. Pam e Bobby pararam de visitar tanto após um tempo; era deprimente demais, Pam disse, e até Bobby concordou. Helen concordou de verdade. Pam viu seu prato de salada ser levado, substituído por um prato de risoto de cogumelos. "Obrigada", disse, pois sempre agradecia a quem lhe servia. Anos atrás, logo que entrou nessa vida por intermédio do novo casamento, chegou a uma festa dessas e apertou a mão do homem que abriu a porta. "Sou Pam Carlson", disse, e ele pareceu vagamente aborrecido com ela, e perguntou se podia pegar seu casaco. Aquele era o mordomo, disse a amiga Janice. Pam contou isso a Bob. Ele foi maravilhoso, claro, dando de ombros sem muito entusiasmo.

— Estou lendo um livro escrito por uma mulher somali — disse alguém, e Pam disse: "Ei, gostaria de ler". Ouvir a própria voz ajudava a afastar dela a presença de Zachary. Mas, ah, lá vinha a tristeza — ela pôs a mão sobre o copo de vinho para recusar mais vinho —, sua vida anterior, vinte anos com a família Burgess, não se podia viver uma vida por tanto tempo e pensar que ela simplesmente desapareceria! (Pam pensou que podia.) Não era só Zach, era Bob, seu rosto franco e gentil, os olhos azuis, as profundas linhas de sorriso que surgiam ao redor deles. Até o dia de sua morte Bob seria seu lar — que horrível, ela não soubera disso! Não se voltou para olhar para o marido atual; não importava se ela olhasse para ele ou não, pois em momentos assim ele não lhe era mais familiar que qualquer outra pessoa na sala, todas escapando dela com a facilidade da imensa indiferença, porque quase não eram reais e não significavam quase nada para ela; havia apenas o ímã profundo e metálico da presença de Zachary e Bob — e Jim e Helen, todos eles. Os garotos Burgess, os Burgess! Sua cabeça se encheu com a imagem do pequeno Zachary na Vila Sturbridge, os primos chamando-o para fazer isso, fazer aquilo, e a pobre criatura de cabelos escuros parecia que simplesmente não sabia como se divertir, e Pam imaginou naquele dia se ele não era autista, embora aparentemente tivesse sido testado para tudo; Pam já sabia naquele dia em Sturbridge que deixaria Bob, embora ele não soubesse e segurasse a mão dela enquanto andavam com as crianças até a lanchonete; lembrar-se disso fez seu coração doer sobremaneira. Ela virou a cabeça. Na extremidade da mesa, o homem que se mostrara desdenhoso quanto à ameaça terrorista dizia:

— Não vou votar em uma mulher para presidente. O país não está pronto para isso, e não estou pronto.

E a mulher sulista qual-o-nome-dela, com o rosto vermelho vivo, disse repentina e espantosamente:

— Bem, então vá se foder, vá se foder! — Ela bateu o garfo no prato, e um silêncio fabuloso desceu sobre a sala.

No táxi, Pam disse: "Ah, não foi *divertido*?". A primeira coisa que faria pela manhã seria ligar para a amiga Janice. "Você acha que o marido dela ficou com vergonha? Ah, quem se importa, foi maravilhoso!" Ela bateu palmas e acrescentou: "Bob não veio à nossa ceia de Natal este ano, o que será que isso quer dizer?". Mas ela não sentia mais tristeza por isso; a pressão da mágoa que a assaltara à mesa, o anseio por todos os garotos Burgess e a sensação de familiaridade insubstituível com a vida antiga — isso passou da mesma forma que passa uma cãibra nos músculos, e a ausência dessa dor era gloriosa. Pam olhou pela janela e segurou a mão do marido.

❦

Midtown é um lugar congestionado na hora do almoço, as calçadas transbordando pedestres que se espremem pelas faixas de travessia engarrafadas, alguns a caminho de um restaurante para talvez fechar um negócio. Havia uma urgência adicional naquele dia, porque foi naquela manhã que o maior banco do mundo comunicou a primeira perda relacionada a financiamentos de imóveis em valor bem superior a dez bilhões de dólares, e as pessoas não sabiam o que isso significava. Houve opiniões, é claro, e blogueiros escreveram que pessoas estariam morando em carros até o fim do ano.

Dorothy Anglin não estava preocupada com a possibilidade de morar num carro. Tinha tanto dinheiro que se perdesse dois terços dele ainda poderia viver exatamente como vivia. Sentada naquele café chique na Rua 57, perto da Sexta Avenida, com uma amiga que conhecera em um evento beneficente para um programa de arte nas escolas, seus pensamentos eram, como sempre eram atualmente, a respeito da filha, e não sobre o programa que discutiam, e não sobre a situação financeira que o país poderia enfrentar. Ela assentia vagamente para dar a impressão de que escutava, quando olhou para o lado e viu Jim Burgess sentado em uma mesa com a nova assistente. Ela não mencionou isso à amiga, mas observou os dois cuidadosamente. Dorothy reconheceu a jovem; conversaram um dia quando Dorothy passou no escritório. A imagem que Dorothy fez da outra foi de uma garota tímida, com cabelos compridos e cintura fina. Ambos estavam sentados perto dos fundos, e nenhum dos dois a vira. Ela observou a garota levar um grande guardanapo de papel ao rosto, como se precisasse esconder um sorriso. Uma garrafa de vinho aguardava em um balde com gelo perto da mesa.

Jim inclinou-se para a frente, se recostou, cruzando os braços e inclinando a cabeça, como se esperasse uma resposta. O guardanapo na boca novamente. Pareciam pavões com as penas abertas. Ou cães cheirando o traseiro do outro. (Helen, Dorothy pensou, Helen, Helen, Helen. Pobre e estúpida Helen. Mas ela não pensou nisso com sentimento; foram apenas palavras que passaram por sua cabeça.) Eles se levantaram para sair, e Jim tocou as costas da garota como se a encaminhasse. Dorothy colocou o cardápio bem em frente ao rosto e, quando o abaixou, viu os dois na calçada, rindo e andando com tranquilidade. Não, eles não a viram. Clássico: ele era velho o bastante para ser pai dela.

Foi isso que Dorothy pensou enquanto fingia ouvir a amiga. A filha dessa amiga também se comportara mal no ensino médio, mas estava indo bem em Amherst, e isso deveria fazer Dorothy se sentir melhor em relação à própria filha. Mas Dorothy não podia deixar de pensar no que vira. Podia, pensava, ligar para Helen e dizer, como quem não quer nada: Ah, vi Jim com a assistente, não é bom que se deem bem? Ela não faria isso.

— Está tudo certo — disse Alan enquanto ele e Dorothy se preparavam para dormir. — Os dois estão trabalhando juntos em um caso e estão se saindo muito bem. Acho que Adriana não tem muito dinheiro. Vejo-a comendo em um pote plástico na própria mesa na maioria dos dias. Tenho certeza de que Jim estava mostrando sua gratidão, levando-a para almoçar em um lugar legal.

— Eles tomaram vinho em um dos lugares mais caros da Rua 57. Jim não bebe nem quando está de férias — acrescentou Dorothy. — Espero que não tenha cobrado do escritório.

Alan recolheu as meias no chão. Andando em direção ao cesto de roupa suja, disse:

— Jim está sofrendo desde que o sobrinho se meteu em confusão. Isso, de fato, o está incomodando. Dá para ver.

— Como você vê?

— Querida, conheço esse homem há anos. Quando está tranquilo ou em modo de combate, ele fala. Abre a boca e as palavras saem. Mas quando está preocupado fica silencioso. E faz meses que está bem quieto.

— Bem, ele não estava quieto hoje — disse Dorothy.

Abdikarim tentou ficar acordado porque a noite lhe trazia sonhos que o prendiam na cama como se rochas tivessem caído sobre ele. O sonho era o mesmo todas as noites: o filho Baashi olhando espantado para ele enquanto o caminhão se aproximava devagar e depois acelerava, para em seguida frear bruscamente na porta de sua loja em Mogadíscio. Na caçamba do caminhão estavam garotos, alguns mais novos que o filho. Abdikarim viu o rápido e jovem movimento de pernas e braços finos quando pularam do caminhão, as armas pesadas presas com alça aos ombros, apoiadas nas mãos. A destruição silenciosa (no sonho) do balcão, das prateleiras, o caos abrupto e horrendo, a onda crescente e infernal arrebentando sobre eles. O mal chegara até eles. Por que Abdikarim pensou que não chegaria?

Abdikarim teve muitas noites, quinze anos de noites, para pensar nisso e sempre chegava ao mesmo pensamento. Devia ter saído de Mogadíscio antes. Devia ter colocado os dois mundos de sua cabeça em um. Siad Barre fugira da cidade, e quando o grupo da resistência se dividiu em dois a cabeça de Abdikarim também pareceu se dividir em duas. Quando a cabeça ocupa dois mundos, não consegue ver. Um mundo de sua cabeça disse: Abdikarim, há violência nesta cidade, mande sua mulher e suas filhas embora — e ele fez isso. O outro disse: Vou ficar e manter minha loja, com meu filho.

Seu filho, alto, de olhos escuros, olhando para o pai, aterrorizado e atrás dele na rua, e as paredes ficando de cabeça para baixo, pó e fumaça, e o garoto caindo, como se os braços tivessem sido puxados para um lado, as pernas para outro — atirar era ruim o bastante para durar esta vida e a próxima, mas não ruim o bastante para os depravados garotos-homens que irromperam pela porta, despedaçaram prateleiras e mesas, que exibiam as grandes armas americanas. Por algum motivo — nenhum motivo — um deles ficou para trás e afundou a coronha da arma em Baashi várias vezes, enquanto Abdikarim rastejava até ele. No sonho ele nunca chegava até ele.

Gritos fizeram Haweeya vir apressada pelo corredor, e ela murmurou para Abdikarim e lhe fez uma xícara de chá.

— Não precisa se desculpar, tio — disse ela, porque Abdikarim sempre se desculpava naquelas noites em que seus gritos a acordavam.

— Aquele garoto — disse ele uma noite. — Zachary Olson. Está me partindo o coração.

Haweeya anuiu.

— Mas ele será punido. O procurador dos Estados Unidos está se preparando para puni-lo. A ministra Estaver sabe disso.

Abdikarim balançou a cabeça no quarto escuro, o suor escorrendo pelo rosto até o pescoço.

— Não, ele me parte o coração. Você não o viu. Ele não é o que vimos no jornal. É... — e concluiu delicadamente: — uma criança assustada.

— Agora vivemos onde existem leis — disse Haweeya com suavidade. — Ele está com medo porque desrespeitou a lei.

Abdikarim continuou a balançar a cabeça.

— Não é certo — sussurrou — que ninguém, com leis ou sem, continue a fazer medo.

— Então ele será punido — repetiu ela pacientemente. Ele pegou o chá, bebeu só um pouco e disse a ela que voltasse para a cama. Não voltou a dormir, mas ficou deitado na cama, e o anseio em seu coração era o mesmo de sempre: voltar ao lugar em que o filho morrera. O pior momento de sua vida e o anseio mais profundo era voltar àquele instante, tocar o cabelo úmido, segurar aqueles braços — ele não amara ninguém tanto assim, e mesmo em meio ao horror, ou talvez por causa do horror, segurar o filho destroçado foi tão puro quanto o céu era azul. Deitar-se no último lugar em que o filho estivera, apertar o rosto no pó ou no entulho que mudara cem vezes nos anos era, desde então, parecia nesses momentos, tudo o que ele queria. Baashi, meu filho.

No escuro, ficou deitado na cama e ponderou sobre o DVD que pegara na biblioteca assim que chegara a Shirley Falls. *Momentos da História Americana*, mas o único momento que Abdikarim assistiu repetidamente durante semanas foi o assassinato do presidente, por causa da esposa de terninho rosa que subia na traseira do carro tentando pegar um pedaço do marido que ela vira voar. Abdikarim não acreditava no que diziam daquela viúva famosa: que só se importava com dinheiro e roupas. Aquilo foi registrado, e ele viu. Ela sentiu na vida dela o que ele sentiu na dele. Embora ela tivesse morrido (com a idade que Abdikarim tinha então), ele a considerava sua amiga secreta.

Pela manhã, em vez de andar da mesquita até sua loja na Rua Gratham após as orações, Abdikarim subiu a Rua Pine até a igreja unitária, à procura de Margaret Estaver.

Um mês se passou. Era fim de fevereiro, e, embora ainda houvesse neve no solo de Shirley Falls, o sol ficava mais alto no céu e fazia, por poucas horas, alguns dias, a neve amolecer, gotejar e brilhar sob a luz amarela que aquecia as laterais de edifícios e fazia com que o estacionamento do shopping tivesse pequenos regatos de água correndo nas extremidades. Era frequente então que o ar, quando Susan saía do trabalho no fim do dia e atravessava a grande extensão de asfalto, ainda mantivesse a luz de primavera. Em uma dessas tardes, o telefone dela tocou quando entrava no carro. Susan não estava tão acostumada a telefones celulares quanto as outras pessoas; ainda ficava surpresa quando o aparelho tocava e sentia que estava falando em algo tão irreal quanto um brinquedo. Ela o pegou rapidamente na bolsa e ouviu a voz de Charlie Tibbetts dizer que até o fim da semana os federais começariam um processo de crime de ódio contra Zachary. Demoraram porque havia a questão de demonstrar intenção, mas achavam que agora tinham um caso. Uma fonte interna lhe contara isso. Sua voz pareceu cansada.

— Vamos lutar — disse ele. — Mas não é bom.

Susan colocou os óculos de sol, então saiu do estacionamento tão devagar que um carro buzinou atrás dela. Dirigiu pela faixa de pinheiros, parou no cruzamento, continuou além do hospital e da igreja, das casas velhas de madeira e entrou em casa.

Zach estava na cozinha.

— Não sei cozinhar — disse ele. — Mas sei usar o micro-ondas. Comprei lasanha congelada para você e macarrão com queijo para mim. E também temos molho de maçã. Isso é quase cozinhar. — Ele arrumara a mesa e parecia satisfeito com o que fizera.

— Zachary. — Ela foi pendurar o casaco e, parada junto à porta do armário, lágrimas lhe escorreram pelo rosto; ela as enxugou com a luva. Somente após ver que ele comera o jantar ela lhe contou sobre o telefonema de Charlie. Então o observou enquanto ele a encarava. Zachary olhou fixamente para as paredes, para a pia e para ela outra vez. O cachorro começou a ganir.

— Mãe — disse Zach.

— Vai ficar tudo bem — falou Susan.

Ele olhou para ela com a boca parcialmente aberta e balançou a cabeça, devagar.

— Querido, tenho certeza de que seus tios virão por causa disso. Você terá todo o apoio. Da última vez você aguentou.

Zach ficava balançando a cabeça.

— Mãe — disse ele —, pesquisei isso na internet. Você não sabe. — Ela conseguia ouvir a secura da boca dele. — É muito pior. — Ele se levantou.

— O quê, querido? — perguntou ela com calma. — O que é pior?

— As acusações federais de ódio. Mãe.

— Conte-me. — Por baixo da mesa ela empurrou com força a pobre cachorra, porque queria gritar com o animal chorão que ficava apertando o focinho no colo de Susan. — Sente-se, querido, e conte-me.

Zach ficou de pé.

— Tipo, dez anos atrás esse cara, em algum lugar que eu não me lembro, pôs fogo em uma cruz no jardim de um homem negro e foi para a prisão por oito anos. — Os olhos de Zachary ficaram vermelhos e úmidos.

— Zachary. Você não pôs fogo em uma cruz no jardim de um homem negro — ela falou com calma.

— E outro cara gritou com uma mulher negra, a ameaçou de algo e ficou preso por seis meses. Mãe. Eu... eu não aguento. — Ele levantou os ombros magros. Aos poucos, voltou a se sentar.

— Isso não vai acontecer, Zachary.

— Como você sabe?

— Porque você não fez nada disso.

— Mamãe, você viu aquele juiz. Ele disse para eu levar a escova de dentes da próxima vez.

— Todos falam isso. Falam a mesma coisa a um garoto que toma multa por velocidade; falam isso para assustar os jovens. É idiotice. Idiotice, idiotice.

Zachary cruzou os braços longos sobre a mesa e escondeu a cabeça no meio deles.

— Jim ajudará Charlie a cuidar disso — disse Susan. — O que foi, querido? — Porque o filho murmurou algo no meio dos braços cruzados.

Zachary ergueu a cabeça e olhou com tristeza para ela.

— Mãe. Você não percebeu? Jim não pode fazer nada. E acho que empurrou Bob, ou algo assim, na última noite no hotel.

— Ele empurrou Bob?

— Não importa. — Zach endireitou-se. — Não importa. Mãe, não se preocupe comigo.

— Querido...

— Não, sério. — Zach deu de ombros como se o medo que sentira antes tivesse simplesmente ido embora. — Não importa. Sério.

Susan levantou-se para deixar a cachorra sair. De pé junto à porta aberta, com a mão na maçaneta, sentiu no ar a leve umidade da primavera distante, mas que se aproximava, e por um instante se deixou levar pela ideia absurda de que mantendo a porta aberta eles ficariam livres. Fechá-la os prenderia para sempre. Fechando a porta com firmeza, voltou para a cozinha.

— Vou lavar a louça. Encontre alguma coisa para ver na TV.

— O quê?

Ela repetiu o que tinha dito, e o filho assentiu.

— Tudo bem — disse ele em voz baixa.

Passaram-se horas antes que ela se desse conta de que não deixara a cachorra voltar. Mas ela estava lá, na varanda dos fundos, e o pelo estava frio quando se deitou aos pés de Susan.

— Helen — disse Jim naquela manhã, sentado na beirada da cama. — Você é tão boa. — Calçou as meias. Ao passar por ela a caminho do *closet*, colocou a mão na cabeça dela. — Você é uma boa pessoa. Amo você — disse.

Ela quase disse:

— Ah, Jimmy, não vá trabalhar hoje — virando-se para observá-lo enquanto ele andava até o *closet*, mas não falou isso, porque acordara se sentindo igual a uma criança ansiosa, e se falasse igual a uma se sentiria pior. Então levantou-se, colocou o roupão e disse: — Vamos ao teatro este fim de semana. Vamos ver algo pequeno, talvez até *off-off* Broadway.

— Claro, Hellie — ele falou isso do *closet*; ela ouviu os cabides sendo mexidos. — Procure algo e iremos.

Ainda de roupão, ela se sentou ao computador da família na sala ao lado da cozinha e rolou a página com todas as peças em Nova York. Sentindo diminuir o apetite para aquilo, escolheu uma peça da Broadway sobre uma família no Alasca que era, dizia o anúncio, alegremente disfuncional. Então se vestiu e lembrou-se de uma tia idosa que disse a ela um dia: Não estou mais com fome, Helen. Poucos meses depois a pobrezinha morreu. Os olhos de Helen se marejaram de lágrimas quando ela se lembrou disso, e ela foi para o telefone e marcou uma consulta com o médico para fazer um *check-up*. Helen não achou que não tinha mais fome de comida, mas pensou que lhe faltava algum apetite. O médico poderia atendê-la na segunda-feira; houve um cancelamento. Isso fez com que se sentisse eficiente, e quando desligou o telefone lembrou-se de como Jim fora gentil naquela manhã, e aquilo a acalentou, como se tivesse recebido um bom presente do qual se esquecera. Passaria o dia em Manhattan. Pegou o telefone e ligou para duas mulheres do Armário de Cozinha. Uma ia fazer um implante dentário e a outra ia almoçar com a sogra idosa, mas as respostas — Ah, *Helen*, como eu gostaria de não ter compromisso! — deram-lhe uma sensação de leveza.

Na calçada em frente à Bloomingdale's, Helen ouviu uma mulher roliça dizer no celular: "Comprei umas almofadas para a sala da frente com a cor perfeita", e foi tomada por um calor repentino de alegria nostálgica — como se tivesse encontrado o primeiro crocus da estação. A mulher roliça, com sacolas enormes sacudindo suavemente contra as coxas grossas, estava alegre. Era a delícia do comum, e aquilo lembrou Helen de como sentira falta, sem se dar conta, mas que estava lá: suas amigas do Armário de Cozinha que queriam estar com ela, seu marido apaixonado, seus filhos saudáveis — não, ela não perdera nada.

Enquanto estava sentada no sétimo andar da Bloomingdale's, tomando sopa de abóbora com canela em um almoço antecipado, o telefone celular tocou.

— Você não vai acreditar nisso — disse Jim. — Zach desapareceu. Sumiu.

— Jimmy, ele não pode ter simplesmente sumido. — Ela lutava para segurar o telefone fino e também limpar a boca com o guardanapo, pois sentia a sopa nos lábios.

— Claro que pode. E sumiu. — Jim não parecia nervoso, mas abalado. Helen não estava acostumada ao marido parecer abalado. — Vou pegar um avião esta tarde.

— Posso ir com você? — Ela já sinalizava para a garçonete trazer a conta.

— Se quiser. Mas Susan está mal. Ele deixou um bilhete. Escreveu "Mãe, me desculpe".

— Deixou um bilhete?

Ela encontrou um táxi e por todo o percurso da avenida FDR e ao atravessar a Ponte do Brooklyn ficou pensando em Zachary deixando um bilhete. Em Susan — ela não conseguia visualizar Susan — andando de um lado para outro, chamando a polícia? O que fazia uma pessoa nessas circunstâncias? Uma pessoa telefonava para Jim, isso, sim. Na verdade, em Helen, enquanto o táxi balançava e serpenteava pela Avenida Atlantic, havia um pequeno fragmento de algo que era agudo e empolgado. Ela já estava contando a história aos filhos: Ah, foi terrível, seu pai ficou tão preocupado, não sabíamos o que estava acontecendo, e voltei para casa e pegamos um avião.

Charlie dissera-lhe que ainda não fizesse isso, e Jim dissera-lhe a mesma coisa, mas enquanto Susan esperava pela chegada dos irmãos pegou o telefone e ligou para Gerry O'Hare. Era quase hora do jantar, e ela estava pronta para desligar caso a mulher dele atendesse, porém foi Gerry que atendeu. E então Susan disse que Zachary sumira.

— Gerry. O que faço?

— Diga-me há quanto tempo ele sumiu.

Ela não sabia. Ele estava lá quando ela saiu às oito, ou pelo menos o carro dele estava. No entanto, quando voltou para casa às onze, porque o movimento na loja estava fraco e o chefe disse que ela podia fazer um horário de almoço maior, entrou na cozinha e encontrou o bilhete sobre a mesa, e nele estava escrito "Mãe, me desculpe". E o carro dele sumira.

— Alguma coisa também sumiu? Roupas?

— Algumas roupas, acho, e a mochila dele e o telefone celular. O computador dele também sumiu e a carteira. Ele tem um notebook. Ninguém que vai cometer suicídio leva o notebook junto, leva? Sabe de alguém que já fez isso?

Gerry perguntou se havia sinal de arrombamento, e ela respondeu que não. Disse que a inquilina, Jean Drinkwater, estava em seus aposentos, no andar de cima, e não ouviu nada.

— Vocês mantêm as portas trancadas durante o dia?

— Mantemos.

— Eu posso encaminhar alguém para dar uma boa olhada nos arredores, mas...

— Ah, não precisa. Só queria saber... estou esperando por meus irmãos, eles logo estarão aqui... só queria saber se alguém leva o computador quando vai atentar contra a própria vida.

— Não há como saber, Susan. Ele estava deprimido?

— Com medo. — Então ela hesitou. Supôs que Gerry soubesse que os federais iriam acusá-lo até o fim da semana, mas tudo o que queria era que alguém lhe dissesse que o filho estava vivo. E ninguém podia lhe dizer isso.

— Tudo o que sabemos — disse Gerry —, é que um homem adulto saiu de casa com o carro e algumas coisas. Não há nada que indique violência. Em caso de pessoas desaparecidas, só abrimos a ocorrência após vinte e quatro horas.

Ela sabia disso por Charlie e Jim.

— Desculpe-me por incomodá-lo — disse ela.

— Você não está me incomodando de jeito nenhum, Susan. Está sendo mãe. Seus irmãos estão indo para aí? Não vai ficar sozinha esta noite?

— Eles acabaram de estacionar. Obrigada, Gerry.

Gerry ficou parado bastante tempo na sala de estar, até a esposa chamá-lo para dizer que o jantar estava na mesa. Em todos os anos de policial ele nunca entendera — por que entenderia? — por que algumas coisas aconteciam com algumas pessoas, não com outras. Os filhos dele mesmo tinham se dado bem na vida. Um era policial estadual, e o outro, professor do ensino médio, e como alguém poderia explicar por que ele e a esposa tiveram essa sorte? A sorte poderia acabar amanhã. Ele vira a sorte de algumas pessoas acabar com um telefonema, uma batida na porta. Qualquer chefe de polícia sabe como a sorte pode acabar rapidamente. Ele foi para a sala de jantar e segurou a cadeira para a mulher.

— O que está fazendo? — perguntou ela, alegre. Ela o surpreendeu ao colocar os dois braços ao redor de seu pescoço, e por um instante eles cantarolaram a música dos dois, uma música de Wally Packer do começo de namoro, *Estou com a sensação engraçada de que você será minha...*

Os garotos Burgess sentaram-se à mesa da cozinha e repassaram o que aconteceu. Helen também sentou-se ali e se sentiu deslocada. A cachorra ficava descansando a cabeça no colo dela, e quando Helen pensou que ninguém estava olhando empurrou-a com força. A cadela ganiu, e Susan estalou os dedos.

— Deitada! — disse. As mãos de Susan tremiam, e Bob disse-lhe que tomasse um calmante, e ela falou que já tomara. — Tudo o que quero é saber que ele está vivo — disse.

— Vamos examinar os fatos — disse Jim. — Vamos lá. — Os irmãos subiram a escada com Susan até o quarto de Zach. Helen permaneceu onde estava ainda de casaco, pois a casa estava fria. Ela os ouviu andando acima dela, escutou o murmúrio da voz deles. Os três ficaram lá em cima bastante tempo, portas de armário abriam, gavetas abriam e fechavam. No balcão da cozinha havia uma revista chamada *Refeições simples para gente simples*, e Helen começou a folheá-la. Toda receita era escrita com alegria. Ponha manteiga e açúcar mascavo nessas cenouras e seus filhos nunca saberão que estão comendo algo saudável. Ela suspirou e largou a revista. As cortinas na janela sobre a pia eram de um laranja queimado com pregas na parte de baixo e outra prega na vertical, até a parte de cima. Fazia tempo que Helen não via cortinas como essas. Ficou sentada com as mãos sobre as pernas, sentindo a ausência do anel de noivado, que agora estava no joalheiro. Ela só estava com a aliança no dedo, e a sensação era estranha. Lembrou-se de que não cancelara a consulta com o médico na segunda-feira e imaginou se devia colocar o relógio no outro pulso para assim se lembrar de telefonar para o consultório pela manhã, mas permanecera sentada, então os irmãos e Susan desceram a escada.

— Acho que ele fugiu — disse Jim. Helen não respondeu. Não sabia o que dizer. Ficou decidido que Bob passaria a noite na casa, enquanto Helen e Jim iriam para o hotel.

— Você já avisou Steve? — perguntou Helen, levantando-se, e Susan olhou para ela como se ainda não tivesse percebido que Helen estivera lá esse tempo todo.

— É claro — disse ela.

— O que ele falou?

— Ele foi legal. Muito preocupado — respondeu Jim.

— Bem, isso é bom. Deu alguma sugestão? — Helen calçou as luvas.

— Não é como se pudesse fazer algo de onde está — Jim respondeu novamente pela irmã. — Há alguns e-mails impressos lá em cima dizendo para Zach ir para a escola, encontrar algum interesse, um hobby, esse tipo de coisa. Está pronta?

— Susie — disse Bob —, você pode aumentar a temperatura do aquecedor, já que vou ficar aqui? — E Susan respondeu que sim.

— Para onde ele fugiria? — perguntou Helen enquanto eles cruzavam a ponte a caminho do hotel.

— Não sabemos, não é mesmo?

— Mas qual é o plano, Jimmy?

— Vamos esperar.

Helen pensou em como o rio escuro dos dois lados deles era sinistro, em como a noite era escura ali.

— Coitada da Susan — ela falou a sério. Mas pensou que as palavras soaram falsas, e Jim não respondeu.

<hr />

No dia seguinte, houve um casamento no hotel. O dia estava ensolarado, e o céu, azul. A neve reluzia, e o rio reluzia, como se diamantes tivessem sido arremessados ao ar. No grande terraço do hotel, perto do rio, os convidados estavam alinhados para as fotografias, as pessoas riam como se não estivesse frio. Helen via tudo isso, mas não ouvia, pois estava em uma varanda alta, e o som do rio abafava todos os outros. A noiva usava uma jaqueta branca felpuda por cima do vestido. Não era nova, reparou Helen. Deve ser um segundo casamento. Se for o caso, que ridículo para a noiva usar um vestido tradicional, mas hoje em dia as pessoas fazem o que querem, e também isso é o Maine. O noivo era gorducho, com aspecto feliz. Helen sentiu uma minúscula agitação de inveja. Virou-se para entrar no quarto.

— Vou até a casa. Você vem junto? — perguntou Jim, sentado na cama coçando os pés. Acabara de tomar banho após treinar na academia do hotel e agora coçava furiosamente os pés descalços. Ele coçava os pés, Helen teve a impressão, desde que chegaram.

— Se pensasse que iria ajudar, iria, claro — disse Helen, que aguentara a manhã inteira na casa da cunhada. — Mas não vejo como minha presença pode fazer muita diferença.

— À vontade — disse Jim. Havia flocos de pele branca no carpete.

— Jimmy, pare com isso. Está acabando com seus pés. Olhe a sujeira.

— Estão coçando.

Helen sentou-se na cadeira ao lado da escrivaninha.

— Quanto tempo mais vamos ficar aqui?

Jim parou de coçar os pés e olhou para ela.

— Não sei. Quanto for necessário para vermos o que está acontecendo. Não *sei*. Onde estão minhas meias?

— Do outro lado da cama. — Helen não queria tocar nelas.

Ele se inclinou e colocou-as metodicamente.

— Ela não pode ficar sozinha neste momento. Temos que ajudá-la em meio a isso, seja lá o que for. Ou o que venha a ser.

— Ela deveria ter pedido a Steve que viesse para cá. Ele deveria ter se oferecido. — Helen levantou-se e caminhou na direção da varanda. — Tem gente casando lá embaixo. No meio do inverno. Do lado de fora.

— Por que Susan deveria pedir a Steve que viesse? Ela não o vê há sete anos, ele não vê o filho há sete anos. Por que Susan deveria aturá-lo agora?

— Porque sim. Eles tiveram esse filho juntos. — Ela se virou para olhar o marido.

— Hellie, você está me deixando um pouco maluco. Não quero brigar com você. Por que está me fazendo brigar com você? Minha irmã está passando pelo que provavelmente é o pior que um pai ou uma mãe podem passar: não saber onde está o *filho*, não saber sequer se está vivo.

— Não é culpa sua — disse Helen. — E também não é culpa minha.

Jim levantou-se, colocou os mocassins. Sentiu os bolsos para localizar a chave do carro.

— Se não quer ficar aqui, Helen, vá para casa. Pegue um voo esta noite. Susan não vai se importar. Nem vai reparar. — Ele fechou o zíper do casaco. — Estou falando sério. Tudo bem.

— Não vou embora e deixá-lo aqui.

Ela passou a tarde agasalhada, andando pelo caminho ao lado do rio. O sol continuou brilhando na neve e também na água. Ela parou quando viu o que parecia ser um monumento de guerra. Nunca reparara naquilo, mas não voltava a Shirley Falls havia tantos anos que já não se lembrava da última vez. Eram grandes placas de granito, na vertical, formando um grande círculo. Aproximando-se, ficou consternada ao ver que uma das placas era em homenagem a uma jovem morta recentemente no Iraque. Alice Rioux. Vinte e um anos. A idade de Emily. "Ah, minha lindinha", sussurrou. A tristeza a envolveu sob o sol. Ela se virou e se pôs a caminho do hotel.

A camareira assustou Helen, parada do lado de fora do quarto com o carrinho de toalhas: usava um traje que a cobria da cabeça aos dedos do pé, mostrando apenas o rosto, faces redondas marrons e olhos escuros brilhantes, o que significava que devia ser somali, porque Helen não conseguia pensar em outros muçulmanos negros vivendo em Shirley Falls, Maine. "Olá!", disse Helen assim vivamente.

"Olá." A garota — ela podia ser uma mulher de meia-idade, como Helen iria saber? O rosto era imperscrutável para ela — deu um passo atrás com um gesto de timidez, e, quando Helen entrou no quarto, este já havia sido arrumado. Ela se lembraria de deixar uma boa gorjeta.

Bob apareceu por volta das cinco horas — provavelmente, pensou Helen, para tomar um drinque e tirar uma folga do desespero da irmã.

— Entre, entre — disse ela. — Como está sua irmã?

— A mesma coisa. — Bob pegou uma garrafinha de scotch no frigobar.

— Vou acompanhar você — disse Helen. — Não deixe Susan vir ao hotel. A camareira é somaliana, acho. Somali. Desculpe. — Helen gesticulou para indicar a cobertura de alto a baixo que vira a pessoa usando.

Bob olhou para ela com a expressão ligeiramente irônica.

— Acredito que Susan não está brava com eles.

— Não?

— Está brava com o promotor, o assistente do procurador federal, o escritório da procuradoria-geral, a imprensa... você sabe, todo o mundo. Escute, importa-se se eu ligar o noticiário?

— Claro que não. — Mas ela se importava. Sentia-se constrangida de ficar sentada ali com o copo de uísque de quarto de hotel, alarmada por ouvir que o mercado ontem caiu quatrocentos e dezesseis pontos, e ela sem poder dizer nada, porque isso seria desrespeitoso com a crise dos Burgess envolvendo Zach, e triste também, porque uma explosão no Iraque matara oito soldados americanos e nove civis, pois agora ela se sentia ligada àquele monumento que vira junto ao rio. Ah, havia tanta gente morrendo em toda parte, o que se podia fazer? Nada! Ela fora arrancada de tudo o que lhe era familiar (os filhos, ela os queria pequenos novamente, molhados do banho).

— Acho que irei para casa amanhã — disse.

Bob assentiu e continuou olhando para a televisão.

A luz da tarde sobre o rio fora ofuscada por uma camada de nuvens claras, e o carpete cinza do quarto de hotel parecia um tom mais escuro do céu cinzento, o parapeito da pequena varanda visto através do vidro era uma linha fina de um tom ainda mais escuro. Jim parecia exausto. Naquela manhã, levara Helen até o aeroporto em Portland, e quando voltou Susan tinha tomado a decisão de fazer uma ocorrência de pessoa desaparecida na polícia.

— Ainda não existe pedido de prisão feito pelos federais — argumentou ela, e isso era verdade. — E as condições da condicional e a determinação de direitos civis exigem apenas que ele fique longe da comunidade somali — insistiu ela.

— Ainda assim — disse Bob pacientemente —, acho que não é bom colocá-lo no sistema, neste momento, como pessoa desaparecida.

— Mas ele *está* desaparecido! — exclamou Susan, e então eles foram com ela até a delegacia de polícia e registraram a ocorrência. A descrição do carro de Zach — o número da placa aparecendo numa tela de computador — entrou no registro, claro, e saber que a polícia agora estava à procura dele incutiu em Bob uma nova camada de medo e também de esperança. Ele imaginou Zach em algum quartinho de hotel, com a mochila cheia de roupas no chão, Zach deitado na cama ouvindo música no computador. Esperando.

Jim e Bob levaram Susan para casa. Jim ficou ao volante do carro parado na entrada da casa.

— Susie, aguente firme um pouco. Bob e eu temos que dar alguns telefonemas no hotel. Logo estaremos de volta, em tempo de jantar.

— A Sra. Drinkwater está fazendo o jantar. Mas não vou conseguir comer — disse Susan enquanto saía do carro.

— Então não coma. Logo estaremos de volta.

— Ele levou as roupas, Susie — disse Bob. — Vai ficar tudo bem.

Susan assentiu, e os irmãos a observaram subir os degraus da varanda.

De volta ao quarto do hotel, Bob jogou o casaco no chão ao lado da cama. Jim continuou com o casaco, então levou a mão ao bolso e jogou o celular na cama. Olhou para Bob e indicou o telefone com a cabeça.

— Que foi? — perguntou Bob.

— É do Zach.

Bob pegou o telefone e olhou para ele.

— Susan disse que o celular e o computador sumiram.

— O computador sumiu. Encontrei o telefone no quarto dele, em uma gaveta ao lado da cama. Debaixo das meias. Não contei a Susan.

Bob sentiu um formigamento debaixo dos braços. Sentou-se lentamente na outra cama.

— Talvez seja um telefone velho — disse, afinal.

— Não é. As chamadas são recentes, feitas a semana passada. A maioria para Susan no trabalho. A última chamada foi para mim, na manhã em que desapareceu.

— Para você? No escritório?

Jim anuiu.

— Auxílio à lista antes disso. Provavelmente pediu o número do escritório. Embora pudesse ter procurado no Google, não sei por que não o fez. De qualquer modo, não recebi o telefonema, e ele não deixou recado com a recepcionista. Liguei para ela enquanto voltava de Portland esta manhã, e ela lembrou que alguém pediu para falar comigo, mas não queria dizer o nome e desligou quando ela perguntou qual era o assunto da chamada. — Jim esfregou o rosto com ambas as mãos. — Gritei com ela. O que foi uma idiotice. — Andou até a janela, as mãos nos bolsos. Xingou baixinho.

— Você acha que o computador realmente sumiu? — perguntou Bob.

— Acho que sim. E a mochila. Acho eu. Susan saberia dizer quanto à mochila, eu não. — Deu as costas para a janela. — Não trouxe nenhuma bebida, seu beberrão? Eu bem que poderia afogar as mágoas.

— Deixei na Susan. Mas tem o frigobar.

Jim abriu a porta de imitação de madeira, girou as tampas de duas garrafinhas de vodca, virou-as em um copo e bebeu como se fosse água.

— Jesus — disse Bob.

— É — Jim fez uma careta, suspirou alto. Abriu novamente o frigobar e pegou uma lata de cerveja; apareceu um pouco de espuma quando ele puxou o anel.

— Jimmy, vá com calma. Deveria comer alguma coisa se vai fazer isso.

— Tudo bem — Jim disse isso amistosamente, sentado na poltrona, ainda de casaco. Inclinou a cabeça para trás, bebendo. Esticou a lata como uma oferta a Bob. Bob negou com a cabeça. — Sério? — Jim sorriu, cansado. — Quando é que recusa bebida?

— Quando as coisas estão bem ruins — disse Bob. — Não bebi por um ano depois que Pam foi embora. — Jim não respondeu, e Bob observou o irmão beber continuamente da lata de cerveja. — Fique aí — Bob falou ao irmão. — Vou lá embaixo encontrar algo para você comer.

— Vou ficar aqui — Jim sorriu, entornando a cerveja.

Susan assistia à TV sentada no sofá. Era o Discovery Channel, e dezenas de pinguins bamboleavam por uma grande extensão de gelo. A Sra. Drinkwater estava na poltrona.

— Que diabinhos fofinhos, não são? — disse ela, que cutucava, distraída, o bolso do avental que usava. Após muitos instantes, Susan disse:

— Obrigada.

— Não fiz nada, querida.

— Está aqui comigo — disse Susan. — E está cozinhando — acrescentou.

Um a um os pinguins deslizaram pelo gelo até a água. Da cozinha vinha o cheiro do frango que a Sra. Drinkwater colocara no forno.

— Nada parece real — disse Susan. — É como se eu estivesse sonhando.

— Eu sei, querida. Que bom que seus irmãos estão aqui. Sua cunhada foi embora?

Susan fez que sim. Instantes se passaram.

— Não gosto dela — disse Susan. Mais instantes se passaram. — Você se dá bem com suas filhas? — perguntou Susan, ainda olhando para a TV. Como não teve resposta, olhou para a Sra. Drinkwater. — Desculpe. Não é da minha conta.

— Ah, está tudo bem. — A Sra. Drinkwater fez uma bola de lenço de papel e enxugou os olhos por baixo dos óculos imensos. — Tive alguns problemas com elas, para dizer a verdade. A mais velha, principalmente.

Susan voltou a olhar para a televisão. A cabeça dos pinguins balançava na água.

— Se não se importa de conversar, estou melhor — disse Susan.

— Ah, claro, querida. Annie fumava esses cigarros de maconha. Foi um inferno por causa disso, e fiquei do lado do Carl. Annie estava vendo um garoto que foi convocado. Na época do Vietnã, no início, você se lembra? O garoto foi para o Canadá para fugir da convocação, e Annie foi com ele. Quando terminaram, ela não queria voltar para casa. Não queria viver em um país corrupto como o nosso, foi o que disse. — A Sra. Drinkwater fez uma pausa. Olhou para o lenço de papel na mão, tentou abri-lo sobre as pernas, então o enrolou novamente.

Susan olhou para a televisão.

— Ele levou roupa. Ninguém leva roupa se não pretende usar. — E acrescentou sem expressão: — Vocês foram visitá-la?

— Ela não queria nos receber. — A Sra. Drinkwater balançou a cabeça.

Os pinguins estavam voltando para o gelo, usando as nadadeiras, os pés chatos mantendo-os de pé, os olhos brilhando como os corpinhos molhados.

— Annie tinha ideias românticas sobre o Canadá — disse a Sra. Drinkwater. — Nunca se importou com o motivo que fez seu bisavô sair de lá, que teve que deixar a fazenda porque foi à falência. Os credores eram verdadeiros demônios, você sabe. Annie pensou que sabia tudo sobre corrupção. Eu disse a ela: "Rá!". — O pé da Sra. Drinkwater, dentro do chinelo felpudo, balançou para cima e para baixo.

— Pensei que disse que ela morava na Califórnia — comentou Susan. — Achei que tivesse dito isso, uma vez.

— Agora ela mora.

Susan levantou-se.

— Vou descansar lá em cima até meus irmãos voltarem. Obrigada. A senhora tem sido boa comigo.

— Tenho sido uma boba tagarela. — A Sra. Drinkwater abanou a mão na frente do rosto, um gesto de constrangimento. — Eu a chamo quando chegarem. — A Sra. Drinkwater ficou na poltrona mexendo no avental, rasgando o lenço de papel em pedacinhos. A televisão parou de mostrar pinguins e passou a mostrar florestas tropicais. A Sra. Drinkwater olhava para a TV enquanto a cabeça viajava e viajava. Pensou em como a casa de sua infância era lotada com todos os irmãos e irmãs. Pensou em como tias e tios falavam em voltar para Quebec, mas nunca voltaram. Pensou em Carl e na vida que tiveram. Nas filhas não gostava de pensar. Não poderia ter previsto, ninguém nunca pode prever nada, que elas seriam criadas em uma época de protestos e drogas e uma guerra pela qual eles não sentiam nenhuma responsabilidade. Imaginou um dente-de-leão voando, os pedaços brancos, leves, de sua família espalhados por tão longe. A chave da satisfação era nunca perguntar por quê, ela aprendera isso havia muito tempo. A floresta tropical brilhava em verde. A Sra. Drinkwater balançou o pé e se concentrou na TV.

Bob voltou para o quarto do hotel com dois sanduíches.

— Jimmy? — chamou. O quarto estava vazio. No banheiro, a luz sobre a pia estava acesa. — Jimmy? — Jogou o saco com sanduíches sobre a cama, perto do telefone celular de Zach. O irmão estava na varanda, encostado na parede do hotel, como se estivesse para desmaiar.

— *Oy* — disse Bob. — Você está bêbado.

— Não estou, na verdade — Jim falou em voz baixa, e o som do rio estava alto.

— Jim, entre. — Uma brisa repentina passou por eles.

Jim levantou um braço e o passou pelo ar, na direção do rio e da cidade, onde torres de igreja podiam ser vistas acima dos telhados e das árvores.

— Nada do que aconteceu deveria ser assim. — Deixou o braço cair. — Eu ia defender o povo deste estado.

— Ah, meu Deus, Jim, não é hora de arrependimento.

Jim virou o rosto para Bob. Parecia muito jovem, cansado e confuso.

— Bobby, escute. A qualquer minuto um patrulheiro estadual vai ligar dizendo que algum fazendeiro encontrou Zach pendurado na viga de um paiol ou em uma árvore. Não faço ideia se ele levou o computador. Mochila? Grande coisa! — Jim tamborilou o polegar levemente no próprio peito. — E que, de certa forma, acho que meio que o matei. — Limpou o rosto com a manga. — Ofusquei Dick Hartley, gritei com Diane Dodge. Piorei tudo sendo um cara durão e exibido.

— Jim, essa é a maior bobagem. Não *sabemos* se ele está morto, e o que aconteceu não é sua culpa. Minha nossa!

— Ele me telefonou no meu superimportante escritório de advocacia, Bob, e não conseguiu chegar até mim. Eles se levam muito a sério. — Jim deu as costas para o rio, balançando a cabeça lentamente. — Certa vez, fui considerado o melhor advogado criminalista do país. Dá para acreditar?

— Jim, pare.

Jim parecia perplexo.

— Eu deveria ter ficado aqui e tomado conta de todos na família.

— É? Quem disse? Agora entre e coma algo.

Jim fez um gesto de pouco caso, olhou para o rio, pôs a mão no parapeito.

— Em vez disso, fugi e fiquei famoso. Todo o mundo queria minha opinião, uma entrevista aqui, um discurso ali. Montes de dinheiro me foram oferecidos, que aceitei com alegria, pois assim não dependeria do dinheiro de Helen. Mas, honestamente, só queria defender as pessoas que ninguém defendia. — Ele ficou ali, olhando para o rio. — E agora tudo virou uma merda — disse. Jim virou o rosto para Bob, e Bob ficou espantado de ver que os olhos do irmão estavam úmidos. — Crime do colarinho-branco? — perguntou Jim. — Defender gente que ganhou milhões com seus fundos de investimento? Isso é *merda*, Bob. E agora volto do trabalho para casa e a casa está vazia, e as crianças... Deus, as crianças eram tudo, e seus amigos... E agora a casa está em silêncio, e estou com *medo*, Bobby. Penso muito na morte. Antes mesmo desta última viagem para cá. Penso na morte e sinto que estou de luto por *mim mesmo*, e, ah, Bobby, cara, as coisas estão fora de controle.

Bob segurou o irmão pelos ombros.

— Jimmy. Você está me assustando. E está bêbado. Neste momento temos que lidar com Susan e Zach. Você vai ficar bem.

Jim se soltou, encostou-se na parede novamente e fechou os olhos.

— Você está sempre dizendo isso para as pessoas. Mas nada vai ficar bem. — Abriu os olhos, olhou para Bob, fechou-os outra vez. — Seu imbecil de merda.

— Pare com isso. — Bob sentiu um rasgo de raiva passar por ele.

Os olhos de Jim se abriram de novo. Seus olhos pareciam sem cor, só um pálido brilho azul por trás da abertura.

— Bobby — foi quase um sussurro. Lágrimas começaram a rolar pelo rosto do Jim. — Sou uma fraude. — Passou as mãos pelo rosto quando uma rajada de vento veio com fúria pelo lado do hotel. Os arbustos lá embaixo rangeram e se curvaram.

— Entre — disse Bob gentilmente. Pegou o irmão pelo braço, mas Jim se livrou dele. Bob recuou e disse: — Escute, você não sabia que ele tinha ligado.

— Bob, eu o matei.

O vento voltou a soprar com força, de modo que as mangas do casaco de Bob ondularam como velas de barco. Bob cruzou os braços sobre o peito, pressionou o bico do sapato contra a parte de baixo do parapeito.

— Como o matou? Fazendo um discurso em uma manifestação pela paz? Defendendo-o com dedicação?

— Não estou falando do Zach.

O pé de Bob pareceu-lhe muito largo quando olhou para baixo.

— Quem, então?

— Nosso pai.

As palavras pareceram tranquilas, também como se Jim esperasse que os dois começassem a rezar o pai-nosso juntos. Pai nosso, que estais no céu. Bob precisou de um minuto. Virou o rosto para o irmão.

— Não, você não o matou. Era eu que estava sentado ao volante, todos sabemos disso.

— Mas você não estava. — Agora o rosto de Jim parecia muito velho e enrugado em sua umidade. — Estava no banco de trás. Susie também. Você tinha quatro anos, Bob, não se lembra de nada. Eu tinha oito. Quase nove. Com essa idade já dá para lembrar. — Jim continuou encostado na parede, olhando para a frente. — Os bancos eram azuis. Você e eu brigamos para ver quem ia na frente, e, antes de descer para abrir o portão, ele disse: Tudo bem, desta vez Jimmy vai na frente, os gêmeos vão atrás. E fui para o banco do motorista. Ainda que tivessem nos dito milhões de vezes que não podíamos ficar no banco do motorista. Fingi que estava dirigindo. Apertei a embreagem. — Jim balançou a cabeça quase imperceptivelmente. — E o carro desceu pela entrada.

— Você está bêbado — disse Bob.

— Joguei você para o banco da frente antes que a mamãe saísse de casa. Muito antes de a polícia aparecer, passei para trás. Oito anos de idade. Quase nove, e sabia ser assim ardiloso. Não é espantoso, Bobby? É como naquele filme, *Tara Maldita*.

— Você está inventando isso, Jim? — perguntou Bob.

— Não estou inventando. — Jim ergueu lentamente o queixo. — E não estou bêbado. O que não entendo, depois de beber toda essa porcaria.

— Não acredito em você.

Os olhos exaustos de Jim fitaram Bob com pena.

— É claro que não. Mas, Bobby Burgess, você não fez aquilo.

Bob olhou para o rio que passava trovejante por eles.

As pedras ao longo das margens pareciam grandes e inóspitas. Tudo era irreal, distorcido, silencioso. Até o rio barulhento parecia silencioso, como se Bob estivesse nadando submerso e o som estivesse abafado.

— Mas por que dizer tudo isso agora? — ele continuou olhando para o rio e o terraço vazio abaixo.

— Porque não aguento mais.

— Cinquenta anos depois você não aguenta mais? Jimmy, isso não faz sentido. Não acredito em você. Sem ofensa, mas está perdendo a cabeça e estamos aqui para ajudar Susan. Já está ruim do jeito que está. Jesus, Jimmy, pare com isso! — Os irmãos ficaram se encarando, e o vento soprou neles, forte e frio. Não saíam mais lágrimas de Jim. Ele parecia pálido, doente e velho. Bob disse: — Você está brincando, certo? Para você essa é a mais fodida das piadas imbecis, porque está realmente me assustando.

Em voz baixa, Jim disse:

— Não estou brincando, Bobby. — Ele escorregou até ficar sentado no chão da varanda, as costas apoiadas na parede. Os joelhos estavam flexionados, e as mãos, penduradas sobre eles. — Você sabe como é? — perguntou ele, olhando para Bob. — Ver os anos passarem, ver a mim mesmo sem nunca dizer nada. Quando era criança, pensava: Hoje vou contar. Quando voltar para casa da escola, vou contar à mamãe, simplesmente falar. Depois, quando era adolescente, pensei em escrever um bilhete, entregá-lo à nossa mãe antes de ir para a escola, e assim ela teria o dia inteiro para pensar a respeito. Quando estava em Harvard, ainda pensava: Vou mandar uma carta a ela. Mas em muitos dias eu pensava: Não, não fiz isso. — Jim deu de ombros, esticou as pernas. — Simplesmente não fiz. É isso.

— Você não fez.

— Ah, meu Deus, quer parar? — Jim puxou os joelhos para perto do peito, olhou para o irmão. — Estou lhe implorando. Você se lembra do que eu disse no dia em que soubemos que Zach tinha jogado a cabeça de porco? Eu disse "ele tem que se entregar porque fez isso. Nenhum Burgess foge, não somos fugitivos". Foi o que eu disse. Dá para *acreditar*?

Bob não disse nada, mas conseguia ouvir o som das quedas enquanto o rio trovejava por elas. Então ouviu o telefone tocar no quarto. Bob correu para dentro, tropeçando na esquadria da porta.

Susan soluçava.

— Calma, Susie, não consigo entender o que está dizendo.

Jim, que seguira Bob até o quarto, pegou o telefone da mão de Bob, o velho Jim que sabe dominar uma situação.

— Susan, devagar — ele anuiu, olhou para Bob, fez sinal de positivo.

Zachary estava na Suécia com o pai, acabara de telefonar para Susan havia poucos minutos. O pai disse que podia ficar o tempo que quisesse, e Susan não conseguia parar de soluçar; pensava que ele morrera.

De volta a casa, até as faces da Sra. Drinkwater cintilavam enquanto andava pela cozinha com seu avental.

— Agora ela vai conseguir comer — disse a velha senhora a Bob, fazendo um movimento de cabeça como se compartilhassem um segredo.

Os olhos de Susan estavam tão inchados que pareciam fechados, e seu rosto brilhava, sua felicidade tão exposta que ela abraçou o irmão, a Sra. Drinkwater e a cachorra, que abanou vigorosamente o rabo.

— Ele está vivo, ele está vivo, ele está vivo! Meu filho, Zachary, está vivo! — Bob não conseguia fazer o próprio rosto parar de sorrir. — Ah, estou feliz demais para comer! — disse Susan, andando em volta da mesa e tamborilando no encosto das cadeiras. — Ele ficou se desculpando por me assustar, mas eu disse: Querido, nada tem importância se você está em segurança.

— Ela vai desmoronar — disse Jim mais tarde enquanto voltavam para o hotel. — Ela está feliz como pinto no lixo porque ele não está morto. Logo, logo vai se dar conta de que ele foi embora.

— Ele vai voltar — disse Bob.

— Quer apostar? — O olhar de Jim estava fixo sobre o volante do carro.

— Vamos deixar para nos preocupar com isso depois — disse Bob. — Deixe-a ser feliz. Deus, *eu* estou feliz. — Embora sentada no carro ao lado de Bob estivesse a conversa terrível que tiveram antes na varanda do hotel; era como uma criança chata que o ficava cutucando no escuro e dizendo: Não se esqueça, estou aqui. Mas não parecia real. Com a alegria por Zach estar em segurança, aquilo não parecia real ou relevante. O lugar daquilo não era no carro ou na vida de Bob.

— Sinto muito, Bob — disse Jim.

— Você estava preocupado. Dá para entender. Não se preocupe.

— Não, sinto muito por...

— Jim, pare. Simplesmente não é verdade. Mamãe teria descoberto. Mesmo que seja verdade, mas não é, quem se importa? Pare de se sentir tão mal. Fiquei com medo de vê-lo se sentir tão mal. Está tudo bem.

Jim não respondeu. Eles dirigiram pela ponte, o rio abaixo preto como a noite.

— Não consigo parar de sorrir — disse Bob. — Zachary está vivo e com o pai. E Susan, vê-la desse jeito... Bem, não consigo parar de sorrir.

Jim disse calmamente:

— Você também vai desmoronar.

Livro Quatro

No Brooklyn, Park Slope expandiu suas bordas em todas as direções. A Sétima Avenida continua sendo a rua principal, mas dois quarteirões para baixo a Quinta Avenida começava a abrir um restaurante chique do lado do outro; butiques vendiam blusas fashion e calças de ginástica e joias e sapatos com preços de Manhattan. A Quarta Avenida, aquela extensa bagunça de tráfego e coragem, agora tinha, surpreendente e repentinamente, apartamentos com janelas grandes em meio às velhas residências de tijolo; lanchonetes apareceram nas esquinas, e as pessoas passavam por ali aos sábados a caminho do parque. Bebês eram empurrados em carrinhos incrementados como carros esportivos, com rodas de giro rápido e cobertura ajustável. Se os pais tinham preocupações ou decepções, não dava para dizer por seus dentes saudáveis ou membros malhados, enquanto os mais entusiasmados tiravam o dia para atravessar a pé a Ponte do Brooklyn ou andavam de patins por ela — lá estavam o Rio East, a Estátua da Liberdade, os rebocadores, as barcas enormes; vida em movimento, miraculosa, espantosa...

Era abril, e, embora os dias fossem com frequência gelados, havia uma exuberância nas forsítias que se abriam nos jardins, no céu que às vezes ficava azul o dia inteiro, porque março teve seus momentos de frio e uma torrente de chuva recordes, e depois a pior nevasca do inverno. Mas ali estava abril, e mesmo com as notícias de que a bolha imobiliária começaria a murchar nada em Park Slope parecia estar diminuindo. Aqueles que passeavam pelo Jardim Botânico do Brooklyn, apontando para as colinas de narcisos e chamando os filhos, pareciam contentes, despreocupados. O índice da bolsa Dow Jones, após derrapar caoticamente, alcançou outro recorde positivo.

Bob Burgess não reparou — com interesse — em nada disso: os mercados financeiros, as previsões de ruína, as forsítias ao longo da parede da biblioteca, os jovens patinando que passavam zunindo por ele. Se parecia aturdido, era porque estava. Dizem que os amnésicos não apenas perdem a capacidade de se lembrar do passado como também são incapazes de imaginar o futuro, e de certa forma era assim com Bob. A incredulidade ao descobrir que seu passado podia não ser seu passado pareceu-lhe afetar a capacidade de compreender o que estava à frente, e ele passava muito tempo andando pelas ruas de Nova York. O movimento ajudava. (É por isso que você não o encontraria no Bar & Grille da Rua Nove, e também porque ele parara de beber.) Nos fins de semana, podia ser encontrado andando pelo Central Park em Manhattan, atraído por ele por não ser tão familiar quanto o Prospect Park no Brooklyn, e ele tinha consciência dos muitos turistas pelos quais passava, com as câmeras e mapas e línguas diferentes, os tênis de caminhada, as crianças cansadas.

— *È bellissimo!* — Bob ouviu uma mulher exclamar quando entrou no parque e viu por um instante, com olhos diferentes, o bulevar de árvores com a fileira de troncos grandes, os ciclistas, corredores, carrinhos de sorvete, muito diferente do Central Park que conhecera quando se mudara para lá com Pam havia muitos anos. Havia noivas coreanas de ombros nus, tremendo, enquanto tiravam fotografias. Havia a jovem perto dos degraus do lago que todo fim de semana se pintava de dourado e, vestindo maiô, meia-calça e sapato de dedo, subia em uma caixa, fazia uma pose e não se mexia, enquanto turistas tiravam fotos e crianças olhavam e buscavam a mão dos pais. Quanto dinheiro ela ganhava Bob não podia imaginar; o balde branco em frente à caixa sobre a qual ela ficava se enchia de notas, algumas de cinco, talvez — ele não sabia — uma de vinte. Mas o silêncio que ela aguentava durante essas horas parecia combinar com aquele que Bob carregava dentro de si.

Ele também carregava uma ideia inquietante: de que agora era um estranho no lugar que havia tanto tempo era sua casa. Não era visitante, mas também não se sentia nova-iorquino. Nova York, pensou, fora para ele como um hotel agradável e complexo que o hospedara com indiferença benigna, e sua gratidão era imensurável. Nova York também lhe mostrara algumas coisas; uma das maiores foi como as pessoas falam. As pessoas falam de qualquer coisa. Os Burgess não. Bob demorou muito tempo para compreender que essa era uma diferença cultural, e com certeza após metade de uma vida em Nova York falava mais do que de costume. Mas não sobre o acidente. Que na cabeça de Bob nem tinha nome. Era só aquela coisa que ficava por baixo da família Burgess, sobre a qual ele murmurara brevemente no consultório da bondosa Elaine. Que Jim tocasse no assunto depois de todos esses anos (para se declarar responsável!) era desorientador em seu constrangimento, impossível de compreender. Caminhando pelo parque, ele sentia que estivera dormindo por anos e agora acordava em local e época diferentes. A cidade parecia rica e limpa e cheia de jovens que trovejavam ao passar por ele em suas roupas de corrida enquanto ele passeava ao redor do reservatório.

O que encarava era isso; não sabia o que fazer.

Ao voltar de avião de Shirley Falls dois meses atrás, ele e Jim falaram de Zach e seu pai, e do que aconteceria se Zach não voltasse quando os federais apresentassem as acusações; falaram do julgamento da contravenção marcado para junho, de como a seleção do júri seria o mais importante. Quando estava no táxi, a caminho do Brooklyn, Bob finalmente disse:

— Então, Jim, tudo aquilo que disse. Você só estava nervoso, certo? Como quando falou aquela bobagem da Pam no outono. Só bancando o esquisito, uma brincadeira estranha.

Jim virou-se e olhou pela janela enquanto o táxi acelerava na via expressa. Tocou levemente a mão de Bob, então tirou a mão.

— Você não fez aquilo, Bob — disse ele em voz baixa. Ambos ficaram em silêncio depois disso. O táxi parou primeiro no apartamento de Bob. Enquanto saía, Bob disse:

— Jimmy, não se preocupe com isso. Nada disso importa agora.

E, ainda assim, ele se moveu como que em transe ao subir a escada estreita, passando pela porta de onde os vizinhos conduziam suas discussões. O próprio apartamento parecia um pouco inacreditável para ele. Mas lá estavam seus livros, suas camisas no armário, uma toalha amarfanhada na pia do banheiro. Bob Burgess morava ali, é claro que sim, mas a sensação de que aquilo era irreal o assustava.

Conforme os primeiros dias se passavam, a angústia veio visitá-lo. Sua cabeça, sobressaltada e distraída, dizia-lhe: Não é verdade e, se for, não importa. Mas isso não lhe causava alívio porque a repetição constante desses pensamentos lhe diziam outra coisa. Uma noite, fumando à janela, ele bebeu muito vinho rápido demais — copo após copo — e viu com clareza: Era verdade e importava. Jim, de forma consciente e deliberada, encarcerara injustamente Bob em uma vida que não era sua. E as memórias jorraram: Jimmy, garoto, dizendo quando Bob corria até ele: "Ver você me deixa *enjoado*. Vá embora". A repreensão suave da mãe: "Jimmy, seja bonzinho com ele". A mãe, quase sem dinheiro, levando Bob ao consultório de um psiquiatra que lhe oferecia doce de uma tigela que ficava na mesa. De volta em casa, longe do radar da mãe, Jimmy provocava: "Bobby bebezão, pateta-bobão-porco-peidão".

Em seu estado de clareza embriagada, Bob viu o irmão como alguém sem consciência o suficiente para ser quase mau. O coração de Bob batia rápido, empurrando o paletó. Na casa do irmão, Bob gritaria a plenos pulmões, bem na frente de Helen, se tivesse que fazê-lo; nem mesmo se deu ao trabalho de trancar a porta do apartamento depois que entrou. No primeiro degrau do saguão apertado do prédio, Bob caiu, e, caído ali, uma imensa perplexidade o atingiu. Disse em voz baixa: "Vamos lá, Bob, levante-se". E mesmo assim ele não parecia conseguir fazê-lo. Imaginou se um dos moradores — eram todos tão jovens naquele prédio — iria sair e encontrá-lo daquele jeito. Somente ao virar os ombros várias vezes e fazer força contra o carpete sujo da escada Bob conseguiu se levantar. Voltou para seu apartamento, puxando-se pelo corrimão. Parou de beber depois disso.

Dias depois, quando o celular tocou e o nome do irmão apareceu — então, dessa forma, o mundo se endireitou. O que era mais natural do que JIM aparecer no seu celular?

— Oi, escute — Bob começou a falar. — Escute, Jim...

— Você não vai acreditar — interrompeu Jim. — Está sentado? O escritório do procurador dos Estados Unidos acaba de informar a Charlie que o cliente dele não está mais sob investigação. Incrível! Acho que toda aquela coisa da doença da vaca louca fez com que parassem para pensar e vissem que não iam conseguir estabelecer premeditação. Ou então ficaram cansados. Não é ótimo? — A voz de Jim estava inflamada de alegria.

— Ah, é, é ótimo.

— Susan espera que ele volte para casa imediatamente, mas acho que ele não está com essa vontade toda. Está gostando de ficar com o pai. Seria melhor que voltasse a tempo para o julgamento da contravenção, que Charlie está adiando o quanto pode. Ele é bom, o Charlie. Cara, como ele é bom. Ei, palhaço, ainda está aí?

— Estou aqui.

— Você não fala nada?

Bob passou os olhos pelo apartamento. O sofá parecia pequeno. O tapete na frente do sofá parecia pequeno. Jim falar com tanta naturalidade, como se nada tivesse mudado entre eles... aquilo confundiu Bob.

— Jim. Você sabe. Você me deixou confuso. Lá no Maine. As coisas que disse. Ainda não sei se estava brincando.

— Ah, Bob — Jim falou como se Bob fosse uma criancinha. — Estou ligando para dar uma notícia boa. Não vamos estragar o momento com essa coisa.

— Essa coisa? Mas *essa* é a minha vida.

— Deixe disso, Bobby.

— Escute, Jim. Só estou dizendo que gostaria que não tivesse jogado toda aquela merda em cima de mim porque não é verdade. Por que faria isso?

— Bob. Santo Cristo.

Bob desligou o telefone; Jim não ligou de novo.

Um mês passou sem que os irmãos se falassem. Então, em um dia ensolarado e ventoso, quando lixo era soprado pela calçada e as pessoas fechavam o casaco, Bob, voltando para o escritório após o almoço, sentiu alívio com um pensamento que não tivera antes, mas que lhe pareceu correto. Telefonou para Jim no trabalho.

— Você é mais velho, mas isso não significa que se lembra, Jim. Não significa que esteja certo. Uma coisa que advogados criminalistas sabem é que a memória não é confiável.

Jim suspirou alto.

— Queria não ter lhe contado.

— Mas me contou.

— É, contei.

— Mas poderia estar *enganado*. Quero dizer, tem que estar. Mamãe sabia que fui eu.

Silêncio. Então, em voz baixa:

— Eu me lembro, Bob. E a mamãe pensou que foi você porque fiz desse jeito. Já expliquei a você.

Um arrepio passou por Bob, um aperto na barriga.

— Eu estava pensando — disse Jim. — Talvez você devesse consultar alguém. Quando veio para Nova York, tinha aquela terapeuta, Elaine. Você gostava dela. Ela o ajudou.

— Ela me ajudou com meu passado.

— Devia encontrar outra. Alguém para ajudá-lo de novo.

— E você? — perguntou Bob. — Está vendo alguém? Estava um *farrapo* no Maine. Não precisa de ajuda com seu passado?

— Não preciso, sério, Bob. É o passado. Não será reescrito. Vivemos nossa vida... E, honestamente, Bobby? Não quero parecer insensível, mas, de certa forma, que diferença faz o que aconteceu? Você mesmo disse. Todos chegamos até aqui, então, você sabe, continuamos.

Bob não respondeu.

— Bem, Helen está com saudade de você — disse Jim, afinal. — Poderia dar uma passada em casa.

Bob não passou. Sem contar a Jim, encaixotou seus poucos pertences e se mudou para um apartamento no Upper West Side de Manhattan.

※

Uma inquietação acompanhava Helen, como se uma sombra andasse atrás dela, e, se Helen parava de se mover, a sombra apenas aguardava. A fonte disso, era só o que conseguia deduzir, pensando nisso sem parar, era o fato de Zach abandonar a mãe. Por que isso a afetava tanto ou, para ser mais exata, por que deveria afetar Jim tanto, ela não compreendia.

— É bom que ele esteja com o pai, não acha?

— Claro — disse Jim. — Todo o mundo deveria ter um pai. — Foi desagradável o modo como ele falou isso.

— E a acusação federal não foi feita. Achava que você estaria feliz de verdade.

— Quem não está feliz, Helen?

— Por onde anda Bobby? — perguntou Helen. — Liguei para ele no trabalho, e ele foi vago do jeito que conhecemos, disse que está ocupado.

— Está obcecado por alguma garota idiota.

— Isso nunca o impediu de vir nos visitar. Você estava errado — acrescentou Helen — ao dizer que ele não precisava desistir da Pam. É perfeitamente razoável que Sarah quisesse que ele parasse de vê-la. *Eu* não ia querer casar com um homem que está sempre falando com a ex-mulher.

— Bem, você não precisa, não é?

— Jimmy, por que está nesse mau humor o tempo todo? — Helen afofava um travesseiro na cama. — Ana tem seus dias de preguiça.

Jim passou por ela e entrou no escritório.

— O trabalho está me afetando.

Ela o seguiu.

— Como, Jim? Não precisa ficar naquele escritório. Temos dinheiro suficiente. Exceto se ouvir no noticiário que o país está indo mal.

— Temos três filhos na faculdade, Helen. E pode haver alguma pós-graduação a caminho.

— Temos dinheiro.

— Você tem dinheiro. Você o manteve separado desde o dia em que nos conhecemos, e não a culpo nem um pouquinho. Mas não diga que *temos* dinheiro. Ainda que *tenhamos* por causa do que ganho.

— Jim, pelo amor de Deus. Isso é importante. Se realmente não gosta do que faz...

Ele se virou.

— Bem, realmente não gosto do que faço. E isso não deveria ser surpresa, Helen, já lhe disse isso antes. Visto um terno elegante para visitar um cliente importante. Uma companhia farmacêutica que foi indiciada por encher suas pílulas com alguma merda venenosa quer saber se pode contratar o grande Jim Burgess. Que não é mais grande. Tudo acaba em acordo, de qualquer modo. Mas, de qualquer forma, lá estou eu do lado da empresa que dá pílulas de merda para... o povo de *Shirley Falls,* quem sabe? Ora essa, Helen, pelo amor de Deus, isso não é novidade. Você nunca me escuta?

O rosto de Helen ficou quente.

— Tudo bem. Está certo. Mas por que está sendo grosseiro?

Jim balançou a cabeça.

— Desculpe. Ah, Helen. Deus. Me desculpe. — Ele tocou o ombro dela e delicadamente a puxou para si. Ela sentiu o coração dele batendo, viu através da porta-balcão um esquilo correndo pelo parapeito do terraço, o som abafado, familiar, de seus pés apressados. Por que está sendo grosseiro? Suas palavras evocaram alguma lembrança. (Que meses mais tarde ela localizou. Debra-que-não-Sabe disse ao marido: Por que hoje você está implicando comigo?)

Em Shirley Falls a primavera demorou a chegar. As noites eram frias, mas a forma como a luz da alvorada aparecia no horizonte, trazendo uma suave umidade que tocava gentilmente a pele, dando a entender que o verão viria a todo vapor, era dolorosa. Abdikarim, que fez a oração matinal quando ainda estava escuro, sentiu a doçura dolorosa da estação enquanto caminhava pelas ruas até o café. A alguns bairros de distância, o amanhecer para Susan era quando tinha que saber novamente que Zachary fora embora. Ao acordar, precisava acalmar as ondas de terror que a agitavam durante algumas das noites com sonhos dos quais não conseguia se lembrar, mas que lhe deixavam a camisola molhada. Nessas manhãs, saía de casa cedo e dirigia até o Lago Sabbanock, onde caminhava três quilômetros sem ver ninguém, a não ser um eventual pescador com sua caminhonete para rebocar o abrigo de pescaria pelas margens do lago ainda congelado, e ela acenava com a cabeça e continuava andando, sempre com os óculos escuros, caminhando para acalmar o terror e também a sensação de ter feito algo tão errado que somente naquele caminho lamacento ela conseguia se sentir despercebida em sua sensação de vergonha tão profunda que, se estivesse em meio a outras pessoas, elas apontariam para Susan, pois saberiam que era uma pária, uma criminosa. Susan não fizera nada errado, é claro. O pescador não notificaria a polícia de sua presença; ninguém estaria esperando por ela na loja para dizer: "Venha conosco, Sra. Olson". Mas os sonhos diziam o contrário: entrara (provavelmente havia muito tempo) em um território perigoso, em que sua vida seria desfeita; o marido a abandonaria, o filho a abandonaria; a própria esperança iria embora, jogando-a tão longe das fronteiras da vida normal que ela vagaria por uma terra de solidão indescritível, e sua presença a sociedade não poderia tolerar. Os dois fatos — o filho estar vivo e as acusações federais surpreendentemente não serem efetuadas — não foram diminuídos, mas obstruídos pela tristeza dos sonhos que a acompanhava pelas manhãs. Susan tinha um pouco de consciência da beleza pela qual caminhava, os raios de sol brilhando no lago sereno, as árvores sem folhas — tudo isso era lindo, ela tinha consciência disso, mas era fútil e distante. A maior parte do tempo, olhava para as raízes enlameadas à sua frente; a trilha, acidentada pelo pouco uso, exigia atenção aos passos. Talvez fosse essa concentração que a conduzisse pelo dia.

Anos antes, quando conhecera o futuro marido na faculdade — ela veterana, ele calouro vindo de Nova Suécia, cidadezinha industrial algumas horas ao norte —, Susan ficara surpresa ao saber que ele praticava meditação transcendental, embora fosse uma novidade já difundida na época. Durante trinta minutos, pela manhã e à tarde, ela não deveria incomodá-lo, o que nunca fez, a não ser em uma manhã de sábado, quando entrou no quarto e o encontrou sentado na cama de pernas cruzadas e olhar perdido. "Ah, desculpe!", exclamou, e saiu do quarto, embora aquela imagem dele a tivesse constrangido sobremaneira, como se o tivesse surpreendido enquanto se tocava intimamente — o que muitos anos depois aconteceria. No começo do casamento ele lhe ofereceu — um presente de intimidade; algo que ele nunca deveria contar — a palavra que repetia durante a meditação, uma palavra pela qual pagara a um guru para que lhe desse, uma palavra que o guru disse que igualava as "energias" de Steve. A palavra era "Om".

— "Om"? — disse ela.

Ele anuiu.

— Essa é a sua palavra particular?

Entrando no carro, o banco aquecido pelo sol, Susan pensou que talvez não tivesse compreendido que olhar para o nada pensando "Om" não fosse tão diferente de caminhar e pensar apenas no passo à sua frente. Talvez Steve ainda fizesse meditação. Talvez Zachary também fizesse isso agora. Ela poderia escrever um e-mail perguntando, mas não escreveria. Os e-mails dos dois eram hesitantes, educados. Mãe e filho, que nunca escreveram um para o outro antes, tinham que aprender uma nova linguagem, e a timidez era evidente nos dois.

※

Por causa da ocorrência de pessoa desaparecida registrada na polícia, apareceu um breve artigo de jornal relatando o desaparecimento de Zachary Olson. Pouco depois, veio a notícia de que Zachary estava morando no exterior. Algumas pessoas da cidade ficaram confusas em relação a isso, como se Zachary, ao partir, estivesse fugindo às responsabilidades que deveria enfrentar. Charlie Tibbetts, desrespeitando o segredo de justiça que ele mesmo pedira, fez um pronunciamento à imprensa e explicou que Zachary não violara a condicional: a condicional era para uma contravenção de Classe E, e as condições nunca exigiram que ele permanecesse no país. Charlie também liberou a informação de que seu cliente não estava mais sob investigação do escritório do procurador dos Estados Unidos, e essa decisão deveria ser respeitada.

O chefe de polícia Gerry O'Hare declarou sua preocupação: manter a comunidade em segurança. Continuaria, disse, a encorajar qualquer relato, de qualquer cidadão, a respeito de qualquer coisa que provoque a sensação de insegurança. Para a esposa confessou alívio. "Só espero que o garoto volte para o julgamento da contravenção. Ou, se não voltar, que fique lá para sempre. Nos livramos de boa dessa vez, a cidade se saiu bem, e não precisamos de mais confusão". Sua mulher disse que se ele não voltasse mais para casa partiria o coração de Susan, mas que havia algo pouco saudável entre mãe e filho, Gerry não achava? Estavam sempre juntos.

Os artigos de jornal apareceram em fevereiro, e em abril o nome Zachary Olson quase já não era mencionado. É verdade que alguns anciãos da comunidade somali continuavam com raiva; tinham ido falar com Rick Huddleston na Agência Antidifamação Racial. Rick Huddleston estava furioso, mas não havia nada a ser feito. Abdikarim não ficou furioso. Para ele, o garoto alto, magricela, de olhos escuros, que vira no tribunal no dia da audiência, não era mais motivo de alarde; não era mais *Wiil Waal*, "Garoto Louco", mas simplesmente *wiil*, garoto. Um garoto de quem o coração de Abdikarim se aproximou; mesmo no tribunal, no dia em que aquilo começou, seu coração se aproximou através da sala do garoto alto e magro. Abdikarim vira as fotografias dele no jornal. Entretanto, quando o conheceu, primeiro de pé ao lado do advogado, depois sentado no banco das testemunhas derramando água do copo, Abdikarim sentiu-se discretamente espantado. Lembrou-se de como imaginara a neve. Fria e branca cobrindo o solo. Mas não era assim. Era silenciosa, intricada e cheia de mistério quando caiu do céu naquela primeira noite em que a viu. E lá estava aquele garoto, vivo, respirando, tangível, os olhos escuros indefesos, e não era nada do que Abdikarim imaginara. O motivo que fizera o garoto jogar uma cabeça de porco na mesquita continuaria um enigma para Abdikarim, mas ele sabia agora que não fora um ato de maldade. Entendia que outros — a sobrinha, Haweeya — não se deixaram impressionar pelo medo tão aparente no garoto. Mas Haweeya não o vira. Então Abdikarim ficou em silêncio, embora acreditasse que o medo era profundo no garoto, e seu coração, dolorido e cansado, aproximou-se dele pelo tribunal.

Foi por intermédio de Margaret Estaver que Abdikarim soube que o garoto estava morando na Suécia com o pai, e saber disso fez seu corpo se aquecer de alegria. "Bom, muito bom", ele disse à ministra. Muitas vezes por dia pensou nisso, o garoto morando com o pai na Suécia, e a cada vez seu corpo se aquecia de alegria.

— Isso é bom. Uma boa situação. *Fiican xaalad* — Margaret Estaver sorriu abertamente ao falar isso. Estavam na calçada em frente à igreja dela. No porão desse templo ficava o depósito de alimentos. Na maioria eram mulheres somalis bantas que faziam fila, duas vezes por semana, para receber caixas de cereais, biscoitos, pés de alface, batatas, fraldas descartáveis. Abdikarim não falava com elas, mas às vezes, se estivesse passando pela igreja e visse Margaret Estaver, parava e conversava com a ministra. Ela estava aprendendo um pouco da língua somali, e sua falta de medo de errar abria-lhe o coração com bondade. Era por causa dela que ele começara a tentar melhorar seu inglês.

— Ele pode voltar para cá? — perguntou ele à ministra.

— Pode, claro. E deveria, antes do julgamento da contravenção. Se não vier arrumará mais problemas. Ele precisa estar aqui — disse Margaret ao ver no rosto do homem que ele estava confuso — quando a data da audiência chegar.

— Explique, por favor — disse Abdikarim. Após ouvir, disse: — E o que precisa acontecer para acabar com essa acusação? O mesmo que aconteceu com as acusações federais?

— O indiciamento federal nunca aconteceu, então não precisa ser encerrado. O que seria necessário para o promotor local desistir da acusação de contravenção não sei se é possível.

— Você pode descobrir?

— Vou tentar.

Afora isso, Abdikarim passava os dias no café, ou na calçada em frente a ele, conversando com o grupo de homens somalis reunidos ali. Conforme o clima ficava mais quente, permaneciam mais tempo fora; preferiam ficar fora. Havia luta em Mogadíscio, e era só disso que os homens falavam. Uma família que passara dois anos em Shirley Falls — exausta de saudade de casa — arrumou as coisas e voltou para Mogadíscio em fevereiro. Não mandaram mais notícias, e soube-se que era verdade o que se temia: foram mortos durante os combates. Na semana anterior, enquanto os insurgentes atiravam no governo, no palácio presidencial e no Ministério da Defesa, onde os soldados da Etiópia estavam aquartelados, os etíopes responderam ao fogo — ferozmente, selvagemente, sem discriminação — matando mais de mil pessoas e seus animais. Notícias a respeito disso vieram pelos celulares, e também pela internet, que podia ser consultada na biblioteca municipal de Shirley Falls, e, ainda, pelas transmissões diárias da estação de rádio de ondas curtas 89,8 FM, de Garowe, capital de Punt.

Os homens falavam, preocupados, de outra coisa: os Estados Unidos apoiavam a Etiópia. O presidente, a CIA — não estavam envolvidos? Tinham que estar. Diziam que a Somália estava abrigando terroristas. O islamismo era a religião da paz, e os homens na calçada em frente ao café de Abdikarim ficaram envergonhados e na defensiva.

Abdikarim escutava e sentiu o que os homens sentiam. Mas achou que talvez estivesse ficando senil, porque cravada em seu coração havia alguma partícula, e, se não fosse esperança, era próxima o bastante disso para ser irmã da esperança. Seu país estava doente, tendo convulsões. Aqueles que deviam estar ajudando eram traiçoeiros, dissimulados. Nos anos que ainda viriam, e ele sabia que não viveria para ver isso, seu país seria novamente forte e bom. "Entendam isso", ele disse aos homens. "A Somália foi o último país africano a ter internet e, em sete anos, teve o maior crescimento em acessos, e também temos as tarifas de celular mais baratas. Olhe para esta rua se quiser uma prova da inteligência dos somalis." — Ele esticou o braço, indicando os novos empreendimentos que surgiram durante o inverno em Shirley Falls. Um serviço de tradução, mais dois cafés, uma loja que vendia cartões de telefone, um lugar para aulas de inglês.

Mas os homens fizeram pouco-caso. Queriam ir para casa. Abdikarim entendia isso muito bem. Só que ele parecia não conseguir impedir uma abertura na alma, igual ao próprio horizonte que ficava aberto mais tempo a cada dia.

A vida de Pam era controlada por tantos compromissos, e tarefas, e festas, e encontros, que ela não tinha, como disse a amiga Janice, tempo para pensar. Mas estava tendo insônia, o que lhe dava muito tempo para pensar e a estava deixando louca. Hormônios, disse-lhe Janice. Verifique os níveis dos seus hormônios e tome alguns. Mas ela já tomara uma quantidade assustadora de hormônios para conceber seus garotos. Tinha bastante consciência dos riscos em que incorrera; não queria aumentá-los. Então ficava acordada à noite, e às vezes havia uma serenidade curiosa nisso, o calor escuro, como se o grosso edredom violeta ocultasse sua cor, envolvendo Pam com algum aspecto reconfortante de sua juventude, enquanto sua mente viajava por uma vida que parecia estranhamente longa; Pam sentiu uma surpresa tranquila por tantas vidas caberem em apenas uma. Não se lembrava dos nomes, mas sentia tudo: o campo de futebol do ensino médio no outono, o tronco magro do primeiro namorado, a inocência que agora lhe parecia inacreditável, e a inocência sexual, de certa forma, sendo a menor parte de sua inocência; não havia como dar nome às esperanças delicadas, verdadeiras e lancinantes de uma garota em uma cidade rural de Massachusetts tanto tempo atrás — e então Orono, e o campus, e Shirley Falls, e Bob, e Bob, e Bob, a primeira infidelidade (lá estava toda a inocência perdida, a assustadora liberdade da vida adulta, entrar nas complicações disso tudo!), então o novo casamento e os garotos. Os garotos. Nada é o que se imagina. Sua mente pairou sobre esse pensamento simples e alarmante. As variáveis eram grandes demais, as particularidades distintas demais, a vida uma enchente de traduções de anseios sombrios do coração e os aspectos imutáveis do mundo físico — esse edredom violeta e o marido roncando levemente. Às vezes, para ajudá-la a entender isso, ela se imaginava encontrando atualmente o namorado da escola — em uma lanchonete perto da casa de repouso da mãe, talvez apoiando-se no balcão, os olhos dele calmos e curiosos — e contando-lhe. Bem, isso e aquilo, e mais isso aconteceu. Não contaria exatamente como aconteceu. Acreditava que nada podia ser ao mesmo tempo contado e exato. Palavras frágeis foram largadas sincera e casualmente sobre o tecido grande e esticado de uma vida com todos os nós e imperfeições — que palavras usaria para abrir sua experiência diante dele? Que ele tivesse a própria experiência não lhe interessava tanto, ela sabia disso. Horrorizada — mas com liberdade, porque estava sozinha na escuridão violeta —, viu que não era a experiência de outra pessoa que queria tocar, e revirar, e moldar, e devorar, mas a sua própria.

Sua mente ficou cansada, esgotada.

Não tentaria imaginar a mãe esquelética na casa de repouso, os olhos confusos e enevoados, sem saber de nada; pensava Pam: Mãe, Mãe. Ou, virando-se, puxando o edredom, tentava não visualizar aquelas duas (jovens) mães na escola, que nunca eram simpáticas quando conversava com elas, esperando na calçada pelo sinal tocar, e por que isso? O que tinham contra ela?

E assim por diante.

Ler era a melhor coisa a fazer quando a cabeça ficava assim, então acendeu a luzinha de leitura e começou o livro sobre a Somália que fora mencionado no esplêndido jantar em que a mulher sulista perdera a cabeça. No começo o livro foi chato, mas ganhou ritmo, e Pam ficou horrorizada. Era incrível tudo o que não sabia a respeito de vidas tão diferentes da sua. Seu plano era ligar para Bob pela manhã e comentar o livro, mas foi naquela manhã que ela descobriu que sua função no hospital seria eliminada, e Pam teve um surto de pânico.

De algum modo — e isso provavelmente tinha a ver com fantasias antigas —, ela assumira a ideia de que se tornaria enfermeira. Então, durante algumas semanas, Pam procurou cursos de enfermagem, imaginou-se enchendo seringas, tirando sangue e segurando o braço machucado de alguma senhora de idade em um pronto socorro, os médicos a olhar para ela respeitosamente; imaginou-se (e talvez acabasse, afinal, considerando fazer uma aplicação de Botox) conversando com pais jovens que estariam morrendo de medo, como aquelas mães na escola que não eram gentis com ela. Imaginou-se irrompendo pela porta de vaivém de uma sala de cirurgia, competente em todos os atos. Gostaria que as enfermeiras ainda tivessem que vestir uniforme e boné brancos em vez daquelas coisas desleixadas que usam atualmente, com todo tipo de calçado bobo sendo permitido e sempre aquelas calças folgadas. Imaginou-se administrando transfusões de sangue, segurando uma prancheta, arrumando frascos de remédios.

Não consigo pensar em nada pior, disse Janice. Enfermeiras trabalham feito loucas, ficam de pé por doze horas. E se você cometer algum erro?

Estúpida, aquilo não lhe ocorrera. É claro que ela cometeria um erro. A não ser pelo fato de que certamente pessoas menos inteligentes que ela eram enfermeiras, ela as via o tempo todo no hospital, mascando chiclete, os olhos sonolentos — ah, mas com a confiança da juventude. Não há substituto para a confiança da juventude.

Mas, falando sério, o resumo daquilo tudo, após aquelas semanas bobas de preocupação — e não havia como evitar isso, mesmo que fizesse um curso de meio período —, era que sentiria falta de seus garotos. Sentiria falta de ajudá-los com a lição de casa (embora isso sempre a entediasse demais); sentiria falta de ficar em casa com eles quando estivessem doentes ou em um dia de nevasca, e teria que estudar durante os feriados. Além disso, e ao contrário da ex-cunhada, Helen, Pam tinha dificuldade em segurar empregadas e precisaria de muita ajuda se tentasse seguir com o assunto da enfermagem. Trocava de babá e empregada a um ritmo impressionante. Conseguia ser boazinha demais, então ficava decepcionada quando tiravam vantagem dela. Ela as demitia quase sem aviso, entregando-lhes o dinheiro e balançando a cabeça quando ficavam ressentidas com a surpresa. Não, isso não daria certo. Como consolação, fez um novo corte de cabelo e não ficou satisfeita com o ângulo que formava ao cair na testa.

Ligou para Bob no escritório e explicou seu dilema.

— Não sei, Bob. Talvez não queira de verdade ser enfermeira. Talvez só queira estudar essa coisa. Anatomia. Como quando estava na faculdade.

Houve um longo silêncio.

— Pam — disse ele —, não tenho muito a dizer. Faça o curso de anatomia, se quiser.

— Espere, Bobby. Você está bravo comigo? — Pam honestamente nunca considerara essa possibilidade. Durante anos, telefonara para Bob sempre que quisera, ele sempre a tratara bem e a ouvira com paciência; ela nunca poderia esperar nada diferente disso.

"Sabe, você não veio no Natal, e isso magoou os garotos", continuou ela. "Faz séculos que não o vejo. E, acho que só agora é que estou pensando nisso, quando telefono, bom, tenho que ser honesta, você tem sido seco. Voltou com a Sarah? Sei que ela não gostava de mim."

— Não, não voltei com a Sarah.

— Então o que está acontecendo? O que foi que eu fiz?

— Só estou ocupado, Pam. Muita coisa acontecendo.

— Pelo menos me diga uma coisa. Zachary ainda está com o pai? O que aconteceu com as acusações?

— O procurador dos Estados Unidos não foi adiante com o caso.

— Uau! Então ele fugiu por nada.

— Não sei se morar com o pai pode ser chamado de nada.

— Tudo bem, é verdade. Como está a Susan?

— Está a Susan.

— Bob, queria lhe falar do livro que eu ia ler sobre as mulheres somalis. Porque agora terminei de ler, ou quase, e é meio assustador.

— Fale do livro, Pam. Tenho uma reunião em alguns minutos. Estamos com um advogado novo que precisa de orientação.

— Tudo bem, tudo bem. Também tenho coisas a fazer. Mas a autora é muito clara sobre como é loucura ser mulher na Somália. Se tiver um filho fora do casamento, sua vida acabou. Falo sério, acabou. Você pode morrer na rua. Ninguém dá a mínima. E as outras coisas, meu Deus, eles pegam meninas de cinco anos e *cortam* fora, Bob, e depois costuram. As meninas mal conseguem urinar. Veja só: aprendem que podem debochar de uma garota se a ouvirem urinando muito forte.

— Pam, isso está me deixando enojado.

— Eu também fiquei com nojo! Quero dizer, a gente quer respeitar a cultura deles, mas como se pode respeitar isso? Existe alguma controvérsia na comunidade médica, claro, porque algumas dessas mulheres querem ser costuradas de novo depois que têm o filho, e os médicos ocidentais não gostam da ideia. Sério, Bob. É um pouco doido. A mulher que escreveu o livro, não consigo pronunciar o nome dela, há uma ameaça de morte contra ela, o que não é de surpreender, para dizer a verdade. Por que não diz nada?

— Porque, primeiro de tudo, Pam, quando ficou assim? Pensei que estivesse preocupada com eles, seus parasitas, seu trauma...

— *Estou...*

— Não, não está. Esse livro é um sonho para a direita. Você não percebe? Não lê mais jornal? Depois, vi algumas dessas pessoas malucas no tribunal durante a audiência do Zach. E sabe o que mais, Pam? Elas não são loucas. Estão exaustas. Em parte por causa de gente como você, que lê a respeito dos aspectos mais incendiários da cultura delas em algum clube de leitura e depois começa a odiá-las por isso, porque no fundo é isso que nós, americanos ignorantes, desde que as torres caíram, realmente queremos fazer. Ter permissão para odiá-las.

— Ah, pelo amor de Deus! — exclamou Pam. — Não dá para acreditar. Vocês, garotos Burgess. Advogados de defesa de toda essa merda de mundo.

O apartamento novo de Bob ficava em um edifício alto com porteiro. Ele nunca tivera porteiro antes, nem morara em um prédio tão grande, e viu imediatamente que tinha sido a melhor coisa a fazer. Os elevadores ficavam cheios de crianças, e carrinhos de bebês, e cachorros, e velhos, e homens de terno, e mulheres de cabelo molhado, com pastas, pela manhã. Era como mudar de cidade. Morava no décimo oitavo andar, vizinho de um casal de idade, Rhoda e Murray, que o receberam com uma bebida na primeira semana lá.

— Estamos no melhor andar — disse Murray, que usava óculos grossos e bengala, que sacudiu na sala de estar. — Durmo até meio-dia, mas Rhoda levanta às seis todas as manhãs e mói um café que desperta até os mortos. Você tem filhos? É divorciado? E daí? Rhoda também é divorciada. Agarrei-a há trinta anos; todo o mundo é divorciado hoje.

— Esqueça — disse Rhoda sobre não ter filhos. Encheu a taça de Bob com vinho (era a primeira vez que ele bebia vinho em semanas). — Meus filhos são um pé no saco. Eu os adoro, mas me deixam louca. Só tenho essas castanhas de caju, que sabe-se lá de quando são.

— Sente-se, Rhoda. Ele ficará grato de comer as castanhas. — Murray ajeitou-se em uma cadeira grande, a bengala colocada cuidadosamente no chão ao seu lado. Levantou a taça na direção de Bob.

Rhoda deixou-se cair no sofá.

— Você conheceu o casal de baixo? Um dos meninos tem, qual é o nome mesmo? — Ela estalou os dedos. — Bem, seja lá o que for, afeta o crescimento da espinha. A mãe é uma santa, tem um marido maravilhoso. Burgess? Você é parente de Jim Burgess? *Mesmo?* Ah, que julgamento foi aquele! Culpado, aquele filho da puta, mas que julgamento, adoramos aquele julgamento.

De volta ao seu apartamento, ele ligou para Jim.

— Sei que se mudou — disse Jim.

— Sabe?

— É claro que sei. Passei no seu apartamento e tinha cortina nas janelas, parecia até um lugar habitável, então soube que você tinha ido embora. Pus um investigador do escritório para descobrir aonde foi parar. E por que tem um número não listado? Toda vez que telefona para nós e aparece NÚMERO PARTICULAR sei que é você. O que é isso?

Aquilo não era ser um Burgess. Nos tempos do julgamento de Wally Packer, Pam dissera que estava cansada de receber telefonemas de pessoas que buscavam Jim Burgess.

— É assim que eu quero — disse Bob.

— Você magoou Helen. Nunca liga. E se mudou sem dizer nada. Terá que dizer a ela que está sofrendo por causa de alguma mulher, pois foi isso que eu disse a ela.

— Por que não contou a verdade?

Silêncio. Então:

— Que verdade? Não sei qual é a *verdade* por trás da sua mudança, seu beberrão.

— Porque você me deixou confuso, Jim. Jesus! Contou aquela história para ela?

— Ainda não. — Jim suspirou ao telefone. — Cristo! Escute, tem conversado com Susan? Ela parece estar muito sozinha.

— É claro que está sozinha. Vou convidá-la a vir para cá.

— Vai? Susan nunca veio para Nova York em toda a vida. Bem, divirta-se. Vamos para o Arizona visitar Larry.

— Então esperarei até você voltar. — Bob desligou. A ideia de que o irmão investigara seu paradeiro, tão fugaz e dolorosamente doce em sua surpresa, fora dissipada pelo tom de Jim. Bob, sentado no sofá, contemplou a vista do rio pela janela e pôde ver pequenos veleiros em movimento, um barco maior por trás deles. Não tinha lembranças de uma vida em que Jim não fosse o elemento mais brilhante.

A Sra. Drinkwater ficou na porta do quarto de Susan, que estava com as mãos no quadril.

— Entre — disse Susan. — Parece que não estou conseguindo pensar.

A Sra. Drinkwater sentou-se na cama.

— Acho que no passado usavam muito preto em Nova York. Não sei se ainda usam — falou.

— Preto? — perguntou Susan.

— Usavam. Faz um século que trabalhei na Peck's, mas às vezes uma mulher entrava querendo um vestido preto, e, naturalmente, eu supunha que era para algum enterro e tentava ser respeitosa, mas na verdade a mulher estava indo para Nova York. Isso aconteceu algumas vezes.

Susan pegou uma fotografia que jazia sem porta-retrato na mesa de cabeceira.

— Ele engordou — disse ela, entregando a foto à Sra. Drinkwater — em apenas dois meses.

— Ora essa — disse a Sra. Drinkwater.

Demorou um instante para ela perceber que se tratava

de Zachary. Ele estava de pé, junto a um balcão de cozinha, quase sorrindo para a câmera. O cabelo estava mais comprido e caía sobre a testa.

— Ele parece... — a Sra. Drinkwater se calou.

— Normal? — perguntou Susan, sentando-se do outro lado da cama, pegando a foto e olhando para ela. — Foi o que pensei quando a vi. Pensei: Minha nossa, meu filho parece normal. — E acrescentou: — Veio hoje pelo correio.

— Ele parece estar muito bem — admitiu a Sra. Drinkwater. — Está feliz, então?

Susan recolocou a foto na mesa de cabeceira.

— Parece que sim. A namorada do pai mora com eles. É enfermeira e talvez cozinhe bem, não sei. Zach gosta dela. Ela tem filhos da idade dele, e imagino que morem por perto. Todos fazem coisas juntos. — Susan olhou para o teto. — O que é bom. — Apertou o nariz e piscou. Então passou os olhos pelo quarto, com as mãos no colo. Finalmente disse: — Não sabia que a senhora tinha trabalhado na Peck's.

— Durante vinte anos. Eu adorava.

— É melhor ir dar comida para a cachorra. — Mas Susan continuou sentada na cama.

— Eu dou. — A Sr. Drinkwater se levantou. — E também bato uns ovos para o jantar, que tal?

— A senhora é muito boa comigo. — Susan ergueu os ombros e suspirou.

— Está tudo bem, querida. Arrume uma blusa preta de gola rulê e uma calça preta e estará ótima.

Susan olhou mais uma vez para a fotografia. A cozinha em que Zach estava mais parecia um centro cirúrgico, limpo e com muito aço inox. O filho (seu filho!) olhava para a câmera, olhava para ela com uma combinação de franqueza e algo que não era timidez, mas talvez um pedido de desculpas. Seu rosto, que era tão ossudo e desajeitado, agora estava bonito com o peso extra, os olhos grandes e escuros, a mandíbula forte, definida. Quase, e era bizarro que ela tivesse que ficar olhando tanto, mas ele quase parecia um Jim mais novo. A sensação de prazer que isso provocara deu lugar à sensação de algo quase insuportável — perda — e um vislumbre de seu comportamento passado de mãe e esposa.

Memória. Ela passou espalmada diante de Susan e se fechou, eliminando o começo, o fim, a estrutura em que as cenas do passado existiram. Mas nos vislumbres de si mesma — gritando com Steve, com Zach —, reconheceu a própria mãe, e o rosto de Susan queimou de vergonha. Ela nunca vira o que via agora: que os surtos de fúria da mãe tornaram a fúria aceitável; que a forma como ela falava com Susan tornou-se a forma como Susan falava com os outros. A mãe nunca falou: Susan, me desculpe, eu não deveria ter falado assim com você. Anos depois, falando ela mesma daquele jeito, também nunca pedira desculpas.

E era tarde demais. Ninguém gosta de acreditar que é tarde demais, mas está sempre ficando tarde demais, até que é.

No Arizona, Helen e Jim ficaram em um resort na base das montanhas Santa Catalina. O quarto deles tinha vista para um cacto enorme, com um braço verde grosso apontado para cima e outro para baixo; havia também vista para a piscina.

— Bom — disse Helen na segunda manhã deles no hotel —, sei que ficou decepcionado porque Larry veio cursar faculdade aqui, mas é um lugar lindo para visitarmos.

— Você ficou decepcionada, não eu. — Jim lia algo no celular.

— Porque é muito longe.

— É porque não é Amherst ou Yale. — Jim agora digitava no celular, com os polegares voando.

— Foi você que ficou decepcionado com isso.

— Não fiquei. — Ele ergueu os olhos. — Fui para uma escola estadual, Helen. Não tenho problemas com escola estadual.

— Você foi para Harvard. A única coisa que me decepcionou é que Larry não veio caminhar conosco.

— Ele está trabalhando em uma monografia, já explicou isso. Vamos vê-lo novamente esta noite. — Jim deixou o celular, depois pegou-o de novo, olhou para ele outra vez.

— Jimmy, seja o que for que está fazendo, não pode esperar?

— Um segundo. É uma coisa de trabalho, espere.

— Mas o sol está ficando cada vez mais alto. E não dormi bem, eu lhe disse.

— Helen, por favor.

— A trilha leva quatro horas, Jimmy. Por que não procuramos uma mais curta?

— Sei que a trilha leva quatro horas. É linda e gosto dela. E você gostou da última vez. Se me der um segundo, logo iremos apreciá-la outra vez.

Quando saíram do hotel eram onze da manhã, e a temperatura estava em trinta graus. Estacionaram perto do centro de visitantes e subiram por uma estrada asfaltada por muito tempo, até que a trilha virou e os levou por um caminho de terra entre cactos e algarobeiras, e chegaram ao rio, que atravessaram pisando em pedras lisas e largas. Helen acordara às quatro da manhã e não dormira mais. De algum modo, durante o jantar, enquanto a namorada de Larry, Ariel, não parava de falar do padrasto horrível, Helen deve ter continuado a encher a taça com vinho tinto, enquanto Ariel mexia no cabelo, falando rapidamente, com Larry olhando para ela com uma reverência infantil. Estavam dormindo juntos ou ele não estaria olhando para ela dessa forma; Helen percebeu isso. Por que ele escolhera uma idiota? Aquilo partiu um pouco seu coração.

— Ela não é tão ruim — foi tudo o que Jim disse. E isso também partiu um pouco seu coração.

Agora Helen estava olhando para o calcanhar dos tênis de caminhada de Jim, que seguia. Estava muito quente, e a trilha era estreita. Um lagarto pequeno atravessou correndo o caminho.

— Jimmy, quanto tempo já passou? — perguntou ela, afinal. Jim consultou o relógio.

— Uma hora. — Ele bebeu de sua garrafa, Helen da dela.

— Não sei se vou aguentar chegar aos lagos.

— Não? — Os óculos de sol espelhados dele se voltaram para ela.

— Sinto-me um pouco... tonta.

— Vamos ver como a coisa anda.

O sol castigava. Helen caminhou mais rápido, subiu pedras, passou por plantas aparentemente secas. Não falou, mas reparou quando Jim se abaixou para coçar a panturrilha que o relógio mostrava que mais trinta minutos tinham se passado. Então, quando subiram uma pequena saliência, o calor tornou-se algo vivo e feroz, e Helen viu que ele a estivera perseguindo e agora a alcançara. Manchas pretas grandes surgiram na parte inferior de seus olhos. Ela se sentou no toco de uma árvore pequena.

— Jimmy, vou desmaiar. Ajude-me.

Ele lhe disse para colocar a cabeça entre as pernas e lhe deu água para beber.

— Você vai ficar bem — disse ele, e ela disse não, havia algo errado. Ia vomitar. Estava a duas horas de distância do estacionamento, do centro de visitantes, da segurança. Ela disse:

— Por favor, chame alguém com seu celular, por favor, vai demorar até que consigam chegar aqui. — Ele disse que não tinha trazido o celular. Deu-lhe mais água, disse que tomasse devagar, então começou a conduzi-la de volta por onde tinham passado; as pernas de Helen tremiam tanto que ela ficava caindo. — Jimmy — sussurrou ela, estendendo os braços à frente. — Ah, Jimmy, não quero morrer aqui. — Helen não queria morrer no deserto do Arizona, a poucos quilômetros do filho; pensou brevemente nele sendo informado, nauseado, desse aspecto prático da morte: Uma pessoa morreu e os filhos foram informados. Mas Larry ficaria muito triste, e era assim que seria, o pesar dele já parecia distante dela.

— Você acabou de fazer um *check-up* — disse Jim. — Não vai morrer.

Em seguida ela se perguntou se ele falara mesmo do *check-up* ou se fora ela que pensara nisso; o ridículo de um *check-up*. Dobrada, Helen tropeçava enquanto Jim a segurava. Havia um fio de água no leito do rio. Jim desamarrou a camisa da cintura, molhou-a e colocou-a na cabeça da esposa. Foi assim que fizeram o caminho de volta pelo cânion.

Quando chegaram à estrada asfaltada, Helen ficou feliz feito uma criança que estava perdida e encontrou o caminho de casa. Sentaram-se em um banco, e ela segurou a mão de Jim.

— Você acha que Larry parece estar bem? — perguntou ela, após tomar quase toda a água.

— Ele está apaixonado. Com tesão. Como você preferir chamar isso.

— Jimmy, isso é um pouco grosseiro. — Helen estava aliviada por estar em segurança.

Jim tirou a mão da dela e a passou pela testa.

— Tudo bem.

— Vamos. — Helen se levantou. — Ah, estou tão feliz de não ter morrido lá.

— Você não ia morrer — disse Jim. Colocou a mochila nos ombros.

Erraram uma curva da estrada. Tarde demais, Helen viu que o caminho que saía da estrada — que levava a outra estrada — estava errado, e agora tinham que subir uma colina e fazer uma curva longa. Mas nenhum dos dois sabia dizer com certeza se o caminho que saía da estrada era o correto. Jim disse a ela para não se preocupar. A estrada acabaria por levá-los ao centro de visitantes. Mas o sol rugia, e depois de andar meia hora não parecia que estavam perto. Ali não havia água para umedecer a camisa de Jim. "Jimmy!", exclamou ela.

Ele despejou na cabeça dela o pouco de água que restara, e ela sentiu as pernas cedendo, como se não lhe pertencessem mais. Ajoelhada ao lado da estrada, Helen viu que estava para perder a consciência e não a recuperaria. Para chegar até ali, usara todas as reservas que tinha em si para sair do deserto. Jim subia rapidamente a estrada para olhar depois da curva, e ela viu a figura borrada dele desaparecer.

— Jim, não me deixe! — exclamou ela, e ele voltou.

— O caminho é longo. — Na voz dele, ela percebeu a preocupação.

Não conseguia entender por que ele não levara o telefone celular.

As mãos dela tremiam, e as manchas nos olhos ficaram enormes e pretas. Um zumbido como o de insetos grandes soou nas suas orelhas. O calor era cruel, triunfante, e a enganara antes, quando se sentaram no banco; o calor estava pronto para acabar com aquele casal que pensava ter tudo.

Quando o carrinho do hotel fez a curva e Jim levantou-se para acenar freneticamente, Helen já vomitara uma vez. O carro não tinha passageiros, e o motorista e Jim ergueram-na para colocá-la no assento, debaixo da cobertura. O motorista estava acostumado. Tinha Gatorade embaixo do assento e disse para Jim fazê-la tomar a bebida devagar. Ela ouviu o motorista dizer:

— Dá para entender por que as pessoas morrem naquelas travessias de fronteira.

— Está tudo bem, Hellie — murmurou Jim —, boa garota, querida — enquanto ela sorvia o Gatorade com a ajuda dele, não muito diferente de como ela ensinara os filhos a usar copos quando eram pequenos. Mas Jim estava longe, tudo estava longe... mas havia algo, o que era? O marido estava com medo. Esse pedacinho de informação não era mais que uma partícula de pó flutuando no ar. Desapareceria, estava desaparecendo...

No quarto do hotel fecharam as cortinas e deitaram-se na cama. Helen estava com muito frio e afundou na maciez da colcha; ficaram deitados lado a lado, de mãos dadas. Ela pensou: *Gente que quase morre junto fica junto,* e achou que esse era um pensamento estranho.

❦

— Onde você estava? — perguntou Ariel na última noite da visita de Helen.

Ariel.

Helen, que dissera "Que nome lindo", não suportava aquele nome. Apertou os olhos, no crepúsculo, para encarar Ariel. Todos estavam no estacionamento do hotel, prontos para se despedir. Larry e Jim estavam do outro lado do carro, conversando.

— Onde eu estava quando? — perguntou Helen para a garota que dormia com seu filho.

O ar pareceu frio e seco para Helen.

— Quando Larry foi para o acampamento.

Helen, que vivia desde muitos anos com um advogado de defesa, teve a sensação conhecida de uma armadilha sendo preparada.

— Precisa me explicar melhor — disse com calma. E, como a jovem Ariel não respondeu, Helen acrescentou: — Não sei do que está falando.

— Estou *falando*... onde você estava? Larry não queria ir para aqueles lugares, e você sabia. Pelo menos ele acha que sabia. Mas você o deixou ir. E ele odiou. Ele acha que foi culpa do pai. Que Jim insistiu com ele para que fosse. Mas minha pergunta é: onde você estava?

Ah, os jovens! Eles sabem tudo!

Helen ficou quieta por bastante tempo, tempo suficiente para Ariel olhar para baixo, para as sandálias, e riscar o cascalho com o dedão do pé.

— Onde eu estava? — disse Helen com frieza. — Em Nova York, provavelmente fazendo compras.

Ariel olhou para ela e riu.

— Não, estou falando sério. Era provavelmente o que estava fazendo. Comprando e despachando pacotes para os garotos toda semana, pacotes para o acampamento, cheios de doces, bolos e todas as coisas que o acampamento diz para você não mandar.

— Você não sabia que Larry estava infeliz?

Helen sabia, e agora sentia como se Ariel estivesse enfiando uma faca fina em seu peito. Que crueldade.

— Ariel, quando tiver filhos, vai perceber que toma decisões de acordo com o que acha melhor para eles. E pensamos que seria melhor se Larry não sucumbisse à saudade de casa. Agora conte-me como está o seu curso.

Ela não escutou enquanto Ariel falava. Pensou em como se sentira mal na trilha alguns dias antes. Pensou em como tentara continuar para agradar a Jim. Pensou nos dias de visita nos acampamentos de verão de Larry, em como ficava de coração partido ao ver a tristeza dele, o discurso que ele preparara para explicar por que devia voltar para casa e o desânimo quando percebia que não conseguiria, que teria que ficar mais quatro semanas. Por que ela não insistira em que ele pudesse voltar para casa? Porque Jim achava que o garoto não deveria ter permissão para voltar para casa. Porque duas pessoas não podem ter opiniões inteiramente diferentes sem uma delas ser a dominante.

Helen quis dizer algo a Ariel que a magoasse, e quando Ariel, pegando uma caixa sob o assento do carro, lhe entregou biscoitos que fizera naquele dia especialmente para eles, Helen disse:

— Ora, não como mais chocolate, mas Jim vai gostar.

No desembarque, no aeroporto, Bob não conseguia encontrar Susan. Havia gente usando sandálias e chapéus de palha, gente com casaco e crianças pequenas, adolescentes jogados em carrinhos com fones de ouvido, enquanto os pais, mais novos que Bob, olhavam preocupados para a esteira de bagagem. Perto dele uma mulher magra de cabelo grisalho digitava números no celular, a bolsa debaixo do braço, um pé envolvendo protetoramente uma mala pequena.

— Susan? — disse ele. Ela parecia diferente.

— Você parece diferente — disse ela, pondo o celular na bolsa.

Ele rolou a mala pequena dela até a fila do táxi.

— Tem sempre tanta gente? — perguntou Susan. — Parece Bangladesh. Meu Deus!

— Quando esteve em Bangladesh? — Bob achou que parecia Jim falando daquele jeito. Então acrescentou: — Escute, vamos nos divertir, não se preocupe. Iremos até o Brooklyn visitar Jim; faz séculos que não o vejo. — Susan observava o coordenador dos táxis; sua cabeça se movia para um lado e para outro enquanto o coordenador organizava a fila, soprava o apito, gritava, abria portas de táxis. — Tem notícias do Zach? — perguntou Bob.

Susan pegou os óculos escuros na bolsa e os colocou, embora o céu estivesse nublado.

— Ele está bem.

— Só isso?

Susan olhou para o céu.

— Faz tempo que não tenho notícias dele — disse Bob.

— Ele está bravo com você.

— Está *bravo*? Comigo?

— Ele faz parte de uma família agora, e isso faz com que se pergunte onde você e Jim estiveram todos esses anos.

— Ele não se pergunta onde o pai esteve todos esses anos?

Susan não respondeu. Quando entraram no carro, Bob bateu a porta com força.

Ele a levou ao Rockefeller Center. Levou-a ao Central Park, onde mostrou a jovem pintada de dourado. Levou-a a um musical da Broadway. Ela parecia uma criança tímida, respondendo somente com a cabeça. Bob lhe cedeu o quarto e dormiu no sofá. Na segunda manhã, ela se sentou à mesa, segurando a caneca de café com as duas mãos, e perguntou:

— Você não fica com medo de viver nas alturas? E se houver um incêndio?

— Não penso nisso — disse ele, aproximando a cadeira da mesa. — Você se lembra de alguma coisa do acidente? — perguntou.

Ela olhou para ele, surpresa.

— Não — disse finalmente, com a voz sumida.

— Nada?

O rosto dela era franco e inocente, os olhos se mexiam enquanto refletia. Ela falou, hesitante, como se temesse dar a resposta errada.

— Parece que era um dia ensolarado. Acho que me lembro de um sol ofuscante. — Ela empurrou a caneca de café. — Mas podia estar chovendo.

— Não estava chovendo. Também me lembro do sol. — Eles nunca conversaram sobre isso, e Bob passou os olhos pelo apartamento, como se precisasse afastar o olhar de Susan. O apartamento ainda era novo o bastante para não lhe ser familiar; a cozinha era tão limpa que brilhava. Jim não chamaria aquele lugar de dormitório de faculdade; Bob não fumaria na janela, ali. Gostaria de não ter mencionado o acidente; era mais constrangedor do que se tivesse pedido a Susan detalhes da vida íntima dela com Steve. Uma vergonha profunda endureceu seus braços.

— Sempre pensei que fiz aquilo — disse Susan.

— O quê? — disse Bob, virando o rosto para ela.

— É. — Ela olhou para ele brevemente, depois baixou o olhar para as mãos, que mantinha unidas sobre as pernas. — Pensava que era por isso que mamãe gritava tanto comigo. Ela nunca gritava com vocês dois. Então talvez eu tenha feito, penso nisso com frequência. Desde que Zach foi embora tenho tido pesadelos terríveis. Não consigo me lembrar deles quando acordo, mas são *horríveis*. E eles meio que, você sabe, parecem dizer isso.

— Susie, sabe que não foi você. E todas as vezes que disse para mim, quando éramos pequenos, "é tudo culpa sua, cabeção"?

Os olhos de Susan assumiram expressão de ternura.

— Ah, Bobby. É claro que dizia isso. Eu era uma menininha assustada.

— Você não falou sério todas as vezes em que disse isso?
— Não sei mais.
— Bem, Jim conversou comigo a respeito. Ele se lembra. Disse que se lembra.
— Do que ele se lembra? — perguntou ela.

Mas Bob percebeu que não conseguiria falar. Abriu as mãos sobre a mesa. Deu de ombros.

— Uma ambulância. Polícia, acho. Mas sabe que não foi você. Então, por favor, não se preocupe com isso.

Durante muito tempo os gêmeos ficaram sentados em silêncio. Além da janela, o rio brilhava.

— Aqui tudo é tão caro! — disse Susan finalmente. — Em casa compro um sanduíche pelo quanto se paga por um café aqui.

— Vamos sair — disse Bob levantando-se.

No corredor, Murray o chamou.

— Ei! — Fez ele esticando o braço para apertar a mão de Bob. Rhoda segurou o braço de Susan. — O que você já fez? Não deixe que ele a canse. As pessoas ficam cansadas, e qual a graça disso? Vão ao Brooklyn? Ver aquele irmão famoso? Prazer em conhecê-la, divirta-se!

Na calçada, Susan disse:

— Nunca sei o que dizer a gente assim.

— Gente calorosa, amistosa? É, gente assim mata qualquer conversa. — De novo, Bob achou que estava parecendo Jim. Mas não conseguia acreditar em como ela o deixava cansado.

No metrô ela ficou sentada sem se mexer, a bolsa segura pelas duas mãos sobre as pernas, enquanto Bob balançava, segurando em uma alça.

— Eu costumava pegar o metrô todos os dias — disse ele, e ela não respondeu. — Ei — disse Bob. — Aquilo que estávamos conversando antes. Não foi você. Não se preocupe.

Ela não deu sinal de tê-lo escutado, a não ser pelos olhos buscando os dele brevemente. Ficaram acima da superfície, e ela virou a cabeça para olhar pela janela do trem. Ele tentou lhe mostrar a Estátua da Liberdade, mas, quando os olhos dela seguiram sua indicação, já passara.

— Como tem passado? — perguntou Helen, afastando-se da porta para dar passagem. Não parecia ela mesma. Menor, mais velha e não tão bonita.

— Desculpe-me andar sumido — disse Bob.

E Helen disse:

— Eu entendo. Você tem sua vida.

— Cachorrão. Você trouxe nossa irmã sumida. Como está, Susan? — Jim entrou na sala, alto, bem-arrumado. Bateu no ombro de Bob, deu um abraço rápido em Susan. — Está gostando da cidade? — perguntou a ela.

— Susan, você parece aterrorizada — disse Helen.

Susan, que pediu logo para usar o banheiro, sentou-se na borda da banheira e chorou. Eles não faziam ideia. O problema não era a cidade, que ela odiou e parecia ligeiramente ridícula, como uma feira estadual lotada que se estendia por quilômetros, o campo coberto de concreto, os brinquedos abaixo do solo em vez de acima; tudo parecia vagamente de mau gosto, a escada cheirando a urina que descia até o metrô, o lixo no meio-fio, as estátuas com cocô de pombos escorrendo, a garota pintada de dourado que ficava no parque. Não, não era a cidade que aterrorizava Susan. Eram os irmãos.

Quem eram eles? Como podiam morar daquele jeito? Não eram o Bob e o Jim da sua infância. Bob morava no que era em essência um hotel, a porta de casa nada mais que uma abertura para um corredor acarpetado que escondia os quartos dos outros. E um guarda uniformizado no saguão que estava lá para evitar que os sem-teto entrassem e para empurrar a porta giratória. Era um jeito horroroso de morar, não muito humano. Bob perguntando se ela não tinha adorado a vista do rio. De que importava um rio tão distante que parecia ser visto pela janela de um avião? Então, o mais estranho de tudo, Bob, naquele lugar, tocar no assunto-que-tacitamente-se-prometeu--nunca-discutir, o acidente do pai deles, simplesmente tocar naquele assunto! Susan estava desorientada, fisicamente fraca pelo ataque de tudo isso.

Os irmãos, mesmo depois que se mudaram de Shirley Falls, continuaram a ser seus irmãos. Mas não agora. O que Susan sentia naquele momento, enquanto assoava o nariz no papel higiênico, era um tipo de desequilíbrio do universo. Estava completamente só, ligada apenas a um filho que não precisava mais dela. Veja a casa em que ela estava (jogando água no rosto, abrindo a porta do banheiro para sair), onde Jim criara três filhos, onde oferecera jantares (Susan imaginou isso ao caminhar de volta para a sala de estar), onde festejara grandes natais em família, por onde vagava de pijama nos fins de semana, jogando jornais na mesa de centro, onde assistira à televisão inúmeras noites com os filhos e a esposa, ali naquela casa que não era um lar. Era um grande item de mobília. Um museu de teto alto. E *escuro*. Quem mora num lugar tão escuro, a madeira entalhada e refinada, as luminárias como antiguidades velhas? Quem é que mora assim?

Eles falavam com ela, Helen gesticulando para que ela subisse a escada, uma excursão, Helen dizia, é gostoso ver a casa dos outros, o *closet*, Helen dizia, ela era a única mulher na cidade cujo marido tinha mais roupas que ela, e passaram por fileiras de ternos, como se fosse uma loja de departamentos; havia uma janela, como se as roupas precisassem de uma vista, e uma parede que era um único espelho, imenso e alto. Susan foi forçada a se ver: a mulher pálida com cabelo grisalho, a calça preta folgada. Mas Helen, no espelho, parecia pequena, compacta, esticada como um alfinete, usando um vestido de malha bem ajustado e meia-calça; como sabia se vestir assim?

Sim, o universo estava em desequilíbrio. Era assustador sentir a segurança do ego ceder. Não ter pai, mãe, marido, irmãos, e o filho não...

— Susan. — A voz de Helen pareceu afiada. — Quer beber alguma coisa?

No jardim dos fundos, Susan e Bob estavam sentados um ao lado do outro no banco de ferro fundido, cada um segurando um copo de água com gás. Helen se sentou na borda de uma cadeira de jardim, as pernas cruzadas, segurando a taça de vinho quase totalmente cheia. "Jim, sente-se", disse ela, porque o marido vagava pelo jardim, abaixando-se para observar as angélicas ou os brotos de lírio — ele nunca se importara com nada do jardim —, depois apoiou-se na coluna de sustentação da varanda e até entrou em casa, de onde saiu de mãos vazias.

Helen não sabia se já estivera tão brava quanto naquele momento, embora fosse claro que sim. Todavia, naquele momento, naquele instante, algo estava realmente, realmente errado, e tudo o que Helen sabia era que ninguém fazia nada para ajudar; dependia completamente — por algum motivo, entre quatro adultos —, completamente dela salvar aquele momento social. Era fácil culpar Susan, e foi o que Helen fez. Sua postura recolhida, a blusa amorfa com gola rulê, embolada embaixo, era de uma qualidade tão ruim — tudo isso deprimiu Helen, e então vieram também os tremores de piedade; aquilo a agitou por dentro, ela estava tonta com aquela raiva de muitas facetas.

— Jim, sente-se — disse ela outra vez. Ele olhou perplexo para ela, como se o seu tom incisivo o tivesse assustado.

— Vou pegar uma cerveja. — Voltou para dentro da casa.

Olhando para as ameixinhas verdes penduradas nos galhos sobre ela, Helen disse:

— Olhem essas ameixas. O ano passado não tivemos tantas, mas é assim com as árvores frutíferas: ano, sim, ano, não, são abundantes. Os esquilos vão fazer a festa; esquilos de Park Slope cheios de ameixas.

Do banco, os gêmeos Burgess olharam inexpressivamente para ela. Bob bebericou, educado, sua água com gás, as sobrancelhas subiram numa expressão de passividade. Susan também bebeu, depois afastou ligeiramente o olhar de Helen, como se seu rosto dissesse: Não estou aqui, Helen, e odeio sua casa grande e seu pedaço idiota de quintal que você chama de jardim; acho tudo isso vulgar: seu enorme *closet* lá em cima, sua churrasqueira enorme aqui fora, odeio tudo isso, sua consumista rica nascida em Connecticut, materialista do mundo moderno.

Helen, sentindo tudo isso no rosto da cunhada, pensou na palavra *caipira*, então se sentiu intimamente muito cansada. Não queria pensar naquilo, nem ser assim, e pensou que era horrível que aquela palavra tivesse vindo para ela, e logo, para seu horror, pensou na palavra *crioulo*, que já lhe aparecera outras vezes. *Crioulo, crioulo*, como se sua cabeça tivesse síndrome de Tourette, e essas coisas terríveis passassem sem controle por ela.

— Vocês comem? — perguntou Bob.

Atrás de Helen a porta foi aberta, e Jim apareceu com uma garrafa de cerveja. Puxou uma cadeira do jardim.

— Os esquilos? — perguntou ele a Bob. — Fazemos churrasco — disse, indicando a churrasqueira com o queixo.

— As ameixas. Vocês comem as ameixas?

— São muito amargas — respondeu Helen, pensando: Não é minha responsabilidade deixá-los à vontade. Mas é claro que era. — Você perdeu peso — disse ela a Bob.

Ele anuiu.

— Não estou bebendo. Muito.

— Por que não está bebendo? — Helen ouviu o tom acusatório em sua voz, viu Bob olhar para Jim.

— Vocês estão bronzeados — disse Susan.

— Eles estão sempre bronzeados — disse Bob, e Helen odiou os dois.

— Fomos ao Arizona visitar Larry. Pensei que soubesse — respondeu Helen.

Susan desviou o olhar novamente, e Helen achou aquilo a coisa mais deplorável, que ela nem mesmo perguntasse sobre o sobrinho, só porque o próprio filho dela era uma decepção, que fugira para não morar com ela.

— Como está Larry? — perguntou Bob.

— Lindo. — Helen tomou um grande gole de vinho, sentiu-o ir direto para a cabeça, então houve ao mesmo tempo o som de vidro se quebrando e de um celular tocando um toque abafado, e Susan se levantando e dizendo: "Ah, não, ah, não. Sinto muito".

O telefone de Susan começara a tocar, e, foi o que pareceu, isso a assustara a ponto de fazê-la derrubar o copo, e, enquanto ela remexia a bolsa para encontrar o telefone — que bizarramente entregou a Jim, que se levantou para acudi-la —, Helen disse: "Ah, não se preocupe, já vou limpar isso", pensando que cacos de vidro ficariam alojados no padrão de tijolos da calçada, e que o jardineiro, que nessa época do ano vinha todas as semanas, ficaria aborrecido.

— Charlie Tibbetts — disse Jim. — Susan está aqui. Espere, ela está dizendo que você pode falar comigo. — Jim caminhou pelo jardim, o telefone grudado na orelha, anuindo. — Sei, sei, estou ouvindo. — E agitou a outra mão pelo ar feito um maestro conduzindo a orquestra. Finalmente desligou o celular de Susan, devolveu-o e disse: — É isso, amigos. Acabou. Zach é um homem livre. O processo foi arquivado.

Caiu um silêncio. Jim se sentou, bebeu a cerveja virando a cabeça para trás.

— O que quer dizer com "arquivado"? — Helen foi a primeira a perguntar.

— Quer dizer que empacou. Se Zach se comportar, ele desaparece por completo. O caso perdeu a força. Isso acontece o tempo todo, e era o que Charlie estava esperando. Só que esse caso era político, claro. Mas a comunidade somali, os anciãos, ou quem quer que tenham consultado, respondeu que concordava com o arquivamento. — Jim deu de ombros. — Vai saber.

— Mas agora ele nunca voltará para casa — disse Susan, e Helen, que imaginava que ouviria um grito de alegria de Susan, ouviu a angústia em sua voz e imediatamente viu que esse podia ser o caso: o garoto nunca mais voltaria para casa.

— Ah, Susan — murmurou Helen, e ela se levantou, foi até a cunhada e lhe massageou delicadamente as costas.

Os irmãos ficaram sentados. Bob ficou olhando para Jim, mas Jim não olhou para ele.

Em um dia quente de julho, Adriana Martic entrou no escritório de Alan Anglin e silenciosamente lhe entregou papéis, que, pelo tamanho e pela fonte, ele logo viu que eram uma reclamação.

— O que temos aqui? — perguntou ele, simpático, e indicou uma cadeira à frente de sua mesa. — Sente-se, Dri.

Adriana sentou-se. Após ler um trecho, Alan olhou para ela. O longo cabelo loiro estava puxado para trás em um rabo de cavalo, e o rosto estava pálido. Sempre fora uma jovem de poucas palavras e ficara quieta enquanto olhava para ele. Não desviou o olhar.

Ele leu a reclamação inteira. Eram quatro páginas, e quando Alan a colocou na mesa sentiu uma umidade no rosto apesar do ar-condicionado na sala. Seu primeiro instinto foi levantar-se e fechar a porta, mas a própria natureza daquela reclamação tornava aquela mulher perigosa. Ela podia estar sentada ali, apoiando tranquilamente uma metralhadora no colo; ficar sozinho com ela seria como lhe entregar outro pente de balas. Ela pedia um milhão de dólares por danos morais.

— Vamos andar um pouco — disse Alan, levantando-se. Ela também se levantou, e ele apontou a porta com a mão, indicando que ela, por ser mulher, deveria passar primeiro.

Fora do prédio, o calor queimava as calçadas de Midtown. As pessoas andavam com óculos de sol, carregando maletas. Um sem-teto revirava o lixo perto da banca de jornal na esquina. Usava um casaco de inverno rasgado nos bolsos.

— Como ele consegue usar essa coisa no calor? — disse Adriana em voz baixa.

— É doente. Provavelmente esquizofrênico, delirante. Sentem muito frio. É um dos sintomas.

— Sei o que é esquizofrenia — disse Adriana, com um toque de irritação na voz. — Mas não sabia da temperatura do corpo — acrescentou.

Ele comprou duas garrafas de água na banca, e, quando ela pegou a que ele lhe oferecia, Alan notou que as unhas dela estavam roídas; ele sentiu, de um modo novo, o grande nível de perigo. Sentaram-se em um banco à sombra. Em volta deles, homens e mulheres andavam rapidamente, apesar do calor. Uma senhora de idade caminhava devagar, segurando uma sacola de plástico.

— Por que não me conta? — disse Alan, com simpatia, virando-se para Adriana.

Ela contou. Ele viu que ela estava preparada, que estava com medo, embora não soubesse se estava com medo dele ou de que não acreditassem nela. Tinha mensagens de texto, recados gravados, recibos de restaurante, recibos de hotel. E-mails em uma conta particular. Também e-mails na conta do escritório. Ela tirou uma pasta de sua grande bolsa de mão, examinou alguns papéis e lhe entregou parte deles.

Ele sentiu a indecência de ler as linhas em pânico de um homem que conhecia havia anos, que amava como a um irmão, um homem que cometera o erro de tantos outros homens (embora não tivesse pensado isso de Jim, mas geralmente é assim), encurralado pelas ameaças sarcásticas de Adriana dizendo que entraria em contato com sua esposa. — Alan fechou brevemente os olhos ao ler a palavra "Helen", então continuou a ler. Sim, estava lá uma ameaça: *Você seria tola de fazer isso, jogaria sua carreira no lixo, com quem pensa que está lidando?*

E havia mais.

— Isso vai parar na imprensa — disse calmamente Adriana.

— Podemos tentar impedir que isso aconteça.

— Provavelmente vai acontecer. Vocês são grandes demais, famosos demais, esse escritório de advocacia.

— Você está preparada para ver isso na imprensa? — perguntou ele. — Temos que fazer o que é certo, e talvez você tenha razão, isso pode parar na imprensa, o que implica que você, e coisas a seu respeito, aparecerão na imprensa. Está pronta para isso?

Ela olhou para os sapatos de salto, as pernas esticadas para a frente. Não usava meia, ele percebeu. Estava quente demais, é claro. Mas as pernas dela eram perfeitas, sem veias ou manchas, apenas tornozelos lisos, nem brancos, nem bronzeados demais. Os sapatos eram marrons e mostravam os dedos. Ele sentiu náuseas.

— Você falou disso com mais alguém? Foi a um advogado? — Alan tocou a boca com o guardanapo de papel que viera com a água.

— Ainda não. Eu mesma escrevi a reclamação.

Alan anuiu.

— Posso pedir que aguarde mais um dia antes de mencionar isso a alguém? Conversaremos amanhã.

Ela bebeu de sua água.

— Tudo bem — disse.

Jim e Helen estavam no apartamento que alugavam em Montauk. Alan ligou para Dorothy, depois ligou para Jim, então foi até a Estação Penn e pegou o trem para Montauk. Quando saiu na plataforma, Jim o estava esperando, o ar era salgado e eles foram de carro até a praia, onde as ondas batiam preguiçosamente e sem parar.

⋄

— Vá — disse Rhoda acenando a mão de onde estava sentada, no sofá. — Seu irmão famoso não pode se dar ao trabalho de retornar sua ligação? Vá até lá e apareça na porta dele.

Durante anos, enquanto foram casados, Bob e Pam acompanhavam Jim e Helen por uma semana ao apartamento dos dois em Montauk, todos os verões. Pam deslizando em uma prancha de *bodyboarding*, guinchando de alegria, Helen passando protetor solar nos filhos, Jim correndo cinco quilômetros na praia, na expectativa de receber elogios quando voltava, e os recebendo, depois pulando as ondas... Depois que Pam foi embora, Bob continuou indo para lá, fazendo pescaria em alto-mar com Jim e Larry (pobre Larry, sempre mareado), sentando-se na varanda à noite com seu drinque. Aqueles dias de verão eram uma constante em um mundo inconstante. A areia e o oceano amplo eram muito diferentes do litoral do Maine, cheio de pedras e algas marinhas, aonde a avó deles os levava, as batatas fritas quentes da viagem de carro, a garrafa térmica com água gelada, os sanduíches secos de creme de amendoim; em Montauk o prazer era aceito. "Veja os garotos Burgess", dizia Helen trazendo uma bandeja de bolachas e queijo e camarão frio. "Livres, livres, livres finalmente".

Agora, pela primeira vez, Jim não telefonara, nem Helen, com a habitual verificação de datas.

— Vá e conheça uma boa garota — disse Rhoda.

— Rhoda tem razão — aconselhou Murray de sua cadeira. — Nova York é terrível no verão. Todos os velhos sentados nos bancos do parque. Parecem velas derretendo. As calçadas cheiram a lixo.

— Gosto daqui — disse Bob.

— É claro que gosta — anuiu Murray. — Está morando no melhor andar de toda a cidade de Nova York.

— Vá — disse Rhoda novamente. — Ele é seu irmão. Traga uma concha para mim.

Bob deixou mensagens no celular de Jim. E também no de Helen. Não teve resposta de nenhum dos dois. Na última vez, Bob disse: "Vamos lá, telefonem. Nem sei se estão vivos". Mas é claro que estavam vivos. Ele teria sabido por alguém se não estivessem. Então ele entendeu que, depois de anos em que os dois lhe abriram casa e família, não era mais querido.

Algumas vezes, foi com amigos para as Berkshires; uma vez, para Cape Cod. Mas seu coração estava apertado de tristeza, e era necessário esforço para não demonstrar. No último dia em Cape Cod ele viu Jim, e seu corpo todo pareceu formigar com a brusquidão da felicidade. O rosto anguloso, os óculos de sol espelhados: em frente à agência do correio, lá estava ele, de braços cruzados, lendo uma placa de restaurante. *Ei!*, Bob quase ganiu, a felicidade transbordando dele, antes que o homem descruzasse os braços, passasse a mão no rosto — e não era Jim, afinal, mas um homem musculoso com uma tatuagem de serpente na panturrilha.

Quando realmente viu o irmão, passou por ele sem saber, a princípio. Isso foi em frente à Biblioteca Pública da Quinta Avenida com a Rua 42. Bob estava lá para almoçar com uma mulher, um encontro às escuras arranjado por um amigo; ela trabalhava na biblioteca. O dia estava muito quente, e Bob apertou os olhos por trás dos óculos escuros. Não teria percebido Jim se não fosse pela imagem que ficou em sua mente do homem pelo qual acabara de passar, usando boné de beisebol e óculos de sol espelhados, virando o rosto furtivamente para o outro lado. Bob virou-se e chamou: "Jim!". O homem apressou o passo e Bob correu para alcançá-lo, os pedestres abrindo caminho. Encolhido em seu paletó, Jim nada disse. Ficou parado, o rosto imóvel sob o boné de beisebol, a não ser pelas contrações da mandíbula.

— Jimmy... — Bob hesitou. — Jimmy, está doente? — Bob tirou os óculos de sol, mas não pôde ver os olhos do irmão atrás das lentes espelhadas. O aspecto anguloso do rosto de Jim só ficava proeminente quando ele erguia o queixo à sua maneira peculiar, desafiador.

— Não. Não estou.

— O que está acontecendo? Por que não retornou minhas ligações?

Jim olhou para o céu, depois para trás, depois novamente para Bob.

— Estou querendo passar momentos agradáveis em Montauk este ano. Com a minha mulher.

Ao relembrar esse momento ao longo dos meses seguintes, Bob percebeu que o irmão não olhara para ele em nenhum instante; a conversa que se seguiu foi curta, e Bob não seria capaz de se lembrar de nenhuma parte dela, a não ser pelo tom suplicante da própria voz, e então as últimas palavras ditas por Jim — cujos lábios estavam finos e quase azuis —, lenta e intencionalmente, em voz baixa.

— Bob, tenho que ser sincero. Você sempre me deixou maluco. Cansei de você, Bob. Estou cansado pra caralho de você. De sua Bobitude. Estou tão... Bob, só quero que suma. Meu Deus, por favor, vá embora.

Com aquela capacidade notável que algumas vezes as pessoas têm, Bob conseguiu entrar em um café para sair do barulho da rua e ligar para a mulher com que iria almoçar. Falou de maneira calma e educada: apareceu algo inesperado no trabalho, ele lamentava muito, e ligaria depois para remarcar.

Depois disso andou às cegas pela rua, a camisa ensopada de suor, parando às vezes para se sentar em um degrau, fumando, fumando, fumando.

Em meados de agosto, apesar do calor, o alto da copa de alguns bordos ia ficando laranja. Um podia ser visto do outro lado da rua, defronte à varanda dos fundos de Susan, onde ela e a Sra. Drinkwater estavam sentadas em espreguiçadeiras. Não havia brisa, e um aroma leve de terra pairava no ar úmido. A velha senhora descera as meias até os tornozelos e sentava-se com as pernas pálidas e finas afastadas, o vestido puxado acima dos joelhos.

— É engraçado que, quando a gente é criança, o calor parece não incomodar. — A Sra. Drinkwater se abanou com uma revista.

Susan disse que era verdade e bebeu de seu copo de chá gelado. Desde a viagem a Nova York — desde saber que o processo contra Zachary fora arquivado —, Susan falava com o filho uma vez por semana ao telefone. Cada vez, um fulgor de felicidade vinha com o som de sua voz grave, profunda, então uma tristeza arrebatadora se instalava. Estava tudo terminado — a preocupação frenética após a prisão dele, a comoção com a manifestação (parecia ter acontecido havia tanto tempo), a ideia catastrófica de que Zach poderia ir para a prisão —, estava tudo terminado. Sua cabeça não conseguia entender isso. Ela disse, pegando o copo coberto de gotículas de água:

— Zach está trabalhando em um hospital. Como voluntário.

— Que bom. — A Sra. Drinkwater empurrou os óculos com as costas da mão.

— Nada de comadres. Está guardando suprimentos nos armários; curativos, coisas assim. Acho.

— Mas está trabalhando com gente.

— Está. — Da rua veio o som de um cortador de grama sendo ligado. Quando o som diminuiu, como se o cortador estivesse passando atrás de uma casa, Susan acrescentou: — Falei com Steve hoje pela primeira vez em anos. Disse a ele que sentia muito por ter sido uma esposa ruim de tantas maneiras. Ele foi muito simpático. — Conforme ela temia, uma lágrima subiu ao seu olho e lhe escapou. Ela a enxugou com o punho.

— Isso é ótimo, querida. Que ele tenha sido simpático. — A Sra. Drinkwater tirou os óculos e os limpou com um lenço de papel. — Arrependimentos não são engraçados. Nem um pouco.

A liberação da lágrima desprendeu a tristeza de Susan.

— Mas — disse ela — *você* não pode ter arrependimentos por ser uma esposa ruim? Para mim parecia que você era a esposa perfeita. Você desistiu da família por ele.

A Sra. Drinkwater assentiu levemente.

— Arrependimentos em relação às minhas garotas. Fui uma esposa boa. Acho que amei Carl mais que minhas filhas e não acho isso natural. Acho que elas se sentiram sozinhas. Com raiva. — A velha senhora recolocou os óculos e ficou em silêncio por um tempo, olhando para a grama. Ela disse: — Não é incomum, querida, que um filho apresente dificuldades. Mas ter *duas* filhas assim...

No solo, sob a sombra do bordo da Noruega, a cachorra ganiu em um sonho. Seu rabo bateu uma vez, e ela voltou a dormir pacificamente.

Susan encostou o copo frio no pescoço por um instante.

— Os somalianos acham que se deve ter uma dúzia de filhos — disse ela. — Foi o que ouvi. Sentem pena de quem tem só dois filhos. — E acrescentou: — Então, ter somente um deve ser bizarro, como dar à luz uma cabra.

— Sempre achei que o objetivo da Igreja Católica era produzir um monte de pequenos católicos. Talvez os somalianos queiram produzir um monte de somalianos. — A Sra. Drinkwater voltou os óculos enormes para Susan. — Mas nenhuma das minhas garotas teve filhos, e isso faz com que eu me sinta muito mal. — Colocou a mão em concha junto à face. — As duas não querendo ser mães... Minha nossa!

Susan olhou para baixo, para a ponta de seu tênis. Ainda usava os tênis simples e baixos da juventude.

— Acho que não existe uma maneira perfeita de viver — disse gentilmente, olhando para a velha senhora. — Se elas não têm filhos, não têm filhos.

— Não — concordou a Sra. Drinkwater —, não existe uma maneira perfeita de viver.

— Quando fui a Nova York — devaneou Susan —, passou por minha cabeça: "Talvez seja assim que os somalianos se sintam". Tenho certeza de que não, bem, talvez um pouco. Mas vir para cá onde tudo é absolutamente confuso... Eu não sabia como usar o metrô, e todo o mundo passava correndo por mim, porque *eles* sabiam. Todas as coisas que as pessoas têm como certas, porque estão acostumadas a elas. Senti-me confusa o tempo todo. Não foi bom, posso lhe dizer.

A Sra. Drinkwater inclinou a cabeça feito um pássaro.

— Meus irmãos eram o mais estranho de tudo — acrescentou Susan. — Talvez quando novos somalianos chegam aqui, e alguns de seus familiares já estão aqui há algum tempo, talvez também pareçam estranhos. — Susan coçou o tornozelo. — Foi só uma coisa que pensei.

Steve dissera que tinha mais culpa que ela. Você é uma pessoa decente, trabalhadora, disse. Zach é maluco por você.

— Queria que as coisas de antigamente não tivessem mudado — disse a Sra. Drinkwater e olhou para Susan. — Acabei de lembrar de uma coisa da Peck's.

— Conte-me a lembrança da Peck's. — Susan bebeu o seu chá gelado, sem escutar. Fora poucas vezes à Peck's. Os garotos ganhavam roupas da Peck's para usar na escola, mas as roupas dela eram feitas pela mãe. Susan, de pé em uma cadeira da cozinha para fazer a barra. "Fique *quieta*", dizia a mãe. "Pelo amor de *Deus*."

Fizemos o melhor que podíamos, disse Steve ao telefone pela manhã. Nenhum de nós teve uma infância fácil, Susan. Nenhum de nós sabia o que estava fazendo. Não gostaria que você se culpasse, disse.

A Sra. Drinkwater estava terminando a história:

— Elas se vestiam bem, as mulheres na Peck's. Ninguém ia às compras sem estar bem-arrumada. Naquela época.

A mãe de Steve, quando criança, foi encontrada descalça e imunda, andando por aquela cidadezinha ao norte. Parentes a acolheram, começando uma briga que durou anos, com as famílias lançando calúnias. Obesa, quando Susan a conheceu, e divorciada.

— Tenho uma história — disse Susan.

A Sra. Drinkwater virou a cadeira parcialmente para Susan.

— Ah, adoro histórias.

— Lembra-se de quando, alguns anos atrás, naquela cidade no norte, o diácono da igreja envenenou o café e matou algumas pessoas? Lembra-se disso? Bem, foi em Nova Suécia, a cidade de Steve.

A Sra. Drinkwater fixou o olhar vacilante em Susan.

— Essa era a cidade do seu marido?

Susan anuiu.

— Nunca achei que as pessoas de lá fossem simpáticas. Trouxeram os suecos para trabalhar nas fábricas durante o século dezenove, você sabe, porque queriam gente branca.

— Não canadenses como eu — disse, alegre, a Sra. Drinkwater, balançando a cabeça. — As pessoas são engraçadas, eu tinha me esquecido. O diácono envenenando o café. Minha nossa.

— Bem, agora a cidade praticamente acabou. As fábricas fecharam e as pessoas foram embora. Como Steve, que foi para a Suécia.

— Melhor ir embora que ficar e envenenar os outros — disse a Sra. Drinkwater. — O que aconteceu com o diácono? Esqueci.

— Ele se matou.

Elas ficaram sentadas em um silêncio confortável, o sol movendo-se para trás das árvores, e o ar ficando só um pouco mais frio. A cachorra, ainda dormindo, abanou o rabo preguiçosamente.

— Esqueci de lhe dizer — disse Susan. — A mulher do Gerry O'Hare, o chefe de polícia com quem frequentei a escola, a mulher dele ligou e perguntou se eu queria entrar no grupo de tricô dela.

— Espero que tenha dito sim, querida.

— Eu disse. Estou um pouco nervosa.

— Ah, grande coisa — disse a velha senhora.

Foi no dia seguinte ao Dia do Trabalho que Helen encontrou Dorothy no hortifrúti. Helen estava no caixa pagando três girassóis. O homem os embrulhava em papel, e Helen segurava a carteira aberta, quando se virou e viu Dorothy.

— Olá! — disse Helen, pois ver Dorothy fez com que sentisse saudade da antiga amizade que tinham. — Como *está*? Vocês acabaram de voltar das Berkshires? Passamos agosto na cidade, o que não fazíamos havia anos, mas é claro: Jim queria começar logo. — Helen terminou de pagar pelas flores e as pegou nos braços. — É empolgante para nós, mas parece o fim de uma era.

— O que é empolgante para vocês, Helen?

Depois Helen não se lembraria do que Dorothy estava comprando naquele dia, somente que estava atrás na fila quando Helen disse com entusiasmo:

— Que Jim esteja começando uma empresa sozinho.

— Que girassóis lindos, Helen! — disse Dorothy.

Helen se lembraria, mais tarde, de uma combinação de surpresa reprimida e um pouco de pena no rosto de Dorothy. Foi assim que Helen se lembraria, mais tarde (e pelo resto da vida), depois de descobrir que Alan pedira a Jim que saísse do escritório de advocacia, que houve ameaça de um processo de assédio sexual alegando que ele participara de uma relação física íntima com sua empregada, que usara de hierarquia e influência para constranger essa empregada... Tudo foi abafado rapidamente, a jovem recebeu uma quantia em dinheiro, a imprensa não ficou sabendo. Por cinco semanas Jim Burgess se vestiu pela manhã, pegou sua pasta, beijou Helen na porta de casa e foi para a Biblioteca Pública de Manhattan. Contou a Helen que o escritório tinha uma nova política, que exigia que telefonemas pessoais fossem recebidos pelo celular, então era importante que ela não ligasse para ele por intermédio da recepcionista, com o que ela concordou, naturalmente. Jim falava cada vez mais de não estar feliz no escritório, até que Helen disse "Então por que não abre o próprio escritório? Com sua capacidade e reputação, pode escolher os casos que quiser".

Ele estava preocupado com as despesas para manter um escritório. "Mas temos dinheiro. Vamos usar um pouco do meu!", exclamou Helen, e ela se sentou com ele durante várias noites, calculando aluguel, honorários e custos administrativos. Ligou para a amiga de uma amiga que era corretora imobiliária em Manhattan. Uma sala comercial no vigésimo quarto andar de um edifício no centro de Manhattan estava disponível, e se ele não gostasse existiam outras opções. É verdade que Helen achou que Jim não estava tão empolgado com sua liberdade como deveria estar, a liberdade que ele disse que queria. Ela se lembraria disso. E é verdade que antes, naquela primavera, encontrara um longo fio de cabelo loiro na camisa dele enquanto preparava a roupa suja para a lavanderia; isso também é verdade, mas o que Helen Farber Burgess deveria pensar de um fio de cabelo loiro encontrado na manga da camisa do marido? Não era perita criminal.

No bolso da calça dele, uma manhã, alguns dias depois de encontrar Dorothy no hortifrúti (Jim estava fora da cidade, pegando um depoimento em Atlanta), Helen encontrou um cartão de visita de alguém que se autopromovia como sendo "coach de vida". *Sua vida é meu trabalho*. Helen sentou-se na cama. Não gostou da palavra "trabalho". Não gostou de nada daquilo. Telefonou para o marido no celular.

— Ah, é uma idiota — disse ele. — Uma mulher que estava interessada na mesma sala comercial que eu. Entregou o cartão dela à corretora, a todo o mundo.

— Uma coach de vida estava interessada na mesma sala comercial que você? De quanto espaço precisa uma coach de vida? O que é uma coach de vida, pelo amor de Deus?

— Hellie, não sei. Querida, deixe isso para lá.

Helen ficou sentada na cama por bastante tempo. Pensou em como Jim não andava dormindo bem, em como perdera peso. Pensou no comportamento estranho de Bob — ele parecia ter simplesmente se afastado de Jim, o modo como Zach se desgrudou de Susan devia ter algo a ver com isso. Ela quase ligou para Bob, mas sentia-se ofendida com a ausência dele. Afinal, pegou o telefone e ligou para a corretora amiga da amiga e disse que queria ver as salas comerciais que Jim estava vendo, e a corretora pareceu confusa e disse: "Sra. Burgess, seu marido não está vendo nenhuma sala comercial".

Quando ela telefonou para o celular de Jim, ele tremia. Ela o ouviu fazer uma pausa e então dizer, em voz baixa:

— Temos que conversar. — Em outro momento, ele disse ainda mais baixo: — Vou para casa amanhã, então poderemos conversar.

— Gostaria que você viesse para casa agora. Gostaria de conversar agora — disse Helen.

— Amanhã, Hellie. Tenho que terminar esse depoimento.

O coração de Helen batia como o de um pássaro, o nariz e o queixo formigavam quando desligou. Teve a estranha sensação de que precisava sair e comprar garrafas de água, e lanternas, e pilhas, e leite, e ovos, como fazia quando havia alerta de furacão, mas ficou em casa. Comeu um pedaço de frango frio enquanto assistia à televisão. Esperando que o marido entrasse pela porta.

No Maine, mais bordos iam ficando vermelhos, as bétulas exibiam manchas amarelas. Os dias eram quentes, mas à noite o ar ficava frio, e conforme o dia ia ficando mais curto as pessoas tiravam os agasalhos de lã do armário. Nessa noite, Abdikarim colocou seu colete acolchoado; inclinado para a frente, ouvia Haweeya e o marido falar; as crianças dormiam. A filha mais velha deles estava no fundamental 2 e era uma boa menina, graciosa e obediente. Levou para casa histórias de garotas de doze anos usando regatas que mostravam o peito quase por completo e beijavam meninos no corredor ou atrás da escola. Haweeya sabia que esse dia chegaria, mas não previra seus sentimentos, que eram profundos, aflitos e sombrios.

— Ele tomará conta de nós até nos ajeitarmos — repetia ela. Seu irmão morava em Nairóbi, onde havia uma comunidade de somalis.

Omad não queria morar em Nairóbi.

— Eles nos odeiam lá também — disse.

Haweeya anuiu.

— Mas você conhece Rashid e Noda Oya, e muitos primos, e nossos filhos podem continuar sendo somalis. Aqui podem continuar sendo muçulmanos, mas não somalis. Vão ser somali-americanos, e não quero isso.

Abdikarim sabia que não iria com eles. Àquela altura, mudara-se tantas vezes quanto era possível. Tinha o café, a filha em Nashville, os netos logo poderiam ir até Shirley Falls visitá-lo ou até mesmo morar com ele. Abdikarim sonhava reservadamente com isso: os netos vindo e trabalhando com ele. Quanto à jovem esposa Asha e o filho deles, às vezes recebia fotografias, e seu coração continuava fechado. A expressão do garoto era sempre esquiva, e da última vez parecia estar zombando da mesma forma que os garotos *adano* da Rua Gratham zombam, como se não tivessem ninguém que cuidasse deles ou os educasse, e Abdikarim compreendeu o receio de Haweeya. Viu que os filhos dela conversavam em inglês com os pais, usando expressões americanas uns com os outros. Você é superdescolado. Você é um maluco da hora. E é claro que, quanto mais ficassem, mais americanos se tornariam. Tornariam-se um povo hifenado. Somali-americano. Que coisa estranha, pensou Abdikarim, tornar-se hifenado em um país que se regozija com a impressão de que todos os somalis são piratas. Na primavera, piratas somalis mataram o capitão de um navio chinês no Golfo de Áden. Isso foi doloroso para a comunidade em Shirley Falls: ninguém poderia aprovar isso. Mas os jornalistas não tinham vontade, ou talvez capacidade, de entender que o litoral dos pescadores fora contaminado por lixo tóxico, que eles não podiam pescar como pescavam — os americanos realmente não compreendiam o desespero. Era mais fácil, e com certeza mais satisfatório, ver o Golfo de Áden como um lugar sem lei, onde piratas somalis reinavam. Um pai maluco era os

Estados Unidos. Bom e compassivo por um lado, desdenhoso e cruel por outro. Pensando nisso, Abdikarim apertou os dedos na testa; alguém poderia dizer que tratava o filho vivo, o filho de Asha, da mesma forma. Perceber isso, brevemente, fez com que se sentisse mais benevolente não com o filho, mas com os Estados Unidos. A vida era difícil, as decisões tomadas...

— Amanhã irei falar com Margaret Estaver — disse Haweeya. Ela olhou para Abdikarim, que assentiu.

O escritório de Margaret Estaver parecia-se com Margaret. Desorganizado, delicado, acolhedor. Haweeya sentou-se observando aquela mulher, de quem aprendera a gostar, cujo cabelo bagunçado escorregava do grampo. Margaret estivera olhando pela janela desde que Haweeya lhe contou seus planos.

— Pensei que gostasse dos semáforos — disse Margaret, afinal.

— Gosto. Adoro os semáforos. As pessoas obedecem. Adoro a Constituição. Mas meus filhos... — Haweeya gesticulou. — Quero que sejam africanos. Eles não serão se ficarmos aqui — Haweeya vinha repetindo a mesma coisa pela última meia hora. O irmão tinha uma empresa no Quênia. O marido concordava. Repetindo sem parar.

— Sentirei falta de você — anuiu Margaret.

A brisa fez as folhas farfalharem lá fora e a janela parcialmente aberta bater. Haweeya se endireitou, esperando que o coração se acalmasse. Então disse:

— Também sentirei sua falta. — Tinha noção da dor que aquela conversa causava. — Outras pessoas precisam da sua ajuda, Margaret. Seu trabalho é muito importante.

Margaret Estaver sorriu cansada para ela, inclinando-se para abrir novamente a janela.

— Desculpe o estrondo — disse, colocando um livro entre o peitoril e a janela. Depois, virou-se para olhar para Haweeya, que ficou discretamente chocada quando viu que o livro usado era a Bíblia Sagrada.

— Nas Estados Unidos — disse Haweeya —, o indivíduo é o que importa. Autorrealização. Você vai ao mercado, ao consultório médico, abre qualquer revista, e é tudo eu, eu, eu. Mas na minha cultura o importante são a comunidade e a família.

— Sei disso, Haweeya — disse Margaret. — Não precisa me explicar nada.

— Quero explicar. Não quero que meus filhos se sintam... como se diz?... com direitos. As pessoas aqui criam os filhos para que se sintam com direitos. A criança diz o que sente, mesmo que seja indelicada com os mais velhos. E os pais dizem Ah, que bom, ele está se expressando. Eles dizem, quero que meu filho saiba que tem direitos.

— Não acho que seja exatamente assim — Margaret inspirou profundamente e expirou devagar. — Trabalho com muitas famílias desta cidade e, pode acreditar, muitas das nossas crianças, crianças americanas, não sentem que têm direitos ou mesmo que sejam queridas. — Como Haweeya não respondeu, Margaret admitiu: — Mas sei o que quer dizer.

Haweeya tentou fazer piada.

— Sim, tenho direito à minha opinião. — Mas viu que Margaret não estava para piadas. — Obrigada — disse Haweeya.

Margaret se levantou. Parecia mais velha que Haweeya pensou que fosse.

— Você tem toda a razão de pensar nos seus filhos — disse Margaret.

Haweeya também se levantou. Queria dizer, mas não disse: Você não estaria sozinha se fosse somali, Margaret. Teria irmãos e irmãs e tias e tios o tempo todo com você. Não iria para sua casa vazia todas as noites. Mas talvez Margaret não se importasse com a casa vazia. Haweeya nunca conseguiu entender exatamente o que os americanos queriam. Tudo, às vezes ela pensava. Eles querem tudo.

Ah, Helen, Helen, Helen!

— Por quê? — ela ficava sussurrando enquanto assistia ao marido falar. — Por quê? Por quê, Jim? — O homem olhava, desamparado, para ela. Os olhos estavam pequenos e secos.

— Não sei — dizia ele sem parar. — Hellie, não sei.

— Você a amava?

— Não.

O dia estava quente, e Helen levantou e fechou cada janela. Então fechou as venezianas.

— E todo o mundo sabe — disse ela com brandura, perplexa, enquanto andava para sentar na borda da mesa de centro.

— Não, Hellie, abafaram.

— Não conseguiriam abafar algo assim. A própria vagabunda está contando para os outros.

— Não, Hellie. Faz parte do acordo. Ela não pode falar disso.

— Ah, você é um bobo, Jim Burgess. Um bobo por completo e podre. Uma garota dessas tem amigas. Mulheres *falam*. Falam da esposa idiota. Você falava de mim?

— Deus, é claro que não.

Mas ela viu, ela pensou que ele falava.

— Contou a ela que quase morri no Arizona porque você não estava prestando atenção em mim? Porque quando quis voltar para o hotel naquele dia você disse não?

Ele não respondeu, apenas ficou parado com os braços para baixo.

— Todos os dias você saía desta casa e ia para a *biblioteca*? Todos os dias mentia para mim assim?

— Eu estava com medo, Hellie.

— Você foi vê-la?

— Ah, não. Deus, não.

— Onde estava na noite passada?

— Em Atlanta, Helen. Tomando um depoimento. Estou ajudando a concluir um caso.

— Ah, meu Deus, você está mentindo!

— Hellie. Por favor. Não estou. Por favor.

— Onde ela está?

— Não sei. Nem mesmo sei se ela continua no escritório. Não converso com ninguém a não ser, às vezes, com Alan, já que ele está distribuindo meus casos.

— Mas você está mentindo! Se estava em Atlanta na noite passada, devia estar com alguém do escritório. Então ou não estava *em* Atlanta ou *conversa* com outras pessoas no escritório que não o Alan. E sabe muito bem onde ela está!

— Havia um funcionário comigo em Atlanta. Ele não falou nela porque não sabe de nada...

— Vou vomitar. — No banheiro ela quase deixou que ele segurasse seu cabelo, mas não vomitou e o afastou. Havia algo de teatral nos gestos dela. Ela os fazia com consciência, assim como falava tudo conscientemente. Mas a forma como mexia os braços, a forma como dizia as palavras nunca foi necessária antes e era estranha. Ela lutou para ficar calma, sabendo que, uma vez que se exaltasse, estaria perdida nesse estranhamento... um vazio de histeria aguardava. Ela parou.

— Não entendo — dizia. Jim continuou de pé, e ela lhe disse para sentar. — Mas não perto de mim. Não quero você perto de mim. — E em voz alta: — Não quero você perto de mim! — Ela se recolheu para mais longe, no canto do sofá. Não falava isso para puni-lo. Não o queria perto. Queria estar longe, longe. Sentiu-se como uma aranha, contraindo-se. — Ah, Deus — sussurrou, sentindo-se próxima do vazio que aguardava. — O que fiz de errado? — perguntou.

Jim estava sentado na borda da mesa de centro, os lábios quase brancos.

— Nada.

— Não é verdade, Jim. Devo ter feito algo que você nunca comentou comigo.

— Não, não, Hellie.

— Por favor, tente me dizer por quê — ela disse isso com ternura, enganando os dois.

Ele não olhou para ela, mas começou lentamente a falar em frases. Disse que ir para o Maine cuidar de Zach, no que falhou, e no que Bob também falhou, deixou-o bravo, furioso, como um cano com água enferrujada passando por ele.

— Não entendo — disse ela com sinceridade.

Ele disse que também não entendia. Mas disse que quis andar para longe e nunca mais voltar. Vendo como Zach se transformou em um rapaz confuso, em como a vida de Bob era vazia...

— A vida de Bob é vazia? — Helen quase gritou isso. — O vazio da vida do Bob fez você ter um caso sórdido no escritório? E a vida do Bob não é vazia! Do que está *falando*?

Ele a encarou com olhos pequenos, amedrontados.

— Não sei, Helen. Eu deveria ter cuidado de todo mundo. Enquanto cresciam. Esse era o meu trabalho. Então fui embora quando mamãe morreu e não ajudei Susan nem Zach quando Steve foi embora, e Bob...

— Pare. Pare. Você devia ter cuidado de todo mundo? Onde está o violino, Jim? Isso agora é novidade? Acha que já não o ouvi falar disso antes? Honestamente... bem, honestamente, Jim, não consigo *honestamente* acreditar que isso é o que tem a dizer agora.

Ele anuiu, olhando para baixo.

— Mas continue — disse ela por fim. Não sabia o que mais fazer.

Passou os olhos pela sala, depois olhou para ela.

— As crianças foram embora. — Ele estendeu o braço e o mexeu, indicando o vazio da casa. — As coisas parecem tão... tão ruins. E Adri fez eu me sentir importante.

Então o choro de Helen chegou, longo, atroz, soluços e sons arfantes, e Jim foi e experimentou tocar o braço dela. Às vezes ela exclamava palavras, ou frases, tentando dizer que a vida de Bob não era vazia, mas a dele, sim, e Helen sofrera com as crianças indo embora e nunca fora consolada por Jim, nem um pouco, e ela nunca, jamais, teria pensado em *encontrar alguém com quem dormir para que pudesse se sentir importante*, e ele arruinou tudo, como não podia ver que tinha feito isso? Ele acariciou o braço dela e disse que sabia.

E nunca... nunca... ele deveria falar novamente o nome daquela mulher horrível. Trazer o nome dela para casa! Ela não tinha filhos, tinha? Não, é claro que não. Não era mais que uma poça de urina no chão, uma mulher assim. E Jim disse que Helen tinha razão, ele nunca mais diria o nome dela, nunca mais queria dizer aquele nome, nem em casa nem em lugar nenhum.

Naquela noite eles adormeceram abraçados, em seus pijamas, com medo.

Helen acordou cedo, a luz estava esverdeada e fraca. O marido não estava mais ao seu lado.

— Jim? — Ele estava sentado na cadeira junto à janela. Virou-se para ela e não disse nada. Ela sussurrou: — Jimmy, tudo isso aconteceu? — Ele fez que sim. Havia manchas escuras debaixo dos olhos dele.

Ela se sentou e imediatamente procurou pelas roupas. Entrou no *closet* e imediatamente colocou o que tinha vestido no dia anterior, então tirou aquela roupa — ela as jogaria fora — e colocou outra. De volta ao quarto, disse:

— Você terá que contar aos nossos filhos. — Jim pareceu arrasado e depois assentiu. Imediatamente ela disse: — Vou contar aos nossos filhos. — Porque não queria que ficassem assustados, e é claro que ficariam terrivelmente assustados, ela mesmo nunca ficara tão assustada.

— Por favor, não me deixe — disse ele.

— Não vou a lugar nenhum — disse ela. — Você me deixou. — Ela quis dizer que ele saíra da cama, a deixara enquanto dormia. Mas ela disse: — Quero que vá embora.

Ela não queria que ele fosse embora, mas devia querer, porque ficou repetindo isso; mesmo enquanto ele punha suas coisas numa mala, ela ficava dizendo "Quero que vá embora. Tudo o que quero é ficar longe de você". Ela não conseguia acreditar que ele acreditava nela. Ela queria aquela pessoa, repelente, terrível, longe; era isso que queria dizer. Quando ele parou e olhou para ela com o rosto branco de pânico, ela disse: "Vá! Vá! Quero que vá!". Ela disse que o odiava. Disse que dera a vida para ele. Disse que sempre confiou nele. Ela o seguiu até a porta enquanto dizia que nunca o traíra. Disse novamente que queria que ele fosse embora.

Ela correu escada acima para não ouvir o clique do portão de grade. Então andou pela casa chamando "Jim! Jim!". Não podia acreditar que ele fizera aquilo, ir embora assim. Ela não podia acreditar em nada daquilo.

— Jim! — chamou. — Jim!

O Rio Hudson tinha barcaças, rebocadores e veleiros movendo-se constantemente. Mais atraente para Bob era a forma como o rio mudava de acordo com a hora do dia e, é claro, o tempo. Pela manhã a água geralmente estava calma e cinzenta; à tarde o sol a atingia de forma gloriosa, e aos sábados os veleiros se reuniam como uma frota de brinquedos vistos da janela de Bob no décimo oitavo andar. Ao entardecer, o sol lançava rajadas de rosa e vermelho, e a água brilhava como se fosse uma pintura viva, as pinceladas de cor movendo-se grossas e empolgantes, e as luzes de Nova Jersey pareciam indicar um litoral estrangeiro. Durante todo o tempo em que vivera em Nova York ele fora (pensava nisso agora) completamente desinteressado pela história da cidade. No Maine, aprendera cedo a respeito dos índios Abenaki e suas viagens pelo Rio Androscoggin a cada primavera, semeando culturas ao longo do caminho, colhendo-as no caminho de volta. Mas aquele era o Hudson, e que história *ele* tinha. Bob comprou livros, um levou a outro, então começou a ler sobre a Ilha Ellis, que conhecia, é claro, mas não de verdade. Tendo crescido em Shirley Falls, não conhecia ninguém com parentes que tivessem entrado no país pela Ilha Ellis. Assistiu a documentários, inclinando-se na direção da televisão para ver a massa de gente que se espremia indo para a frente, chegando à terra com tanta esperança e tanto receio, porque alguns seriam recusados — os médicos diriam que eram cegos, ou sifilíticos, ou apenas loucos —, e eles sabiam disso. Contudo, quando eram aceitas essas pessoas que se moviam aos solavancos em preto e branco, Bob sentia-se aliviado por cada uma delas.

O próprio Bob emergia em um mundo em que tudo parecia possível. Isso foi inesperado e gradual, mas rápido também. Quando o outono devolveu a cidade às suas rotinas, ele continuou com sua vida livre da crosta de dúvida com que estava tão acostumado que não percebeu estar coberto por ela até estar livre dela. Pouco se lembrava de agosto, apenas da sensação de secura e calor da cidade e de um vento rugindo dentro dele. O inimaginável acontecera: Jim não fazia parte de sua vida. Às vezes, acordava agoniado e só conseguia pensar: Jim. Mas Bob não era um garoto, e ele sabia o que era perda. Conhecia a quietude que chegou, a força ofuscante do pânico, e sabia também que cada perda trazia consigo uma sensação estranha, mal reconhecida, de alívio. Não era uma pessoa particularmente contemplativa e não ficou remoendo isso. Em outubro houve muitos dias em que uma onda de retidão, torpor e suave gravidade chegava nele. Isso o lembrava de quando era criança, do dia em que descobriu que finalmente conseguia pintar dentro das linhas.

No trabalho, reparou que as pessoas vinham constantemente lhe pedir ajuda, com os olhos acolhedores. Talvez tenha sido assim sempre. Ele se acostumou com o porteiro acenando — Oi, Sr. Bob — e Rhoda e Murray abrindo a porta deles — Bobelê! Venha tomar um vinho conosco. Ele tomou conta dos meninos no fim do corredor uma noite, passeou com o cachorro do vizinho, regou as plantas de alguém que viajava.

Mantinha o apartamento arrumado, e isso — mais que o fato de que raramente bebia e só fumava um cigarro por dia — fez com que reparasse: ele mudara. Não sabia por que pendurava o casaco, ou lavava os pratos, ou jogava as meias no cesto de roupa. Mas entendia que sua incapacidade anterior de fazer isso irritara Pam — agora via isso de forma diferente. Pam, contudo, estava perdida para ele. De certa forma perdida com Jim. Os dois pareciam ter caído em um bolsão em que a consciência sabia colocar coisas sombrias e desagradáveis — e, sem vinho em excesso para fazer sua cabeça começar a se questionar, eles pareciam continuar lá.

Bob telefonava para Susan toda semana. Ela sempre contava primeiro o que Zachary andava fazendo (eles usavam Skype e ele falava algumas palavras de sueco). Ela contou a Bob seu receio de que a atual capacidade de Zach ser feliz provasse que ela fora uma mãe má, porque ele nunca fora feliz assim com ela, mas tudo o que queria, disse ela, era essa saúde que ele agora parecia ter. Bob respondeu a todas as preocupações que ela manifestou, notando que seu tom não era de uma mulher deprimida. Ela fazia parte de um clube de tricô — Brenda O'Hare, mulher de Gerry, estava sendo terrivelmente, terrivelmente simpática — e todas as noites jantava com a Sra. Drinkwater; será que deveria baixar o aluguel? Não, ele aconselhou, pois fazia anos que ela não o reajustava. Um dia, Susan encontrou Rick Huddleston, da Agência Antidifamação Racial; isso aconteceu no supermercado, e ele ficou olhando para ela como se estivesse vendo o mal. Azar dele, disse Bob. Ele é um imbecil por fazer isso. Foi o que eu disse para mim mesma, falou Susan. (Eles eram como irmãos. Eram como gêmeos). Só uma vez Susan perguntou se ele tinha notícias de Jim, ela disse que ligou para ele, que nunca retornou. Não se preocupe, disse Bob, também não tenho notícias dele.

Wally Packer foi preso novamente. Dessa vez por porte ilegal de armas, mas resistiu à prisão e ameaçou um policial; poderia ter que cumprir pena na prisão. Os gêmeos discutiram isso; Susan disse, de forma resignada, que havia pouca surpresa na notícia, e Bob concordou. Nenhum deles mencionou Jim ao falarem disso, e Bob sentiu uma leve brisa de liberdade ao perceber que não tinha que conversar com Jim sobre Wally Packer (ou sobre qualquer outra coisa), que não tinha que ser humilhado por ele.

Sobretudo, não previu que se sentiria da forma que se sentia.

No meio de outubro, Nova York ficou repentinamente muito quente. O sol brilhava como no verão, e os cafés nas calçadas ficaram cheios de gente. A caminho do trabalho, certa manhã, Bob passou por um lugar em que as pessoas se sentavam com seus cafés e jornais, e quando ouviu seu nome ser chamado não deu muita importância. Mas era Pam, que se pôs de pé, quase derrubando uma cadeira na mesa pela qual Bob passava.

— Bob! Espere! Ah, merda — porque derramou seu café. Ele parou.

— Pam. O que está fazendo aqui?

— Terapeuta novo. Acabei de falar com ele. Por favor, posso acompanhá-lo? — Ela deixou algumas notas na mesa, pôs o copo de café sobre elas e andou até a calçada para cumprimentá-lo.

— Estou indo para o trabalho.

— Sei disso, Bobby. Estava pensando em você. Esse terapeuta novo é bom. Disse que temos questões não resolvidas.

Bob parou de andar.

— Desde quando acredita em terapia?

— Não sei — Pam parecia magra e preocupada. — Achei que podia arriscar. Ando me sentindo meio perdida. *Você* praticamente desapareceu. Ei, escute isso. — Ela tocou o braço dele. — Antes de achar esse terapeuta, que é muito bom, fui numa mulher que ficava chamando Shirley Falls de "Shelly

Falls", até que eu disse: Por que você não consegue acertar o nome? E ela disse: Ah, Pamela, é só um errinho, me desculpe. E eu disse: Bem, o povo de Shirley Falls pode não concordar que seja só um errinho. E se eu dissesse: Ah, seu escritório é na Avenida Flatbush, confundi com a Park Avenue, *disculpiii!*

Bob ficou olhando para ela.

— Ela era uma cuzona. Ficava me chamando de "Pamela", e eu disse que meu nome era Pam, e ela disse que isso era nome de menina, e eu era uma mulher. Fala sério. Um estrupício de blazer vermelho atrás de uma mesa enorme.

— Pam, por que está pagando um terapeuta para falar de Shirley Falls?

Ela pareceu pega de surpresa.

— Bem, não falo disso o tempo *todo*. Simplesmente surge na conversa porque, você sabe, sinto falta ou algo assim.

— Você mora em uma casa em Manhattan e vai a festas com Picassos nas paredes e sente falta de Shirley Falls?

— Às vezes — ela olhou para baixo.

— Pam. Escute — Ele viu o medo descer sobre o rosto dela. As pessoas passavam rapidamente a caminho do trabalho, as alças das pastas cruzando-lhes o peito. — Deixe-me lhe fazer uma pergunta. Depois que nos separamos, você procurou Jim, ficou bêbada e disse a ele que o achava atraente e contou coisas que fez quando ainda éramos casados? Só me conte isso.

— O quê? — A cabeça dela veio só um pouco para a frente, como se tentasse encontrá-lo. — O quê? — perguntou ela de novo. O medo transformou-se em confusão. — Se eu disse ao seu irmão que o achava atraente? *Jim?*

— Ele é o único irmão que tenho. Ele mesmo, Jim. Muita gente o acha atraente. Um dos homens mais sensuais de 1993.

— Bob tentou sair do caminho das pessoas que passavam em direção ao ponto de ônibus ou ao metrô. Pam o seguiu; estavam quase na rua. Ele lhe contou o que Jim dissera sobre ela no hotel em Shirley Falls, quando foram até lá para a manifestação. — Ele disse que você fez escolhas confessionais ruins — concluiu.

— Sabe de uma coisa? — Pam passou os dedos pelo cabelo. — Escute bem isto, Bob Burgess. Não suporto o seu irmão. Sabe por quê? Ele é, na verdade, meio igual a mim. Só que *não é* como eu porque é durão e bem-sucedido e consegue encontrar novos públicos para si. Eu sou ansiosa, um pouco patética e não consigo *encontrar* meu público, e é por isso que gosto de ir a esse terapeuta, mesmo que tenha que pagá-lo para ser meu público. Mas Jim e eu, nós reconhecemos um ao outro, sempre foi assim, e à sua maneira passiva e hostil ele me humilha. Ele *necessita* de atenção; a necessidade dele por atenção é tão evidente que me dá nojo, e a coitada da Helen aguenta isso porque é burra demais para enxergar tudo isso. Então ele exige atenção e depois afasta as pessoas quando a consegue, porque querer atenção não tem nada a ver com se *relacionar* com as pessoas, que é o que a maioria dos seres humanos querem fazer. E, sim, tomei um drinque com ele. Ele me *fez* falar certas coisas, porque isso é o que ele sabe fazer. Toda uma carreira fazendo as pessoas falar o que ele quer que elas falem, seja uma confissão ou uma mentira. Se falei para ele que o acho *atraente*? Parece uma palavra que eu usaria? Ah, Jim, sempre achei você tão *atraente*. Está brincando comigo? Isso é o tipo da coisa que Helen, pobre coisinha rica de Connecticut, falaria.

— Ele disse que você é uma parasita.

— Legal. Legal da sua parte repetir isso.

— Ah, Pam. Quem liga para o que ele fala?

— Você liga! Ou não estaria me interrogando assim.

— Não a estou interrogando. Só queria saber.

— Bem o que *eu* quero é dizer ao seu irmão que ele não devia ficar mexendo com a sua cabeça. *Ele* é o parasita. Alimentando-se dos restos de Wally Packer. E depois dos restos de criminosos do colarinho-branco. Ah, esse é um trabalho sagrado, não é?

Ela não estava chorando. Não estava nem perto de chorar. Essa era a melhor Pam que ele via em anos. Ele pediu desculpas. E disse que chamaria um táxi para ela.

— O táxi que se foda! — disse ela. Pam puxou o celular da bolsa. — Quero ligar para ele agora mesmo. Você pode ouvir o que tenho a dizer. — Ela apontou o celular para o peito de Bob. — Jim e eu não somos, na verdade, parasitas, Bob. Somos números de uma estatística. Mais dois da nossa geração que não estão fazendo grandes coisas pela sociedade como pensamos que faríamos. E depois ficamos choramingando por causa disso, buá. Sim, vou a jantares com Picassos na parede, e às vezes, Bobby, pode me condenar, fico triste, porque meio que pensei que seria uma cientista que vasculharia a África à procura de parasitas e as pessoas achariam que sou o *máximo*. Gente meio morta não morreria por minha causa. Diacho, eu salvaria toda a Somália! Isso se chama grandiosidade, Bobby. Pelo que sei, é uma doença como outra qualquer... Fique aí mesmo. Tenho algumas coisas para dizer àquele filho da puta do seu irmão. Qual é o número dele? Dane-se! Vou ligar para o auxílio à lista. Sim. Manhattan. Comercial. Escritório de direito. Anglin, Davenport e Sheath. Obrigada.

— Pam...

— O quê? Meu terapeuta acabou de perguntar, não faz nem meia hora, por que todo o mundo nesta família tem tanta deferência por ele? E pensei, é... por quê? Por que ninguém nunca o questionou sobre como ele sempre foi nojento com você? Ele me contou nesse dia... Ah, deixe para lá. Ele mesmo pode lhe dizer o que falou de você, de como você sempre o deixou maluco... Sim, quero falar com Jim Burgess, por favor. Pam. Pam Carlson.

— Pam, por que está incomodando um terapeuta com...

Ela balançou a cabeça para ele.

— Ah, entendo. Ele não pode atender. Então peça para ele me ligar. — Ela disse o número do celular fria, furiosamente. — O quê? — Ela inclinou a cabeça, pôs um dedo na outra orelha, olhou para Bob com uma careta de perplexidade. — Você disse que o Sr. Burgess não trabalha mais aí?

<hr />

A viagem até Park Slope não era curta nem longa, apenas um recorte de tempo em que Bob ficava apertado em meio a outras pessoas enquanto o trem seguia por baixo das ruas de Manhattan e depois por baixo do Rio East. Todos no trem lhe pareciam inocentes e queridos, os olhos perdidos nos devaneios matinais que eram só deles, talvez palavras que ouviram antes ou que sonhavam falar; alguns liam jornais, muitos ouviam a própria trilha sonora por fones de ouvido, mas a maioria parecia distraída como Bob — e ele se sentiu tocado pela singularidade e pelo mistério de cada pessoa que viu. A própria cabeça, se olhassem dentro dela, estava cheia de pensamentos estranhos e chocantes, e ainda assim ele imaginava que as pessoas à sua volta — puxando a alça da bolsa, balançando para a frente quando o trem parava na estação, sussurrando Desculpe por um pé pisado, um sinal de anuência — tinham coisas cotidianas na cabeça, mas como ele podia saber, como ele podia saber, o trem partiu adiante de novo.

O primeiro pensamento — ou visita a um sentimento, pois não era realmente um pensamento — logo que se livrou de Pam na calçada e tentou, sem sucesso, ligar para Jim, depois para Helen, foi que algum crime terrível fora cometido, que Jim Burgess assassinara alguém em segredo ou que estava para ser assassinado, a família fugindo em uma daquelas histórias terrivelmente convolutas, que faziam as primeiras páginas dos jornais sensacionalistas — o absurdo disso não escapava a Bob, mas o medo de algo assim fazia com que amasse a inocência das pessoas comuns à sua volta e as invejasse benignamente por estarem se preocupando ou não com seu dia de trabalho, mas não estavam ali refletindo sobre o assassinato do irmão. Sua cabeça não estava bem, ele reconheceu. Mais gente saiu do trem, e quando parou em Park Slope havia poucas pessoas no vagão, e seu estado de exaltação contida sumira. O que quer que estivesse acontecendo com Jim — Bob teve um presságio — não era dramático, apenas tristemente cotidiano. Bob sentiu-se extenuado enquanto andava; até na fantasia o irmão exigia a grandiosidade de que Pam falara.

Mas a dúvida o atormentava, e a quatro quarteirões da casa ele telefonou para o sobrinho Larry, que o surpreendeu ao atender, e o surpreendeu mais ao dizer Ah, tio Bob, está tudo uma confusão, espere um instante, eu já ligo de volta, e então ligou de volta dizendo É, minha mãe está em casa, ela disse que você pode ir até lá, mas eles se separaram, tio Bob, meu pai estava dormindo com uma garota do escritório. E então Bob andou rapidamente, perdeu o fôlego e virou na rua em que o irmão morou.

Entrando na casa, Bob sentiu a diferença, embora tenha demorado um momento para entender que não era só uma atmosfera de perda; coisas tinham sumido. Os casacos, por exemplo, que sempre estiveram pendurados no vestíbulo. Havia apenas um casaco preto curto de Helen. As prateleiras na sala de estar tinham perdido pelo menos metade dos livros. A televisão de tela grande e plana sumira.

— Helen, Jim levou todas essas coisas com ele?

— Levou as roupas que estava vestindo quando veio para casa e me contou o que aconteceu com aquela assistente imunda. Todo o restante joguei fora.

— Você jogou fora as roupas dele? Os livros? — ele olhou rapidamente para a cunhada. O cabelo dela estava puxado para trás, e as mechas mais curtas perto das orelhas estavam grisalhas. Seu rosto tinha o aspecto nu de alguém cujos óculos foram retirados, mas Helen não usava óculos, a não ser aqueles de leitura.

— Joguei. Joguei fora aquela TV enorme porque ele gostava dela. Trouxe a velha do porão. Tudo o que tem a ver com ele foi embora desta casa.

— Uau! — disse Bob lentamente.

— Uau? — Helen se virou e olhou para ele enquanto se sentava no sofá. — Não me julgue, Bob.

— Não estou julgando. — Ele ergueu as duas mãos. A cadeira de balanço sumira. Ele se sentou em uma velha poltrona de couro da qual não se lembrava.

Helen cruzou os tornozelos. Parecia bem pequena. Os sapatos pareciam sapatilhas de balé com lacinhos pretos. Ela não usava joias, ele reparou, nenhum anel. Não lhe ofereceu uma bebida, nem ele pediu.

— Como está, Helen? — perguntou ele, com cuidado.
— Nem vou responder a isso.
— Justo — ele concordou. — Ah, escute. Posso ajudar?
— Talvez porque seja divorciado você ache que sabe como é isso, mas não sabe — ela disse sem aspereza.
— Não, não, Helen. Não sei.

Eles permaneceram sentados. Helen perguntou se ele poderia fechar as venezianas. Ela as abrira mais cedo, mas na verdade se sentia melhor com elas fechadas.

Bob levantou-se, fez isso e se sentou novamente. Ele ligou um abajur a seu lado.

— Onde ele está?
— Dando aulas em uma faculdade vagabunda por aí. No norte do estado. Não sei em que cidade, e sinceramente não dou a mínima. Mas se ele transar com alguma aluna vai perder esse emprego também.
— Ah, o Jimmy não fará isso — disse Bob.
— Você não... — e aqui Helen se inclinou para a frente e sussurrou, furiosa: — entendeu essa *porra*?

Bob nunca ouvira Helen falar essa palavra.

— Você não entendeu? — perguntou ela, lágrimas brilhando nos olhos. — Ele não é. A pessoa. Que eu pensei. Que era. — Bob abriu a boca para responder, mas Helen continuou, ainda inclinada em sua direção. — Você sabe quem era? A vagabunda do escritório? Era a garota que morava embaixo de você, que chutou o marido de casa. Ela disse que você falou para ela se candidatar àquele emprego idiota, idiota, com o Jim.
— Adriana? Adriana Martic? Você está brincando?
— Brincando? — A voz de Helen baixou, e ela se recostou. — Não estou nem perto de brincar, Bob. Oh-o-oh, não estou brincando nem um pouco. Mas por que você a enviaria

para o Jim, Bobby? Por que faria isso? — Ela olhou para Bob tão sinceramente perplexa que ele começou a dizer Helen... Mas ela perguntou: — Você não reconhece uma puta quando vê uma? Não, não reconhece. Sempre achei que Pam tinha uma qualidade promíscua. Você não faz ideia, Bob. Você não faz, porque não é mulher. Mas uma mulher que mantém um belo lar, que cria filhos, que se mantém em forma... não é fácil. Então o homem quer uma caricatura de garota desprezível, que deve lhe lembrar do ensino médio ou algo assim, eu não sei, mas magoa, Bob, você não imagina. E é claro que ninguém pensa que vai acontecer consigo. É por isso que eu não saio de casa. Tenho amigas que adorariam vir para segurar minha mão. Prefiro morrer, prefiro mesmo. Elas se sentem felizes, no fundo, porque acham que não pode acontecer com elas. Mas pode.

— Helen...

— Ela fez com que ele se sentisse importante, foi o que ele disse. Ele a orientou no divórcio. Trinta e três anos, a *filha* dele está quase com essa idade. Ela manteve registros de tudo e depois o entregou. Ele me contou? Claro que não. Em vez disso, ele se permite escorregar um pouco mais fundo no esgoto e decide que vai parar no inferno... não, espere, ele diz que *já está* no inferno, dá para imaginar? Eu deveria sentir pena de Jim Burgess, que pôs a si mesmo no inferno! Ele agiu assim mesmo, Bob, como se eu devesse sentir pena dele; tudo gira sempre, sempre, sempre em torno *dele*... então ele sai com uma *coach de vida*, Bob, no caso de você achar que ainda não é suficientemente inacreditável, e ela o leva para a Ilha do Fogo, seu marido está fora, e Jim me diz que está em Atlanta. Descobri porque ela ligou para ele aqui. Depois que ele foi embora. Você consegue acreditar? Depois de mentir para mim por tanto tempo, o que é outra mentira? — Helen olhava fixamente à frente. — Nada. Outra mentira é nada. Porque tudo é nada.

O silêncio durou um tempo longo. Então Bob disse em voz baixa, mais para si mesmo.

— Jim fez tudo isso?

— Jim fez tudo isso. E provavelmente mais. As crianças estão péssimas. Todas vieram para casa me dar apoio, mas pude ver que estavam morrendo de medo. Você quer *pais*, Bob, não importa a idade que tenha. Elas perderam a imagem dourada do pai, o que é aterrorizador; eu não podia dar-lhes uma mãe despedaçada. Então tive que ser forte e confortar a todos, e depois mandá-los embora, e isso foi exaustivo, você não faz ideia.

— Ah, Helen. Eu sinto muito.

E ele sentia. Sentia terrivelmente. Ele também estava indizivelmente triste. Era como se o universo tivesse se rachado em dois; Helen e Jim eram uma unidade, não podiam ser duas. Ele sentiu uma pena revoltante pelos filhos, sentia como se tivesse perdido o que eles perderam. Mas eles eram jovens e eram os pais deles, então era muito pior.

— *Oy* — disse ele. — *Oy*.

Helen anuiu. Após um instante, ela disse, reflexiva:

— Fiz tudo por ele.

— Você fez. — Bob via isso com clareza. Helen pegou as meias sujas de Jim naquela mesma sala, no dia em que ele as jogou no chão e na mesa de centro, enquanto Bob contava sobre Adriana chamando a polícia para levar o marido. Adriana! Bob sentiu pena dela, de pé na calçada aquela manhã! — Ah, Cristo, Helen, sinto muito por ter mencionado o escritório do Jim para aquela mulher. Simplesmente escapou da minha boca. Devia ter percebido que ela não era confiável. Aquele dia fiquei pensando que não achava verdade o que ela contara à polícia.

Helen olhou para ele, absorta.

— O quê?

— Adriana. Você tem razão. Eu devia ter percebido que ela não presta.

Helen sorriu com tristeza.

— Ah, Bobby — murmurou. — Não assuma essa culpa também. Ele teria encontrado outra pessoa. Como a *coach* de vida. Elas estão por aí, esperando, imagino. Não sei, é uma língua estrangeira para mim. Nem mesmo saberia as palavras que usam para começar um caso.

— Você é uma boa pessoa, Helen — Bob anuiu.

— Ele costumava dizer isso. — Helen ergueu a mão, depois a deixou cair sobre a perna. — E eu ficava feliz de ouvir. Deus.

Bob admirou lentamente a sala. Helen fez um lar lindo, foi uma mãe calorosa, paciente, fez amizade com os vizinhos, embora Jim passasse com arrogância por eles. Encheu a casa de flores e plantas, foi boa com Ana, fez as malas para suas viagens dispendiosas, esperava enquanto ele jogava golfe e principalmente (Pam tinha razão nisso) escutava enquanto Jim falava sem parar sobre si mesmo, como fora esperto no tribunal aquele dia, como era o *melhor* naquele ramo, e todos sabiam disso... Ela lhe comprou uma gaveta inteira de abotoaduras, um relógio absurdamente caro, porque, ele disse, sempre quis um.

Mas ainda: um lar não pode ser destruído. As pessoas não entendem isso: lares e famílias não devem ser destruídos. Ele disse:

— Helen, Jim contou a você por que não nos falamos há meses?

Helen levantou a mão, incerta.

— Alguma garota com quem você estava, não sei.

— Não, é porque brigamos.

— Não me importa.

— Mas você precisa se importar. Ele não lhe contou da briga? Do que me contou?

— Não. E não preciso me importar. Preciso do oposto. Preciso me livrar de preocupações.

Bob contou a ela o que Jim dissera na varanda do hotel, quando Zachary estava sumido.

— Jim viveu a vida toda com isso, Helen. O cara matou o pai, ou pensa que matou, e tinha medo de contar a alguém. Helen?

Ela apertou os olhos.

— Isso deveria fazer eu me sentir melhor?

— Isso é para você ver por que ele é essa confusão.

— Isso faz eu me sentir pior. Eu dizia para mim mesma que ele teve um tipo de crise de meia-idade, mas ele foi um mentiroso safado a vida toda.

— Não dá para chamar isso de mentir, Helen. É medo. — Bob estava argumentando como um advogado, mas tentava esconder a argumentação da voz. — Qualquer criança faz isso: tenta sair de uma enrascada. Ele tinha oito anos, Helen. Era uma criança. Até a lei sabe que alguém com oito anos é criança. Então fez essa coisa, ou *pensa* que fez essa coisa, e o tempo passa, e ele não consegue contar, porque, quanto mais tempo passa, mais difícil fica. Então acaba vivendo com medo a vida toda, como se estivesse para ser descoberto e punido.

— Bob. — Helen levantou-se. — Pare. Está piorando as coisas. Agora não sei se algum dia do meu casamento, um dia sequer, foi verdadeiramente meu, um marido bom e honesto. Não sei o que fazer, não tenho ideia de como passar meus dias. Essa é a verdade. Tenho inveja dos mortos, Bob. Nem mesmo choro, porque o som me revolta, os sons patéticos e lamentáveis que faço aqui, sozinha, à noite. Meus advogados estão escrevendo o acordo, então... não sei. Vou me mudar para algum lugar. Por favor, vá embora.

— Helen. — Bob levantou-se e estendeu um braço para a frente. — Helen, por favor. Tenha piedade. Você não pode deixá-lo. Não pode. Ele está sozinho. Ele a ama. Você é a família dele. Vamos lá, Helen, você é a mulher dele. Jesus. Trinta anos. Você não pode jogar isso fora!

Ah, a pobre mulher ficou louca. Ela endoidou, ou se permitiu endoidar. Bob nunca teve — ao pensar sobre isso depois, o que fazia com frequência — certeza de quanto daquele ataque ela conseguia controlar. Porque ela disse algumas coisas inacreditáveis.

Ela disse (e Bob sussurrou "Jesus" cada vez que se lembrou) que sempre, no fundo, achou que a família Burgess era uma porcaria de família. Quase um lixo, na verdade. Caipiras, jecas, aquela casinha horrível em que cresceram, Susan sendo uma nojenta. Susan fora fria com Helen desde o momento em que se conheceram, anos atrás. Sabe o que Susan deu para Helen de Natal, um ano? Um guarda-chuva!

Helen disse que Bob tinha que ir embora, então ele saiu pela porta e estava na calçada quando ouviu Helen gritar às suas costas:

— Um guarda-chuva preto! *Não, obrigada!*

Bob dirigiu e dirigiu e dirigiu. O carro fez uma curva, subiu uma montanha, cruzou um riacho, uma cidade de poucas casas e um posto de combustível. Dirigiu por horas antes de ver a placa indicando a faculdade. Nos últimos quilômetros, a estrada era sinuosa e estreita, e dos dois lados elevavam-se colinas douradas no sol de outono. Às vezes a estrada subia uma dessas montanhas, e ele podia ver as suaves saliências da terra quilômetros ao seu redor, os variados tons dos campos, marrom, amarelo, verde, e o céu aberto acima que era infinito e azul com nuvens brancas espalhadas. A beleza de tudo isso não o tocou.

— Ah, Cristo — murmurou Bob enquanto entrava na pequena cidade de Wilson, onde ficava a faculdade. Falou em voz alta para aceitar aquilo: — Jim está lecionando nesta faculdade. As coisas mudam. Isto não é um filme de terror — mas a sensação era essa, Bob não conseguia afastá-la. Havia algo naquela cidadezinha, a rua principal pequena — havia algo ruim nela. Ele sentiu que olhos ocultos o observavam, o solitário carro vermelho alugado passando pelas ruas vazias de Wilson em uma tarde de sábado.

Encontrou o apartamento do irmão não muito longe do campus. O prédio ficava enfiado em uma colina, e eram muitos degraus de madeira para chegar à porta de entrada. Bob tocou a campainha e esperou, até finalmente ouvir o som de passos lá dentro.

Jim abriu parcialmente a porta, apoiando-se nela. Havia círculos roxos sob seus olhos, e ele vestia um moletom sem nada por baixo; o cordão no pescoço estava amarrado, e sua clavícula se projetava.

— Ei — disse Jim, erguendo laconicamente a mão. Bob o seguiu pela escada com carpete manchado enquanto observava os pés do irmão em meias sujas, e a calça jeans que estava muito grande. Ao passar por uma porta no segundo andar, Bob ouviu uma língua estrangeira vindo de dentro e sentiu um aroma pungente de alho e temperos; o aroma era insidioso. Jim olhou por sobre o ombro e apontou para cima: continue subindo.

No apartamento, Jim afundou em um sofá verde e indicou com a cabeça uma cadeira no canto. Bob sentou-se, hesitante.

— Quer uma cerveja? — perguntou Jim.

Bob negou com a cabeça. O apartamento parecia ter pouca luz, apesar da janela grande atrás do sofá em que Jim se sentou. O rosto de Jim parecia cinzento.

— É bem ruim, hein? — Jim abriu uma caixa de Band-Aid perto de um abajur e pegou um baseado. Lambeu os dedos.

— Jimmy...

— Como você está, irmão meu?

— Jimmy, você...

— Odeio isto aqui, tenho que dizer. Caso vá perguntar. — Jim ergueu um dedo, pôs o baseado entre os lábios finos, encontrou um isqueiro no bolso e acendeu, tragou e segurou. — Odeio os alunos — disse ele, ainda segurando a fumaça —, odeio o campus, odeio este apartamento — exalando agora —, odeio os... seja o que forem, vietnamitas, acho... do andar de baixo que começam com essa porra de cheiro de gordura e alho às seis da manhã.

— Jimmy, sua aparência está uma merda.

Jim ignorou o comentário.

— Lugar tenebroso, Wilson. Jogo de futebol hoje. Mas nunca se vê ninguém. O corpo docente mora nas colinas, os alunos nos dormitórios e nas fraternidades. — Deu mais uma tragada no baseado. — Lugar horrível.

— O cheiro que vem do andar de baixo é de virar o estômago.

— É. É, sim.

Jim parecia velho. Coçou um braço e cruzou as pernas. Recostou a cabeça no sofá, expirou, fixou os olhos no teto por um instante, depois ergueu a cabeça e olhou para o irmão.

— É bom ver você, Bobby.

— Meu Deus, Jimmy — Bobby se inclinou para a frente. — Preste atenção em mim.

— Estou prestando.

— O que está fazendo aqui? — Era a barba por fazer no rosto de Jim que o tornava cinzento.

— Fugindo — disse Jim. — O que acha que estou fazendo aqui? Pensei: campus legal, jovens inteligentes, nova chance. Mas não sei dar aula, essa é a verdade.

— Você gosta de algum aluno?

— Odeio os alunos, já disse. Quer saber de uma coisa engraçada? Eles nem sabem quem é Wally Packer, não mesmo. Falam, Ah, claro, conheço essa música. Acham que ele é quase a mesma coisa que o Frank Sinatra; não fazem ideia do julgamento. Nem mesmo sabem quem é O. J. Simpson. A maioria não sabe. Esses são jovens muito, muito privilegiados, Bob. Filhos dos capitães da indústria. É o que são. Um dos professores me disse que é para cá que os homens de negócios mandam os filhos, pois sabem que continuarão republicanos quando voltarem para casa.

— Como conseguiu esse emprego?

Jim deu de ombros e fumou mais um pouco seu baseado.

— Algum cara daqui que o Alan conhece precisou fazer uma cirurgia e pediu licença, ou algo assim. Alan arrumou a vaga para mim.

— Você faz muito isso? — Bob indicou o baseado na mão de Jim. — Porque está magro demais para um maconheiro.

Jim deu de ombros novamente.

— O que... o que está fazendo além disso? Você nunca... Ah, Deus, Jim. Você começou com isso porque decidiu acabar com a vida?

Jim abanou a mão, cansado.

— Não está usando cocaína ou algo do tipo, está? Precisa pensar no seu coração.

— Meu coração. É. Preciso pensar no meu coração.

Bob levantou-se e foi olhar a geladeira. Havia uma cerveja, uma caixa de leite e um vidro de azeitonas. Voltou para perto de Jim.

— Bem, eles deveriam saber quem é O. J., pois ele voltou para a cadeia. Ou está em liberdade no momento, acho. Mas vai voltar para a prisão de uma vez por todas. — Ele se sentou lentamente na cadeira. — Com seu amigo Wally.

— É. É, isso é verdade. — Os olhos de Jim estavam ficando vermelhos perto das bordas. — Mas nenhum aluno de Wilson dá a mínima.

— Acho que ninguém dá a mínima — disse Bob.

— Não, acho que você tem razão.

Depois de um instante, Bob perguntou:

— Então, teve notícias do Wally?

Jim mexeu a cabeça.

— Está sozinho desta vez.

— Acha que ele vai para a prisão? Não tenho prestado atenção.

— Vai, sim — Jim assentiu.

Foi um momento triste. Há momentos tristes na vida, e aquele foi um deles. Bob pensou no irmão com seus ternos sob medida e abotoaduras caras, falando aos microfones nos degraus em frente ao tribunal no fim de cada dia. A alegria da absolvição. E agora o réu estava indo, possivelmente, provavelmente, após tantos anos, para a prisão, por ser descuidado, imprudente, rebelde. E ali estava seu defensor, Jim Burgess, macilento, barba por fazer, sentado em seu apartamentinho afastado, com horríveis odores pungentes de alho e algo se infiltrando pelas paredes...

— Jim.

O irmão ergueu as sobrancelhas e bateu a guimba no cinzeiro, guardando-a cuidadosamente em um saquinho, antes de devolvê-la à caixa de Band-Aid.

— Quero que saia daqui.

Jim aquiesceu.

— Diga a eles que não pode ficar. Eu digo a eles.

— Tenho pensado em umas coisas — disse Jim.

Bob esperou.

— E uma coisa que ficou clara para mim, muito clara... e, acredite em mim, nada é muito claro, mas uma coisa é: não tenho ideia do que é ser negro neste país.

— Como é?

— Estou falando sério. E você também não faz.

— Ora, é claro que não. Jesus! Alguma vez eu disse que fazia? *Você* alguma vez disse?

— Não, mas essa não é a questão.

— Qual é a questão, Jim?

Jim parecia confuso.

— Esqueci. — Então ele se inclinou para a frente. — Ouça isto, meu irmão do Maine. Ouça isto. Quando conhece um estranho e é apresentado, não deve dizer muito prazer. Isso é vulgar. Muito familiar, falta de classe. — Ele se recostou. — Deveria dizer Como vai? — Jim anuiu. — Aposto que você não sabia disso.

— Eu não sabia.

— Bem, isso é porque somos uns palhaços do Maine. As pessoas deste país que têm mesmo classe dizem Como vai? e *riem* daqueles que dizem Muito prazer. Foi o que aprendi nesta escola.

— Deus — disse Bob. — Jimmy, você está começando a me assustar.

— Isso deveria mesmo assustá-lo.

Bob levantou-se e andou até a porta do quarto de Jim. Roupas espalhadas, gavetas abertas, a cama tão desfeita que o colchão estava aparecendo. Bob se virou.

— Quantas semanas até o fim do semestre?

Jim olhou para ele com os olhos vermelhos.

— Sete. — Ele se inclinou para a frente. — Essa questão do assédio sexual... simplesmente não é verdade. É verdade que fizemos sexo. Isso é verdade. Mas não é verdade que ela estava com medo de mim ou de perder o emprego. *Eu* é que estava com medo.

— De quê? — perguntou Bob.

— De quê? — Jim jogou uma mão para cima. — Disso! De perder Helen! Mas não pensei que Adriana estivesse atrás de um milhão de dólares. Não pensei que perderia meu emprego.

— Foi isso que ela levou?

— Levou quinhentos mil. Todo o mundo começa pedindo um milhão. Tive que pagar, é claro. Saiu da minha participação no escritório. — Jim deixou os braços caírem ao lado do corpo. Seu peito parecia magro. Sacudiu de leve a cabeça para mostrar indiferença. — Ela morava no seu prédio, no Brooklyn. A garota de quem você teve pena.

— Eu sei. Fui eu que sugeri o seu...

Jim o interrompeu com a mão.

— Ela teria vindo de qualquer modo. Estava atrás de dinheiro e se candidatou a todos os escritórios grandes. De qualquer modo, ela se revelou uma negociadora durona. E foi isso que ela levou.

— Você não ficou com medo de perder o emprego? Isso não passou pela sua cabeça? Como é possível que não tenha passado, Jim? Você é advogado.

— Bobby, você é um cara sensível. Estou falando sério, não fique bravo. Você raciocina feito uma criança. Acha que as coisas deveriam fazer sentido. As pessoas dizem, Ah, foi tão idiota da parte dele, como quando um deputado dá em cima de um cara no banheiro de um terminal de ônibus. Ora, é claro. Claro que é idiota.

Bob espiou no armário e achou uma mala, que tirou para fora. Jim pareceu não notar.

— Alguns de nós são secretamente apaixonados pela autodestruição. É o que acho. Honestamente? No minuto em que fiquei sabendo que Zach jogara aquela cabeça de porco, lá no fundo soube que estava fodido. *Sua alma trapaceira vai acabar com você.* Não conseguia tirar essa música da cabeça. Mas, cara, toda a minha vida — e principalmente quando Zach aprontou, e as crianças foram embora e a casa ficou vazia, e aquele emprego de merda no escritório — pensei: um homem morto indo para o inferno. Era questão de tempo — parecia que esse discurso tinha acabado com Jim. Ele fechou os olhos e gesticulou, cansado: — Eu não consegui continuar.

— Precisa sair daqui, Jimmy.

— Você fica repetindo isso. Aonde você acha que vou?

O telefone celular de Bob tocou.

— Susan — disse ele. E ouviu. Então disse: — Isso é ótimo. Isso é maravilhoso. Vou dirigindo. É, sério. Levarei Jim. Estou com ele agora, em Wilson. Ele está todo confuso, com cara de merda, então prepare-se. — Ele desligou o telefone e disse ao irmão: — Vamos para o Maine. Nosso sobrinho está voltando para casa. Depois de amanhã. Ele vai chegar de ônibus em Portland, e nós três estaremos lá. Entendeu? Família.

Jim balançou a cabeça, coçou o rosto.

— Você sabia que o Larry sempre me odiou? Fiz com que ficasse no acampamento de verão quando queria vir para casa.

— Isso foi há muito tempo, Jim. Ele não o odeia.

— Nada foi há muito tempo.

— Me dê o nome do reitor — disse Bob.

— Reitora — disse Jim. — Reitora. Pró-reitora. Pró-reitora-de-não-estou-nem-aí.

E assim os irmãos Burgess foram de carro do norte do estado de Nova York para o Maine, por estradas sinuosas, passando por casas de fazenda precárias e fazendas nem tão precárias, por casas pequenas e casas grandes, com três carros na frente, ou uma moto de neve, ou um barco coberto por lona. Paravam para abastecer e voltavam à estrada. Bob dirigia, Jim ao lado, afundado no assento, às vezes em sono profundo, ou então olhando pela janela do passageiro.

— Pensando em Helen? — perguntou Bob.

— Sempre — Jim endireitou-se. — E não quero falar disso. — Após alguns instantes, acrescentou: — Não consigo acreditar que estamos indo para o Maine.

— Você já disso isso algumas vezes. É melhor que o buraco em que encontrei você. E é bom estar em movimento.

— Por quê?

— Por causa da agitação do fluido embrionário ou algo assim. Alguma coisa assim.

Jim olhou novamente pela janela. Passaram por mais campos, postos de combustíveis, pequenos centros de compra, lojas de antiguidades, a estrada continuava. Para Bob, cada casa pela qual passavam parecia isolada e desolada. E quando Jim disse "Um sujeito do Departamento de Alemão disse que eu iria gostar de Wilson porque o norte de Nova York parece o Maine", Bob disse que não achava que aquele lugar se parecia com o Maine, e Jim disse "Eu também não".

Eles entraram em Massachusetts, e as nuvens estavam baixas e as árvores mais atrofiadas; os campos por onde passaram não estavam cultivados.

— Jim, você se lembra dele?

Jim olhou para Bob, como se de longe.

— Quem?

— Nosso pai. Que está no céu.

Jim se mexeu no assento e moveu as pernas de modo que os joelhos ficaram apontando para Bob.

— Eu me lembro de que ele me levou para pescar no gelo — disse após alguns instantes. — Ele me falou para ficar de olho em uma bolinha laranja que flutuava em um pequeno círculo de água no meio do gelo. Disse que, se a bola afundasse, teríamos pegado um peixe. Não pegamos peixe nenhum. Não me lembro do rosto dele, mas lembro-me da bolinha laranja.

— Que mais?

— Às vezes, no verão, quando estava quente, ele nos molhava com a mangueira. Você se lembra disso?

Bob não se lembrava.

— Às vezes ele cantava.

— Cantava? Estava bêbado?

— Ah, Deus, não! — Jim olhou para o teto do carro, balançando a cabeça. — Só mesmo um puritano da Nova Inglaterra para pensar que é preciso estar bêbado para cantar.

Não, Bob, acho que ele só gostava de cantar de vez em quando. Tipo "Home on the Range", eu acho.

— Ele gritava conosco?

— Não me lembro de ele gritar.

— Então ele era... como ele era?

— Acho que parecido com você — disse Jim, pensativo, as mãos segurando a parte de baixo dos joelhos. — Não sei *como* ele era, é claro, pois não tenho lembranças suficientes, mas com frequência penso... sabe, Bob, você tem seu próprio jeito de, tipo, bobo, e acho que puxou isso dele. — Jim ficou em silêncio durante vários minutos, enquanto Bob esperava. Então disse: — Se Pam tivesse voltado e pedido, implorado para aceitá-la de volta, você teria aceitado?

— Teria. Ela nunca pediu. Mas você não deveria esperar muito.

— Helen está brava de verdade.

— É, está mesmo. Está muito brava. É claro que está.

— Caso não tenha notado — disse Jim em voz baixa —, as pessoas endurecem o coração com as pessoas que magoam. Porque senão não conseguiríamos aguentar. Literalmente. Pensar que fizemos isso com alguém. *Eu* fiz isso. Então pensamos em todas as razões que temos para fazer o que fizemos. Susan sabe o que está acontecendo?

— Contei a ela. Depois que falei com Helen. Disse que iria procurar você em Wilson.

— Susan nunca gostou da Helen.

— Ela não está culpando a Helen. Como alguém poderia culpar a Helen?

— Eu tentei. Ela tem muito dinheiro, você sabe. Do pai dela. E mantém tudo separado para passar aos filhos. Então eu não ficaria com nada caso ela morresse. Direto para os filhos.

O pai dela quis assim. — Jim esticou as pernas. — Na verdade, isso não é incomum quando se trata de herança.

— Exatamente.

— Isso foi tudo o que consegui, acusações contra Helen — disse Jim. — O fato de eu odiar meu trabalho idiota, defendendo criminosos idiotas de colarinho-branco, não é culpa dela. Faz anos que ela me estimula a largar esse emprego. Sabe que não é isso que eu gostaria de fazer. E não quero falar disso. Mais uma coisa; acho que a noite com a *coach* de vida foi a gota d'água.

— Jim. Se aprontou mais alguma coisa, não confesse. Esse é meu conselho, tudo bem?

— O que vou fazer, Bob? Não tenho família.

— Você tem família — disse Bob. — Tem uma esposa que o odeia. Filhos que estão furiosos com você. Um irmão e uma irmã que o deixam maluco. E um sobrinho que costumava ser um saco, mas que aparentemente não é mais. Tudo isso é chamado família.

Jim adormeceu, a cabeça quase encostando no peito.

Susan saiu para recebê-los assim que pararam o carro na entrada. Ela abraçou Jim com um carinho que Bob não sabia que ela continha.

— Vamos entrar — disse. — Vou dormir no sofá esta noite, Jim, você pode ficar no meu quarto. Precisa tomar um banho e se barbear. Preparei uma refeição que está nos esperando.

Ela fez tal festa para eles que surpreendeu Bob. Ele tentou ver a reação do Jim, que parecia simplesmente perplexo enquanto Susan pegava para ele toalhas e um aparelho de barbear do Zach. Bob ia ficar no quarto do Zach, Susan o mandou para lá com as malas. Quando Bob ouviu o chuveiro correr, disse para a irmã:

— Volto logo, vou dar uma volta.

Margaret Estaver estava na calçada em frente à igreja e conversava com um homem alto e negro. Bob estacionou, saiu do carro e viu o rosto dela se abrir de alegria quando ele se aproximou. Ela conversava com o homem, que fez um aceno de cabeça para Bob e que pareceu, conforme Bob se aproximou, ser vagamente familiar.

— Este é Abdikarim Ahmed — disse Margaret.

O homem estendeu a mão e disse:

— Bom conhecer você, bom conhecer você. — Os olhos dele eram escuros e inteligentes; os dentes, quando sorriu, irregulares e manchados.

— Tem notícias do Zachary? — perguntou Margaret. Bob olhou para Abdikarim; talvez ele fosse um dos homens no tribunal durante a audiência de Zach, mas Bob não tinha certeza.

— Ele está bem? — perguntou o homem. — Está com o pai? Vai voltar para casa? Ele pode voltar para casa agora, eu acho.

— Ele volta amanhã — disse Bob. E acrescentou: — Mas não se preocupem, ele melhorou de atitude. Está mais bem-comportado. — Bob disse as últimas palavras em voz alta, que é como as pessoas falam com estrangeiros ou surdos, ele se deu conta. Margaret fez uma careta para ele.

— Voltando para casa — disse o homem, parecendo muito satisfeito. — Muito bom, muito bom. — Ele apertou novamente a mão de Bob. — Muito bom conhecer você. Que o garoto fique bem. — Acenou com a cabeça e foi embora.

Quando ele não podia mais ouvir, Margaret disse:

— Ele tem defendido Zach.

— Esse homem?

Bob a seguiu até o escritório dela. Ele sempre se lembraria de como ela esticou o braço para acender a luminária e a sala foi inundada pela luz à medida que a escuridão do outono atingia as janelas. Nunca conseguiria identificar o momento — embora pudesse ter sido aquele momento, com a luz da luminária mantendo o calor de Abdikarim e, de algum modo, também, o calor de Shirley Falls — em que compreendeu que seu futuro seria com ela. Eles não conversaram por muito tempo nem falaram deles mesmos. Ela desejou-lhe sorte com Jim e com a chegada de Zachary, e ele disse que depois lhe contaria tudo, e ela disse Claro e não o acompanhou até o carro.

— Ele está um trapo — murmurou a irmã, apontando para a sala de estar com a cabeça. — Ligou para ela três vezes, mas ela não atende. Em contrapartida, Zach enviou um e-mail dizendo que está muito animado e muito feliz porque vocês estão aqui. Pelo menos *essa* parte é boa.

Bob foi para a sala de estar e sentou-se na frente de Jim.

— Ouça o que você vai fazer — disse Bob. — Vá para Park Slope e durma na porta de casa até ela deixar você entrar.

— Ela vai chamar a polícia. — Jim apoiava o queixo no punho e olhava fixamente para o tapete.

— Deixe que chame. A casa ainda é sua, não é?

— Ela vai pedir uma ordem de restrição.

— Você não bateu nela, bateu? Jesus.

Jim ergueu o olhar ao ouvir isso.

— Ora essa, Bob. Não. Também nunca joguei a merda da roupa dela pela janela.

— Tudo bem — disse Bob. — Tudo bem.

Pela manhã, a Sra. Drinkwater parou no alto da escada, escutando. "Minha nossa", articulou em silêncio com a boca, pois muita coisa era dita enquanto aqueles três garotos — pois ela pensava neles como garotos, e notou a cadência com que falavam, principalmente Susan, como se estar sem os cônjuges ou filhos fizesse com que voltassem à infância — discutiam o futuro do Zachary (ele poderia ir para a faculdade), a crise do Jim (ele aprontara muito, parecia, pois só uma das filhas ainda falava com ele) e a vida da Susan (talvez ela começasse com aulas de pintura uma noite por semana — essa parte, em especial, surpreendeu a Sra. Drinkwater, pois ela não fazia ideia de que Susan queria pintar).

Uma cadeira foi arrastada e a Sra. Drinkwater quase voltou para o quarto, mas então água correu na pia e parou, e eles voltaram a conversar. Bob contava a Susan que alguém com quem ele trabalhava conheceu uma mulher que foi criada na pobreza e sempre comprou roupas no supermercado, mas depois ela se casou com um cara muito rico e ainda assim, após todos esses anos casada com um homem rico, continuava a comprar roupas no supermercado.

— Por quê? — perguntou Susan enquanto a Sra. Drinkwater se perguntava a mesma coisa.

— Porque estava acostumada — respondeu Bob.

— Eu compraria roupas lindas se fosse casada com um homem rico — disse Susan.

— Você pode pensar assim — disse o irmão —, mas pode ser que não comprasse.

Aconteceu uma pausa longa o bastante para fazer a Sra. Drinkwater pensar em se retirar. Então veio a voz de Susan:

— Jimmy, você quer a Helen de volta? Porque, quando Steve foi embora, minhas amigas diziam aquilo que todo o mundo diz: Ah, você está melhor sem ele, e coisas assim. E, por mais que ficasse fazendo listas com os defeitos dele, eu o aceitaria de volta. Queria que ele voltasse. Então, se você a quer de volta, acho que deve implorar.

— Acho que deve implorar — disse Bob.

A Sra. Drinkwater quase caiu da escada ao se inclinar para a frente. Quis gritar Eu também acho que deve implorar, mas a discrição a impediu. Aquele era um momento deles.

— Você não gosta da Helen — disse Jim.

— Não faça isso, Jim — disse Susan. — Ela é ótima. Não finja que tenho algo a ver com isso. Talvez você não se sentisse à vontade de estar casado com uma WASP[3] rica, mas isso não é culpa da Helen — Susan acrescentou. — Por muito tempo não soube que *eu* era uma WASP.

Voz do Bob:

— Quando descobriu?

— Quando tinha vinte anos.

— O que aconteceu quando tinha vinte anos?

— Eu namorei um judeu.

— Namorou? — Essa era a voz do Jim.

— Eu não sabia que era judeu.

— Ah, bom. Graças a Deus. Você está desculpada...

A Sra. Drinkwater pensou que Jim estava sendo irônico; gostava dele. Gostou dele anos atrás, quando o via na televisão todas as noites.

— Como descobriu que ele era judeu? — perguntou Bob.

— Aconteceu. Ele disse que alguém dissera que ele era um judeu imaturo, e pensei, Ahn, ele deve ser judeu. Eu não ligava. Por

---

[3] (N. T.) WASP = acrônimo para White Anglo-Saxon Protestant: Branco Anglo-Saxão Protestante. Usado às vezes pejorativamente, o termo define o que seria a elite dos Estados Unidos.

que deveria ligar? Mas então ele começou a me chamar de Muffy, e eu disse Por que está me chamando de Muffy?, e ele disse, Porque é assim que garotas WASP são chamadas. Foi assim que deduzi.

— O que aconteceu com ele? — perguntou Bob.

— Ele se formou. Voltou para Massachusetts, de onde era. No ano seguinte conheci o Steve.

— Susie tem um passado — disse Jim. — Quem diria.

Uma cadeira foi arrastada novamente, o som de pratos sendo empilhados.

— Rapazes, estou tão nervosa que sinto o estômago embrulhado. E se Zach não gostar de mim quando me vir?

— Ele a *ama*. Está vindo para casa. — Essa era a voz do Bob, e a Sra. Drinkwater voltou para seu quarto.

Eles esperavam sentados na rodoviária, que não era a rodoviária de Portland de sua juventude, mas uma nova, enfiada no que parecia ser o meio de um estacionamento enorme. Através das grandes janelas era possível ver alguns motoristas de táxi sentados nos carros — que não eram amarelos —, esperando que os ônibus chegassem.

— Por que Zach não foi de ônibus até Shirley Falls? — perguntou Jim. Estava jogado no assento de plástico, sem olhar em volta.

— Porque teria que trocar de ônibus aqui e esperar horas, e esse ônibus chega muito tarde a Shirley Falls — disse Susan. — Então me ofereci para vir buscá-lo.

— É claro que sim — disse Bob. Estava pensando em Margaret. Como contaria tudo isso a ela. — Susie, não se desespere se ele estiver estranho e não abraçá-la. Provavelmente está se sentindo muito adulto. Imagino que vá apenas apertar minha mão. Não fique decepcionada, é só o que estou dizendo.

— Já pensei nisso tudo — disse Susan.

Bob levantou-se.

— Vou pegar uma xícara de café naquela máquina. Querem algo?

— Não, obrigada — disse Susan. Jim não falou nada.

Se um dos dois o viu ir ao guichê, não falou nada. Havia ônibus para Boston, Nova York, Washington e também Bangor. Bob voltou com o café.

— Vocês viram os taxistas? Alguns são somalis. Em Minneapolis alguns deles não puderam ser contratados porque se recusavam a levar passageiros com bebidas alcoólicas.

— Como podem saber se alguém está com uma bebida? — perguntou Susan. — E isso é da conta deles? Quero dizer, se querem o emprego.

— Susie, Susie. Guarde essas opiniões para você. Seu filho pode voltar para casa por causa de um certo Abdikarim. — Bob ergueu as sobrancelhas e balançou a cabeça. — Falando sério. O homem que testemunhou na audiência. É muito respeitado na comunidade somali. Ele se interessou de verdade por Zach e pediu por ele junto aos anciãos. Se não tivesse feito isso, o promotor provavelmente não teria arquivado o caso, e vocês estariam indo para julgamento agora. Conversei com ele ontem.

Susan não conseguia entender isso. Ficou franzindo a testa para Bob.

— Aquele somali fez isso? Por quê?

— Já falei. Gostou do Zach, que o faz se lembrar do filho que perdeu há muitos anos na Somália.

— Não sei o que dizer.

Bob deu de ombros.

— Bem, você sabe. Lembre-se disso. E teremos que contar ao Zach.

Jim ficou quieto durante toda a conversa. Quando se levantou, Susan perguntou aonde ia.

— Ao banheiro. Se não se importa. — Ele atravessou a rodoviária, curvado e magro.

Susan e Bob o observavam.

— Estou muito preocupada com ele — disse Susan, os olhos fixos nas costas do irmão.

— Sabe, Susie... — Bob pôs o café no chão ao lado do pé. — Jim me contou que foi ele. Não fui eu.

Susan esperou, olhando para ele.

— Foi ele o qu... *Aquilo?* Sério? Ah, nossa! Mas é claro que não foi ele. Você não acha que é verdade, acha?

— Acho que nunca iremos saber.

— Mas ele acha que foi ele?

— Parece que ele pensa assim.

— Quando ele lhe contou?

— Quando Zach estava sumido.

Eles ficaram olhando Jim voltar pela rodoviária. Não parecia alto, como sempre pareceu, mas velho e descarnado dentro do sobretudo.

— Estão falando mim? — Ele sentou-se entre os dois.

— Estamos — os gêmeos responderam em uníssono.

Pelo alto-falante veio o anúncio de que o ônibus para Nova York estava aberto para embarque. Os gêmeos se entreolharam, depois voltaram-se para Jim. A mandíbula dele tremeu.

— Suba nesse ônibus, Jimmy — disse Susan delicadamente.

— Não tenho passagem. Não estou com as minhas coisas, e a fila...

— Suba nesse ônibus, Jim — Bob mostrou a passagem para o irmão. — Vá. Deixo meu celular ligado. Vá.

Jim continuou sentado.

Susan passou a mão por baixo do cotovelo dele, e Bob pegou o outro braço; os três se levantaram. Como se Jim fosse um prisioneiro entre os irmãos, eles o acompanharam até a porta. Susan, observando-o andar até o ônibus que esperava lá fora, teve um ataque súbito de desespero — como se Zach a estivesse deixando de novo.

Jim se virou.

— Deem um abraço no meu sobrinho — disse. — Digam-lhe que estou feliz por ele ter voltado.

Os gêmeos observavam enquanto ele embarcava no ônibus. Não era possível vê-lo através das janelas escuras. Esperaram até o ônibus partir, depois voltaram para suas cadeiras de plástico.

— Tem certeza de que não quer café? — perguntou Bob finalmente.

Susan negou com a cabeça.

— Quanto tempo? — ele perguntou, e Susan disse dez minutos. Ele tocou o joelho dela. — Não se preocupe com Jimmy. Ele tem a nós, se chegar a esse ponto. — Susan anuiu. Ele compreendeu que eles provavelmente nunca mais discutiriam a morte do pai. Os fatos não importavam. A história deles importava, e cada uma delas pertencia a cada um deles apenas.

— Aí está — Susan bateu em seu braço. Pela janela da rodoviária viram o ônibus, parecendo uma lagarta amistosa, grande demais, parar na plataforma. A espera junto à porta foi interminável, depois rápida, porque de repente Zachary estava lá: de cabelo caído na testa, alto e sorrindo timidamente.

— Oi, mãe. — Bob ficou para trás enquanto a irmã abraçava o filho, e eles se abraçaram e abraçaram, oscilando de leve para a frente e para trás. As pessoas se desviavam deles educadamente, algumas sorrindo enquanto passavam. Então Zach abraçou Bob, e Bob sentiu uma robustez no rapaz. Quando se afastou, segurou Zach pelos ombros e disse:

— Você está *ótimo*.

Na verdade, é claro, ele era basicamente o mesmo Zach. Um pouco de acne no topo da testa, visível quando passava a mão pelo cabelo. E, embora tivesse ganhado peso, ainda parecia desajeitadamente magro. Era diferente como o rosto brilhava de emoção.

— Esquisito, cara. Esquisito, certo? Tão esquisito — ele ficou dizendo enquanto caminhavam até o carro. Mas Bob não contava, e Susan provavelmente também não, com o fato de que ele estava falando. E falava. Ele falou como as pessoas pagam montes de impostos na Suécia, o pai explicara, mas elas tinham tudo de que precisavam. Hospitais, médicos, bombeiros, ruas limpas. Falou que as pessoas eram mais próximas, que cuidavam umas das outras mais que nos Estados Unidos. Falou como as garotas eram bonitas, não dá para acreditar, tio Bob. Garotas lindas por todo lado. A princípio ele se sentiu um mané, mas elas sempre foram legais com ele. Ele estava falando demais?, perguntou.

— Claro que não — disse Susan.

Mas a casa fez com que ele hesitasse, Bob viu isso. Coçando a cabeça da cachorra, olhando em volta, Zach disse:

— Está tudo igual. Só que não.

— Eu sei — disse Susan. Ela se apoiou em uma cadeira. — Você não é obrigado a ficar aqui, querido, pode voltar a hora que quiser.

Zach passou a mão pelo cabelo e deu um sorriso bobo para a mãe.

— Ah, mas eu quero ficar aqui. Só estou dizendo que é *esquisito*.

— Bem, não pode ficar para sempre — disse Susan. — Não seria natural. E ninguém jovem fica no Maine. Não há empregos.

— Susie — disse Bob. — Você está parecendo obtusa. Se Zach se especializar em medicina geriátrica, poderá trabalhar aqui para sempre.

— Ei, pessoal, o que aconteceu com o tio Jim?
— Está ocupado — disse Bob. — Ocupado de verdade, esperamos.

<hr />

A noite caíra horas antes na Costa Leste. O sol se pôs primeiro na cidade costeira de Lubec, Maine, depois em Shirley Falls, e então rapidamente pelo litoral: Massachusetts, Connecticut, Nova York; estava escuro havia horas quando o ônibus carregando Jim Burgess estacionou na cavernosa Port Authority; escuro quando ele olhou pela janela do táxi ao passar pela Ponte do Brooklyn. Abdikarim terminara sua última oração do dia e pensava em Bob Burgess, que devia estar em casa com o garoto de olhos escuros, o garoto que, na verdade, voltando-se para a mãe, acabava de dizer: "Cara, temos que pintar este quarto". Bob desceu ao andar de baixo para deixar a cachorra sair e ficou de pé na varanda fria. O céu não tinha lua nem estrelas. Ele não conseguia acreditar como estava escuro. Pensou em Margaret, maravilhado, e com o coração que sabia qual era seu destino. Nunca — nunca — pensara que voltaria ao Maine. Por alguns instantes, sentiu arrepios de apreensão: usar suéteres grossos dia após dia, tirar neve das botas, entrar em lugares frios. Fugira disso tudo, e Jim também. Ainda assim, o que tinha diante de si não era estranho, e a vida era assim, pensou. A respeito de Jim, não havia pensamento — apenas uma sensação fugaz tão grande quanto o céu escuro. Bob chamou a cachorra e entrou na casa. Quando adormeceu no sofá de Susan, manteve nas mãos o celular em modo vibração — e o manteve a noite toda —, para o caso de Jim precisar dele, mas o telefone ficou sem se mexer ou piscar, e permanecia assim quando a primeira luz pálida se esgueirou por baixo das cortinas sem pedir licença.

Agradecimentos

A autora gostaria de agradecer às seguintes pessoas que foram imensamente prestativas na escrita deste livro: Kathy Chamberlain, Molly Friedrich, Susan Kamil, Lucy Carson, Benjamin Dreyer, Jim Howaniec, Ellen Crosby, Trish Riley, Peter Schwindt e Jonathan Strout, bem como às muitas, muitas pessoas que foram tão generosas com seu tempo para ajudar a estabelecer uma compreensão da população imigrante.

Este livro foi publicado em 2016 pela Companhia Editora Nacional.